HEYNE <

Das Buch
Es ist Fiesta in Barcelona. Raketen steigen in die Luft, auf den Straßen wird getanzt, als die junge Polizistin Pia Cortes an einen Tatort gerufen wird: Auf dem Grundstück des deutschen Millionärs Robert Reimann brennt eine Garage lichterloh, eine ganze Sammlung von Oldtimern steht in Flammen. Kein Fall für die Mordkommission, wäre da nicht die verkohlte Hand, die sich unter dem Garagentor hervorreckt.
Beim Betreten der ausgebrannten Garage macht Pia eine grausige Entdeckung: Gleich zwei Leichen liegen dort, die zweite ist nicht zu identifizieren. Pias Kollegen haben schnell eine Verdächtige verhaftet: eine Taschendiebin mit schweren Brandverletzungen, die am Tatort beobachtet wurde. Doch Pia hat nicht nur die Leichen entdeckt, sie weiß auch, dass mit diesem Doppelmord etwas nicht stimmt.

Die Autorin
Irene Rodrian gewann mit ihrem ersten Krimi „Tod in St. Pauli" den Edgar Wallace-Krimipreis. Danach veröffentlichte sie zahlreiche Kriminalromane in der Thriller-Reihe bei Rowohlt, später bei Heyne. Sie wechselte dann das Genre und schrieb hauptsächlich Kinderbücher und viele Drehbücher (»Das Großstadtrevier«, »Ein Fall für zwei«). Erst mit ihren Barcelona-Krimis um die Detektivinnen von Llimona 5 fand sie wieder zum Kriminalroman zurück. Im Verlag der Criminale sind die beiden Titel *Letztes Kapitel* und *Stimmen unter dem Dach* lieferbar. Bei Heyne erschien zuletzt *Eisiges Schweigen.*

Irene Rodrian

Meines Bruders Mörderin

Roman

WILHELM HEYNE VERLAG
MÜNCHEN

FSC
Mix
Produktgruppe aus vorbildlich bewirtschafteten Wäldern und anderen kontrollierten Herkünften
Zert.-Nr. SGS-COC-1940
www.fsc.org

Verlagsgruppe Random House FSC-DEU-0100
Das für dieses Buch verwendete FSC-zertifizierte Papier
München Super liefert Mochenwangen Papier

Vollständige Taschenbucherstausgabe 01/2007

Printed in Germany 2007
Umschlagfoto: © Barthold, C. / plainpicture
Umschlaggestaltung: Eisele Grafik-Design, München
Satz: Franzis Print & Media GmbH, München
Druck und Bindung: GGP Media GmbH, Pößneck
ISBN: 978-3-453-43237-6

www.heyne.de

I.

Begegnung auf den Ramblas

1

Der Mann, den sie sich als Opfer ausgesucht hatte, war etwa fünfzig. Deutscher, vielleicht auch Schweizer. Er sah gut aus für sein Alter. Volles Haar mit grauen Schläfen, Sonnenbrille, markantes Kinn, Ganzjahresbräune. Segelschuhe und weiße Jeans. Ein lässiges Hemd aus schwarzer Wildseide konnte die durchtrainierten Schultern nicht verbergen. Die limitierte Platinuhr an seinem Handgelenk wäre einem Amateur sicher nicht aufgefallen. Aber Barbara war Profi. Sie war erst vierundzwanzig, sie war die Beste.

Automatisch streckte und krümmte sie die Finger, um ihre Beweglichkeit zu steigern. Barbara war nicht sehr groß, knapp eins sechzig. Schmal und dunkelhaarig. Sie fiel hier nicht auf. Geschmeidig schob sie sich zwischen den Schaulustigen hindurch, um Mr. Platin nicht zu verlieren. Plötzlich tanzten kleine Funken vor ihren Augen. Sie blieb stehen. Das Atmen machte ihr Mühe. Die Luft war gesättigt von Diesel, Feuerwerkschemie, billigen Parfums und frisch frittierten *churritos*.

Das war keine gute Basis. Barbara konnte sich nicht erinnern, wann sie zum letzten Mal richtig gegessen hatte. Aber es war nicht nur der Hunger, sie hatte kein gutes Gefühl bei der Sache. Sie folgte diesem Mann jetzt schon zehn Minuten, aber das erregende Prickeln, mit dem ihr Jagdinstinkt normalerweise auf eine so viel versprechende Beute reagierte, blieb aus. Irgendetwas stimmte nicht.

Sie überhörte die Warnsignale. Sie brauchte das Geld dringend. Mehr als dringend. Sie musste diese einmalige Gelegenheit nutzen.

Es war der 23. Juni, San Juan. Für Barcelona die größte *fiesta* des Jahres. Schon jetzt, am späten Nachmittag krachten in den Nebenstraßen der Ramblas die ersten Feuerwerkskörper. Die Sonne glühte an einem wolkenlosen Himmel, Techno dröhnte vom Dach des Museums herunter. Im hämmernden Takt stießen verschieden hohe Röhren grellbunte Rauchfontänen in die Luft.

Leichter Wind vom Meer ließ die Lichtflecken unter den gewaltigen Platanen tanzen. Die breite Allee zwischen den hohen alten Bürgerhäusern war voller Menschen. Verkaufsstände mit üppigen Blumenbergen, exotischen Vögeln in viel zu kleinen Käfigen, bunten Fischen in noch kleineren Gläsern, Zeitungen, Stadtplänen, Souvenirs. Auf beiden Seiten stauten sich die Autos, quetschten sich Mopeds und Vespas dazwischen, drängelten und schoben sich immer mehr Menschen dazu. Unten vor dem

Museum hupte eine Lok aus alten Plastikflaschen schrille Kakophonien zu dem Farbhappening auf dem Dach. Der Lärmpegel war jenseits aller Messeinheiten.

Ein rundum versilbertes Rokokopärchen erwachte zum Leben, als Mr. Platin der Dame eine Münze ins Körbchen warf. Der junge Mann zog seinen Zylinder und verbeugte sich galant, sie schenkte ihm ein Lächeln und ein Silberkügelchen.

Barbara atmete aus ein, aus ein. Ruhe. Konzentration. Sie schob sich vorsichtig näher. Der Platinmann schien von der Stimmung, der Hitze, den bunten Nebelschwaden, der Musik und dem silbernen Pärchen völlig absorbiert. Auf seinem Seidenrücken erschien ein dunkler Schweißfleck und zeichnete dicke Muskelpakete nach.

Sie durfte ihn nicht unterschätzen. Auf keinen Fall. Unter dem Hemdrand konnte sie das pralle Portemonnaie erkennen, das in seiner rechten Gesäßtasche steckte.

Noch ein Stück näher. Zwischen ihr und Mr. Platin waren jetzt nur noch zwei ältere Engländer, die versuchten, in dem Gewühl einen neu erworbenen Stadtplan aufzufalten.

Barbara wollte sich gerade an ihnen vorbei arbeiten, als ihr ein Junge zuvorkam. Kaum älter als zwölf, dunkle Locken und ein verwaschenes T-Shirt. Mit einem heftigen Ruck riss er der Engländerin die Handtasche von der Schulter, warf sie einem anderen Jungen zu, und beide waren in der Menge verschwunden, noch bevor die Frau zu schreien begann.

Barbara hasste diese Typen. Dämliche Dumpfbacken, die alten Damen die Tasche wegrissen. Jetzt wurde schon mit Postern in den Hotels vor diesen sogenannten Taschendieben gewarnt. Wirklicher Taschendiebstahl war eine Kunst. Nicht die Tasche galt es zu stehlen, nur den Inhalt. Es war, als würde man dasselbe Wort für Fahrrad und Flugzeug benutzen, als würde man ein Verkehrsschild mit einem Picasso vergleichen.

Barbara dachte an Pablo el Rey, den König der Taschendiebe. Ihren Ziehvater, Mentor und besten Freund. Er war ein Gentleman gewesen, und er hatte ihr mit dem Handwerk auch die königlichen Regeln des Gewerbes beigebracht.

Wie immer, wenn Barbara an Pablo dachte, und sie dachte täglich an ihn, drohten Schmerz und Trauer sie zu überwältigen. Sie vermisste ihn so sehr. Aber das war sentimentale Schwäche. Und genau die konnte sie sich gerade jetzt nicht leisten. Direkt vor ihr stand die Beute des Jahres. Mr. Platin. Wie alle anderen reagierte auch er mit leichter Zeitverzögerung auf das Geschrei der Engländerin. Wandte sich zu ihr um. Ihr Mann brüllte nun auch und fuchtelte mit beiden Händen aufgeregt in die Richtung, in der die beiden kleinen Diebe verschwunden waren.

Barbara war jetzt dicht hinter Mr. Platin. Sie atmete wieder tief aus ein, aus ein und wurde ruhig. Sie bewegte sich wie in Trance vorwärts, griff sanft nach der Uhr an seinem Arm, schob den Verschluss auf und ließ sie in ihre Hand gleiten, schlug kurz an seine linke Schulter und zog gleichzeitig mit einer schlangenweichen Bewegung die Geldbörse aus seiner rechten Hosentasche.

Sie bewegte sich langsam und geschmeidig. Verschmolz mit der Menge. Sie hörte noch die Sirene eines Polizeiautos, dann schlüpfte sie zwischen zwei Taxis hindurch und in die nächste Nebenstraße. Barbara schob sich in einen Hausgang, um die Beute zu prüfen.

Eine bis zum Bersten gefüllte Klappbörse mit diversen Seitenfächern. Helles Ziegenleder. Robert Reimann. Deutscher, sechsundfünfzig Jahre alt. Dann doch. Jede Menge Kreditkarten, nur Gold und Platin, Fotos von diversen Bikiniblondinen und eins von vier niedlichen Kindern im Alter von fünf bis zwölf. Ein dicker Packen Bargeld in verschiedenen Währungen. Und die Platinuhr. Fünfundzwanzigtausend Dollar grob geschätzt. Der Jackpot.

Barbara wollte sich gerade umwenden, als sie brutal gepackt und im Polizeigriff in die Knie gezwungen wurde. Sie stöhnte auf. Eine braun gebrannte Hand durchsuchte sie. Sie kannte die Hand. Knapp über dem Knöchel war ein heller Streifen, wo die Uhr gesessen hatte. Barbara ließ die

Muskeln schlaff werden, bis sich der Polizeigriff lockerte. Dann trat sie zu. Knappe Drehung unter der Schulter hindurch, und die Ferse in seine Weichteile.

Ein kurzes Stöhnen über ihrem Kopf, der Polizeigriff verstärkte sich im Reflex, und ein unerträglich scharfer Schmerz schoss hoch bis in ihren Schädel. Sie schrie. Wehrte sich, trat und biss um sich.

»Ist ja gut«, er drehte sie wie ein Steak auf der Grillpfanne herum. Mr. Platin, direkt über ihr. Ihr Gesicht doppelt in seinen blauen Brillengläsern. Sie verstummte. Es hätte sowieso kein Mensch reagiert. Er hielt sie fest, zog die Platinuhr aus ihrer einen Westentasche, die Geldbörse aus der anderen. »Und nun?«

Barbara dachte an das Messer, das sie in ihrer Hose verborgen bei sich trug. Sie schwieg, bewegte sich nicht.

Mr. Platin musterte sie interessiert. »Sie sind sehr schön.«

Barbara schwieg weiter.

Mr. Platin lächelte. »Okay, Sie tun zwar alles, um das zu verbergen, aber ich hab's doch bemerkt. Sie sind wunderschön.« In seiner Brille das Haus von gegenüber, winzig gewölbt mit hunderten von Balkonen und Sonnenmarkisen. Weiße Zähne. »Allein diese Augen! Sind Sie überhaupt ein echtes Mädchen oder sind Sie ein Kobold?«

Barbara bewegte sich nicht.

»Ich würde Sie gern einladen. Zu einem Kaffee oder einem Glas Champagner. Oder was auch immer.«

Barbara schnaubte höhnisch durch die Nase. Es gelang ihr nicht so ganz in der schmerzhaft gekrümmten Haltung.

»Die Frage ist nur, wieweit kann ich Ihnen trauen«, seine platinlose Hand tastete an ihr herunter, fand das Messer und in der kleinen Innentasche ihrer Hose den Führerschein. »Aha!«, kaum verhohlener Triumph, »Barbara Dyckhoff«, er lockerte den Griff unwesentlich. »Meinen Namen kennen Sie ja bereits. Robert Reimann.«

Barbara änderte ihre Strategie. »Bitte. Sie tun mir weh.«

»Oh, sorry«, er lockerte den Griff weiter und zog sie ein Stückchen höher zu sich herauf. Goldene Blaureflexe auf seiner Brille. »Ich will Ihnen um Gottes willen nicht wehtun. Ich möchte doch nur ein Glas Champagner mit Ihnen trinken. Ich möchte Sie zu einem festlichen San-Juan-Essen einladen, ich möchte mit Ihnen vom Dach Barcelonas aus das Feuerwerk betrachten. Ich möchte nichts weiter, als diese Nacht mit Ihnen verbringen. Nichts sonst.«

Er roch nach frischer Seife, offenem Meer und dem Wind. »Und?« Barbara hätte sich ohrfeigen können für den Säuselton in ihrer Stimme. Sie räusperte sich. »Und wieso knallen Sie mir nicht einfach

Ihre Keule über den Schädel und schleppen mich in Ihre Höhle?«

»Das würde ich sehr gern. Ehrlich. Viel lieber als Sie mit all den Fingerabdrücken auf meiner Brieftasche und Ihrem Führerschein der Polizei zu übergeben.«

Er drehte sie so dicht zu sich heran, dass sie wie ein Liebespaar aussehen mussten. Eine Gruppe junger Leute rannte lachend direkt an ihnen vorbei. Keiner schaute her, die Show spielte auf den Ramblas. Hoch über den Häusern explodierten die ersten großen *tartas*. Rote, blaue, goldene oder regenbogenbunte Feuerwerksrosen.

»Sie wollen mich erpressen?!« Sie hätte ihn in die Nase beißen können, so nah war sein Gesicht.

Er lächelte. »Ja, genau.«

Grotesk. Der Kerl war mehr als doppelt so alt, so groß und so schwer wie sie. Plötzlich klickte es. Er war ihr vorhin schon irgendwie bekannt vorgekommen. Und sie hatte das verdrängt wie all die anderen Warnsignale auch. Jetzt erinnerte sie sich an den Artikel und sein Foto in El País. Rob Reimann. Millionär und Playboy.

»Was könnte ich Ihnen schon bieten?«

Er lachte. »Du gefällst mir.«

»Es gibt viel schönere Mädchen als mich. Und blond bin ich auch nicht.«

»Wer sagt denn, dass nur Blondinen schön sind?«, er grinste. »Ach so, du hast in meiner Brieftasche gekramt.« Sein Grinsen wurde breiter. Er sah jung aus in dem Moment. Und sehr ehrlich. »Komm, lass uns zu meinem Haus fahren.« Barbara spürte ein Ziehen im Magen. Er sah sie an. Sehr nah. »Keine Polizei. Okay?«

Barbara nickte und wusste gleichzeitig, dass das falsch war. Absolut falsch, extrem falsch. Der größte Fehler ihres Lebens.

Trotzdem nickte sie.

Reimann küsste sie ganz leicht auf die Stirn, bevor er sie losließ. Dann legte er ihr den Arm um die Schulter, als wären sie wirklich ein Liebespaar, und schob sie durch Nebenstraßen, Gassen und Hinterhöfe bis zum Hospital de la Santa Creu.

Er schwieg, bewegte sich sicher, kannte sich aus. Barbara spielte sein Spiel notgedrungen mit. Aber je weiter sie sich von dem fröhlichen Lärm der Ramblas entfernten, desto mehr schlug ihre Angst in Panik um.

Auf dem Hotelparkplatz hinter dem alten Kloster Sant Agustí blieb er vor einem nachtschwarzen Porsche 911 GT2 mit Barcelona-Nummer stehen. Naturweiße Ledersitze. Er ließ sie kurz los, um nach dem Autoschlüssel zu suchen.

Sie wog ihre Fluchtchancen ab. Sie liebte Barcelona, aber diese Stadt war schließlich nicht die ganze Welt. Barbara sprach fünf Sprachen, sie konnte auch in Berlin, London, Mailand oder Paris klarkommen. Oder in New York.

»Du kommst nicht mal bis zum Flughafen«, er hielt ihr die Tür auf. Der Duft von Seidenlack und Saffian.

Sie stieg ein.

2

Nina Simone im Autoradio. *It's cold out here.* Reimann schien vollkommen aufs Fahren konzentriert. Auch, wenn sie im Stau standen. Er sah nicht zu ihr her, er fasste sie nicht an. Er machte keine Anspielungen. Er schwieg. Er fuhr, als wäre er allein im Auto. Das war schlimmer, als wenn er sie angegrapscht hätte. Darauf hätte sie immerhin reagieren können.

Barbara tat, als hätte sie sich in ihr Schicksal ergeben, beobachtete, registrierte, suchte fieberhaft nach einem Ausweg. Er hatte ein Auto mit Barcelona-Nummer, er hatte ein Haus hier. Man konnte davon ausgehen, dass er wenigstens etwas Spanisch sprach. Aber er hatte sie sofort auf Deutsch angesprochen. Und sie sah nun wirklich nicht deutsch aus. Sie verstand nicht, was er von ihr wollte. Nur Sex? Kaum vorstellbar. Da hatte Mr. Platin doch ganz andere Möglichkeiten. Liebe auf den ersten Blick? Haha. Diese und ähnliche Illusionen hatte Barbara schon in frühester Kindheit verloren.

Reimann fuhr auch nicht wie erwartet nach Norden in die Berge hinauf, er fuhr in den Süden, Richtung Hafen. Girona. Vermutlich hatte er da eine dieser Millionärsvillen. Barbara wollte nur noch eins, raus aus diesem verdammten Porsche. Reimann bog beim Columbusdenkmal auf die Ronda Litoral ab und fuhr nach Barceloneta rein.

Das passte plötzlich. Die Segelschuhe und dieser Matrosengeruch. Und die Erinnerung an den Zeitungsartikel. Reimann war Segler. Sicher hatte er eine Yacht im Hafen liegen. Barbara wurde schlecht, wenn sie nur an die Möglichkeit dachte, dass er sie mit auf sein Boot und aufs Meer hinausnehmen könnte. Rechts vor ihr lag der Yachthafen. Die Sonne stand tief, halb verdeckt vom Club Nautico auf der anderen Seite. Auch hier Musik bis zum Anschlag und das Krachen von Feuerwerksraketen. Bunte Lichter spiegelten sich im Wasser. Menschentrauben.

Reimann bog vorher ab. Barbara fühlte sich schlagartig vom Leben und jeder Hilfe abgeschnitten. Eine winzige Straße, fast noch auf der Fahrbahn ein langer Tisch mit Wein und Tapas. Alte Männer winkten ihnen zu, eine Frau brachte einen Teller mit gegrillten Sardinen ans Auto und lachte. Reimann nahm sich eine Hand voll. »Danke, Dolores, mein Tag ist gerettet«, er fuhr weiter. Er hatte Spanisch gesprochen. Akzentfrei, soweit Barbara das beurteilen konnte. War Reimann wirklich der, den El País interviewt hatte?

Reimann fuhr langsam weiter, es wurde dunkler, er bog in den Carrer d'Andrea Doria ein. Die Straße der endgültigen Havarie. Aber Reimann bog wieder ab, und wieder. Eine kleine Gasse, dann waren sie wieder nah am Meer und ganz nah am Park. Blühende Yuccas und Palmen. Und Dunkelheit. Die Lichter und der Lärm des Feuerwerks schienen plötzlich sehr weit weg. Reimann parkte den Porsche unter einem offenen Carport vor einer etwa zwei Meter hohen Mauer aus Natursteinen. Barbara wollte die Beifahrertür öffnen, aber er ließ ihr keine Chance. Er kam ihr zuvor und packte sie am Arm, sobald sie ausgestiegen war. Der Zündschlüssel steckte noch. Er hatte ihn vergessen. Barbara schlug plötzlich um sich und versuchte, sich mit einem Ruck aus seinem Griff zu befreien, aber er hielt sie brutal fest und zog sie mit. Zu einem Tor in der Mauer. Das Schloss öffnete sich auf Tastendruck. Drei, sieben, drei. Innen nur eine Klinke. Dahinter lag ein kleiner Palmengarten, Kieswege, ein flaches Steingebäude mit Bogenfenstern. Früher war es vielleicht mal eine Fischhalle gewesen. Jetzt war das Gebäude entkernt und neu durchdesignt. Reimann gab ihr kaum Zeit zum Schauen, er zerrte sie mit hinein. Zwei rohe alte Ziegelmauern übers Eck, ein Flaschenzug ins Nichts, die Reste schwarzer Zahnräder vor schneeweißem Putz, sonst nur Glas, Stahl und Licht. Dunkles Holz und weißes Leder. Eine Reihe großformatiger Schwarzweiß-Fotos in schmalen Silberrahmen. Szenen aus Barcelona. Die Ramblas, Altstadtgassen, eine Nachtbar, ein Café ... Licht und Schatten dramaturgisch gekonnt eingesetzt. Auf jedem der Fotos war ein schönes dunkelhaariges Mädchen zu sehen. Im Profil, im Hintergrund, am Bildrand. Barbara glaubte für einen winzigen Moment, sich selbst in dem Mädchen zu erkennen. Zwei riesige Bilder von Kemíl Martín, einem der Stars der Kunstszene Barcelonas. Explosionen in Rot, Blau und Schwarz. Eine minimalistische Luxusküche, eine Bartheke mit den berühmten Hockern von Javier Mariscal, dahinter einer seiner Comicteppiche aus den achtziger Jahren, ein gläserner Tisch, schwarze Stühle mit weißem Ledergeflecht, zwei handgeschnitzte antike Kontorschränke und eine Spindeltreppe nach oben zu dem halb offenen Schlafzimmer unter dem Dach. Das ganze war eine Art Loft, Teil einer Fabrikhalle aus dem 19. Jahrhundert.

Barbara war so beeindruckt, dass sie für einen Augenblick ihre Angst vergaß. Reimann klapperte hinter der Küchenbar mit Gläsern. Ein Korken knallte. »Champagner?« Er wartete die Antwort nicht ab, kam mit zwei vollen Gläsern wieder hervor. »Das gehörte früher zu der Lokfabrik. Sie wissen ja sicher, Barceloneta wurde damals für Fischer und die Arbeiter der Lokfabrik gebaut.«

»Jedenfalls nicht für Millionäre und Playboys. Ich dachte, man hat alle alten Industrieanlagen abgerissen und den Park dafür angelegt.«

»Hat man auch.« Er drückte ihr eins der Gläser in die Hand. »Kommen Sie, ich zeig's Ihnen.« Er ging voraus, die Spindeltreppe hinauf. Barbara versuchte, nicht zu dem gigantischen Bett hinzuschauen. Meerblaue Seidenbezüge. Über dem Kopfende ein kleiner Dalí. Gegenüber dem Fußende ein schmales Glasfenster mit einem Blick auf Palmen und das Meer dahinter. Die Treppe führte zu einer einfachen Stahltür. Reimann ließ ihr den Vortritt. Barbara versuchte cool zu bleiben, aber sie schaffte es nicht.

Ein Flachdach von gut dreihundert Quadratmetern. Bougainvillea, Yuccas und Siempre Verde in Töpfen rundum am Rand. Terrassenmöbel aus Teak und Sonnenschirme. Direkt darunter der Park und gleich dahinter der Strand und das Meer. »Salud«, Reimann stieß mit seinem Glas gegen ihres.

Sie trank einen Schluck und lächelte verkrampft. »Und was ist das für ein Gefühl, hier so als Millionär zwischen alten Fischern und Arbeitern zu leben?«

»Ein gutes. Die Leute mögen mich.«

Er grinste diesmal nicht, wirkte wieder ehrlich und überzeugend. Barbara musste intensiv gegen ihre widersprüchlichen Gefühle anarbeiten. »Und wie haben Sie das geschafft? So einen Superloft auszubauen inmitten eines absolut geschützten und gesetzlich genau definierten *barrio*?«

»Peseten«, er hob die Schultern, als wäre ihm

schon das Wort peinlich. »Oder Dollars, wie Sie wollen. Ich hatte ein paar übrig und habe einen guten Teil davon hier in das Viertel gepumpt. Altenklub, Kindergarten, Kulturzentrum. Das kommt den Leuten zugute, mehr als noch sieben Palmen und eine Mahagonibank im Park.«

Die Sonne ging unter, das Meer leuchtete erst gelb, dann tieforange und zuletzt blutrot auf. Barbara trank den letzten Schluck aus ihrem Glas. Reimann öffnete die Eisbox, die er mit heraufgebracht hatte. Er lächelte, kniete sich neben sie und packte aus. Noch eine Champagnerflasche, Eiswürfel, Nüsse, Oliven, Baguette, Ziegenkäse und hauchdünner Serranoschinken. Barbara versuchte das Vibrieren in ihrer Magengegend zu ignorieren. Sie hatte seit Tagen nicht mehr richtig gegessen, aber diese Art Vibrieren hatte mit Käse und Oliven nichts zu tun.

Reimann füllte ihr Glas nach und stieß mit ihr an. »Danke, dass du gekommen bist.«

Er hatte jetzt keine Sonnenbrille mehr auf, seine Augen waren grün. Barbara trank hastig. Es lag an dem verdammten Licht, dass man seine Falten nicht mehr sehen konnte und seine grauen Haare. Am Park und unten am Strand wurden immer mehr *tartas* in die Luft gejagt.

Barbara musste plötzlich lachen. Nahm eine Olive, viel half es nicht. »Die armen Patienten da drüben im Hospital del Mar, die bekommen heute sicher eine Dreifachration Schlafpillen.«

Reimann lachte mit ihr. »Die sind das gewöhnt, die Strand*kioskos* dröhnen doch immer rund um die Uhr. Das war auch nicht immer eine Klinik, früher war's ein Kurheim. Damals, als sich noch kein Mensch auszog, um sich an den Strand zu legen oder ins Meer zu stürzen.«

»Sie sind gut informiert.«

»Ich lebe hier.«

»Und in Zürich, München und London«, Barbara blieb cool, sie wusste Bescheid.

Reimann grinste, wurde wieder ernst. »Paris, Miami, Barbados, die Medien wissen nicht alles.« Stimmen, Musik.

Hinter dem Park explodierte eine riesige silbernpurpurne Blüte über dem Meer. Barbara hatte Mühe, sich gegen seine Präsenz zu wappnen. »Was wollen Sie wirklich von mir?«

Zuerst dachte sie, er habe sie nicht verstanden. Aber dann wandte er sich ihr zu. Langsam, fast wie unter Zwang. Seine Stimme war sehr leise, so als würde er nur mit sich selber sprechen. »Ich möchte Ihnen einen Job anbieten. Für zwei Millionen Euro.«

Barbara glaubte sich verhört zu haben. Zwei Millionen Euro, das wären ja nach alter Rechnung vier Millionen D-Mark oder drei Millionen Dollar, eine Summe, die man gar nicht in Peseten umrechnen konnte, weil dabei viel zu viele Nullen herauskamen. Barbara schenkte sich Champagner nach. »Soll das ein Witz sein?«

»Nein«, Reimann sah sie nicht an, schaute wie sie auch hinaus aufs Meer und die in immer kürzeren Abständen explodierenden *tartas*. »Ich will ehrlich sein. Ich kenne Sie. Ich beobachte Sie schon lange. Ich habe Sie ausgesucht.«

»Ah ja«, Barbaras Stimme war flach. Jetzt kam die Wahrheit heraus. »Ich höre«, sie wich aus, als Reimann nach ihr griff. Er zog seine Hand sofort zurück.

»Sie sind in München geboren. Vater unbekannt, Ihre Mutter hat Sie als Baby zur Adoption freigegeben. Aber es gab keine Interessenten. Sie waren zu klein, zu krank. Darauf folgten Jahre in Waisenhäusern und Jugendheimen. Immer wieder versuchten Sie auszubrechen, mit dreizehn gelang es Ihnen. Sie kamen bis nach Barcelona. Ihre Alternativen damals waren Prostitution oder Diebstahl. Sie entschlossen sich für die zweite Variante und wurden erwischt. Vom schon damals alten Pablo el Rey, der Sie in seine berüchtigte Akademie der Taschendiebe aufnahm und zur Meisterin ausbildete. Sie waren seine letzte Schülerin.« Reimann schenkte Champagner nach.

Über dem Meer erblühte eine Rosette in Blau, Gold und Grün. Barbara hatte Mühe zu atmen. Er wusste alles über sie. Er hatte sie ausgeforscht. Nichts hier war Zufall. Sie dachte an die vermeintliche Sicherheit ihrer kleinen Dachwohnung in der Calle de la Llibreteria und an Fritz the cat, den rot getigerten Chef aller Dächer im *barrio gótico*, ihren einzigen Freund. Bevor er sich nach langem Zögern entschloss, bei ihr zu bleiben, war er ein zerzauster Streuner gewesen, vermutlich würde er auch ohne sie überleben können. Wenn sie nicht mehr heimkam. Wenn ihr etwas passierte. Zwei Millionen Euro. Ihre Stimme krächzte. »Warum?«

»Ich habe jemanden gesucht, der geschickt ist, klug, umsichtig und ...«

»Und dringend Geld braucht?«

»Ja. Und der ohne ...«

»Ohne Familie ist?«

»Ja, der frei ist. Der Job enthält ein gewisses, allerdings kalkuliertes Risiko. Deshalb habe ich Sie ausgesucht. Sie sind mutig, aber nicht tollkühn, Sie nehmen es mit den Gesetzen und der Moral nicht übergenau. Sie haben keine Bindungen hier, richtig? Sie könnten also im äußersten Notfall Barcelona verlassen. Sie sind integer, haben einen ziemlich strikten Ehrenkodex. Und Sie können schweigen.« Er wandte sich ihr zu, leise und eindringlich. »Ich habe Sie ausgesucht, weil ich Sie brauche.« Seine grünen Augen schimmerten feucht. Theater? Tränen? Salzluft? Er sah hilflos aus und irgendwie verwirrt. »Bitte.«

I've got you under my skin ... Plötzlich schallte Frank Sinatra vom Park hoch. Eine Gruppe junger Leute ließ sich zum Picknick unter den Palmen nieder. Frank Sinatra, ausgerechnet. Weil ich Sie brauche. Ein ohrenbetäubendes Krachen und eine Dreifachtarta in Violett, Silber, Grün und Rot. Fehlte nur noch die Sahne, dann wär's eine Hochzeitstorte geworden.

Barbara zwang sich, cool zu antworten. »Anzunehmen, dass Sie keine zwei Millionen verschenken. Also ist das der Preis für eine kriminelle Handlung. Ein guter Preis. Wofür? Einbruch in ein hoch gesichertes Objekt? Juwelendiebstahl? Kunstraub?«

»Mord.«

Come fly with me, sang Sinatra. Die jungen Leute lachten, küssten sich und ließen Champagnerkorken knallen. Reimann beugt sich zu ihr herüber. Barbara wich nicht zurück.

»Wen?«

»Mich.«

Schweigen. Sie sah sich in seinen Augen. Seine Hände umfassten ihr Gesicht. Lächeln. Er küsste sie.

»Meine schöne Mörderin.«

3

Vom Pati Llimona zum Polizeipräsidium in der Laietana waren es zu Fuß keine zwanzig Minuten. Pia liebte es, durch die engen und krummen Gassen zu gehen, Freunde zu sehen, Leute zu grüßen und kurz vor Dienstbeginn noch einen *americano doble* im Mesón del Café zu trinken. Es gab sowieso im ganzen *barrio* kaum Parkplätze, und sie benutzte ihren alten Toyota so gut wie nie. Er hatte einen Standplatz in der Tiefgarage an der Plaça Regomir gleich um die Ecke und rostete da friedlich vor sich hin.

»Du musst doch nicht etwa ausgerechnet heute arbeiten«, Gabriel stellte ein Tellerchen mit fein gewürztem Blätterteiggebäck neben ihren Kaffee. Gabriel schrieb in seiner Freizeit Kriminalromane und verlegte sie selbst. Er interessierte sich brennend für ihre Arbeit und ihr Leben. »Von deiner Wohnung aus hättest du einen einmaligen Blick auf das Feuerwerk heute Nacht.«

»Ja, und ich hätte eine Party geben und dich einladen können.«

»Ich hätte für den Champagner gesorgt«, Gabriel grinste verlegen und wandte sich einem anderen Kunden zu. Sein kahler Kopf und seine massige Gestalt ließen ihn älter wirken als er war. Sein Urgroßvater hatte die Kaffeemaschine erfunden. Nicht ahnend, dass es sie schon längst gab. Er war ein guter Freund, Pia hätte mit ihm reden können. Sie sagte nichts. Zahlte nur und ging.

Bumpin' on Sunset jazzte es von der Kreuzung hoch. Eine Gruppe tschechischer Rucksacktouristen aus dem Jugendhotel. Zwei Amerikaner kamen dazu, Saxophon und Gitarre, Pedro holte seine Trompete. Die Leute blieben stehen und kamen auf die Balkone heraus. Bierdosen kreisten. Einer Frau im vierten Stock rutschte die Schüssel mit dem Tomatensofrito aus der Hand. Pia konnte gerade noch wegspringen. Ein paar Spritzer erwischten sie trotzdem. Sie trug wie immer Jeans, Turnschuhe, Weste und T-Shirt. Es waren nicht die ersten Flecken.

Pia hatte sich freiwillig zum Einsatz gemeldet. Erfahrungsgemäß gab es in dieser Nacht immer sehr viel Arbeit, jede Menge Körperverletzungen, Eigentumsdelikte, Überfälle und auch Morde. Da wurde jeder Kollege dringend gebraucht. Aber das war es nicht. Sie hatte die Karte voller Überstunden und eigentlich frei. Sie rannte fast, um der festlichen Stimmung zu entkommen. Als sie am beeindruckend großen Polizeipräsidium ankam, dem weißen Palast der Comisaría, der Jefatura Superior, war sie etwas außer Atem. Drei voll besetzte Mannschaftswagen schossen aus der Einfahrt und rasten hinüber zur Plaça de Sant Jaume. Demos und Umzüge. Rund um das Rathaus waren alle Straßen gesperrt. Pia grüßte Felipe und Manolo, die heute Wache halten mussten und in ihren geschniegelten Uniformen wie Zinnsoldaten aussahen.

Manolo war ein gutmütiges Landei aus Andalusien, der mit seinem gesicherten Arbeitsplatz total glücklich war. Pia hatte ihm geholfen, seine Schreib- und Leseschwäche zu verbessern, und er brachte ihr dafür die köstlichen *tapas* und Eintöpfe seiner Mutter mit. Er grinste breit, als er sie sah.

Felipe war ein straffer Ehrgeizling, der es noch sehr viel weiterbringen würde. Er war hier geboren, er kannte sich aus, er passte auf und beobachtete. Und er sah sehr viel mehr als gut war. Er würde sie jederzeit anschwärzen, wenn es für seine Karriere nützlich war. Und bei ihrer bekannt unkonventionellen Arbeitsweise, um es mal diskret auszudrücken, konnte es nicht lange dauern, bis er etwas Anschwärzenswertes mitbekam. Er salutierte übertrieben.

Sie ging in den zugigen Durchgang, wich zwei weiteren Einsatzwagen aus, bog nach rechts ab und stieg die Stufen hinauf zur *brigada criminal*. Der ganze Flügel wurde seit Wochen renoviert, man konnte am Abend nie wissen, wo man am nächsten Morgen seinen Schreibtisch suchen sollte. Im Moment teilten sich verschiedene Dezernate den zweiten und dritten Stock. Überall Kisten und Kartons, Farbeimer, Plastikplanen und der Geruch von frischem Mörtel. Es war erstaunlich ruhig. Kein Bohrer, keine Schleifmaschine. Pia stolperte über eine offene Werkzeugkiste, die ziemlich verloren im breiten Gang herumstand. Die in den letzten Jahrzehnten allmählich abgeplatzten Putz- und Farbschichten ließen wieder die Umrisse von Stuckornamenten erahnen, die einst üppig an der Decke und rund um die massiven Mahagonitüren wuchern durften.

Die Tür zum provisorischen Großraumbüro der *brigada criminal* und der Mordkommission klemmte wie immer. Nur sieben der zwölf Plätze waren besetzt. Kein Geschrei, keine Diebe, Huren oder Zuhälter. Es war noch zu früh. Die *putas* saßen beim Essen und ihre *chulos* pennten noch.

Toni war natürlich schon da. Er war fünfundzwanzig, elf Jahre jünger als sie. Verheiratet mit Verónica, einer reichen Biererbin. Vater von einem dreijährigen Sohn und einer elf Monate alten Tochter. Er wäre heute problemlos freigestellt worden. Aber er war hier. Wie erwartet. Antonio Botía, der neue *inspector* mit dem Unidiplom.

Pia ging zu ihrem Tisch und fühlte seinen Blick. Er war auch nur ihretwegen hier. Sie warf den Computer an und tat, als würde sie nichts bemerken. Toni schien in ein intensives Gespräch mit Silvi vertieft. Die schöne blonde Praktikantin. Neunzehn

Jahre alt, schlank wie ein Zahnstocher und aufgemotzt wie für eine Opernpremiere. Sie schauten zu ihr her, kicherten.

Pia fühlte sich alt, dick und hässlich. Sie hatte die untersetzte muskulöse Figur ihres Vaters und das kupferrote Haar ihrer Mutter. Nur fiel es bei ihr leider nicht in weichen Kaskaden über die Schultern, sondern saß wie ein gestauchter Mop auf ihrem Kopf. Sie hämmerte in die Computertasten. Der Bericht über den gestrigen Einsatz.

Blutige Auseinandersetzung zwischen zwei Drogendealern. Der eine Ali, ein illegaler Marokkaner, der andere Jordi, der nichtsnutzige Sohn des ehrenwerten Don Esteban, Geschäftsmann, Inhaber einer Kette von luxuriösen Dessousläden und Wohltäter der Kirche. Jordi war in das Gebiet des Marokkaners eingedrungen und hatte dilettantisch verschnittenen Koks weit unter Preis angeboten. Und im Gegensatz zu Ali nahm Jordi das Zeug auch selber. Sie hatten sich praktisch gegenseitig abgeschlachtet. Mit Messern. Sehr exklusiven Messern. Einem Schmetterling mit Perlmuttintarsien und einem Falldolch mit Sägezähnen und Hirschhorngriff. Ein entfernter Vetter von Ali hatte einen Messerladen im Raval, und pikanterweise stammten beide Messer von dort. Ali war tot, Jordi lag auf der Intensivstation. Es sah nicht gut aus für ihn.

»Entschuldigung«, eine leise Stimme ließ Pia aufsehen. Die Frau vor ihrem Tisch war jung, Mitte,

Ende zwanzig vielleicht. Strähniges Haar, verlaufener Lidstrich, zerbissene Lippen. Sie trug einen grauen Jogginganzug, der ihre Figur verbarg. Pia hatte nicht gemerkt, dass sie hereingekommen war.

»Ja?«

»Man hat mich hierher zu Ihnen geschickt. Ich komme aus Valencia.«

»Ah ja?« Toni. Natürlich. Die Kompetenzen der einzelnen Dezernate überschnitten sich sowieso schon vielfach, man versuchte, interessante Fälle für sich an Land zu ziehen und unangenehme weiterzuschieben. Vor Pias Tisch stand ein Besucherstuhl, unter einem Berg Akten begraben. Pia machte ihn nicht frei. Sie hatte keinen Bock auf langatmige Ergüsse. »Sie heißen?«

»Isabel Ribera-Montserrat.« Die Besucherin reichte ihr einen Personalausweis und lächelte großäugig, die kleine Graumaus aus der Provinz. »Ich suche meinen Mann. Martín. Er ist verschwunden. Hier!« Sie kramte ein verknicktes Foto hervor. Der Mann darauf war kaum zu erkennen, aber er sah alt aus und unscheinbar. Schütteres Haar, ein ursprünglich mal für einen Anzug gekauftes Streifenhemd offen über einem dicken Bauch und schlecht sitzende Bermudas an dürren, bleichen Beinen. Im Hintergrund unscharf ein paar staubige Mandelbäume und die Terrassenbrüstung eines Reihenhauses.

Pia gab ihr Foto und Ausweis zurück. »Tut mir

wirklich Leid, Señora Ribera, aber wir sind hier in Barcelona. Wenn Ihr Mann in Valencia verschwunden ist, müssen Sie ihn auch in Valencia als vermisst melden. Ich kann Ihnen hier leider nicht helfen.«

»Ich liebe ihn!«

»Das ist schön. Ich bin sicher, Ihr Mann wird sich wieder einfinden.« Pia beugte sich über ihren Computer, um der Frau klarzumachen, dass sie keine Zeit mehr hatte.

»Er ist aber so oft in Barcelona. Könnten Sie da nicht mal hier nachsehen?«

»Señora, Barcelona ist eine Millionenstadt. Gehen Sie zurück nach Valencia. Bitte. Versuchen Sie es weiter dort. Die Polizei in Valencia hat auch Computer. Wir sind alle vernetzt und verbunden.« Pia spürte das Kichern von Toni und Silvi mehr, als dass sie es hörte. Jaja. Sehr komisch, ihr so eine taube Nuss unterzujubeln.

Ihr Telefon piepste, aus seinem Glasbüro winkte ihr Don Ignacio, Señor Sanchez-García zu. Der *comandante*, der Chef. *El jefe*. Ein *latin lover* wie im Kino. Mitte fünfzig, dunkles Haar mit grauen Schläfen und ein markantes Gesicht mit braunen Augen, vollen Lippen und einer Adlernase. Kaffeebraune Chinos und ein weißes Lacostehemd über haariger Männerbrust. Am Hals trug er ein kleines goldenes Kreuz wie ein Sizilianer.

Pia nahm den Hörer ab.

»Was ist jetzt mit dem Bericht?« Blaff.

»Ich sitz gerade dran, wie Sie unschwer erkennen können. *Jefe.*«

»In fünf Minuten hab ich alles auf meinem Tisch.«

»Tut mir ja wirklich unendlich Leid, aber ich hab noch nicht mal den Autopsiebericht bekommen.«

»Dann machen Sie eben Dampf, *chica*. Mir sitzt Don Esteban im Genick. In fünf Minuten!« Er knallte den Hörer auf. Das ›Don‹ hatte nicht mal andeutungsweise ironisch geklungen. Und *chica*, Mädel. Toni oder einen der anderen männlichen Kollegen würde er nie *chico* nennen. Aber besser noch *chica* als *Madrileña*.

Pia hörte sofort auf, überhaupt noch an dem Bericht zu arbeiten. Kippelte ihren Drehstuhl zurück und spürte Sanchez' Blicke durch Glas und Großraum hindurch. *Across a crowded room*. Sie verkniff sich jedes Grinsen. Ja, das war's, was ihre Mutter immer sagte. Pilar Juana Estel-Casares: Eine junge Frau hat nichts zu suchen in einem Männerberuf. Die einzigen Berufe, die sich für eine unverheiratete Frau von Stand schicken, sind kultureller oder karitativer Art. Du musst Bescheidenheit lernen, du musst lernen, dich unterzuordnen – an der Stelle kam immer der obligate Seufzer –, aber genauso gut könnte ich zu einer Mauer sprechen. Du bist so stur wie dein Vater.

Pia hieß eigentlich auch Pilar. Aber den Namen hatte sie mit zwölf Jahren endgültig abgelegt. Sie hatte nie verstanden, warum ihre Eltern geheiratet hatten. Irgendwann vor Urzeiten musste da so etwas wie Liebe gewesen sein. Pilar Juana, die millionenschwere Schönheit aus dem franconahen Clan in Madrid und Anselmo, der kleine ehrgeizige Polizist. Die Señora und der Powerman. In den Jahren nach Francos Tod war vieles möglich. Nicht alles. Pilar wurde aus der Familie ausgestoßen, enterbt und vergessen. Sie gingen nach Barcelona, und Anselmo machte schnell Karriere, aber natürlich konnte er seiner Frau weder den gewohnten Status noch irgendeinen Luxus bieten.

Für Pia war er der absolute Held, er stand für Demokratie und Gerechtigkeit. Sie widersetzte sich allen Versuchen der Mutter, sie zu einer Señora zu erziehen. Sie hasste dieses Leben und diese Gesellschaft, nach deren seit Jahrhunderten fest gefügten Regeln eine Frau nicht dieselben Rechte und Möglichkeiten hatte wie ein Mann.

Als sie zwölf war, wurde ihr Vater bei einem Einsatz erschossen. Die Kollegen feierten ihn als Held, aber sie nannten ihn immer noch den Madrileño. Den Mann aus Madrid. Pia war zutiefst verletzt, wütend und empört. Die Mutter zog wieder zurück nach Madrid. Pia schmiss die Schule und wurde von diversen katholischen Internaten relegiert. Sie wollte wieder nach Barcelona und zur Polizei. Wegen schlechter Noten und den geschickten Interventionen ihrer Mutter musste sie ganz unten anfangen. Und obwohl sie in Barcelona aufgewachsen war, blieb sie für die anderen die Madrileña.

Toni kam auch aus dem Norden. Aber bei ihm spielte das keine Rolle. Er hatte die Universität besucht, er war etwas besonderes, er war die neue Generation.

Pia hatte sich für eine Frau extrem schnell hochgearbeitet. Sie hatte in allen Disziplinen die höchste Punktzahl. Sie konnte besser schießen als die männlichen Kollegen und ihre Erfolgsbilanz lag weit über Durchschnitt. Sie war eine von den knapp drei Prozent weiblichen Ermittlungsbeamten mit dem Titel *inspector*. Trotzdem immer noch die Madrileña. Oder die *chica*.

Capitán Josep Bonet kam herein, zu spät wie immer. Er grinste. Er war ein hervorragender Kriminalist und ein guter Freund. »*Hola*, Süße, was machst du denn für ein Gesicht?«

»*El jefe* will den Bericht über die Drogenschießerei von gestern sofort und noch zwei Tage früher, und außerdem geht mir dieser Toni *doctorado* auf den Keks, dieser Minus-IQ, der auf meinen Job scharf ist. Sonst nichts von Bedeutung.«

Josep Bonet lachte und umarmte sie. Er war der dienstälteste Ermittler im Team. Hager und immer leicht gebeugt. Er musste zwischen vierzig und sechzig sein. Längst hätte er nach oben in die Verwaltung und in die höheren Gehaltsklassen gehört, aber er hielt sich schon seit Jahren in der aktiven Ermittlung, und keiner von den Jungen wagte es, Witze über ihn zu machen. »Das ist doch nichts Neues. Er ist ein Schwachkopf.« Bonet winkte zu Toni hinüber, und er und Silvi trennten sich hastig. Bonet lachte. »Siehst du, auch noch feige. Hör zu, ich wollte dich nur fragen, ob du mit zur Atelierparty kommst. Du weißt schon, Kemíl Martín. Seine *fiestas* sind Legende. Vermutlich ist es sein und unser aller letztes San Juan auf seinem Dach. Der ganze Komplex mit seinem Atelier wird demnächst abgerissen.«

Pia vergaß Toni, Sanchez-García und den Bericht. »Du kennst Kemíl Martín?! Woher?«

»Kleine Drogenstory, reden wir nicht weiter darüber. Haschisch und ein bisschen Koks, nichts von Belang. Und seine Freundin Elena haben sie im Corte Inglés beim Klauen erwischt. Zwölf Tapagabeln, ich bitte dich!«

Pia lachte. Sie mochte den *capitán*, Josep Bonet, obwohl ihr seine laxe Dienstauffassung ziemlich gegen den Strich ging. »Ich kann nicht. Ich schieb heute Nacht Dienst. Wenn irgendwas passiert, will ich nicht, dass dieser Babyarsch seine Nase vorschiebt.«

»Ach, Schätzchen«, Bonet umarmte sie kurz, »das bringt doch nichts. Das ist, als wolltest du einen geilen Ehemann durch eine Liste mit Hausregeln am Seitensprung hindern.«

»Aber was soll ich denn machen? Ich weiß doch,

was er will und wie er arbeitet«, Pia schnaufte durch. »Und ich weiß auch, wie das alles hier läuft.« Bonet sah sie an. War da Mitleid in seinem Blick?

»Vertrau auf deine Fähigkeiten. Sieh das einfach professionell. Du bist besser als er. Sehr viel besser.«

Pia schrieb ihren Bericht fertig und brachte ihn zu Sanchez rein. Der schaute kaum hin.

»Was soll denn das jetzt sein?! Zwei Seiten! Das hab ich ja alles schon in der Zeitung ausführlicher gelesen.«

»Ich hab den Autopsiebericht noch immer nicht.«

Sanchez starrte sie an. »Würde das viel ändern?«

Pia starrte zurück. Öliges Machoarschloch. Hausgerüchte flüsterten von politischen Ambitionen. Sie konnte seine kleinen überheblichen Hirnsynapsen klicken hören. Er war sich so verdammt sicher. »Was genau erwarten Sie jetzt von mir? Dass ich Fakten fälsche, oder«, – räusper –, »verbiege? Dass ich den Fall so hinstelle, als wäre Jordi vollkommen unschuldig und unbewaffnet in das Messer von diesem blutrünstigen Ali gerannt?«

Sanchez-García lehnte sich in seinem Superluxusdrehsessel zurück, federte ein paarmal und sah sie an. Lächelte. Lieb und charmant. Leise: »Könnten wir das denn machen?«

Pia schüttelte den Kopf. »*No, Señor*, die Zeiten sind vorbei.« Sanchez verzog den Mund, es sah immer noch aus wie ein Lächeln.

»Tja. Dann müssen wir da durch. Hatten Sie nicht eigentlich frei heute, *chica*?«

Pia quälte sich ein Lächeln ab und ging zurück zu ihrem Platz. Das war viel zu schnell gegangen. Sie sah zu Toni hinüber. Jetzt hackte er wie besessen auf seinen Computer. Was zum Teufel hatte er da zu tippen? Pia wusste von keinem akuten Fall.

Es war noch immer extrem ruhig. Ein kleiner Junge hatte seinen Hund verloren, zwei deutsche Touristen ihr Kind. Keine unbekannten Toten, keine Huren, keine Zuhälter, keine Messerstechereien oder Schießereien und keine überfallenen Rentnerinnen.

Pia war Pragmatikerin. Information, Prüfung, Präzisierung. Sie gab nicht viel auf Ahnungen, Instinkte und Bauchgefühl. Selbst wenn die Scheiße knüppeldick runterkam, war dann immer noch genug Zeit, sich um die Müllabfuhr zu kümmern.

Heute war das anders. Irgendetwas stimmte nicht. Irgendetwas war nicht so wie es sollte, passte nicht. Pia war normalerweise nicht sehr gefühlvoll. Aber jetzt hatte sie eine ganz deutliche Vorahnung von nahem Unheil.

Sie stand auf und ging zum Kaffeeautomaten, um sich einen Becher von dem bitter-schwarzen Gebräu zu ziehen. Im Gegensatz zu allen Kriminalromanen und Polizeiserien war der Kaffee hier sehr gut. Roberto kam mit dem Posttrolley vorbei. Roberto war einundzwanzig und hatte das Downsyndrom. Er war immer gut gelaunt, und er war unglaublich stolz auf seinen Job hier. Roberto mochte sie gern und er liebte Kaffee.

»Hallo, Roberto. Wie wär's mit einem schönen süßen Milchkaffee?«

Er sah nicht mal zu ihr hin, zuckte nur kurz zusammen und hastete weiter mit seiner Post. Er wirkte verschreckt, wie auf der Flucht. Pia würde immer abstreiten, dass Roberto so etwas wie das zweite Gesicht besaß. Dass es so was überhaupt gab. Richtig war aber auch, dass Roberto schon ein paar Mal Ereignisse vorausgesehen hatte, seltsame Einzelheiten, unbekannte Zusammenhänge. Natürlich verwirrten ihn die Umbauten hier und die fast täglichen Veränderungen. Aber das war ja nicht so neu, das zog sich schon seit Monaten so hin. Roberto bog um eine Ecke, ohne noch einmal zu ihr zurückzuschauen.

Plötzlich war sie ganz sicher, dass heute Nacht etwas Schreckliches passieren würde. Aber genauso wusste sie auch, dass sie mit niemandem darüber reden konnte.

II.

Feuer über der Stadt

4

Ich habe Krebs. Lunge. Aber inzwischen sind fast alle Organe betroffen. Vielleicht noch ein halbes Jahr, eher weniger. Und das Ende wird sich sehr bald sehr hässlich gestalten. Verlust aller Würde und Kontrolle. Schmerzen ohne Ende. So einfach ist das.« Reimann entkorkte noch eine Champagnerflasche.

Am Himmel trafen sich Orchideen und Rosen, Bäume und Girlanden. Vielfarbige Reflexe auf dem Meer. Barbara leerte ihr Glas und ließ es nachfüllen. Sie hatte nicht mehr gegessen als ein paar Oliven und Cracker. Sie war betrunken. Das war's. Klare Frage, klare Antwort. Ich muss weg hier.

Sie stand auf. »Tut mir Leid. Aber Sie müssen sich jemand anderen suchen.«

Er war mit einem Schritt bei ihr. Hektisch. »Bitte, warte noch einen Moment. Du hast doch meine Brieftasche durchgewühlt. Du hast die Fotos der Kinder gesehen! Sie sind alles, was ich habe. Florian, Annika, Christoph und Felix. Ich liebe sie. Ich muss dafür sorgen, dass es ihnen gut geht. Ich habe ein paar Lebensversicherungen. Sie sind hoch. Aber nicht hoch genug, wenn ich einfach nur so an Krebs verrecke.« Er nahm einen Schluck. »Bei Unfall jedoch, und Mord ist auch eine Art Unfall, für das Opfer jedenfalls ... dann bekommen sie ein Vermögen.«

»Mein Gott, mir kommen die Tränen. Sie sind doch so reich, dass Sie vermutlich nicht mal wissen, wie viel Sie genau haben. Warum geben Sie Ihren Kindern das Geld nicht einfach?!«

»Das ist ja das Problem. Ich weiß genau, wie viel ich habe. Nämlich nichts. So gut wie nichts.« Er sah nicht krank aus, höchstens alt.

Barbara war wütend auf sich, weil sie ihn nicht sofort erkannt hatte. Weil sie sich für einen Moment sogar von ihm angezogen gefühlt hatte. Weil sie so unglaublich dumm gewesen war. »Für einen, der nichts hat, wohnen Sie recht aufwendig. Von dem Porsche draußen mal ganz zu schweigen. Und meinen zwei Millionen.«

»Nein, Barbara, das täuscht alles. Glauben Sie mir, nichts von alldem gehört mir noch. Ich bin hoch verschuldet. Ihr Geld habe ich hier im Safe. Ein Viertel. Der Rest nach meinem Tod.«

»Jetzt muss ich wirklich gleich weinen«, Barbara begann sich auszuschalten. Hörte nicht mehr richtig hin. Sie hatte einmal nicht richtig aufgepasst, das würde ihr kein zweites Mal passieren. Flucht. Ihr Adrenalin kochte. Sie musste raus hier, nur raus. Das war krank. Dagegen konnte sie nichts tun. Absolut krank. Sie schob sich an ihm vorbei zur Stahltür. »Tut mir Leid.« Sie wollte die Tür aufziehen, aber sie bewegte sich nicht. Panik.

Reimann war sofort bei ihr, den Schlüssel in der Hand. »Verzeih. Das wollte ich nicht. Ich wollte dich nicht erschrecken. Natürlich kannst du gehen. Jederzeit.« Er ließ ihr den Vortritt, und schwach vor Erleichterung stieg sie die Treppe hinunter. Sie wäre gern gerannt, aber das wagte sie nicht. »Darf ich dich noch um einen kleinen Gefallen bitten?« Reimann war hinter ihr, aber nicht zu nah.

Sie entspannte sich etwas, blieb aber auf der Hut. »Und zwar?«

Reimann hob die Schultern und wirkte wieder sehr jungenhaft. »Ich habe ein kleines Automuseum. Mein größtes Hobby und mein ganzer Stolz. Das würde ich dir gerne zeigen, bevor alles unter den Hammer kommt. Und hören, wie du es bewunderst. Okay?«

»Ein Museum? Wo?« Barbara blieb vorsichtig, aber von hier aus konnte sie jederzeit weg. Sie lächelte sogar.

»Gleich neben dem Haus. Pablo el Rey. Er liebte diese alten Autos. Ich habe seinen Silver Shadow ersteigert.« Reimann strahlte, schob sich an ihr vorbei, sorgsam darauf bedacht ihr nicht zu nahe zu kommen, und ging voraus. Durch den Loft, über den Hof zu einem langen Flachbau aus Holz, der ihr vorher nicht aufgefallen war.

Reimann wartete auf sie und machte es spannend wie im Theater. Er richtete eine Fernsteuerung auf das breite Tor, das sich surrend hob. Gleichzeitig leuchteten innen ganze Reihen von Halogenstrahlern auf und ließen seidig schimmernde Kotflügel erglühen. Silbern, tintenblau, dottergelb, nachtschwarz und glutrot. Wie Perlen auf einer Kette standen da mehr als ein Dutzend Oldtimer, die aussahen, als hätten sie soeben erst die Fabrik verlassen. Es roch nach Öl, Benzin, frischem Lack und neuem Leder.

Barbara vergaß ihre Angst. So etwas hatte sie noch nie gesehen. Luxus pur. Ein paar erkannte sie auf Anhieb. Den edlen Bugatti T44 mit Weymann-Aufbau in tintenblau, einen Mercedes Benz K24, die Königliche Hoheit, von dem damals weniger als dreihundert Exemplare gebaut worden waren, in burgunderrot, einen echten alten Silver Ghost von 1922, den Rolls Royce der Maharadschas in schneeweiß, einen blutroten Lamborghini Diablo und ganz hinten in der Ecke einen grünen Zwölfzylinder Ferrari GTO. Der war nur neununddreißigmal gebaut worden und nur dreimal in grün! Einen Augenblick lang glaubte sie hinter den spiegelblanken Scheiben sogar den Fahrer am Steuer zu erkennen und erwartete fast das Aufheulen des Motors.

»Die sind ja wunderschön!« Sie wandte sich zu Reimann um. Er hielt immer noch Abstand.

»Und alle wären sofort fahrbereit.« Reimann

strahlte ergriffen wie ein kleiner Junge unter dem Weihnachtsbaum. »Das ist mein Lebenswerk.« Seine Augen wurden feucht, es sah aus, als würde er gleich weinen.

»Aber Pablos Silver Shadow ist nicht dabei.«

Reimann schüttelte nur den Kopf.

Oh Gott, Barbaras Adrenalin brodelte hoch, sie wandte sich zum Tor um.

Zu spät.

Reimann stand zwischen ihr und dem Tor, das sich gerade mit leisem Summen zu schließen begann. Er hielt die Fernsteuerung in der einen Hand, ein Feuerzeug in der anderen. Ein absurd großes Sturmfeuerzeug. Ließ es schnappen. Klack. Fluffff. Eine daumengroße Stichflamme schoss hoch. Er lächelte wehmütig. »Eins kannst du mir glauben. Es tut auch mir weh. Sehr weh.«

Barbara sprang ihn an, aber er hatte das Feuerzeug schon geworfen. Es blieb nahe bei dem Rolls Royce liegen, und zunächst passierte nichts.

Barbara krallte ihre Finger in Reimanns Gesicht und trat ihm mit dem Knie zwischen die Beine. Er schrie auf, ließ die Fernsteuerung fallen und packte ihre Haare, riss ihr den Kopf zurück und schlug ihr die Faust in den Bauch. Unter dem Feuerzeug schoss die erste kleine Flamme hoch. Blau mit grünweißen Spitzen. Eine Benzinpfütze.

Das Tor senkte sich weiter. Noch etwas mehr als ein Meter.

Barbara bekam keine Luft mehr. Reimann schleuderte sie zu Boden und rannte zum Tor. Sie sprang hoch, hechtete hinter ihm her. Neunzig Zentimeter. Er bückte sich, um unter dem Tor hindurchzuschlüpfen.

Die erste Explosion. Nicht so bedrohlich. Ein kleines Krachen, ein *nada* gegen das Feuerwerk draußen. Dann die erste Stichflamme in dickem Maisgelb. Knattern, Fauchen, Rauch und weitere Explosionen. Es wurde heiß. Siebzig Zentimeter.

Sie war bei ihm, packte seinen Fuß und zog ihn zurück. Er rollte sich herum, hatte plötzlich eine Pistole in der Hand. Sie trat nach seiner Hand, aber er hielt die Pistole fest. Eine neue Explosion füllte mit einem Schlag den ganzen Raum mit Feuer. Metallteile flogen durch die Luft. Eine ganze Kette neuer Explosionen. Die Luft glühte. Er drückte ab, wieder und wieder, Schüsse, die keiner hörte. Barbara warf sich über ihn, rammte ihm das Knie zwischen die Beine und rollte sich über ihn hinweg und unter dem Tor durch hinaus. Fünfundvierzig Zentimeter.

Sie hörte seine Schreie, sie sah seine Hand, die noch unter dem Tor hervorkam. Fünfzehn Zentimeter.

Sie merkte erst viel später, dass sie verletzt war. Als die Schmerzen kamen. Als sie weglaufen wollte und nur noch kriechen konnte. Als sie die ersten Feuerwehrsirenen hörte.

Das Dach der Garage krachte ein, die ersten Flammen erreichten das Haupthaus. Taghell. Sie kroch an den Büschen vorbei zu dem Tor in der Mauer. Sie musste sich an die Klinke hängen, fiel draußen wieder zu Boden. Robbte zu dem Porsche.

Der Türgriff schien unerreichbar hoch. Ihr linker Arm gab unter ihr nach wie Gummi, der Schmerz kam mit Zeitverzögerung und so heftig, dass er wie ein Schock alle anderen Empfindungen ausblendete. Der rechte Arm trug sie, sie wuchtete sich über den Ellbogen ins Auto und zog die Beine mit Hilfe der rechten Hand nach. Sie musste ein paar Mal blinzeln, um den Blutschleier von den Augen zu bekommen. Der Zündschlüssel steckte noch, als sie zu drehen versuchte, sah sie ihre eigenen Finger. Dick und rot wie gekochte *gambas*. Sie zitterte. Sie hörte das erste Polizeiauto. Die Stimmen der Nachbarn. Rufe, Schreie.

Der Motor sprang an.

5

Janet schob sich durch die Menge vor dem üppigen Tapabuffet an die Bar, füllte ihr Bierglas mit Weißwein auf und kramte einen Eiswürfel aus einem der Plastiksäcke, mit denen die Bier- und Champagnerflaschen in der alten Badewanne gekühlt wurden. Es erwies sich als schwierig, nicht gleichzeitig den Wein wieder zu verschütten.

»Moment, ich helf dir«, ein junger Mann mit Haaren so kurz, dass man die Kopfhaut darunter blinken sah, bückte sich dicht neben ihr über die Wanne und riss an der Plastikverpackung der schon halb geschmolzenen Eiswürfel.

Sie trug ein leichtes Seidenkleid mit Spaghettiträgern und keinen BH. Sie trug seit ihrem ersten mörderischen Push-up vor vierzig Jahren keinen BH mehr. Ihr linker Busen wollte sich in dieser Position nicht halten lassen, und sie hatte die Wahl, ihm oder ihrem Wein seine Freiheit zu lassen. Sie entschied sich für den Busen.

Die sonnengebräunte Haut unter dem Stoppelhaar färbte sich dunkel. Langsam richtete Janet sich auf und fluppte den Busen an seinen Platz zurück. Der junge Mann kippte ihr eine ganze Hand voll Eiswürfel ins Glas. Ein Jungengesicht. Dunkelrot unter den blondierten Borsten. Noch viel jünger als sie vermutet hatte. Aber verdammt schöne Augen. Er holte tief Luft. »Ich bin Nicolau.« Er grinste verlegen, sie lächelte zurück. Seine Gesichtsfarbe normalisierte sich wieder zu einem hellen Sonnenbraun, sein Atem beruhigte sich. »Ich bin Architekt. Also fast. Ziemlich bald jedenfalls. Ich mach gerade mein Praktikum …«

Es wäre besser gewesen, er hätte den Mund gehalten. Janet wandte sich zur Balustrade der Dachterrasse um.

»Heh bitte, dreh dich nicht weg, ich finde dich toll, so frei, einfach so deine *tetas* … äh, entschuldige, aber ich würde gern mit dir … äh, können wir nicht …«

Violett, grün, golden und strahlendweiß entfaltete sich die exotische Blüte einer Lichtorchidee über den Dächern von Barcelona. Das Krachen war von hier oben aus kaum zu hören.

Die Stadt lag unter ihr wie ein Brillantencollier. Glitzernd und funkelnd bis zum Montjuich hinauf. Direkt unter ihr nur dunkle Hinterhöfe. Die letzten Reste der alten Industriebauten am Rande des Poble Nou. Des Neuen Dorfes. Auch diese Gebäude würden demnächst abgerissen und durch Neubauten und Grünflächen ersetzt werden. Ein paar Meter dahinter die palmengesäumte Straße, die Parks und der Strand. Sicher eine Verbesserung. Aber solche Ateliers und so ein Fest würde es hier nicht mehr geben.

Als sie das erste Mal nach Barcelona gekommen war, 1964, da waren Bikinis verboten und Hosen für Frauen verpönt. Wein und Zigaretten waren spottbillig, und man konnte am Strand für ein paar Peseten einen Holztisch mit Stühlen mieten. Meer und Strand waren extrem verschmutzt, aber das störte keinen. Man ging nur ins Wasser, wenn der Wind günstig stand, und gegen die Ölbatzen an den Füßen hatte man Petroleum. Heute war das Meer sauber, und es gab jede Menge kleiner properer Strandbuden und Diskos, Sonnenschirme, Liegen und Lattenpfade über den Sand. Barcelona hatte sich in den letzten zwei Jahrzehnten mehr verändert als jede andere Stadt in Europa. Und Janet wusste nicht, ob ihr das wirklich gefiel.

Der junge Mann mit dem kurzen Haar neben ihr redete immer noch auf sie ein. Er war sexy, und er hatte eindeutig Interesse an ihr. Und sie machte sich Gedanken über Barcelonas Stadtplanung. Sie wurde alt. Janet leerte ihr Glas und füllte es wieder auf. Diesmal ohne die Hilfe von Nicolau oder wie immer sein Name war.

Janet sah sich um. Ein riesiges Flachdach mit provisorischen Atelierbauten in der Mitte. Innen standen dicht gestapelt Kemíls Bilder. Großformatig, fast monochrom und doch detailgetreu, wenn auch oft erst auf den zweiten Blick. Zum Teil schon eingepackt für den bevorstehenden Umzug. Seit für die Olympiade die scharfe Axt der Hafenerneuerung hier eingeschlagen hatte, stellte die Stadt Barcelona einige der entkernten Gebäude Musikern, Malern und Bildhauern zur Verfügung. Und einer wie Kemíl Martín, der zum Ruhm der Kulturstadt beitrug, würde sicher wieder ein Atelier bekommen. Aber wo?

Es waren gut zweihundert Leute hier oben, sie standen in Gruppen beisammen, saßen auf Plastikstühlen an ebenso zusammengeliehenen Tischen, schwatzten, tranken und aßen. Man kannte sich. Verschiedene Nationalitäten und Altersgruppen. Einige waren sehr elegant, aber die meisten kamen eher leger. Interessenten, Käufer, Agenten, Kollegen und andere Künstler, Journalisten, Familie und Freunde. Freunde von Freunden und Freunde von Freunden von Freunden. Kemíls Fest gab es jedes Jahr zu San Juan, und jedes Jahr kamen mehr. Es war Kult.

Janet fühlte sich plötzlich fremd hier. Die meisten Gäste waren nicht viel älter als Mitte dreißig, und sie kannte kaum einen. Außer dem arroganten Filmemacher Namenlos aus Frankfurt, der im Lauf der Jahre verdorrten Literaturagentin aus Amsterdam, dem italienischen Kunsthändler mit Sonnenbrille und Übergewicht, dem völlig sprach- und orientierungslosen amerikanischen Ex-Footballstar, der französischen Filmschauspielerin, an die sich kein Mensch mehr erinnerte und den ganzen anderen Fossilen aus Barcelonas großen Tagen, als es noch galt, Franco zu bekämpfen. Wenigstens verbal beim *vino tinto* und *gambas al ajillo*.

Die anderen waren fast alle sehr viel jünger. Für ein sogenanntes Künstlerfest erstaunlich ruhig, bieder und fast immer paarweise. Es gab sogar zwei Babies in Kinderwagen. Kaum einzelne Männer, dafür aber jede Menge alleinstehender oder zumindest allein gekommener Frauen zwischen dreißig und vierzig. Extrem aufgebrezelt und hektisch aktiv.

Die Musik wechselte von Jazz beim Aperitif zu romantischen Oldies beim Essen, zu softem Tanzrock danach und jetzt zu arabischer Musik. Einige der Frauen versuchten sich im Bauchtanz, ein Mann gesellte sich dazu. Janet wandte sich gelangweilt ab.

»Ach, komm, *guapa mia*«, Kemíl umarmte sie von hinten, drückte sie an sich, küsste sie, und sie wurde allein davon high. Lachte. Sie liebte Kemíl. Er war ein großartiger Künstler, unfähig, sich zu verkaufen, aber charmant bis zum Umfallen. Vor dreißig Jahren hatten sie mal eine kleine leidenschaftliche Affäre gehabt. Damals waren die Jungen sechs, vier und zwei, und für ein paar Jahre war Kemíl für sie eine Art Vaterersatz gewesen. Marc meldete sich schon lange nicht mehr, aber Sean und Eric hingen noch immer an ihm.

»Kemíl, *cariño*. Deine *fiestas* sind die schönsten.«

Er lachte. Stand da vor ihr. Groß, breit, grauhaarig, bärtig und rundum liebenswert. »Sean hat mir geschrieben. Er kommt ganz schön rum in der Welt, und sein Job als Meeresbiologe macht ihm offensichtlich Spaß. Was macht er da eigentlich?«

»Im Moment arbeitet er für dieses Pharmaunternehmen. Sie untersuchen bestimmte Algenarten auf einen krebshemmenden Wirkstoff.«

»Vielleicht rettet er uns allen noch mal das Leben!« Kemíl hielt sie immer noch im Arm.

Sie sah ihn nicht an. »Und Eric? War der in letzter Zeit mal wieder hier?«

»Na ja, wir sehen uns gelegentlich.« Kemíl warf einer der Bauchtanzfrauen ein Küsschen zu.

»Ziemlich regelmäßig, schätze ich mal«, sagte sie bitter. »Immer, wenn er Geld braucht.«

»Ach, Geld habe ich doch selber keins«, er lachte. »Jaja, ich weiß, ich sollte ihm nichts geben. Aber ich mag den Jungen einfach. Der hat was drauf, glaub mir.«

»Ich mache mir Vorwürfe. Ich hab das nicht so gut hinbekommen mit den dreien. Na ja, mit zweien. Sean ist ein feiner Junge. Der wird seinen Weg machen. Ja, Sean ist okay. Aber Marc ist ein total biederer Broker in London geworden, von dem ich nur noch zu Weihnachten so eine Kitschkarte bekomme. Und der Kleine macht mir wirklich Sorgen. Er ist mit den falschen Leuten zusammen, und …«

»Schwulen Leuten, meinst du.« Leise.

»Nein«, gab sie scharf zurück. Red doch nicht so einen Stuss. Du solltest mich besser kennen. Ich weiß Bescheid, seit er zwölf war. Ich will doch nur, dass er glücklich ist. Ich rede von Drogen, verdammt noch mal. Das ist mehr als nur so ein bisschen Koks und Ecstasy. Ich komme nicht mehr an ihn ran!«

»Er sucht noch seinen Platz im Leben.« Kemíl drückte seine Zigarette aus. »Ich war in seinem Alter genauso, wenn nicht schlimmer.«

Janet hätte ihm so gern geglaubt. Aber Eric war nicht so wie Kemíl. Er war ihr Sohn, und sie liebte ihn. Aber sie sah auch seine Schwäche, seine Orientierungslosigkeit, seine Verführbarkeit, seine manchmal unkontrollierte Aggressivität.

6

Blut lief ihr in die Augen, das Licht der Straßenlampen flirrte rot. Barbara wischte sich mit dem Oberarm über das Gesicht und fuhr in der falschen Richtung auf die Litoral. Sie konnte die Straße kaum erkennen. Autos blendeten sie, hupten. Einer krachte hinter ihr auf den Mittelstreifen. Der Schock ließ nach, die Schmerzen hinderten sie daran, ohnmächtig zu werden. Sie spürte das Lenkrad nicht, es war als würde sie Handschuhe tragen. Handschuhe aus Feuer.

Bei der Marineschule schaffte sie es endlich, abzubiegen. Weiter. Noch ein Stück. Wieder wurde sie angehupt. Dann war sie auf der Laietana mitten in einer Kette von Autos, sie musste nur den roten Lichtern vor ihr folgen. Hupen. Der Lärm hallte in ihrem Kopf wider. Trotzdem hörte sie die Polizeisirene heraus. Sah die blau-roten Lichter auf der Gegenfahrbahn vorbeiflackern.

Das Café an der Plaça de L'Angel war voll besetzt. Sie fand die Bremse, trat sie durch. Sitzen bleiben. Die Augen schließen und sich zurücklehnen.

Sie drückte die Tür auf und stieg aus. Schrilles Hupen. Ein BMW bremste eine Handbreit vor ihr. Zwei junge Männer schubsten sie zur Seite, sprangen in den Porsche und reihten sich wieder in den Verkehr ein.

Barbara ging über die Straße, ohne etwas wahrzunehmen. Eine Frau sah ihr neugierig nach. Sie war fast daheim, sie war in ihrer *calle*. Bergauf. Sie hatte nie bemerkt, dass es so steil bergauf ging. Eine offene Bar. Betrunkenes Männerlachen. Einer von ihnen schien ihr ein Stück zu folgen, blieb dann aber doch zurück.

Vor ihrer Haustür beulten sich zwei blaue Mülltüten. Sie sahen weich und bequem aus. Es gelang ihr nicht, die Hand in die Hosentasche zu schieben, um ihren Hausschlüssel herauszuholen. Sie läutete bei Nr. 03 im Hinterhaus. Der elektrische Türöffner summte. Der alte Gomez war nicht mehr so gut zu Fuß. Bis er an seiner Tür war, musste sie oben auf der Vordertreppe sein. Im Innenhof kümmerte ein Topf mit Yuccas vor sich hin. Der Hof war winzig, und sie hatte noch nicht mal die Hälfte geschafft. Das Treppensteigen fiel ihr nur am Anfang schwer, dann stellte sich eine Art bewusstloser Automatik ein. Weiter, immer weiter. Es war heiß hier oben unter dem Dach, die Hände glühten. Sie taumelte gegen die Tür. Hinlegen, ausruhen. Hinter der Tür mienzte Fritz the cat. Erst fragend, dann in höchsten Tönen. Kratzte am Holz.

Barbara hakte einen Finger unter den Hosenknopf und riss ihn auf. Schrie vor Schmerz. In der lockeren Hose kam sie an den Schlüssel. Er fiel zu Boden, Barbara setzte sich dazu. Schloss die Augen. Fritz schrie jetzt vor Hunger und Empörung und warf sich gegen die Tür. Barbara zog sich hoch. Sie brauchte beide Hände, um den Schlüssel ins Schloss zu schieben.

Fritz wickelte sich vor Begeisterung so um ihre Beine, dass sie fast gestürzt wäre. Der Schlüssel. Sie durfte ihn nicht stecken lassen. Fritz sprang an ihr hoch. »Ja, mein Süßer, ja …«, sie schleppte sich in die Küche. Fritz steigerte die Lautstärke noch mal. Sie musste eine Schere zu Hilfe nehmen, sie unter die Lasche der Whiskasdose schieben und den Deckel hochziehen. Das Futter fiel neben die Schüssel, aber das war Fritz egal. Er machte sich schnurrend darüber her.

Barbara kannte die Frau nicht, die ihr aus dem Badezimmerspiegel entgegensah. Und sie wollte sie auch nicht kennen lernen. Sie drehte den Wasserhahn auf, wartete, bis das Wasser einigermaßen kalt war und hielt dann ihre Hände darunter. Die Erleichterung über das fast schlagartige Nachlassen der Schmerzen war so überwältigend, dass es alle anderen Empfindungen verdrängte.

Die Angst und die Vorsicht.

7

Es begann laut zu werden. Die Telefone standen nicht mehr still, die Kollegen von der Nachtschicht brachten die ersten Verhafteten.

Eine alte Frau hatte mit einem Beil ihren Mann erschlagen. Sie hatten vor fünfzig Jahren an San Juan geheiratet, und er hatte den Hochzeitstag vergessen.

Drei junge Männer hatten eine Schlägerei um ein Mädchen angefangen, das Mädchen hatte sich dazwischen geworfen und versehentlich einen Schlagring mit vollem Schwung genau auf die Nasenwurzel bekommen. Sie starb auf dem Weg ins Krankenhaus, und keiner wollte der Besitzer des Schlagrings sein.

Zwei illegale Marokkaner hatten einen Porsche geklaut und damit direkt vor dem Polizeipräsidium einen Touristen aus Melbourne angefahren. Sie behaupteten zuerst, kein spanisch zu verstehen, dann absolut nichts zu wissen, und dann voller Bedauern, dass sie das Auto mit laufendem Motor mitten auf der Straße gefunden hätten und nur auf die Seite hätten räumen wollen. Sie wollten doch nur behilflich sein. Dieser dumme Unfall täte ihnen sehr Leid. Die Geschichte war so dämlich, dass man sie fast hätte glauben können. Aber. Der australische Tourist lag mit schwersten Hirnverletzungen auf der Intensivstation der Neurologie. Und als man auf der Suche nach seinen Personalien die Taschen und den Rucksack durchsucht hatte, fand man zwei als belgische Schokolade verpackte Haschischtafeln und eine kunstvoll ziselierte Keksdose voll mit Kokain. Eine weitere Überprüfung hatte allerdings auch deutliche Kokainreste im Porsche ergeben.

Zwei verfeindete Nachbarn aus dem Carrer de la Mercé beschuldigten sich gegenseitig des Mordversuchs. Sie hatten direkt nebeneinander zwei kleine Bar-Cafés ähnlichen Zuschnitts. Und sie zeigten sich seit Jahren gegenseitig an. Mangelnde Hygiene, unsaubere Abrechnungen, Steuervergehen, Verstoß gegen irgendwelche Paragraphen. Sie waren zwei knorrige alte Kerle, die schon in den jeweiligen Häusern geboren worden waren, und die vermutlich die Fehden ihrer Väter übernommen hatten. Der eine arbeitete für den Widerstand, versorgte und versteckte Flüchtlinge und ging sogar einmal in den Knast. Damals. Der andere hatte ein goldgerahmtes Foto vom großen Caudillo über der Bar hängen. Und ließ es auch nach Francos Tod provokativ da hängen.

Seltsam an dieser neuen *denúnzia* war die Tatsache, dass die beiden sich diesmal gleichzeitig gegenseitig des Mordanschlags bezichtigten. Sie hatten sich beide in verschiedenen Krankenhäusern untersuchen lassen, beide wiesen in Haaren, Blut und Urin eine extrem hohe Konzentration an Arsen auf. Beide waren dafür ausgesprochen munter und kregel. Die Kollegen, die auf die Anzeigen hin gekommen waren, hatten in den Kellern der beiden Bars kistenweise stark arsenhaltiges Rattenvernichtungsmittel gefunden, das noch aus den Zeiten vor dem Bürgerkrieg stammte.

Pia kam nicht weiter.

Sie saß jetzt schon seit über einer Stunde mit diesen beiden Typen im Verhörraum II und glaubte langsam ersticken zu müssen.

Die Männer beachteten sie gar nicht. Sie schwiegen entweder oder brüllten sich an. Als wäre sie nicht vorhanden. Wie ein altes Ehepaar. Pia hätte sie gern rausgeschmissen. Doch die Arsendosis in ihren Körpern war lebensgefährlich, und beide Krankenhäuser hatten versucht, sie dazubehalten. Aber sie wollten nur zur Polizei. Zur Mordkommission.

Die Hitze im Verhörzimmer war unerträglich. Toni hatte sich mit den Porsche-Marokkanern sofort den Raum I gekrallt, da gab es wenigstens ein Fenster, und manchmal funktionierte sogar der Deckenventilator. Pia hielt es nicht mehr aus. »Ich komme gleich wieder, möchte einer von Ihnen etwas zu trinken?« Die Männer reagierten nicht. Sie nickte dem Kollegen an der Tür zu und ging hinaus.

Es war ein Zufall.

Sie kam auf dem Weg zum Waschraum an einem freien Tisch vorbei, gerade als das Telefon läutete. Und hob automatisch ab. Es war die Zentrale.

»Dringender Anruf von den *bomberos*. Explosionsbrand in Barceloneta. Vermutlich Brandstiftung. Die Mordkommission wird angefordert.«

»Okay, verstanden, bin schon unterwegs!« Pia verstand keineswegs. Was hatten sie vom Morddezernat mit Brandstiftung zu tun? Aber es war eine Chance der gebetsmühlenlangweiligen Sauna zu entfliehen. Pia schrieb eine Anweisung, um die beiden alten Knurrhähne in die jeweilige Klinik zurückbringen zu lassen und nahm ihre Tasche und die Weste, mit der sie das Pistolenhalfter verdeckte.

Sanchez-García winkte ihr aufgeregt aus seinem Büro zu, sie tat als würde sie es nicht bemerken. Nur weg. Sie rannte die Treppen hinunter und nach hinten auf den Fuhrpark.

Pepe in seinem gläsernen Chefhäuschen hob mit gespieltem Bedauern die Schultern. »Leider ist nur noch der alte Seat frei«, er grinste falsch, und sie sah hinter ihm die ganze Batterie freier Peugeots und Renaults. Ihr war das egal.

»Kein Problem«, sie zeichnete den Beleg ab.

Als Pepe ihr den Schlüssel geben wollte, zögerte er plötzlich. Gab nicht ihr den Schlüssel, sondern reichte ihn an ihr vorbei. »Tut mir Leid, das wusste ich nicht. Für Sie hätte ich natürlich ein anderes Auto gehabt.«

Pia drehte sich um. Hinter ihr stand Toni, die Schlüssel klingelten in seiner Hand. »Brandstiftung, Mordverdacht. *Vámonos.*«

»Woher weißt du davon?«

»Alle Anrufe aus der Zentrale landen auch beim Chef. Und dein Verhör?«

»Und was hast du mit deinen Marokkanern gemacht? Gleich weiter an die Ausländerbehörde?«

»Erst mal durch die Drogenmühle. Hast du was dagegen, wenn ich fahre?«

»Aber nein, Toni. Hol schon mal das Auto, ich warte hier auf dich.«

Toni war über diese Rollenaufteilung nicht eben glücklich, konnte aber nicht viel dagegen unternehmen. Hol du das Auto, dann fahr aber ich – die Zeiten waren vorbei. Leider.

Pia wartete, bis er außer Hörweite war, holte ihr Handy hervor und tippte Bonets Nummer ein.

8

»Was findest du nur an diesem alten Sack?« Elena tauchte plötzlich neben ihr und Kemíl auf. Gnomenhaft klein, dunkel mit weißem Kurzhaar, vibrierend vor Leben. Sie hatte einen Joint in der Hand so dick wie eine Gurke, einen richtigen *porro*. Sie nahm einen tiefen Zug und gab den Joint an Janet weiter. »Komm, meine Kleine, hör auf, dir Sorgen zu machen!«

Janet grinste von ihren eins achtzig auf Elena herunter. »Du nennst mich Kleine, du Zwerg!« Sie zog kurz am *porro*, reichte ihn weiter. Sie trank lieber.

Ein Mann mit einer frischen Weißweinflasche kam vorbei. Er war lang, dünn und ging etwas gebeugt, aber als Janet ihn leicht am Arm berührte, reagierte er schnell wie eine Wildkatze. Er fuhr herum, packte ihr Handgelenk und drehte sie leicht zu sich herum. »Was kann ich für Sie tun, schöne *rubia*?« Hellgraue Augen, matt wie die Tonmurmeln ihrer Kindheit, eine scharfe Hakennase über einem schmalen Mund. Das Haar stand ihm wie graues Stroh vom Kopf ab.

»Mich loslassen. Und mir etwas von dem Wein geben. In der Reihenfolge.«

Er starrte sie an, als wollte er jede Einzelheit speichern. Dann ließ er sie vorsichtig los und schenkte ihr Glas voll. Kemíl und Elena standen dabei wie die glücklichen Eltern einer frisch verlobten Tochter. »Ihr zwei kennt euch noch nicht?« Kemíl war erstaunt, Elena eher pragmatisch.

»Janey, das ist Josep Bonet, *capitán* bei der *brigada criminal* und ein glühender Fan von dir. Josep, das ist Janet Howard, die Journalistin.«

»*Die* Janet Howard?« Er sprach den Namen hart und spanisch aus: Channet Howwart. »Die Gerichtskolumnistin?« Janet widmete sich ihrem Wein. Elena half hastig nach. »Ja, genau die. Wir …«

»… wir kümmern uns jetzt weiter um unsere Gäste«, unterbrach Kemíl sie und zog sie mit sich. »Die beiden haben auch ohne uns genug Gesprächsstoff.«

»Ich glaube, die wollen uns verkuppeln«, grunzte Bonet.

Janet konnte das nicht sonderlich komisch finden. Kemíl und Elena versuchten das seit vielen Jahren. Seit sie wieder allein mit den Jungen nach Barcelona zurückgekommen war. Janet ließ es zu, dass Bonet ihr Glas neu auffüllte. Das war nun ganz und gar nicht die Art Mann, von der sie träumte. Nicht mal in Momenten tiefster Midlifecrisis. Sie blieb höflich. »Sie sind bei der Mordkommission?«

»Korrekt. Allerdings bin ich leider kein glühender Fan Ihrer Artikel. Immerhin lese ich sie ab und zu und attestiere Ihnen Fairness und eine gewisse Sorgfalt bei der Recherche.«

»Ich bin geschmeichelt.«

»Na ja, ich freue mich schon, Sie endlich kennen zu lernen.« Er lächelte, und sein Gesicht verjüngte sich um Jahrzehnte. Am Tisch neben ihnen unterhielten sich zwei junge Frauen über ihren geplanten Urlaub. Namibia die eine, Chile die andere. Ihre Männer brachten neuen Rotwein. Sie sahen aus wie Kontenführer bei der Caixa.

Rundum schossen jetzt die *tartas* in den Himmel. Silbern, golden, grün, blau und feuerrot. Die Musik wechselte zu Hard Rock, und immer mehr Leute tanzten auf der freien Fläche zwischen den Tischen. Es wurde schwierig, sich zu unterhalten. Bonet hielt fragend die leere Flasche hoch. Janet nickte. Sie gingen hinein, durch das Atelier in die Küche. Bonet holte eine neue Flasche aus dem privaten Kühlschrank der Martíns und machte sich daran, sie zu öffnen. »Meinen Sie, wir könnten uns auch mal an einem Ort treffen, an dem man wenigstens sein eigenes Wort versteht?« Noch bevor Janet antworten konnte, begann ein Handy zu fiepen. *Oh, when the saints …*, ganz sicher nicht ihrs. Bonet. »Si?« Sein Gesicht verhärtete sich. »Pia!« Er drehte sich von Janet weg und sprach leise. »Wo? Barceloneta? Am Park? Bin schon unterwegs.« Er wandte sich zum

Ausgang und winkte Janet nur kurz über die Schultern zu. »Wir sehen uns.«

»Hey, was ist los? Ein Mord? Warte, ich komme mit!«

»*Lo siento*, das ist nichts für die Presse. *Adiós.*«

Janet zögerte nicht lange. Sie stellte ihr Glas ab, lief zur Tür und hastete die Treppen hinunter, ohne sich von Kemíl oder Elena zu verabschieden. Sie war ohne Auto gekommen. Sie brauchte ihren Führerschein, und heute gab es überall verschärfte Kontrollen. Sie rannte durch die dunklen Hinterhöfe zum Passeig Calwell, der Straße über dem Strandpark.

Weit und breit keine Spur von Bonet. Vielleicht hatte ihn ein Dienstwagen abgeholt. Oder er hatte sein Auto durch alle Sperren mit hergebracht. Als Oberpolizist. Barceloneta. Sie wohnte dort, das war ihr *barrio*. Mord. Logisch, sonst hätte man kaum Bonet gerufen. Janet stellte sich an den Straßenrand und schaute nach einem Taxi aus.

Es war ruhig hier, keine Menschen, kaum Autos. Janet war nervös. Es war etwas passiert, und sie kam hier nicht weg. Sie versuchte, mit dem Handy ein Taxi zu rufen. Sinnlos in so einer Nacht. Sie nahm die kleine Kamera aus der Tasche, noch dreißig Aufnahmen, ein Ersatzfilm. Sie kontrollierte den Batteriestand ihres winzigen Kassettenrekorders. Alles okay. Ihr Handwerkszeug hatte sie immer dabei.

Endlich ein grüner Punkt am Ende der Straße. Janet sprang nach vorn und winkte.

Das Taxi hielt.

9

Der vierte Streifenwagen der Urbana bog mit heulender Sirene in den Hof ein. Polizisten in blauer Uniform sprangen heraus, wichen aber vor der Glutwand zurück. Neben der Einfahrt standen die grünen Jeeps der Guardia Civil. Die Kompetenzen waren noch nicht geklärt. Zwei Feuerwehrwagen waren schon im Einsatz, ein dritter kam gerade dazu. Die Männer pumpten unendliche Wassermengen in die knatternden Flammen, die Hitze war zu groß, sie kamen nicht nah genug heran. Pascual Carrera, der Chef der *bomberos,* traf eine Entscheidung. Er brüllte neue Befehle in das infernalische Krachen, unterstützte sie durch Handzeichen. Die Wasserfontänen änderten die Richtung. Sie mussten versuchen, wenigstens die angrenzenden Häuser zu schützen.

Der neutral graue Seat wäre fast auf einen vor der Mauer geparkten Streifenwagen geprallt. Toni fuhr grottenschlecht, er sah das anders und schnauzte erst mal die Streifenbeamten an, weil sie so blöd geparkt hatten.

Gleich dahinter standen zwei Ü-Wagen mit Kamerateams, Scheinwerfer wurden aufgebaut, eine Moderatorin, die Pia vom Bildschirm her kannte, interviewte die Schaulustigen. Sie wirkte seltsam kühl, elegant und frisch frisiert in all dem Chaos. Sie hatte sie entdeckt, kam her. Toni lächelte charmant.

Pia ließ die beiden stehen und rannte nach vorn, zum Feuer. An der Absperrung zeigte sie ihre Marke vor, aber viel weiter kam sie nicht. Die Hitze war wie ein undurchdringliches Schild. Sie kniff die Augen zusammen, erkannte Carrera an seiner Größe und an dem Bauch, der fast die Uniform sprengte. Er stand von ihr aus gesehen fast in den Flammen und dirigierte die Wasserschläuche. Als er sie bemerkte, packte er sie und drängte sie zurück. Sein Gesicht unter dem Helm war schwarz. Sie konnten nicht reden, es war zu laut.

Dann endlich sank das Feuer langsam in sich zusammen. Nur die Trümmer der Garage glühten noch unvermindert nach. Immerhin hielt diese Höllenhitze den Kordon aus Neugier und Sensationslust etwas auf Abstand.

Pia sah sich um. Die steinernen Reste eines alten Fabrikgebäudes, stark verrußt, aber im Prinzip noch intakt und ein Anbau, von dem nur noch ein paar verbogene Eisenstangen die ursprünglichen Konturen anzeigten. Darunter standen die Gerippe verschiedener Autos. Pia hatte gar nicht gewusst, dass es hier noch so ein altes Gebäude gab. Sie hatte die hohe Mauer wohl oft gesehen, aber nicht wirklich wahrgenommen.

Pia wollte unbedingt mit Carrera sprechen, aber der war schon wieder vorn und dirigierte seine Männer. Wieso hatte er sie angefordert? Die *brigada criminal*, die Mordkommission. Es gab dafür eigentlich keinen Grund. Feuer in der Nacht von San Juan war leider nichts Ungewöhnliches. Dieses hier war zwar extrem heftig, aber das lag sicher auch an den vielen Autos. Eine Garage. Benzin, Öl. Zwischen den zwei Eingangspfeilern klemmte immer noch das völlig verbogene Schiebetor. Geschwärzt, verkrümmt und ein kleines Stück offen. Darunter lagen verkohlte Trümmer von den Wänden und vom Dach.

Und eine Hand.

Die Kohlezeichnung einer Hand. Einer linken Hand. Schwarz in die Luft gekrallt.

Pia ging langsam darauf zu, sie spürte die Hitze nicht mehr. Plötzlich war Carrera in einem Wasserschauer neben ihr. Die Schläuche hatten wieder gedreht.

Sie gingen um den Torpfosten herum.

Zu der Hand gehörte ein Körper. Er war groß, kräftig, lag auf der Seite. Auf der in winzigen Rissen geplatzten und verkohlten Haut klebten noch Kleidungsreste, ein Leinenschuh war fast vollständig erhalten. Der haarlose Schädel schien zu schreien, weiße Keramikzähne hinter verbrutzelten Lippen. An dem Handgelenk unter dem Tor blinkte eine

Uhr silbrig durch die Asche. Die andere Hand lag seltsam obszön zwischen den Beinen. Die Finger um eine Pistole gehakt. Etwa zwei Meter weiter der Umriss einer Fernbedienung, schwarz in den Boden geschmolzen.

Pia sah Carrera nicht an: »Der hat noch versucht rauszukommen.«

Carrera zuckte mit den Schultern. »Das war so eine Art Museum für Oldtimer. Wenn die alle echt waren, dann ist hier ein Vermögen verbrannt.«

Die anderen Feuerwehrmänner drangen vorsichtig in die Garage vor. Hinter ihr war plötzlich Bonet.

Er hustete. »Pia, was hast du denn da schon wieder angerichtet?«

Pia war froh, seine Stimme zu hören, konnte aber den Blick nicht von dem Toten wenden. Sie hatte schon immer eine hervorragende Beobachtungsgabe und ein fast eidetisches Gedächtnis gehabt, aber sie war auch geschult darauf, Einzelheiten zu registrieren. Und jetzt war sie vollkommen auf diesen Toten konzentriert.

Ein Mann. Der Körperbau sagte das eindeutig. Breite Schultern, schmale Hüften. Letzte Haarfetzen am Kopf waren weiß, also kein junger Mann. Der Leinenschuh war von der Art wie sie Segler trugen. Reste einer weißen Leinenhose an den Hüften. Jeansnieten waren in die Haut hineingeschmolzen. Unter dem einen Arm war die Hemdtasche fast völlig erhalten. Schwarze Seide mit einem weißen Perlmuttknopf.

»Leute, kommt mal her!«, rief einer von Carreras Männern aus dem hinteren Teil der Ruine. Pia, Carrera und Bonet liefen zu ihm. Die Hitze war hier kaum auszuhalten. Der Feuerwehrmann stand neben den Überresten eines Ferrari Cabrios. Offensichtlich war es einmal grün gewesen, mit hellen Ledersitzen. Das Lenkrad und die Armaturen aus Wurzelholz waren verbrannt, ebenso wie der Mann hinter dem Steuer.

Und doch schien er noch zu leben. Die leeren Augenhöhlen im verkohlten Körper auf eine unsichtbare Straße gerichtet, die linke Hand steif über dem nicht mehr vorhandenen Lenkrad, die andere lässig am verklumpten Schaltknüppel.

»Der wollte wohl noch mal schnell mit dem Auto weg«, registrierte Carrera bemüht munter. Der Mann war groß und kräftig. Pia sah unter seiner zerlaufenen Gürtelschnalle Reste eines dunklen Hemdes und einer hellen Hose. Die Ohren waren innen noch rosig, kleine weiße Haarbüschel. Keine Haare mehr auf dem schwarzen Schädel, keine Zähne im halb geöffneten Kiefer. In das Handgelenk über dem Steuerrad war eine dicke Golduhr wie die von Dalí eingeschmolzen. Und am kleinen Finger derselben Hand hing ein Klumpen, der wohl einmal ein goldener Siegelring gewesen war.

»Wem gehört das alles hier?« Pia wandte sich an

Carrera und Bonet gleichzeitig, bekam aber von keinem eine Antwort. Sie wandte sich zur Tür, raus aus dieser Glut.

Die Guardia Civil zog ab, die Kompetenzen schienen geklärt. Toni stand da mit einer dürren grauhaarigen Frau und grinste dümmlich verlegen zu ihr und Bonet herüber.

»*Hola,* Josep. Das ist Janet Howard, du weißt schon, die Polizeireporterin. Sie sucht dich überall.«

»*Mierda*«, murmelte Bonet. Dann vorwurfsvoll: »Sie haben zugehört. Sie sind hinter mir hergefahren!«

»Ich wohne hier um die Ecke. Und ich bin ganz sicher keine Sensationsreporterin. Eher eine freie Journalistin mit einem gewissen Interesse an Kriminalistik.«

Eine Engländerin. Ihr Spanisch war fast akzentfrei. Pia nickte ihr zu. »Ich habe einige Ihrer Kolumnen gelesen. Hat mir gefallen, dass Sie auch nach den Hintergründen suchen. Das ist selten genug. Ich bin Pia Cortes.«

Janet lächelte zurück. »Danke. Janet Howard. Leiten Sie die Ermittlungen? Was ist hier passiert?«

»Brandstiftung und Mord«, Toni schob sich vor, er sah aus, als hätte er sich eben noch mal gekämmt.

»Ah ja? Und woher haben Sie diese Weisheit?« Carrera stank nach Rauch, Ruß und Asche. Pia sah ihr eigenes Spiegelbild in seinem Helm. Schwarz und zerzaust.

Toni lächelte glatt, sauber und selbstzufrieden. »Brandstiftung und Doppelmord. *Correcto?*«

Carrera ging nicht darauf ein, wandte sich direkt an Bonet. »Diese Garage war wie eine Bombe. Die meisten der Autos vermutlich fahrbereit, also Benzin im Tank. Aber vor allem haben wir im Vorraum jede Menge Brandbeschleuniger gefunden. Sprich, jemand hat da kanisterweise Benzin rumgeschüttet.«

Bonet hob eine Augenbraue und ging mit Carrera zurück in die Garage. Toni wollte ihnen schon folgen, da kam einer der Polizisten rufend vom Haus herüber. Er trug einen angekohlten Karton unter dem Arm.

»Wir kennen den Namen«, meldete er aufgeregt, »Robert Reimann. Und er hatte Besuch. Wir haben eine Champagnerflasche und zwei Gläser sichergestellt. Im Haus hat das Feuer nicht so gewütet. Massive Steinmauern, wenig Holz. Sicher gibt es noch jede Menge Fingerabdrücke.«

Toni dachte nicht daran, sich mit Pia abzusprechen. Er drückte Janet eine Visitenkarte in die Hand, »Sie können mich jederzeit anrufen.« Dann winkte er den beiden Streifenbeamten, die er vorhin angeschnauzt hatte, und sie folgten ihm überaus eifrig. Pia sah förmlich, wie die drei auf möglichen Spuren herumtrampelten, aber es gab keinen Weg, Toni zurückzuhalten. Sie wandte sich an den Polizisten. »*Hola*, ich bin Pia Cortes. Und wie heißt du?« Sie nahm ihm den Karton ab. Er war voller Papiere und Ordner.

»Gustavo«, der Mann grinste verlegen unter seinem Mützenschirm hervor, »Gustavo Herrero«.

»Du kommst aus Málaga?« Das war geraten, aber er sprach Gustavo ohne s aus, Gutavo. Also war er jedenfalls Andalusier. Sein Strahlen verriet ihr, dass Málaga stimmte. »Erzähl mir, was dir im Haus aufgefallen ist, Gustavo.«

»Der Mann war sehr reich. Das kann man immer noch sehen. Viel Platz, teure Möbel. Bilder, echtes Silber.«

»Und er hatte Besuch?«

»Champagner, Tapas, auf einem Glas noch Spuren von Lippenstift. Hinter einem der Bilder ist ein Safe. Den konnten wir nicht öffnen, aber wir haben diesen Karton da gefunden, Papiere, Verträge und auch Bankauszüge. Da geht es um Millionen! Dollar!«

»Sehr gut beobachtet, Gustavo.« Pia wollte noch etwas fragen, wurde aber durch die Ankunft der Spurensicherung mit dem Fotografen unterbrochen.

Gleich nach dem Kombi kam der Krankenwagen mit Luis Llobet, dem Polizeiarzt. Auch ihn hatte man offensichtlich direkt von einer San-Juan-Feier geholt. Als er Pia sah, kam er strahlend zu ihr herüber. Nicht sehr groß, rundlich, schütter blondes Haar und wie immer eine schlecht sitzende Kombination aus Polyester in nicht zusammenpassenden Braun- und Beigetönen. Heute hatte er sich sogar eine Krawatte um den Hals gewürgt. Schweißtropfen liefen ihm von den Schläfen über die Ohren. Seine randlose Brille war leicht beschlagen. Er atmete heftig. Luis war nicht verheiratet. Er war Stammkunde in einem der ältesten Häuser des *barrio chino*, heute Raval. Es sollte auch abgerissen werden, und Luis hatte eine Bürgerinitiative ins Leben gerufen, um das zu verhindern. Er lebte ganz allein in einer riesigen Altbauwohnung am Carrer del Carme, die noch genauso aussah, wie seine Eltern sie vor dreiundvierzig Jahren bei ihrer Hochzeit eingerichtet hatten.

Luis war vielleicht ein Sonderling, aber er war ein brillanter Wissenschaftler. Neben seinem Job als Polizeiarzt und Pathologe am gerichtsmedizinischen Institut im Justizpalast unterrichtete er an der Uni und hielt Vorträge in der ganzen Welt. Die Kollegen nannten ihn respektvoll Quincy. Pia liebte ihn. Und das beruhte auf Gegenseitigkeit. »*Guapísima*, meine Schönste«, er umarmte sie. Bonet kam aus der Garage und holte erst mal tief Luft.

»Kommt hier rüber!« Luis und der Fotograf nahmen ihre Taschen und Geräte und gingen zu ihm.

Die Männer von der Spurensicherung sahen in ihren weißen Plastikanzügen aus wie Raumfahrer. Sie hatten ihre Ausrüstung ausgeladen und wollten Bonet schon folgen. Pia winkte sie zu sich. »Hier rüber. Schaut euch bitte zuerst das Haus an. Da gibt es noch verwertbare Spuren. Wir vermuten, dass der Brand in der Garage gelegt worden ist, das heißt, da müssen erst mal die Brandermittler ran.«

Zögern. »*Capitán*?«

»Ihr habt gehört, was *inspectóra* Cortes gesagt hat.« Bonet wandte sich ab, und die Leute von der Spurensicherung trotteten zum Haus hinüber. Pia wollte ihnen folgen.

»Nehmen Sie mich mit?« Janet. Pia hatte sie völlig vergessen, hatte gar nicht gemerkt, dass sie immer noch neben ihr stand. Wusste nicht so recht, wie sie reagieren sollte. War sie eine Freundin von Bonet? Mehr als eine Freundin? Bonet war vierundvierzig. Die englische Dame war schwer einzuschätzen. Wie auch immer, sie ging davon aus, dass Pia die Ermittlungen leitete. Sie war cool.

»Ich mache mich unsichtbar.«

Pia grinste. »Dann kann ich Sie ja auch nicht sehen.« Sie liefen zusammen hinter den Raumfahrern zum Haus.

10

Endlich wurde es etwas ruhiger, nur noch vereinzelte Kracher weiter weg in der Altstadt.

San Juan war wie Weihnachten. An diesem Tag spürte man die Einsamkeit mehr als sonst. Dagmar hatte trotz der Hitze alle Fenster geschlossen. Die Räume waren hoch, die Mauern dick. Ein Deckenventilator verteilte mühsam die Luft, als wäre es Schweröl, wuiik, wuiik, wuiik ... Der gelbe Schein ihrer Schreibtischlampe holte kaum ein Drittel des Zimmers aus dem Dunkel. Seltsame Winkel durch die *xamfrans*, die angeschrägten Ecken an allen Häusern in der geometrischen Neustadt Barcelonas, dem Enchante oder Eixample.

Dagmar hatte den Raum mit dem meisten Licht als Arbeitszimmer gewählt. Drei deckenhohe Fenster mit Balkon und Jalousien. Sechsunddreißig krumme Quadratmeter bei fast drei Metern Höhe. Zwei Drittel hatten einen Fußboden aus einem Mosaik kunstvoll zusammengesetzter Keramikkacheln in gelb, schwarz und blau. Der eckige Rest war einfach nur schwarz und weiß gewürfelt. Irgendjemand hatte mal aus zwei kleinen Zimmern einen Raum gemacht. Es gab noch eine große Küche, ein museumsreifes Bad und vier weitere Zimmer. Die spärlichen Möbel waren viel zu klein. Dagmar hatte anfangs versucht, die Wohnung einigermaßen gemütlich einzurichten, aber es war ihr nicht wichtig genug. Nicht, solange sie allein war. Es war kaum möglich, in Barcelona eine Mietwohnung zu finden, jeder hier hatte seine eigene Wohnung, stotterte sie ab oder wohnte noch daheim und sparte daraufhin. Dagmar zahlte ein Vermögen an Miete für die kleinere Hälfte einer alten Bürgerwohnung im Carrer Aragó, ganz nah beim Passeig Gràcia. Drei Minuten zu Fuß in die Kanzlei. Sie brauchte weder Auto noch U-Bahn. Und die alte Dame in der anderen Wohnungshälfte war fast taub, die jetzige Besitzerin. Die Señora Negre oder Doña Emilia war fast neunzig, Witwe, allein stehend und voll von Geschichten aus der großen Vergangenheit Barcelonas. Dagmar hörte ihr zu, kaufte für sie ein, füllte Formulare aus und ging zu Behörden. Im Moment war es ruhig. Sie schlief. Hoffentlich.

Dagmar blätterte um. Und wieder zurück. Versuchte, sich zu konzentrieren. Acosta gegen Meinhard. Ein sogenannter Fall von Kindsentführung. Ein spanischer Vater, eine deutsche Mutter. Sie hatte die Kinder nach Berlin mitgenommen, ohne den Vater vorher offiziell zu verständigen. Damit war es Kidnapping.

Dagmar konnte nicht weiterarbeiten. Sie holte das alte Foto von Sarah und Achim hervor, aber sie konnte durch den Tränenschleier kaum etwas erkennen. Ein kleines Mädchen mit dunklen Augen und Locken, etwas abstehenden Ohren und dem süßesten Lächeln der Welt. Und ein Junge mit blondem Borstenhaar und einem grimmigen Cowboyblick.

Sarah war jetzt sechs, Achim acht. Dagmar hatte ihre Kinder seit vier Jahren nicht mehr gesehen. Sie wusste nicht einmal sicher, ob sie noch lebten. Ob sie gesund waren. Sie konnte mit niemandem darüber sprechen. Das wird schon, sagten alle beruhigend, du musst nach vorne schauen, du bist doch noch jung, die Zeit wird dir helfen. Dagmar konnte die dämlichen Sprüche nicht mehr hören.

Sie konnte sich auch nicht auf ihren Fall konzentrieren. Sie konnte die Mutter so gut verstehen. Wenn sie könnte, sie würde ihre Kinder sofort entführen. Irgendwohin.

Aber sie vertraten den Vater. Tomás Acosta, 28, Sohn wohlhabender Eltern. Er hatte die Filmakademie besucht und mit seinem Abschlussfilm einen Preis in Berlin erzielt.

La vida de una mujer. Er hatte den Film sehr geschickt, pseudoehrlich und pseudodokumentarisch gedreht, als ginge es wirklich um seine Mutter, eine arme Arbeiterin aus Barceloneta, und als wäre er die spanische Antwort auf Lars von Trier.

Bei diesem Filmfestival lernte er Karin Meinhard kennen, eine Apothekerin aus Nürnberg. Sie war begeisterte Cineastin, sie bewunderte ihn und verliebte sich in ihn. Sie wurde schwanger und folgte ihm nach Barcelona. Tomás war träge und ließ es geschehen. Alles. Er hörte auf zu arbeiten, redete aber weiter von seinem großen neuen Projekt, begann zu trinken. Kurz nacheinander kamen zwei Jungen. Marc und Felipe. Karin lernte Spanisch, studierte noch mal, machte hundert Prüfungen und füllte tausend Formulare aus. Und fand endlich einen Job in einer der vielen Apotheken. Tomás' Eltern halfen ab und zu mit Geld aus, aber sie gaben Karin die Schuld an allem.

Dagmar wusste, was Karin Meinhard durchgemacht hatte. Über zwei Jahre hatte sie selber noch spanisches Recht zum deutschen dazu studiert und sich über ein Jahr lang durch alle Extraprüfungen und Zulassungen hindurchgekämpft. Bis zur großen Abschlussprüfung im Justizministerium in Madrid und der anschließenden Zulassung in der spanischen Rechtsanwaltskammer. Willkommen in Europa. Sie schob die Akte zurück und holte ihren deutschen Kalender hervor. Die Ferientermine. Warwitz. Sie konnte an Werner nicht mehr mit seinem Vornamen denken. Ihren Ex. Den Vater ihrer Kinder. Den Münchner Staranwalt.

Dagmar schloss die Akte Acosta – Meinhard. Sie musste Urlaub nehmen. Sie hatte fast dreitausend

Euro gespart, sie musste nach Mallorca. Warwitz war ein Gewohnheitstier. Ende Juni. Er würde zumindest für eine Woche in die Finca fahren.

Und dann hatte sie vielleicht eine Chance, die Kinder dort zu sehen.

Zu sehen. Nichts weiter. Nur sehen, ob sie noch lebten, ob es ihnen gut ging … Dagmar weinte jetzt hemmungslos. Als das Telefon sich meldete, hörte sie es zuerst nicht mal. Quäk, quäk, quäk-quäk-quäk. Dagmar hatte keine Familie, ihr fiel niemand ein, der sie an San Juan anrufen könnte. Schon gar nicht so spät in der Nacht. Halb zwei! Sie wollte nicht hingehen. Quäk, quäk, quäk-quäk-quäk. Sie gab auf und hob den Hörer ab.

Am anderen Ende erst ein langes Schnaufen, dann zögernd eine Männerstimme mit schwerem Akzent: »Sind Sie die Señora, die *abogada*, die Anwältin, die auch mal für Ausländer arbeitet?«

»Um was geht es denn?« Dagmar hatte gar nicht antworten wollen. Sie wollte ja nicht mal ans Telefon gehen. Sie wollte Urlaub nehmen.

»Azar ist mein Name. Saïd und Mustaf, das sind meine Freunde. Und wir haben auch Geld, um Sie zu bezahlen. Sie müssen uns helfen!«

»Tut mir Leid …«, Dagmar musste sich zwingen, nicht einfach aufzulegen, »… ich verreise übermorgen. Bitte wenden Sie sich doch ans Bürgerzentrum …«

Jetzt schrie der Mann.

»Bitte!!! Saïd und Mustaf haben nichts mit Drogen zu tun! Noch nie im Leben!«

»Das glaube ich Ihnen ja, aber ich muss leider verreisen. Tut mir wirklich Leid«, Dagmar fühlte sich miserabel und gleichzeitig erleichtert. Sie hatte es endlich einmal geschafft, nein zu sagen. »Ich kann Ihnen aber gern eine Telefonnummer geben, unter der Sie ...«

»Leck mich doch am Arsch, *puta*!« Der Hörer wurde so heftig aufgeknallt, dass es in Dagmars Ohr knackte. Der Akzent war französisch, also vermutlich Algerier oder Marokkaner. Dagmar hatte einmal eher zufällig einem illegalen Nordafrikaner aus der Patsche geholfen, und seitdem gaben die verschiedensten Gruppen und Hilfsorganisationen ihre Telefonnummer weiter. Dagmar war stolz darauf. Sie half gern. Sie wollte kein Geld dafür. Sie war hyperempfindlich gegen jede Form von Rassismus oder Ungerechtigkeit. Sie engagierte sich immer gleich mit dreihundert Prozent.

Aber nicht jetzt. Nicht heute. Nicht, wenn sie zum ersten Mal seit vier Jahren das Geld und die Möglichkeit hatte, vielleicht ihre Kinder zu sehen. Als das Telefon wieder quäkte, machte sie sich hart gegen alle Saïds und Mustafs dieser Stadt.

Sie nahm ab. Sofort blaffte eine Stimme: »Na endlich! Schlafen Sie schon, oder was ist los?!!« Jaime Bartolo Fusté. Ihr Seniorpartner in der Kanzlei. Meister-Macho aller Klassen.

»Nein«, sie versuchte ihre Stimme unter Kontrolle zu bekommen. »Ich schlafe nicht. Ich musste sowieso aufstehen. Das Telefon hat geklingelt.«

Fusté hatte absolut keinen Humor. Wieder blaffte er. »An was arbeiten Sie gerade?« Er kam gar nicht auf die Idee, dass Dagmar an San Juan um halb zwei Uhr nachts etwas anderes zu tun haben könnte.

»Acosta – Meinhard.«

»Vergessen Sie das erst mal. Das hat Zeit. Halten Sie sich in Bereitschaft. Verstanden?«

»Nein. Ich verstehe nichts. Im Gegenteil, ich wollte eigentlich Urlaub nehmen …«

»Sie sollen in Ihrer dämlichen Wohnung bleiben und auf meinen nächsten Anruf warten. Ist das klar?!«

»Si, Sir. Señor. Don Jaime. Ich hab's verstanden. Um was geht's denn eigentlich? Oder ist das top secret?«

»Brandstiftung und Mord. Oder Doppelmord, hab ich nicht so genau mitbekommen. Robert Reimann. Der Playboy, der Millionär.«

»Und wer ist tot?«

»Ebender. Nun schalten Sie doch mal schneller! Sie sind doch sonst nicht so blöd.«

»Danke. Und was haben wir damit zu tun?«

»*Chiquilla*, Mädelchen, denken Sie doch mal nach! Ein stinkreicher deutscher Playboy wird ermordet. Hier bei uns in Barcelona. Und man findet eine Champagnerflasche, zwei Gläser, Lippenstift und Fingerabdrücke.«

»Und?«

»Aber nicht die Señorita, die zu diesem Arrangement gehört.«

»Und?«

»Und alle Medien sind aufs Höchste alarmiert. International. Schalten Sie mal Ihren Fernseher ein. Sie haben doch einen, oder?«

»Und?«

»Und in spätestens einer Stunde haben sie die Lady, die zu den Fingerabdrücken gehört. Und wenn sie auch nur einigermaßen dem üblichen Geschmack von Reimann entspricht, dann ist sie jung, blond und verdammt sexy. Die Medien werden schmatzen vor Wonne. Und da wird sehr bald schon jemand einen sehr sehr guten Strafverteidiger brauchen. Den Besten. Ich habe schon mit Ignacio Sanchez-García gesprochen, dem *comandante* der *brigada criminal.* Wir kennen uns seit vielen Jahren, früher haben wir zusammen Tennis gespielt. Heute Golf. Man wird älter.« Ein bellendes Lachen, das in Husten mündete. »Und Sie, meine Liebe, Sie bleiben abrufbereit!«

»Aber ich …«

»Keine Widerrede. Ich zähle auf Sie«, Drohung: »Und eins noch. Das könnte für Sie die große Chance sein.« *Oder Sie können gleich mit Ihren afrikanischen Freunden die Klos am Bahnhof putzen.* Das stand ungesagt dahinter.

Dagmar stammelte etwas Verbindliches. Sie kannte Fusté. Und seine Sprüche. Aber so weit war er noch nie gegangen. Da war offenbar ein Mord geschehen, ein Mensch war getötet worden. Und Don Jaime saß schon in den Startlöchern, um die Publicity für sich zu nutzen. Egal, wer der Mörder war.

Dagmar legte den Hörer auf.

Und schämte sich, weil sie so etwas wie Glück empfand. Stolz, Zufriedenheit. Don Jaime, der großmächtige Superstaranwalt hatte ausgerechnet sie angerufen. In seiner Kanzlei arbeiteten zwölf Anwälte. Er akzeptierte nur die Besten der Besten. Dagmar war die einzige Frau und als Einzige nicht Spanierin.

So hatte sie sich ihm vor einem Jahr verkauft. »Wir sind jetzt Europa. Sie brauchen vielleicht schon bald eine Deutsche.« Ihre Zeugnisse waren brillant, aber Don Jaime hatte kaum hingeschaut. Er starrte auf ihren Busen. Okay, zugegeben, auf ihren üppigen Busen, okay, noch mal zugegeben, auf ihren kaum verhüllten üppigen Busen. Dagmar war vierunddreißig Jahre alt und verzweifelt. Sie brauchte das Geld. Und sie wusste, dass sie gut war.

Er nahm sie. Sie bekam eine winzige Besenkammer ohne Tageslicht als Büro, aber er zahlte die Miete, die Unkosten für Telefon, Fax, Computer und alle Mitarbeiter, und sie gab ihm dafür einen gewissen Prozentsatz ihres Honorars ab, je nachdem, ob sie den Klienten selbst aufgetrieben, oder er ihn ihr vermittelt hatte. Dazu gab es einen ziemlich komplizierten Vertrag.

Vielleicht wäre alles einfacher gewesen, wenn sie auch mit ihm geschlafen hätte.

So schrecklich sah er auch wieder nicht aus. Anfang sechzig, nicht sehr groß, aber drahtig, kaum noch Haare, die letzten zu einer kurzen Bürste rasiert. Nein. Unmöglich. Dagmar hätte jede Wette angenommen, dass er Unterhosen mit Giraffenmuster trug.

Dagmar hasste ihre Abhängigkeit von Don Jaime. Sie hasste es, wenn er wieder einen Fall souverän am Gesetz vorbei löste. Sie hasste es, wenn sie von ihm lernte, ihn bewunderte, ihm nach dem Maul redete. Und wenn sie andererseits immer im falschen Moment die Schnauze zu weit aufriss. Aber. Sie hatte keine Reserven, keinen Hintergrund. Nur das eine Ziel. Ihre Kinder wiederzubekommen. Sie musste das Spiel mitspielen.

Dagmar lehnte sich zurück. Emotionen wegdrängen. Überlegen, nachdenken, antizipieren. Wenn Fusté ausgerechnet sie haben wollte, dann eben, weil sie als Einzige in der Kanzlei sowohl spanisches als auch deutsches Recht kannte. Weil er sie brauchte.

Sie schlug in ihrem Organizer nach. Der Pressesprecher der Kripo war eine Frau. Isabel Vidal-Llongarrú. Sie machte sich keine großen Hoffnungen, jetzt, mitten in der Nacht. Aber sie bekam nicht den Anrufbeantworter, sondern eine junge und sehr höfliche Stimme. »Womit kann ich Ihnen helfen?«

»Isabel? Mein Name ist Dagmar Warwitz. Entschuldigen Sie bitte die späte Störung. Es geht um diesen Brand mit Doppelmord. Ich rufe im Auftrag von Don Jaime an.«

»Don Jaime?«, wiederholte Isabel mit kaum verhüllter Ironie.

Dagmar hätte sie am liebsten geknuddelt. »Ich bin Anwältin. In der Kanzlei von Jaime Bartolo Fusté. Sagt Ihnen das was?«

»Äh«, Zögern, »ja, schon. Und?«

»Wir würden gerne Näheres wissen. Wer wurde außer Robert Reimann noch ermordet? Und wen haben Sie als Tatverdächtigen?«

»Tut mir Leid. Dazu kann ich Ihnen jetzt noch nichts mitteilen.«

Dagmar senkte die Stimme. »Bitte, helfen Sie mir. Mein Job steht auf dem Spiel.« Ihr deutscher Akzent war fast immer ein Handicap, doch manchmal half er auch.

Isabel lachte mitfühlend. »Na ja, wir wissen nicht, wer der zweite Tote ist. Ein Mann, schätzungsweise fünfzig Jahre alt. Die Autopsie ist noch nicht abgeschlossen. Bisher können wir nur sagen, dass Reimann kurz vor seinem Tod Besuch von einer Frau hatte. Wir haben ihre Fingerabdrücke.

Und wir suchen sie. Als Zeugin zunächst. Verstehen Sie?«

»Ja, danke!« Dagmar legte auf. Wer immer diese geheimnisvolle Frau sein mochte, sie war vermutlich ihre neue Klientin.

11

Zuerst war da nur ein leichtes Kitzeln an ihrer Stirn. Hitze. Grelle Flammen in der tiefen Schwärze. Sie wollte nicht aufwachen, sie wollte zurück in die Dunkelheit. Das Kitzeln erreichte ihre Nase. Sie schob die Hand vor ihr Gesicht. Prrrr. Glückliches Schnurren und gleich darauf die kleine Samtpfote, zuerst noch ohne Krallen. Prrrr.

Schmerz. Barbara schreckte hoch. Scharfer Schmerz. Sie schrie. Fritz the cat sprang erschrocken zurück. Wartete. Beobachtete. Maunzte empört. Barbara zwang sich, die Augen zu öffnen und das wohlige Nichts zu verlassen.

Sie lag in ihrem Bett. In ihrer Wohnung. Sie trug nur noch Slip und T-Shirt. Schmerzen. Wie war sie hergekommen? Fast unerträgliche Schmerzen. Fritz maunzte fordernd. Sie quälte sich aus dem Bett und schleppte sich in die Küche. Eine Dose. Aufmachen. Miiienz!!! Ja, verdammt noch mal! Sie füllte seinen Napf. Die Hälfte ging daneben. Er schnurrte und stupste sie dankbar an die Hand. Es tat weh. Alles tat weh.

Barbara nahm eine Wasserflasche aus dem Kühlschrank und schleppte sich zum Bett zurück. Trank gierig. Der reiche Typ in den Ramblas, das Haus, die Autos. Die Pistole. Das Feuer. Sie kam eben noch in den Porsche. Die Fahrt im Porsche war gelöscht. Wo hatte sie ihn überhaupt geparkt? Die letzten paar hundert Meter musste sie zu Fuß geschafft haben. Allein? Ihre Arme waren verbunden. Überall schwarze Spuren von Ichtiolsalbe, Barbaras Allheilmittel für Wunden aller Art.

Sie fiel aufs Bett zurück. Auf dem Boden lag eine ungeschickt aufgerissene Packung Termalgin, das ihr der Zahnarzt mal für starke Schmerzen verschrieben hatte. Sie nahm drei Tabletten, zögerte kurz und schluckte sie.

Ihr war vollkommen klar, dass sie dringend zum Arzt musste, dass sie in höchster Gefahr schwebte, dass sie sofort fliehen sollte.

Später.

Nur noch einen Augenblick ausruhen. Sie war so unendlich müde. Fritz sprang aufs Bett, rollte sich dicht neben sie und schnurrte.

Sie schlief ein.

12

Sanchez-García war in das Studium der ersten Ermittlungsberichte vertieft. Wenn der Chef zum Rapport rief, hatte Pia immer das Gefühl, wieder das kleine Schulmädchen beim Direktor zu sein. Damals Angst, heute Unbehagen. Das einzig Gute war die funktionierende Klimaanlage. Siebzehn kühle Grad. Sie hatte im Polizeipräsidium geduscht, aber nichts Sauberes zum Anziehen in ihrem Spind gefunden. Das Zeug wartete seit zwei Wochen im Korb neben der Waschmaschine. Sie hatte die rußigen Jeans wieder angezogen und sich von einer Kollegin ein T-Shirt geliehen, das jetzt formlos um sie herumschlabberte.

Bonet sah nicht viel besser aus. Nur Toni schien frisch aus dem Schaufenster einer Modeboutique geklettert zu sein. Heller Anzug aus Wildseide, braunes Hemd, lässig offener Kragen und geföntes (!) Haar. Er war als Erster hereingekommen und saß nun breit und zufrieden vor ihr auf dem einzigen Besucherstuhl. Und so entdeckte Pia plötzlich eine Schwachstelle in seiner Schönheit. Genau am

Hinterkopfwirbel bildete sich eine kleine Tonsur. Noch winzig, aber eindeutig eine Kahlstelle. Der Beginn einer Glatze. Sie entspannte sich etwas.

Sanchez seufzte und sah auf. Seine Mastroiannistirn legte sich in leichte Vorwurfsfalten. »Toni, bitte!« Dazu ein charmantes Lächeln für Pia. Oh Gott!

Toni grinste, sprang auf und schob Pia mit einer leichten Verbeugung den Stuhl hin. »Verzeih, Señorita!« Das fehlte ja noch. Dass *sie* da vorn direkt vor dem Maul des Löwen saß und den Feind im Rücken hatte. Der dann auf *ihre* nicht richtig gewaschenen Haare schauen konnte.

Pia übersah den freien Stuhl und konzentrierte ihren ganzen Charme auf Sanchez. »Danke, aber ich stehe lieber.«

Sanchez überging diese Zurückweisung seiner Fürsorge und klopfte auf die Berichte. »Dieser Reimann war zwar Ausländer, aber er war ein Bürger unserer Stadt. Er war sehr reich und sehr prominent. Ich muss Ihnen nicht erklären, wie wichtig dieser Fall ist. Die Medien rennen uns die Türen ein, internationale Fernsehteams sind im Anrollen, und ich bekomme schon den ersten Druck von oben. Ich hoffe, Sie verstehen, dass wir sehr vorsichtig und sehr effizient vorgehen müssen.«

»Das heißt?«, fragte Bonet aggressiv. Er hatte keine Angst vor dem Chef. Und Sanchez hatte einen seltenen Moment von Offenheit.

»Leute, wir haben einen Riesenfall am Hals, und die ganze Welt schaut zu. Wir müssen beweisen, dass wir nicht Provinz sind, sondern Metropole. Ich sage euch das jetzt ganz ehrlich. Ihr seid meine besten Ermittler. Ihr seid von allen anderen Fällen freigestellt. Ihr bildet ein *equipo especial*, eine Ermittlungsgruppe. Arbeitet zusammen.« Er starrte Toni an, dann lächelte er Pia zu. »Habt ihr das verstanden? Keine Streitereien, keine ehrgeizigen Einzelaktionen. Teamwork!«

»Nein, ja, natürlich, klar. Chef.« Toni antwortete gleich für sie alle mit. Sanchez schien zufrieden.

»Okay. Vergesst fürs Erste Feierabend und Urlaub. Ich setze auf euch. Ich verlange einen Achtundvierzig-Stunden-Einsatz pro Tag. Die Ferien haben begonnen, wir sind nur knapp besetzt. Aber sagt mir, wenn ihr Unterstützung braucht. Ich stehe hinter euch. Ich bin immer für euch da. Für jeden von euch. Und jetzt legt los!«

Er winkte sie mit der Geste eines großen Patriarchen hinaus, und sie gingen brav. An der Tür brüllte er sie plötzlich noch einmal zurück. »Eins noch.« Sie erstarrten mitten in der Bewegung. »Wenn einer von euch Scheiße baut, auch nur andeutungsweise, dann ist der Ofen aus für ihn. Oder sie. Und zwar endgültig. Das war's. Macht die Tür richtig zu.«

Sie kamen zurück in den Brutkasten des provisorischen Großraumbüros. Pia musste Bonet nicht erst ansehen, um zu wissen, dass er als Letzter die

Tür nur kurz einschnappen ließ, um sie dann einen kleinen Spalt offen zu lassen. Sollte Sanchez doch auch schwitzen. Kinderkram, aber es half für einen Moment, Frust abzubauen.

»Wir müssen uns absprechen«, tat sich Toni wichtig. Pia nickte höflich. Bonet ging zu seinem Tisch, sah kurz die Papiere durch und hörte seine Nachrichten ab, kam zurück.

»Aber nicht hier. Mittagspause! Gehen wir zu Paco & Lola.«

»Es ist erst kurz nach zehn!« Tonis Empörung ließ seine Stimme ansteigen. »Wir können doch hier im Besprechungszimmer ...«

Weder Pia noch Bonet beachteten ihn. Toni holte sie erst am Ausgang ein. »Wieso nehmen wir kein Auto? Wartet doch auf mich!« Die Wachen an diesem Morgen waren neu, Pia kannte keinen von ihnen. Bonet scherzte mit den beiden. Sie waren Cousins und kamen aus Asturien. Toni holte auf. »Verdammt. Wir sind ein Team. Wieso geschieht nur, was ihr wollt?!«

»Weil er der *capitán* ist und wir nur die *inspectóres*.« Pia grinste Toni an.

»Gleich sind wir da«, Bonet überquerte die Straße. Die kleine Bar hieß offiziell *El Cordobés*, aber jeder sagte nur Paco & Lola. Der Raum war hoch, düster und kahl. Vergilbte Stierkampfposter, eine Bar mit Küche dahinter, Bistrotische mit wackliger Marmorplatte und unbequem steife Stühle.

Aber es gab einen guten *vino de la casa* und die besten *tapas* im ganzen Viertel.

Pia kam selten her. Es machte keinen Sinn für sie, auch noch in ihrer minimalen Freizeit mit Kollegen zusammen zu hocken. Toni war offensichtlich noch nie hier gewesen, er schreckte zurück, als wollte man ihn vergiften. Bonet war Stammgast. Lola winkte aus der Küche, Paco brachte sie nach hinten in einen kleinen Nebenraum. Sie setzten sich an den Tisch zwischen einer Wendeltreppe zu Paco & Lolas Privaträumen im ersten Stock, einen wandhohen Spiegel mit verschnörkeltem Goldrahmen und eine Mauer von Weinkartons. Paco stellte ihnen ungefragt drei *Café solo*, Gläser, eine Flasche Wasser und eine Flasche Rotwein hin. »Sagt mir, wenn ihr noch etwas braucht.«

»Trockenen Weißwein, bitte«, Pia lächelte Paco an. »Und einen Eiskübel.« Paco brachte den Weißwein, dazu Oliven, Käse- und Schinkenwürfel.

Toni wischte den Tisch vor sich ab. »Ich sehe nicht ganz ein, was das hier soll.«

»Brainstorming«, Bonet trank seinen Kaffee und schenkte sich Wein ein. Pia nahm sich etwas Käse.

»Fangen wir an. Wir haben einen Toten. Robert Reimann.«

»Der kurz vor seinem Tod Besuch hatte.« Toni trank nur Wasser, passte sich aber der Situation geschmeidig an. »Wir haben Spuren von Lippenstift, genug für eine Genanalyse, und wir haben, ganz altmodisch, ihre Fingerabdrücke.« Er lächelte siegesgewiss. »Ich habe die Daten in den Computer eingegeben. Interpol.«

»Und der andere?« Pia wandte sich an Bonet. »Wer war der zweite Tote? Warum saß er da hinten in dem Ferrari Cabrio? Und laut der ersten Schätzung des Pathologen vermutlich schon seit mindestens zwei bis vier Stunden vor Ausbruch des Feuers.«

»Außerdem haben wir im Haus von Reimann den Safe geöffnet. Tagebücher, Fotos und so weiter. Er hatte zuletzt einen Klüngel mit einer Deutschen. Barbara Dyckhoff. Ganz hübsch, aber eigentlich nicht sein Stil. Kleine Taschendiebin, wie es scheint. Und mit Drogen zugange, wie er vermutet hat. Bis ins kleinste dokumentiert. Wir haben noch nicht alles ausgewertet, aber ich gehe jede Wette mit euch ein, diese Barbara hat die Finger zu den Abdrücken.«

»Warten wir's ab«, Bonet nahm einen Schluck Wein.

»Und, haltet euch fest«, Toni wich zurück, als Paco ungefragt eine Auswahl kleiner Tapatellerchen auf den Tisch stellte. »Der Porsche, den die zwei Araber letzte Nacht geklaut haben, der gehörte Reimann.«

»Marokkaner. Und wo haben sie ihn geklaut?«, fragte Pia.

Bonet prüfte die *tapas*. Überreife Oliven, roher

Schinken aus Salamanca, winzige frittierte Tintenfische, filetierte Sardellen in Knoblauch und Zitronensaft, knuspriges Weißbrot mit *alioli* und Käsewürfel. Er packte sich ein Stück Brot voll und schob es genussvoll in den Mund. »In Barceloneta?«

»Das haben sie nicht gesagt. Sie sagen gar nichts, außer, dass sie nichts mit Drogen zu tun haben. Sie jaulen nur dauernd nach einem Anwalt.«

»Und wenn sie die Wahrheit sagen?« Pia nahm eine Brotscheibe und löffelte *alioli* drauf. »Wenn sie nur Angst haben, wegen dem Koks im Rucksack des Australiers?«

»Ich brauch die Aussage von diesen Mohrenköpfen nicht. In zwei Stunden hab ich alle Infos über die Fingerabdrücke.«

Pia hätte Toni gern entmannt, gevierteilt, erschossen und aufgeknüpft. »Du könntest eigentlich deinen Computer poppen, ich meine, dem ist es vielleicht egal, wie du ihn anredest.«

»Die Autopsie wird vermutlich erweisen, dass Reimann erstickt und dann verbrannt ist.« Bonet zog die Tintenfische zu sich heran. »Keine andere Todesursache. Und dieses Garagentor, das hat er selber geschlossen. So sieht's doch aus. Er war drin und nicht weit von seiner Hand die Reste der Fernbedienung.«

»Er hatte eine Pistole in der Hand. Er hat geschossen. Aber auf wen?«, fragte Pia.

»Er hat jedenfalls von innen das Tor geschlossen. Und dann ist er nicht mehr rausgekommen.«

»Aber der zweite Tote«, Pia versuchte, ihren Gedankengang weiterzuverfolgen. »Das ist doch seltsam. Er hatte etwa das Alter von Reimann und seine Größe. Er war offenbar auch ganz ähnlich angezogen. Wer war er?«

Toni quetschte den Zitronenschnitz in sein stilles Wasser und trank. »Der war da doch längst tot! Es gab nur noch Reimann und seinen Mörder. Seine Mörder*in*. Und sie war schneller.« Sein Handy piepte, er meldete sich. Hörte zu. »Ja, okay. Danke«, schaltete aus, grinste ihnen zu und stand auf. »Wir haben sie. Barbara Dyckhoff. Vierundzwanzig Jahre alt, geboren in München, Deutschland. Lebt seit elf Jahren in Barcelona. Zweimal verhaftet, nicht vorbestraft. Wohnt gleich hier um die Ecke bei der Plaça de L'Angel.« Er lief zur Tür. So sehen Sieger aus.

Pia und Bonet sahen sich nur kurz an. Dann sprangen sie auf und rannten hinterher. Lola hatte gerade eine Platte mit pikant gewürzten Hühnerflügeln für sie fertig, Bonet nahm sich im Vorbeirennen eine Hand voll mit.

Als sie das Polizeipräsidium erreichten, kamen schon die ersten Einsatzwagen aus der Ausfahrt. Bonet kaute noch an den Hühnerflügeln. »Eins muss man Toni lassen. Schnell ist er.«

13

Ihr war übel vor Hunger. Sie hatte seit drei Tagen nichts weiter gegessen als ein Stück altes Brot und eine angefaulte Feige. Sie hätte alles getan für einen Biss von dem specktriefenden Hamburger. Aber sie wollte nicht, dass dieser widerliche alte Mann sie anfasste. Sie ließ es trotzdem zu. Als er ihr danach den Burger kaufte, musste sie sich übergeben. Mitten rein in sein schönes Auto. Wütend warf er sie raus.

Sie war in Barcelona.

Barbara war erst dreizehn, aber das hatte sie gelernt: Die alten Männer zahlten fürs Anfassen.

Paco nicht. Der wunderbare Paco. Der Mann, der ihr Vater und Lehrer und Freund wurde. Der Mann, der sie alles gelehrt hatte. Die Liebe, die Kunst und das Leben.

Der Amerikaner, der sie angesprochen hatte. Die enge, krumm gewundene Straße im alten *barrio chino*. Kühle Schatten unter düsteren Häusern und tausenden von Balkonen voller Wäscheleinen.

Sein Texashut und die Stiefel aus Krokodilleder.

Er war riesig und so dick, dass seine Lederstrumpfjacke nicht mehr zuging. Er roch nach Schweiß, Knoblauch und Rasierwasser, und aus seiner Nase und aus seinen Ohren wuchsen rötliche Haarbüschel.

Er hielt ihr einen Hundertdollarschein hin. Hundert Dollar! Davon konnte sie ein Vierteljahr oder länger leben und sich einen richtig guten Ausweis kaufen. Sie nickte. Er lächelte und beugte sich über sie. Seine dünne Oberlippe war kaum zu sehen, die Unterlippe wölbte sich als roter Wulst vor. Speicheltropfen. Seine Hände waren gewaltige Fleischkraken, mit rötlichem Haar bedeckt. Er legte ihr einen Kraken auf die Schulter. Im anderen steckte immer noch der grüne Geldschein.

Hundert Dollar.

Barbara reagierte, bevor sie nachdenken konnte. Sie schnappte sich das Geld, drehte sich aus seiner Umarmung und rannte weg.

Sie konnte schnell rennen. Wenn sie eins in ihrem kurzen Leben gelernt hatte, dann war es das. Aber der fette Riese bewegte sich plötzlich wie ein Torpedo. Barbara schlug einen Haken, schlüpfte in einen Hinterhof. Aus allen Hinterhöfen gab es auch Hintcrausgänge. Aus diesem nicht. Als sie umkehren wollte, stand er schon hinter ihr. Sein Gesicht violett vor Anstrengung und Wut. Sie versuchte auszuweichen, aber er packte sie mit einer Hand am Hals und drückte sie gegen eine Mülltonne. Mit der anderen fetzte er ihr T-Shirt auf und suchte seinen Geldschein. Sie brauchte noch keinen BH. Er zerrte an ihren Jeans. Sie rissen. Barbara schrie, wehrte sich, trat um sich und versuchte, ihn zu beißen. Er schlug sie mit dem Handrücken ins Gesicht. Ihr Hirn platzte, ihre Zähne krachten aufeinander, sie hatte Härchen im Mund. Er fand das Geld in ihrem Slip. Zusammen mit der ganzen Tagesbeute.

Hilfe!!! Alle Fenster waren gegen die Hitze mit Jalousien und Sonnenblenden geschlossen, kleine Kinder kreischten, Fernseher brüllten. Das Viertel mit der höchsten Bevölkerungsdichte Barcelonas. Und keinen Menschen interessierte es, dass direkt unter ihren Augen ein Riese aus Texas ein kleines heimatloses Mädchen abschlachtete.

Sie schluchzte auf, musste immer heftiger weinen und begann, stammelnd um ihr Leben zu betteln. Sein Griff lockerte sich nicht, aber die Wut in seinem Gesicht machte wieder der Gier von vorher Platz. Er sagte etwas auf englisch, das sie nicht verstand und zog sie näher zu sich heran. Sie wollte nicht sterben. Sie kniff die Augen zusammen. Der Würgegriff nahm ihr den Atem.

Plötzlich war sie frei. Sie hustete, würgte. Und vergaß, wegzulaufen.

Zwischen ihr und dem Riesen stand ein Magier. Über einem altmodischen schwarzen Anzug trug er einen schwarzen Umhang mit rotem Seidenfutter.

Er war sehr schlank und sehr groß. Ein ganzes Stück größer als der Texaner. Sein schulterlanges Haar war silbern. Sicher war er fünfhundert Jahre alt.

Der Texaner lachte nur.

Der Magier hatte einen kunstvoll mit Silber beschlagenen Spazierstock aus Ebenholz in der Hand. Mit einem eleganten Zug holte er einen blinkend scharfen Degen hervor und setzte ihn dem Texaner an die Gurgel. Der Texaner lachte nicht mehr. Der Magier griff in die Taschen der Lederstrumpfjacke und holte alles Geld heraus, Barbaras achtzehnhundert Peseten, den Hundertdollarschein und eine volle Brieftasche. Er blätterte sie durch und studierte kurz den Ausweis.

»Wünschen Sie, dass ich Sie zur Polizei begleite?«, fragte er. Der Texaner drehte sich unter dem Degen. Die Bewegung brachte ein paar Blutströpfchen hervor. »Sie glauben, Sie wären bestohlen worden. Ich aber glaube, dass sie gerade dabei waren, ein Kind zu missbrauchen. Mein Kind!« Der Magier legte Barbara den Arm um die Schultern, und noch niemals in ihrem Leben hatte sie sich so sicher gefühlt.

Der Texaner hob die Fleischkraken. Tränen quollen ihm aus den Augen, Schweißbäche rannen ihm von der Stirn und an der Nase entlang über das ganze Gesicht. Seine wulstige Unterlippe zitterte. »Sorry, das habe ich nicht gewusst, gewollt, sorry«, stotterte er kaum verständlich.

»Ich kenne deinen Namen. *I know your name!*« Der Magier fixierte ihn, bevor er ihm den Ausweis zurückgab. Das Geld steckte er ein. Dann senkte er den Degen und piekste ihn dem Texaner kurz in den Bauch. Der schrie wie ein Schwein am Spieß, machte sich so flach wie noch nie in seinem Leben und quetschte sich am Magier vorbei. Und rannte davon.

Barbara vergaß zu atmen.

»Ich bin Paco. Und du musst nie wieder Angst haben«, sagte der Magier leise zu ihr und nahm sie mit. Sie mussten nicht weit gehen.

Paco lebte in einem unterirdischen Schloss. Eine ganz normale Kellertreppe in einem engen, heruntergekommenen Haus. Eine Tür, noch eine Tür und eine dritte Tür. Dahinter ein Gewölbe von über dreihundert Quadratmetern Wohnfläche und vier bis sechs Metern Höhe. Die Räume gingen offen ineinander über. Eine supermoderne Küche, ein eleganter Salon mit antiken Möbeln, seidenleuchtenden Perserteppichen und Gemälden aus vergangenen Epochen. Vier gemütliche Schlafzimmer und in jedem Raum das passende Licht. Barbara war in einer anderen Welt angekommen, und hier merkte man nicht, dass diese Welt unterirdisch war.

Paco gab ihr zu essen und zeigte ihr eins der Schlafzimmer. Er sagte ihr, dass sie sich überall frei bewegen könnte. Nur eine Tür sei verboten. Barbara hörte gar nicht richtig zu. Paco, der Magier kaufte ihr neue Kleider und redete mit ihr. Tage- und nächtelang. Wo sie her kam, was sie dachte, was sie wollte und wovon sie träumte. Er kochte vielgängige Menus und zeigte ihr, wie man sie aß. Er brachte ihr bei, wie man sich bewegt, wie man spricht. Und, als er merkte, dass sie gerne und leicht lernte, begann er mit einem umfassenden Unterricht in allen Fächern und den ersten Fremdsprachen.

Barbara war glücklich. Zum ersten Mal in ihrem Leben war da jemand, der sich für sie interessierte, und der ihr die Möglichkeit gab zu lernen. Wie ein verdorrter Schwamm saugte sie sich voll. Natürlich wunderte sie sich. Paco kam ihr niemals zu nahe, nie berührte er sie auf unangenehme Art. Und natürlich stellte sie sich auch die Frage nach der verbotenen Tür. Aber er vertraute ihr, und sie hätte nie etwas getan, sein Vertrauen in sie zu gefährden.

Nach einem Jahr erst öffnete er die geheimnisvolle Tür und brachte sie in die Werkstatt. Seine Akademie. Ein großer kahler Raum in gleißendes Licht getaucht. Überall standen Menschen in erstarrten Posen. Damen und Gentlemen aus dem vergangenen Jahrhundert, Geschäftsleute, Flaneure und Touristen von heute. Paco zeigte ihr, wo sie ihr Geld versteckt hatten, ihren Schmuck, ihre Wertsachen.

Er forderte sie auf, einem Touristen mit Hawaiihemd und Bermudas die aus der Hemdtasche hervorlugende Brieftasche wegzunehmen. Das war einfach. Barbara griff vorsichtig mit zwei Fingern zu. Ein helles Glöckchen schrillte auf.

Paco erklärte ihr das System. Überall an den Puppen waren Glöckchen angebracht, die Laut gaben, sobald man eine ungeschickte Bewegung machte. Paco war ein geduldiger Lehrer, aber er war auch streng. Nach einem zweiten Jahr stellte er ihr die Frage: »Willst du gehen oder willst du weitermachen?«

»Weitermachen«, sagte sie, ohne zu zögern.

Er nickte, als hätte er nichts anderes erwartet. »Gut. Aber eins muss ich dir sagen. Vor fünfzig Jahren war meine Akademie hier die Hohe Schule der Taschendiebe. Sie kamen damals aus allen Ländern Europas. Aber die Zeiten sind vorbei. Die Kunst, die ich dir beibringe, ist Vergangenheit. Sie wird dir nicht viel helfen können.«

»Ich will sie trotzdem lernen.«

»Ja, du bist begabt. Du bist etwas ganz Besonderes. Du wirst meine letzte Schülerin sein. Ich werde dich alles lehren, was ich weiß. Solange bleibe ich noch am Leben. Du bist meine Tochter.«

Sie hatte ihn geliebt. Paco. Ihn bewundert. Und ihm blind vertraut. Paco, der sie dann doch verließ. Wie alle anderen auch.

Sein wachsbleiches Gesicht. Starr und kalt. Mit dieser spitzen, viel zu langen Nase und dem eingefallenen Mund. Uralt und fremd im Sarg. Der Deckel klappte zu, und die letzten Nägel wurden eingeschlagen. Pongg, pongg, pongg.

Sie weinte.

Eine kleine Samtpfote stubste sie an die Nase, und sie begriff, dass das Hämmern nicht zu ihrem Traum gehörte.

Eine unverständliche Megaphonstimme.

Erneutes Hämmern.

Holz splitterte.

Sie brachen die Tür auf.

Fritz mienzte und sprang weg.

Barbara konnte sich nicht bewegen. Aus dem Augenwinkel sah sie Fritz aufs Fensterbrett springen. Hau ab, dachte sie, lauf! Jetzt musst du wieder selber für dich sorgen. Sorry, mein Süßer …

Sie dämmerte weg, wurde wieder wach, als man sie brutal auf den Bauch drehte und mit kalten Handschellen ihre Arme zusammenzwang. Männerstimmen. Lachen. Gesichter hinter martialischen Uniformen. Gewehre, Mündungen, die auf sie zielten. Es war zu Ende. Fritz, hau bloß ab. Sie spürte Tränen an ihren Augen herunterlaufen, ohne zu weinen. Sie weinte nie. Fritz, mein Süßer, bring dich in Sicherheit. Sie wollte aufstehen und gehen, aber ihre Beine knickten ein. Sie rissen sie hoch und schleiften sie mit.

»Halt!«, ein Mann. Und gleich darauf eine junge Frauenstimme:

»Seid ihr jetzt völlig übergeschnappt! Sie muss sofort ins Krankenhaus. Sofort!«

»Handschellen weg und runter mit ihr!«, wieder der Mann. Sie wurde sanft und extrem vorsichtig auf den Boden gelegt. Klicken. Ihre Hände waren wieder frei. Ruhe. Dann über ihr das runde Gesicht einer Frau. Dunkle Augen, feuerrotes Stoppelhaar, und ein breiter ungeschminkter Mund.

»Machen Sie sich keine Sorgen. Ich bin Pia Cortes. Ich kümmere mich um alles. Auch um Ihre Katze. Ich versprech's Ihnen!« Sie drückte ihr die Schulter.

Hau ab, Fritz, dachte Barbara, hau bloß ab! Trau keinem! Aber die Hand war tröstlich.

»Was ist denn hier los?!«, eine neue Männerstimme. Hoch und aggressiv. Es wurde sehr hell. Blitze.

»Cool runter«, wieder die erste Männerstimme. »Und halt die Fotografen zurück, verdammt. Diese Frau hier ist schwer verletzt, sie muss ins Krankenhaus. Und zwar sofort!«

»Dass ich nicht lache. Das ist die Mörderin!«

»Selbst wenn sie es sein sollte, willst du, dass sie uns hier stirbt?« Dann Schweigen. Neue Gesichter. Weiße T-Shirts mit dem grünen Insalud-Emblem. Immer noch die Hand. Sie wurde hochgehoben und auf eine Trage gelegt. Hilflos.

Die Hand ließ sie los.

Das war das Ende.

Barbara weinte, wie sie noch nie in ihrem Leben geweint hatte. Sie konnte es nicht mehr stoppen. Es war erniedrigend. Aber auch erleichternd. Alles egal.

Es war vorbei.

14

Pia kam sich ziemlich blöd vor, aber versprochen war versprochen. Sie hockte mit einem geliehenen Katzenkorb und drei Dosen Whiskas Gourmet auf einem Dachvorsprung und versuchte, den großen gelben Kater anzulocken. »Na, komm, mein Kleiner. Komm schon!« Sie hatte seinen Napf gesäubert und mit frischem Futter gefüllt. Fritz saß auf dem Nachbardach und starrte sie aus gelben Augen unfreundlich an. »Jetzt komm schon, du dummes Vieh. Ich hab für dich meinen Job riskiert.« Fritz war nicht beeindruckt. Pia ließ sich aufs Fensterbrett zurücksinken und wünschte, sie hätte das Rauchen nie aufgegeben.

Barbara Dyckhoff. Sie war so jung. Erst vierundzwanzig. Und viel schwerer verletzt und verbrannt als sie zunächst geglaubt hatten. Jetzt lag sie gut versorgt auf der Intensivstation, unter schweren Beruhigungsmitteln. Ihr drohten vermutlich einige Operationen. Es war ein Wunder, wie sie es geschafft hatte, überhaupt noch heimzukommen. Pia empfand so etwas wie Respekt vor dieser Barbara. Allein schon, weil sie sonst keinen hatte, der auf ihrer Seite stand. Sie war abgeurteilt, noch bevor sie wach wurde.

Toni hielt Hof. Die Reporter standen Schlange, und er erstattete ihnen Bericht. Charmant und humorvoll. Er hatte den Fall gelöst. In Schallgeschwindigkeit. Er wirkte sehr überzeugend. Und Sanchez-García stand breit hinter ihm. Die beiden waren so fotogen, dass man mit ihnen eine Fernsehserie hätte machen können.

Pia versuchte, mit Josep Bonet zu sprechen, aber er wich ihr aus. Sie folgte ihm. »Warte, Bonet. Es ist doch noch gar nicht erwiesen, dass dieses Mädchen die Mörderin ist. Wer ist Robert Reimann? Wer ist der andere Tote? Was war mit der Fernsteuerung? War Reimann dabei, das Tor zu schließen? Oder zu öffnen? Da stimmt doch was nicht. Bitte, lass uns darüber sprechen.«

»Schon gut, Pia«, Bonet schlurfte zum Kaffeeautomaten. »Warten wir erst mal ab, das beruhigt sich schon. Und dann sehen wir weiter.« Für ihn schien in dem Moment nur wichtig, wie der Kaffee in seinen Plastikbecher blubberte. Pia wandte sich wortlos ab. »Eh, Pia«, wachte er plötzlich auf, »mach keinen Scheiß! Klar? Keine Alleingänge!« Der Fahrstuhl war gerade da und funktionierte sogar. Und enthob Pia der Antwort.

Pia packte die wenigen Berichte und Unterlagen, die sie bisher hatte, in ihren Rucksack und rief Luis

Llobet an. »Hast du Lust, heute Abend zu mir zum Essen zu kommen?«

Luis holte Luft und lachte dann. »Auch, wenn du mir noch mehr versprichst, ich habe die Autopsien noch nicht abgeschlossen. Du wirst nicht viel von mir erfahren.«

»Ich brauche nur jemand, mit dem ich reden kann, Luis. Ich biete dir *escalivada* mit Anchovis und hinterher Spaghetti mit Knoblauch und frischen *gambas*. Brot, *alioli*, Salat und jede Menge Wein. Sehr viel mehr kann ich leider nicht.«

»Das klingt großartig. Ich könnte aber erst später kommen, ist halb zehn zu spät für dich Nordlicht?«

»Wenigstens hast du nicht Madrileña gesagt. Luis, ich bin hier aufgewachsen!«

»Deine Mutter kommt aus Madrid. Und da diniert man um acht.«

»Du hast doch keine Ahnung, Katalane. Halb elf ist früh für's Abendessen. Und außerdem konnte meine Mutter noch nie kochen.«

»Aber Anselmo, dein Vater. Der machte die beste Lammleber und die besten Nierchen in Coñac im ganzen *barrio*.«

»So gut bin ich leider nicht. Aber du kannst jederzeit kommen. Auch um zwölf. Ich freu mich.« Sie legte auf und schluckte gegen die Tränen, die immer noch hochstiegen, wenn jemand von ihrem Vater sprach. Sie winkte Toni und Bonet zu, keiner von den beiden sah her, nur Sanchez machte hektische Handzeichen, die wiederum sie übersah.

Als Erstes brauchte sie etwas Bewegung. Das regte ihre kleinen grauen Denkzellen am besten an. Sie nahm die Joaquim Pou bis zur Kathedrale hinunter, bog dann bei der Plaça de Sant Jaume nach rechts in den Carrer Ferran ein. Da war mal wieder wegen einer der unendlichen Baustellen für den Autoverkehr gesperrt. Man musste nicht hinter den Eisenpollern auf dem Gehweg bleiben, sondern hatte die ganze schmale Fahrbahn für sich. Touristen mischten sich mit einkaufenden Hausfrauen, herumstromernden Jugendlichen und Geschäftsleuten. Cafés, Bars und Andenkenläden zwischen Handwerksbetrieben, winzigen Supermärkten, Apotheken, Eisenwarengeschäften und Designerläden. Pia sah in einem Schaufenster witzige Kerzenhalter aus geraden Stücken und einzelnen oder doppelten Gelenken ganz normaler Wasserrohre. Sie blieb kurz stehen. Das könnte sie nachmachen. Poppige Metallicfarben und dann an die Wand über ihrem roten Ledersofa. Sie überquerte die Ramblas und ging nach rechts zur Boquería hinüber. Das war eins der vielen Dinge, die sie an Barcelona liebte. Jedes Viertel hatte seinen Markt. Jeder war anders, aber jeder war ein Erlebnis. Die Boquería an den Ramblas war der berühmteste und, wie sie fand, einer der schönsten Märkte der Welt. Selbst um diese späte Stunde leuchteten die Gemüse- und Obststände noch wie frisch aufgefüllt.

Sie fand schnell, was sie brauchte. Violette Auberginen, tiefrote Tomaten, goldene Zwiebeln, blauen Knoblauch. Frische *gambas* und ein Töpfchen *boquerones*, vor wenigen Stunden in Olivenöl, Zitrone und Knoblauch eingelegte Sardellen. Brot und Wein. Alles andere hatte sie zu Hause.

Zurück zum Pati Llimona ging sie schnell. Der Rucksack war jetzt voll und schwer. Unter den Sonnenschirmen vor dem Seniorencafé winkte Juliana. Hier gab es Kaffee, Kuchen und alles andere fast umsonst, aber man kam nur rein, wenn man über fünfundsechzig war, oder wenn man von einem der Oldies eingeladen wurde. Pia wollte schon mit höflichem Winken vorbeigehen, als ihr einfiel, dass die alte Juliana hier die Katzenmutter genannt wurde. Sie hatte sicher einen Katzenkorb.

Es dauerte eine gute Stunde. Sie musste einen Kaffee annehmen. Dann mit Juliana hinauf in ihre Wohnung steigen. Ihr ein bisschen helfen, ein bisschen aufräumen, eine Kanne aus dem hohen Regal holen und ihre beiden Kätzchen bewundern. Aber als sie ging, hatte Pia außer ihrem Rucksack und den Tüten auch einen Katzenkorb der Luxusklasse, Streu, Futter. Und Milch. Aber nur für den Anfang, erwachsene Katzen bekommen sonst leicht Durchfall, und jede Menge anderer Katzenweisheiten.

»Na komm schon«, sagte sie ohne viel Hoffnung. Fritz schien dieses plötzliche Desinteresse neugierig zu machen. Er sprang vom Nachbardach herüber und putzte sich erst mal ausgiebig. Nur nicht den Anschein von Folgsamkeit erwecken. Aber Pia kannte die feinen Zeichen der Katzensprache nicht. Fritz kam näher. Dann witterte er das ungewohnt leckere Fressen in seinem Napf und konnte nicht widerstehen. Er war käuflich, wie alle Katzen.

Als er aber plötzlich grob gepackt und in ein enges Verlies geworfen wurde, drehte er durch. Er schrie und schlug um sich, aber er hatte keine Chance.

Pia schleppte ihn schreiend, miauend und im Korb um sich schlagend durch den ganzen Carrer Ciutat bis zur Plaça Regomir. Und hinauf in ihre Wohnung im Pati Llimona. Die Leute starrten ihr nach. Die einen schwiegen, die, die sie kannten, machten blöde Witze à la *kochst du heute chinesisch*? Keiner griff ein, um den armen Kater zu retten. Barcelona war keine Stadt für Katzen.

Pias Wohnung lag im Hinterhaus. Sie hatte sie nach dem Tod ihres Vaters vom Erlös seiner Lebensversicherung gekauft. Er hatte über zwanzig Millionen Peseten auf ihren Namen abgeschlossen. Die Policen mussten ihn monatlich ein kleines Vermögen gekostet haben. Als Polizist hatte er damit rechnen müssen, dass jederzeit etwas Unvorhersehbares geschehen konnte. Und er wollte ihr für diesen Fall zu etwas Freiheit verhelfen. Freiheit von den Ansprüchen und dem Geld ihrer Mutter. Die hatte trotzdem versucht, ihr das Geld vorzuenthalten. Pia war damals erst zwölf, aber sie durchschaute Doña Pilar, die nie freiwillig die Kontrolle aufgab. Pia ging zu einem Anwalt und setzte es durch, dass das Geld bis zu ihrem achtzehnten Geburtstag von einer unabhängigen Treuhandgesellschaft verwaltet wurde. Genau an diesem Tag zog sie zu Hause aus und übernahm ihre Ausbildung und die Verwaltung des Geldes selbst. Ein paar ganz nützliche Dinge hatte sie in den feinen Schweizer Internaten doch gelernt. Als sie die Wohnung vor acht Jahren gekauft hatte, war das Dachgeschoss nur eine riesige, düstere Bruchbude. Seitdem hatte sie viel Geld und jede freie Minute hineingesteckt. Den hinteren Teil hatte sie erst mal total abgeschlossen und weggesperrt. Im Vorderteil hatte sie aus acht winzigen Räumen drei große Zimmer und eine Wohn-Küchen-Bar gebaut. Ein Fenster hatte sie zur Tür erweitert, und das Flachdach mit den Schornsteinen und Wasserreservoirs aus alten Zeiten in einen üppig blühenden Dachgarten verwandelt. Sie hatte Glück, sie erwischte genau den richtigen Zeitpunkt. Zu spät, um die teilweise sehr seltsamen Auflagen noch einzuhalten, aber rechtzeitig für die äußerst willkommene finanzielle Beteiligung der Stadtverwaltung. Seit der Rundumrenovierung gab es im Haus sogar einen Lift.

Sie stieg im obersten Stockwerk aus und schloss ihre Tür auf. Die einzige hier oben. Der Kater tobte.

Pia stellte den Korb neben dem Rucksack mit den Einkaufstüten ab und überlegte, was sie jetzt als erstes tun sollte. Juliana hatte gemeint, eine neue Katze müsste man zuerst einsperren, damit sie nicht weglief. Aber allein der Gedanke widerstrebte Pia. Sie merkte, dass der Kater plötzlich ruhig war. Seine rosa Schnauze ans Gitter presste und schnüffelte.

»Warte, dauert nicht mehr lange«, Pia brachte die Tüten in die Küche, schloss die Jalousien an den Fenstern und ließ nur die Tür zur Terrasse offen. Sie füllte eine alte Weinkiste mit Katzenstreu und stellte sie unter die Bougainvillea neben der überdachten Tür. Zwischendurch redete sie mit der Katze, die jetzt nur noch leise wimmerte. Pia stellte ein Schüsselchen mit Milch auf und eins für Futter. Dann begann sie, die *gambas* zu schälen und zu putzen. Das Miezen im Korb wurde etwas lauter. Pia ging hin und legte den Haken der Tür zurück. Ihre Finger dufteten nach *gambas*. Der Kater wich erst zurück, konnte dem Gambaduft aber nicht lange widerstehen. Pia blieb reglos hocken. Vorsichtig kam der Kater näher. Schnüffelte. Kam noch näher. Pia stand langsam auf und ging zu den *gambas* zurück. Er folgte ihr.

Wartete.

Schnurrte.

Pia hielt ihm den ersten Gambakopf hin. Sie setzte die Zwiebeln und die Auberginen mit etwas Olivenöl in eine Form und schob sie in den Ofen.

Sie schnitt Chilischötchen in Scheiben, bevor sie sie in eine Pfanne mit Olivenöl gab. Ließ sie anbrutzeln und fügte dann den klein gewürfelten Knoblauch hinzu. »Wie heißt du eigentlich?« Sie legte die restlichen *gambas* bereit. Es waren deutlich weniger, als sie eingekauft hatte.

Der Kater antwortete nicht. Er interessierte sich weder für die Milch noch für die Kiste. Er lag mit einem Drittel der *gambas* im Bauch in dem Liegestuhl unter dem Oleander und schlief.

»Garfield«, sagte Pia und machte die Fenster wieder auf. Dieser Kater kannte sich aus. Er würde nicht abhauen, solange seine Schüsseln gefüllt waren. Und wenn, würde er zurückfinden.

Pia deckte die Töpfe ab. Den Rest würde sie machen, wenn Luis kam. Sie duschte, zog Shorts und ein frisches T-Shirt an und setzte sich mit den Unterlagen ins Wohnzimmer. Ihr Lieblingsraum. Kühl und hell. Ein kleiner Balkon mit Sonnenblende über dem Patio. Marokkanische Teppiche. Nur wenige alte spanische Möbel vor weiß gekalkten Wänden. Bücherregale bis unter die Decke voll mit ihren und den Büchern ihres Vaters. Zwei Bilder. Eins hatte sie im Urlaub vor vier Jahren in Cuba auf der Straße gekauft, es zeigte einen rosaroten Chevy vor einem hellgrünen Haus unter knallblauem Himmel. Das andere hatte sie auf Bali von einem jungen Dänen bekommen. Eine leere Ölsardinendose in einem subtropischen Blumenmeer.

Unten im Patio tobten drei kleine Jungen, eine Frau schrie vom gegenüberliegenden Haus hinunter. Ein Fernseher verkündete die neuesten Nachrichten.

Pia legte eine CD von Manu Chao auf. *Esperanza*. Setzte sich auf das rote Ledersofa und breitete die Akten und Papiere um sich herum aus. Sie nahm einen Stift und den Block und begann.

1. Robert Reimann.

Hintergründe prüfen. Freunde, Feinde, Familie. Vermögen. Erben? Versicherungen? Wer hatte Interesse an seinem Tod?

2. Der unbekannte Tote.

Wer war er? Alter und Statur ähnlich wie RR. Ebenso Outfit, weiße Jeans, dunkles Hemd. Die Uhr. Eine Rolex? In welchem Verhältnis stand er zu RR. Umfeld befragen.

3. Barbara Dyckhoff.

Sie war vermutlich als Letzte bei RR. Sie floh – mit schweren Verbrennungen – in seinem Porsche. Wovor? Was geschah vorher? In welchem Verhältnis standen sie zueinander? Seit wann kannten sie sich? Unterlagen aus dem Safe im Haus prüfen.

Der Millionär und die kleine Taschendiebin. Sie war wohl ziemlich hübsch, aber ganz sicher keins dieser Glamourgirls, die er anscheinend bevorzugte. Und schon gar nicht blond.

Die CD war zu Ende, Pia schaltete den Fernseher ein. Lokalnachrichten. Sanchez und Toni neben einem immer noch oder schon wieder verrußten Carrera wie zwei Lichtgestalten. »Ja, es handelt sich eindeutig um Brandstiftung.«

»Wer hat das getan?«

»Wen haben Sie verhaftet?«

»Eine Taschendiebin.«

»Eine Deutsche!«

»Sie kannte Reimann vermutlich schon länger.«

»Er war schließlich kein Kostverächter.«

»Und er war Millionär. Sehr reich.«

»Gibt es Zeugen für die Tat?«

»Nein, aber erdrückende Indizien. Die Verdächtige war eindeutig in Reimanns Haus. Und sie ist mit seinem Porsche vom Tatort geflohen. Direkt nach dem Mord.«

»Wissen Sie etwas über das Motiv?«

»Sie ist noch nicht vernehmungsfähig.«

»Wir vermuten, dass sie ihn erpressen wollte und dass es zum Streit kam. Es war auch eine Waffe im Spiel. Dass sie es beinahe nicht rechtzeitig geschafft hat, den Tatort zu verlassen, war sicher nicht ihr Plan.« Wissendes Lächeln.

»Vielen Dank, wir melden uns wieder«, die Moderatorin ging zum nächsten Skandal über, und Pia schaltete aus. Das war's dann wohl. Toni hatte den Chef und die Medien auf seiner Seite. Dagegen kam sie nicht an. Oder?

Wie war noch mal der Name von dieser Pressetante? Janet! Diese dünne Engländerin. Janet

Howard. Ihre monatliche Kolumne hieß in den englischen Zeitungen *Crime & Murder inc.* Und *Crimen y Asesinato S.A.* in den spanischen Zeitungen, die ihre Artikel übernahmen. Pia hatte sie in dem Getümmel um den Brand aus den Augen verloren. Sie kramte unter einem Berg alter Zeitungen das Telefonbuch hervor.

15

Janet hatte auf ihrem Anrufbeantworter drei Nachrichten von Eric, eine dringender und wirrer als die andere.

Mom, ich muss mit dir reden. Bitte!

Mom, alles wird gut!

Mom, wieso bist du nie da?!!

Als das Telefon wieder läutete, riss sie den Hörer förmlich hoch. »Was ist los, Schatz? Wo bist du?!«

»Du nennst mich wieder Schatz. Das lässt hoffen«, ein dunkles Lachen, auf das sie einmal reingefallen war. Zusammen mit Kerzenlicht und Miles Davis' gestopfter Trompete. Geoffrey Edwards, Presseagent.

»Du warst nicht gemeint. Was willst du?«

»Charmant, charmant. Du warst am Tatort. Robert Reimann. Playboy, Millionär. DIE Story im Moment. Wann bekomme ich endlich deinen Artikel?«

»Nie. Ich arbeite nicht mehr für dich. Und schon gar nicht aktuell. Ich bin keine Sensationsreporterin. Ich ...«

»Komm, stell dich nicht so an. Was weißt du? War es nun diese deutsche Taschendiebin? Und warum? Ich hab gehört, da gab's noch eine zweite Leiche, ebenfalls männlich. Sieht nach Sexorgie aus, oder?«

»Frag den Pressesprecher der Polizei«, sie legte auf. Sexorgie. Eine Frau und zwei Männer. Davon träumte Geoff also. Der lausigste Liebhaber, den sie je gehabt hatte. Als das Telefon wieder läutete, nahm sie nicht ab.

Sie saß auf einer gemauerten Steinbank mit brokatüberzogenen Kissen vor einer alten Ölpresse, die ihr als Couchtisch diente. Vor ihr lagen die Fotos vom Tatort.

Die Luft stand. Janet hatte die Wohnung in der Carrer de Ginebra damals gekauft, weil sie lächerlich billig war, und weil sie es lustig fand. Sie trank zu der Zeit gern und viel Gin Tonic. Das Tonic war teurer als der *ginebra*. Und sie hatte sich vorgestellt, die Wohnung irgendwann einmal zu einem viel höheren Preis zu verkaufen. Die Olympiade wäre der richtige Zeitpunkt gewesen. Aber damals war zu viel zusammengekommen. Ihre dritte Scheidung. Der Tod ihrer Mutter. Die grauenerregende Familienwoche auf dem alten Landsitz, der jetzt ihrem Bruder Jason gehörte. Sie selbst hatte nur ihren Anteil vom Vermögen der Mutter geerbt.

Sie war jung, und sie war plötzlich reich. Vorbei die Zeiten des mühsamen Sparens. Keine Englischstunden für spanische Kellner mehr und keine Artikelchen über *Needlework In Ten Easy Lessons*. Zurück in die Freiheit. Auf Ibiza warteten in der Finca Marc, Sean und der kleine Eric. Und Roberto, ihr neuer *lover*.

Nie im Leben hatte sie damit gerechnet, mit fünfundfünfzig wieder hier zu sitzen. In zweiundsiebzig dunklen, stickigen Quadratmetern im vierten Stock ohne Lift. Die Wohnung war ursprünglich einmal für eine kinderreiche Arbeiterfamilie konzipiert worden, und für damalige Verhältnisse bot sie unglaublichen Luxus. Vier Zimmer, eine Küche und ein richtiges Bad.

Zu Janets größtem Bedauern und entgegen aller ihrer gewinnorientierten Voraussagen hatte die große Stadtsanierung kurz vor ihrer Wohnung Halt gemacht. Janets Haus bekam keinen Lift. Bei ihr verliefen auch weiter einige Kabel in dicken schwarzen Würsten außerhalb, aber immerhin, sie schaute nicht mehr auf die alte Brandmauer. Jetzt sah sie vom Küchenbalkon aus auf zwei Dächer und dazwischen auf einen grünen Palmenwedel. Wäre sie auf das Balkongeländer gestiegen, hätte sie vielleicht auch auf den Hafen und das Meer schauen können.

Das Mittelzimmer war an Winterabenden hell, warm und wohnlich. Jetzt war es düster, stickig und brütend heiß. Janet beschwerte die Fotos mit einem Lineal, um sie am Wegfliegen zu hindern, legte einen neuen Film in ihre Kamera und zog sich um.

Goldene Sandalen vom Flohmarkt und ein grünes Seidenkleid, das ihre Großmutter einst in Indien getragen hatte.

Ein paar von den Palmen hatte es erwischt, aber nur die ersten gleich vorn am Rand. Die Garage war verschwunden, man sah nur noch die Gerippe der Autos. Selbst die massive Mauer war teilweise eingestürzt. Nur das Haus stand noch. Alles war weiträumig mit Plastikbändern abgesperrt. Wachen ließen keinen näher als fünf Meter heran. Kein Fernsehen mehr, keine Reporter, nur noch die Gruppen ganz normaler Neugieriger. Einige hatten sich sogar Getränke und Verpflegung mitgebracht.

Janet erkannte Javier Llort, den Hausmeister des Nachbarhauses. Er war etwa sechzig Jahre, breit, bullig, und immer freundlich. Ihm gehörte ein kleiner Gemüseladen, die Hausmeisterei machte er nebenbei. Im letzten Jahr hatte er seine Frau durch Krebs verloren. Janet kaufte ihr bisschen Salat und Gemüse bei ihm ein.

»Hallo, Javi.«

»Janeta. Das ist schrecklich. So ein Feuer, und fast hätte es unsere Häuser auch erwischt.«

»Du hast diesen Reimann gekannt?«

»Er war ein *trozo de mierda*. Ein richtiges Stück Scheiße. Das sag ich dir. Er hat sich hier breit gemacht, aber er hat nie hergehört. Ein Millionär, ich bitte dich. Ein Ausländer! Entschuldige, aber du bist anders. Du bist *una simpática*.«

»Und dieser Reimann? Hatte er oft Besuch? Hatte er viele Freunde?«

»Freunde? So einer hat keine Freunde. Die kleine Encarna hat für ihn geputzt. Du weißt schon, die Nichte meiner Frau. Sie hatte Kinderlähmung und hinkt etwas. Aber sie kann arbeiten wie zwei. Und er? Er hat ihr nur elfhundert Peseten die Stunde gezahlt und sie behandelt wie eine Sklavin. Ich kann gut verstehen, dass den einer umgelegt hat. Wundert mich nur, dass es nicht schon früher passiert ist.«

»Und Männer?«

»Schwul? Du meinst, er war ein *maricón*?«

»Gott, Javi, Männer können doch auch mal einfach Freunde haben. So wie Tino und du.«

»Tino und ich. Wir trinken mal ein Bier zusammen vor dem Fußball und auch nur, wenn Barça spielt. Ah! Ich verstehe, was du meinst. Nein. Ehrlich. Ich habe nie einen Mann da reingehen sehen. Und ich hab hier so ziemlich alles im Blick. Vielleicht mal ein Junge vom Pizzaservice, ein Weinlieferant. Selten. Die meisten Einkäufe machte ja Encarna für ihn. Nein, Señora Janeta, keine Männer. Nur kleine Blondinen.«

Es wurde dunkel. Janet schoss schnell noch ein paar Fotos von den ausgebrannten Ruinen, den Neugierigen, und eins von Javier. Sie überlegte, wie sie noch einmal ins Innere des Hauses kommen konnte und musterte die Wachen nach ihrer möglichen Verfügbarkeit. Da piepte ihr Handy. Eine SMS. MOM, BITTE, BITTE. DAS SCHILLING. FERRAN/RAURIC. ERIC.

Janet vergaß Javier, Reimann und seine Ruinen. Eric steckte in der Scheiße. Wieder mal. Und wenn er es so dringend machte, dann stank es wirklich. Sie lief los. In dieser Gegend ein Taxi finden zu wollen war illusorisch. Das war keine Touristengegend. Rauf zur Mole oder runter zum Hafen. Sie entschied sich für das Museum der katalanischen Geschichte und hatte schon am Joan de Borbó Glück. Leider hielt das Glück nicht an. Von der Plaça de Sant Jaume an war alles gesperrt. Janet war überzeugt, der dämliche Taxifahrer hätte das wissen müssen, und hätte sie hintenrum über die Ferran näher bringen können. Sie stieg aus, ohne ihm ein Trinkgeld zu geben. Der Fahrer gab kommentarlos Gas.

Das *Schilling* war zur Zeit ›in‹. Früher hatte der Laden zu einer österreichischen Waffenfabrik gehört. Hohe Räume mit gewölbter Bogendecke. Von berühmter Designerhand rundum erneuert. Etagenhohe Fenster zur Straße hin. Über die gesamte Stirnseite eine halbrunde Bar. Bistrotische und -stühle und ein paar gemütliche Ecken mit Ledersesseln. Papierlampen. Weinregale bis unter die Decke. An den wenigen freien Flächen zwei mal drei Meter Fotos von nackten Frauen. Rückenansichten, schwarzweiß. Schön, gekonnt, cool. Jazzmusik der fünfziger Jahre. Die beiden Mädchen und der Junge hinter der Bar trugen weiße Hemden mit Fliege und lange Schürzen wie in New York.

Alternde Intellektuelle, übrig gebliebene Linke aus Francos Zeiten, ein berühmter katalanischer Dichter, ein bekannter französischer Filmkomponist, ein deutscher Fotograf, zum Frühstück auch schon mal Berta, die Bettlerin, und jede Menge junge Leute. Homosexuell die meisten.

Eric saß unter dem Weinregal. Bei ihm zwei andere junge Männer. Beide verdammt gut aussehend. Der eine in Lederjeans und ledernem Muscleshirt mit Riemchen an den Schultern und Hüften, der andere offenbar Nordafrikaner, in einem roten T-Shirt mit gelber Aufschrift: *No somos diferentes*, Wir sind nicht anders!, und alten Jeans.

»Mom«, Eric sprang auf und umarmte sie. Janet wusste gar nicht, wie sie reagieren sollte. In ihrer Familie hatte es nie viel Zärtlichkeit gegeben, auch nicht, als die Kinder klein waren. »Mom, ich will dir meine Freunde vorstellen. Das ist Bertrán. Ihm gehört das *High Heels*, diese supercoole Designer-Schuhboutique gegenüber.«

»Sehr erfreut«, Muscleshirt sprang auf und beehrte sie mit einem gekonnten Handkuss. Sein Englisch war amerikanisch eingefärbt. »Uns. Der Laden gehört uns.« Bertrán strahlte Eric an. »Eric ist mein Partner. Wenn er hinter der Theke steht, verkaufen wir doppelt. Ich kümmere mich um den Einkauf und die Bücher.« Es ging also um Geld, wie erwartet. Janet schielte nach Bertráns Armbeuge, konnte aber keine Einstichnarben entdecken.

»Und das hier ist Gil Azar.« Der Nordafrikaner klemmte sich mit großer Mühe eine Art Lächeln ab. Eric zog ihr einen Stuhl zurecht. »Setz dich, Mom. J&B on ice?« Er wartete ihre Antwort nicht ab, sondern ging zur Bar.

»Sie müssen sich keine Sorgen um Eric machen«, Bertrán beugte sich vertraulich zu ihr herüber. »Der ist wirklich okay, der Junge. Ich hab ihn sehr gern. Ich passe gut auf ihn auf.«

»Danke«, Janet griff spontan nach seiner Hand, sie glaubte ihm. Eric kam zurück, hinter ihm das Mädchen mit der langen Schürze und einem runden Tablett. Drei Bier und ein Whisky auf Eis. Janet nahm einen Schluck. »Du meinst das wirklich ernst? Du hast einen Job? Du verkaufst Schuhe?«

»Du kannst mich Al Bundy nennen«, Eric lachte und hob einen Fuß an. »Und das sind auch keine Schuhe, das sind Unikate.« Janet sah eine Art sohlenlosen Schnabelturnschuh aus weichem mattrotem Leder, einem Material, das sich ihrer Meinung nach eher für Handschuhe geeignet hätte.

»Sehr schön«, meinte sie höflich. »Und warum sollte ich herkommen?«

»Ich wollte, dass du Bertrán kennen lernst. Und er dich.«

»Das freut mich sehr.« Das war nicht nur so dahingesagt. Wenn Eric endlich eine dauerhafte und verantwortungsvolle Beziehung eingehen wollte, dann kam vielleicht doch noch so etwas wie Ruhe in sein Leben. »Aber das war nicht alles, oder?«

»Nein.« Gil Azar starrte Eric wütend an. »Komm endlich zur Sache!«

»Gil, bitte«, Bertrán legte ihm eine Hand auf die Schulter. Janet sah, dass er hart zugriff. Gil senkte den Kopf. Bertrán ließ ihn wieder los. »Wir haben ein kleines Problem. Freunde von Gil. Saïd und Mustaf. Eric, erklär's ihr bitte.«

»Mom, du kannst dich entspannen, es geht nicht um Geld. Wir brauchen deine diplomatische Hilfe. Saïd und Mustaf sind illegal hier. Sie haben gestern Nacht an der Laietana beobachtet, wie eine ziemlich angeturnte Frau mitten im Stau ihren Porsche stehen ließ und abtauchte. Der Schlüssel steckte, die zwei haben automatisch reagiert. Und den Verkehr wieder zum Laufen gebracht. Und da ist ihnen so ein total zugedröhnter Rucksacktourist von Down Under vor den Kühler gesprungen. Genau vor der *prefectura*. Jetzt sind sie im Knast und …«

»Und sollen abgeschoben werden?«

»Viel schlimmer. Man will sie braten. Offensichtlich hat man bei dem Australier ein halbes Pfund Koks gefunden. Und im Porsche gab's auch Spuren von dem Zeug. Aber Saïd und Mustaf haben nie gedealt. Und dann auch noch so eine Menge! Nie im Leben, ich schwör's dir!« Eric packte ihre Hand.

Janet machte sich frei und zündete sich eine Zigarette an. »Eine Frage. Es ist die einzige, die mich wirklich interessiert. Was nimmst du?«

»Mom«, Eric versuchte sein süßes Kleinejungengrinsen. »Ich bin bei einer kettenrauchenden und Whisky und Gin & Tonic trinkenden Mutter aufgewachsen. Was erwartest du von deinem Sohn?!«

»Heroin?«

»Nein. Heiliges Indianerehrenwort!« Er streckte seine glatten, unversehrten, sonnengebräunten Arme vor. »Ich trinke, ich rauche, ich kiffe und ich sniffe ein bisschen, aber ich nehme nichts, was meinen wunderschönen Alabasterkörper verunstalten könnte.«

»Ach!« Janet schlug ihm hart gegen die Stirn. »Ich rede auch nicht von deinem Körper. Ich rede von deinem Hirn. Diese graue Substanz da oben in deinem Schädel, die vor Jahren einmal einen IQ von einhundertdreiundvierzig hervorgebracht hat. Eric, du bist doch nicht nur schön. Du bist sensibel, du bist begabt, und du hast mehr im Kopf als deine beiden Brüder zusammen. Sie mögen mir verzeihen. Ich will doch nur nicht, dass du alles kaputtmachst!«

Eric sah sie an, Janet schwieg erschöpft.

»Mir kommen die Tränen«, höhnte Gil.

»Halt die Schnauze«, fuhr Bertrán ihn an. Er wandte sich Janet zu. Leise, ernst: »Hören Sie bitte nicht auf ihn. Er ist ein Hitzkopf und ein dämlicher arabischer Chauvinist. Aber er ist unser Freund,

und Saïd ist seine Familie. Er muss ihm helfen. Es gibt da eine Anwältin, sie ist Deutsche, aber hier zugelassen und alles. Sie arbeitet bei einem dieser großen alten berühmten Luxus-Strafverteidiger, aber in ihrer Freizeit ist sie auch für verschiedene Bürgerinitiativen aktiv. Da hilft sie Leuten ohne Geld. Und sie hat schon ein paar Illegale aus der Scheiße geholt. Wenn Sie den Ausdruck entschuldigen wollen.«

»Dann ruft doch sie an. Ich kann da gar nichts tun.«

»Gil hat bei ihr angerufen. Darum geht es ja. Sie hatte gerade keine Zeit oder so was, und da ist Macho-Gil wohl ein bisschen ausgerastet. Uns kann jetzt nur noch eine Frau retten. Diplomatisch, seriös, wortgewandt. Die sie überzeugen kann. Würden Sie das für uns übernehmen? Bitte!«

»Sie ist Deutsche. Das ist ihre Adresse«, Eric schob ihr einen biergetränkten Zettel herüber. »Dagmar Warwitz.«

16

Die Untätigkeit machte sie krank. Die Unentschlossenheit, wenn sie ehrlich war, denn Arbeit hätte es reichlich gegeben. Dagmar hatte sich innerlich dermaßen auf den Flug nach Mallorca eingestellt, dass sie Mühe hatte, wieder zur täglichen Realität zurückzufinden. Aber eins war ihr klar, wenn sie sich jetzt ausklinkte, dann war sie ihre Besenkammer in der Kanzlei los. Und vermutlich in ganz Spanien gebrandmarkt. In Katalonien auf jeden Fall. Fusté war gnadenlos. Sie war auf das Geld angewiesen. Sie wollte Sarah und Achim doch nur einmal sehen!

Als das Telefon läutete, wusste sie, dass er es war.

»*Diga*?«

»Haben Sie was zum Schreiben da?« Wieder kein hallo, guten Abend oder entschuldigen Sie die später Störung.

»Ja.«

»Name: Barbara Dyckhoff. D-y-c-k-h-o-f-f. Geboren in München. Naturalisiert, spanische Papiere. Vor fünf Jahren verhaftet wegen Taschendiebstahls, nicht verurteilt. Vierundzwanzig Jahre alt. Sie liegt im Hospital del Mar. Streng bewacht. Sie ist arm, sie hat keinen Anwalt. Das ist unsere Chance. Wir arbeiten zusammen in diesem Fall. Sie haben meine volle Unterstützung. Ich möchte, dass Sie sich auf die Socken machen und sich da mit allen Formularen vor ihr Zimmer setzen. Und warten, bis sie aufwacht und unterschreibt. Verstanden?!«

»Sie müssen nicht brüllen. Ich bin nicht taub. Noch nicht.«

Er legte auf, bevor sie ausgesprochen hatte. Aussteigen. Alles hinschmeißen. Wieder läutete das Telefon. »Noch eins. Ich habe Manel Bach angerufen. Er hält sich auch in Bereitschaft. Könnte sein, dass wir ihn brauchen. Die Nummer haben Sie ja.« Klick.

Das war's. Dagmar hatte die Lösung. Manel Bach war der Privatdetektiv, mit dem Fusté immer zusammenarbeitete. Der Beste angeblich. Ein kleiner dicker Kahlkopf mit flinken Wieselaugen und einem gigantischen Schnauzbart. Sie suchte seine Nummer heraus und wählte. Der Anrufbeantworter. Sie hinterließ Namen und Adresse und bat um Rückruf.

Ein Detektiv konnte für sie herausfinden, was sie wissen wollte. Er konnte observieren, in Registern stöbern und er konnte Fotos machen. Sie konnte ihre Kinder sehen und ihren Job machen. Sie war glücklich. Sie hatte eine Lösung gefunden. Sie weinte. Als sich das Telefon wieder meldete, nahm sie es nicht mehr wahr.

Manchmal bekam sie immer noch Flashbacks. Nach all den Jahren. Sie hatten sie damals mit Drogen voll gepumpt. In dem Heim im schönen Allgäu. In diesem Kerker hinter geschnitzten Balkonen und Lüftlmalerei. Eine liebliche Berglandschaft hinter feinem Maschendraht. Sie holte sich ein Diazepam und nach kurzem Zögern noch eins. Tauchte ab.

Die Aula, die Reden, die Urkunde. Mit Auszeichnung. Die Jüngste ihres Jahrgangs. Sie, die Daggi. Das uneheliche Blag von der Angerer Steffi. Dafür hatte ihre Mutter gelebt und geschuftet. Selbst, als sie schon schwer krank war. Sie hatte versucht, durchzuhalten, sie hatte es nicht geschafft. Es fehlten zehn Tage.

Als sie hinausging in den regentrüben Herbsttag, wusste sie nicht wohin. Keine Familie mehr, keine Freunde. Die Kommilitonen, mit denen sie die letzten Jahre geteilt hatte, steckten alle fest und geborgen im jeweiligen Familienkokon.

Den Schirm hatte sie auch vergessen.

»Darf ich Ihnen meinen anbieten?« Sie erkannte ihn sofort. Dr. Werner Warwitz. Der Staranwalt unter den Strafverteidigern überhaupt. Er brachte sie in die Bar vom Königshof, bestellte Champagner und bot ihr eine Stelle in seiner Kanzlei an.

Das war der glücklichste Augenblick ihres Lebens.

Sie arbeitete rund um die Uhr für Warwitz und

lernte bei ihm mehr als im ganzen Studium vorher. Sie bewunderte ihn grenzenlos. Er war ihr Gott. Sie hätte alles für ihn getan. Er war mehr als doppelt so alt, aber als er ihr vorschlug zu heiraten, sagte sie sofort ja. Geschmeichelt, glücklich. Sie bekam zwei Kinder. Sarah und Joachim. Beide Geburten waren sehr schwer, und zuerst war sie dankbar, als er eine englische Nurse engagierte. Helen. Helen blieb auch, als es ihr längst besser ging. Er brauchte sie in der Kanzlei. Sie war noch nie gebraucht worden. Und sie hatte nie gelernt, nein zu sagen. Sie unterschrieb einen Ehevertrag.

Sie wusste von seinen Affären. Aber sie verschloss sich. Sie nahm sie nicht ernst, sie wollte es nicht wahrhaben. Sie vergrub sich in Arbeit. Erst, als die Medien die Story mit dieser angeblichen Prinzessin hochpushten, konnte sie nicht mehr ausweichen. Sarah wurde in der Schule blöd angesprochen, Achim kam verstört vom Kindergarten heim. Sie kamen nicht zu ihr, sie liefen zu Helen, der Nurse. Dagmar verlor die Fassung und feuerte Helen. Die Kinder klammerten sich heulend an Helen. Warwitz machte die Kündigung sofort rückgängig. Kurz darauf reichte er die Scheidung ein, ohne vorher auch nur mit ihr zu sprechen.

Was danach passierte, wusste sie nicht mehr so genau. Sie hatten getrunken, sie wollte reden, er schenkte ihr dauernd nach. Sie hatten gestritten, geschrien. Er hatte sie geschlagen. Sie hatte sich gewehrt. Aber er war viel stärker, sie konnte nur sein Gesicht zerkratzen. Vier blutrote Striemen vom linken Auge bis zum Kinn. Danach war sie angeblich zusammengebrochen.

Als sie wieder aufwachte, war es sehr hell. Sie lag in einem weichen Bett, in frisch duftender Baumwollwäsche, die Sonne schien durch ein großes Fenster und zeigte ihr eine blumenübersäte Wiese, blühende Mirabellenbäume, weiche Hügel, einen silbern schimmernden See vor dichtem Tannenwald und dahinter die Alpen mit dem Iseler, majestätisch gezackt gegen einen fast italienischen blauen Himmel. Wie ein altes Ölgemälde. Wunderschön. Sie war glücklich. Es dauerte lange, bis sie bemerkte, dass die Raster im Bild in Wirklichkeit das Maschengeflecht vor dem Fenster waren.

Er hatte sie in ein Irrenhaus gesteckt. Psychiatrische Privatklinik Prof. Dr. Dr. Müllerhahn. Sehr diskret. Die meisten Patienten waren überstresste Manager und reiche Ehefrauen auf Entzug. Von was auch immer. Ein paar halb tote Teenager. Alles nur vom Feinsten. Die Drogen und Medikamente hielten sie in einem zufriedenen Schwebezustand. Die Sitzungen und Gruppengespräche gaben ihr eine Illusion von Realität. Als sie das nach fast zwei Jahren endlich begriffen hatte und durchschaute, als sie es endlich schaffte, ihre tägliche Drogenration heimlich zu vernichten, als sie langsam wieder klar denken konnte, war es längst zu spät.

Werner Warwitz hatte die Kinder, und sie hatte nichts. Kein Geld, sobald sie die Klinik verließ, keinen Versorgungsausgleich. Keinerlei Rechte.

Sie war immer noch sehr schwach, sie war allein, und sie stand bei Null. Sie schrieb sich wieder an der Uni ein, um wenigstens versichert zu sein. Europäisches Recht. In einer Juristen-WG fand sie eine Bleibe, umsonst gegen Putzen, Kochen und Hilfe bei den Klausuren. Ihr Ruf und ihre Gutmütigkeit sprachen sich herum, und erst als ein Mädchen aus der WG ihr eine Semesterarbeit dankbar mit richtigen D-Mark bezahlte, begann sie Geld zu nehmen. Für eine Arbeit zum Thema Haftrecht bekam sie genug, um ein Jahr bescheiden, aber sorgenfrei zu leben.

Sie hatte keinerlei Skrupel. Der Gedanke der Ungesetzlichkeit kam ihr gar nicht. Sie war noch so voller Hass und Verzweiflung, voller Sehnsucht nach ihren Kindern, dass sie nur eins denken konnte: Weiterkommen, Geld verdienen, frei werden.

Sie schnüffelte tage- und nächtelang bei der Villa Warwitz herum, aber die Kinder waren nicht mehr da. Ein Zufall half ihr weiter. Sie hatten im ersten Jahr einmal Urlaub auf Mallorca gemacht. Dort hatten sie ein Ehepaar aus Dortmund kennen gelernt und einen losen Postkartenkontakt aufrechterhalten. Durch sie erfuhr Dagmar, dass Warwitz sich eine alte Finca gekauft und luxusrenoviert hatte, und dass die Kinder mit Helen dort lebten, dass er regelmäßig rüberflog.

Dagmar belegte einen Spanischkurs und verlegte sich voll auf spanisches Recht. In Rekordzeit schloss sie mit Erfolg ab. Sie schrieb noch zwei Arbeiten zu den Themen Anwaltliche Werbung im Internet und Europäische Grundrechtecharta fertig, kassierte und flog mit kleinem Gepäck *one way* nach Mallorca.

Sie fand ein billiges Hotelzimmer und begann mit der Jobsuche. Sie klapperte alle Anwälte der Insel ab, aber keiner brauchte eine deutsche Kollegin ohne spanischen Abschluss und Zulassung. Ihre Zeugnisse interessierten keinen. Dann, als ihr Geld schon zu Ende ging, bekam sie ein Angebot von einem Immobilienmakler. Freiberuflich und ohne jede Sicherheit. Verträge aushandeln, die die Käufer windiger Immobilien möglichst paragraphenfest bis aufs Hemd auszogen. Sie sagte ohne zu zögern zu.

Die Finca, die Warwitz gekauft hatte, glich einer Festung. Riesige Mauern rund um eine kleine pinienbewachsene Halbinsel über der Felsenküste von Andraix. Sie sah die Kinder einmal zusammen mit Helen im Auto vorbeifahren. Dann waren sie plötzlich verschwunden. Zurück nach München. Man hatte sie erkannt. Warwitz hatte auch hier seine Spione.

Dagmar beschloss, trotzdem in Spanien zu bleiben. In Deutschland hatte sie nicht die geringste Chance gegen Warwitz. Aber in Spanien war das anders. Er war reich, aber hier war er ein Ausländer. Er hatte sich unter hohen Kosten und mit viel Mühe einen Traum verwirklicht. Er wurde alt, sechzig dieses Jahr, er würde wiederkommen.

Sie brauchte Geduld. Und Geld. Das war auf Mallorca für sie nicht zu verdienen, also ging sie nach Madrid, machte ihre letzten Abschlussprüfungen und zog als in Spanien zugelassene Rechtsanwältin nach Barcelona.

Als das Telefon wieder läutete, nahm sie sofort ab. »*Diga*?«

»Guten Abend, Manel Bach hier. Gibt's was Neues?«

»Nein, nicht in der Brandstiftungssache. Ich habe eine andere Frage.« Sie atmete tief durch. »Was würde eine Observation auf Mallorca kosten? Etwa drei bis vier Tage.«

»Ein Klient?«

»Nein. Es wäre privat, für mich.«

»Oh. Ja, da würde ich Ihnen natürlich einen Kollegenpreis machen. Achthundert bis tausend Euro und die Spesen. Aber ich kann jetzt nicht weg. Ich könnte Jordi für Sie hinschicken. Er ist noch jung, aber sehr begabt und zuverlässig.«

»Zum gleichen Preis? Verstehen Sie, Manel, ich will nicht handeln, aber meine Mittel sind sehr begrenzt.«

»Das verstehe ich sehr gut. Mir geht's aber leider genauso. Sechshundert für zwei Tage?«

»Ja, einverstanden. Ich schicke Ihnen die Unterlagen gleich morgen rüber. Danke.« Dagmar fühlte sich wie von einer Last befreit. Sie legte auf, und das Telefon läutete sofort wieder.

»Ja?«

»Entschuldigen Sie bitte den späten Anruf. Aber es ist sehr wichtig. Mein Name ist Janet Howard. Es geht um ...«

»Sie sind die Kriminal-Kolumnistin?«

»Ja, ich habe ein etwas seltsames Anliegen ...«

»Es geht um diese Brandstiftung? Mord oder Doppelmord? Stimmt's?! Wer hat Sie angerufen?« Dagmar war wütend, Fusté hatte offensichtlich die Medien schon verständigt, noch bevor sie ihre Klientin getroffen hatte.

»Ich verstehe Sie nicht ganz.« Janet Howard schien verwirrt. »Ich rufe an wegen dieser ...«

»Hören Sie«, Dagmar unterbrach sie nervös. »Ich habe jetzt leider keine Zeit, ich muss sofort los, ins Hospital del Mar. Wir können uns dort treffen und reden dann. Einverstanden?« Sie wartete die Antwort nicht ab.

Sie merkte, dass sie zitterte. Die Akten, die Unterlagen, bloß nichts vergessen. Duschen, Haare waschen? Keine Zeit mehr. Sie versuchte, die kurzen Locken glatt zu bürsten, aber bei der feuchten Hitze sprangen sie immer wieder zu einer blonden Afrokrause hoch. Oh Gott, Fernsehen, Kameras. Alle würden da lauern. Sie tuschte ihre blassen Wimpern und bekam das Zeug prompt ins Auge. Kein Lippenstift. Was sollte sie nur anziehen. Millionen Frauen stöhnten über einen leeren Schrank, aber ihrer war es wirklich. Das Leinenkostüm. Viel zu heiß. Für die Hose mit Weste war sie nicht schlank genug, und seriös war das auch nicht. Egal. Bequeme Schuhe, Beuteltasche und nichts wie los. Halt! Noch mal zurück. Fenster auf, Radio aus. Geld! Wo hatte sie die Streifenkarte? Die Schlüssel!

Auf der Treppe rutschte sie fast aus. An der Tür zur Nachbarwohnung hing ein gelber Papierstreifen. Das hieß, sie sollte reinkommen, die Señora Negre brauchte etwas. Dagmar schaute schnell weg. Blau hieß: *Ich würde gern bei einem Sherry mit Ihnen plaudern.* Grün hieß: *Kommen Sie doch vorbei, sobald Sie Zeit haben.* Gelb: *Ich habe ein Problem!* Aber nur Rot war wirklich dringend. Und selbst dann wäre sie weitergerannt. Schon bei dem Gedanken hatte sie ein schlechtes Gewissen.

17

Ein extrem fetter Vollmond verwandelte das Meer in flüssiges Gold. Die Lichter der Strandpromenade setzten matte Reflexe. Auf einem winzigen Handtuch ganz vorn am Wassersaum verschmolzen zwei junge Leute zu einem. Aus den beiden nächsten Diskos hämmerten die Bässe. Heavy Metal und Techno überlappten sich. Kein Lüftchen bewegte die schlappen Palmwedel.

Janet stand jetzt schon seit einer halben Stunde vor dem Krankenhaus. Sie wollte nicht allein reingehen, sie hatte Angst, Dagmar Warwitz zu verpassen. Sie hatte keine Ahnung, wie sie aussah.

Die riesige Glasfassade am modernen Vorbau der früheren Kurklinik hatte sich den ganzen Tag über aufgeladen und strahlte die Gluthitze jetzt ab. Auf der anderen Straßenseite stand schon seit ein paar Minuten ein Mann und starrte zu ihr herüber. Die Gegend hier hatte die höchste Überfallrate in der ganzen Stadt.

Ein Taxi hielt, eine rundliche Blondine mit Krusselhaar zahlte und stieg aus, rannte aber sofort schreiend hinter dem anfahrenden Taxi her, riss die hintere Tür auf und schnappte sich eine unförmige Beuteltasche vom Rücksitz.

Sie blieb stehen und sah sich um. Bemerkte den Mann auf der anderen Straßenseite, musterte ihn.

Janet machte einen Schritt auf sie zu. »Dagmar?«

»Sind Sie allein?« Misstrauischer Blick zur anderen Straßenseite. Der Mann war verschwunden.

»Ja, natürlich. Ich habe ein ganz privates Anliegen. Hat nichts mit dem Brand zu tun.« Hoffe ich wenigstens, dachte sie.

Dagmar schien zu überlegen. »Und hier sind keine Fotografen, Reporter, Fernsehkameras?«

»Ich hab nichts bemerkt. Und ich stehe hier seit einer guten halben Stunde.«

»Sie sind nicht hier, weil jemand Sie angerufen hat?«

»Nein! Oder na ja, mein Sohn hat mich angerufen.«

»Egal«, Dagmar machte eine kleine Handbewegung, als wollte sie eine Mücke verscheuchen und ging zum Eingang.

An der Nachtpforte verlor Dagmar ihre Unsicherheit. »Guten Abend. Meine Name ist Dagmar Warwitz. Ich komme im Auftrag der Anwaltskanzlei Fusté. Bei Ihnen liegt eine gewisse Barbara Dyckhoff. Sie ist unsere Klientin. Ich möchte sie besuchen.« Sie hielt ihren Ausweis hin. Der Wachmann ließ sie durch, er hatte nur die Hälfte verstanden.

Dagmar steuerte furchtlos auf die verglaste Empfangstheke zu, hinter der eine bullige Krankenschwester mit Hornbrille Nachtdienst hatte.

Janet hielt Dagmar zurück. »Warten Sie. Soweit ich gehört habe, ist diese Barbara nur eine kleine Taschendiebin. Ist sie wirklich die Klientin vom großen Fusté?«

»Na ja, ich soll sie davon überzeugen. Er geht wohl davon aus, dass sie noch keinen Anwalt hat.«

»Und er sieht die wunderbare Publicity.«

Deutlicher konnte man das nicht ausdrücken. Dagmar lächelte gequält.

Janet grinste beruhigend zurück. »Dann lassen Sie mich das machen. Mein Spanisch ist vielleicht etwas besser. Und ich kenne die Katalanen. Sie sind preußischer als die Preußen. Als Anwältin ohne schriftlichen Antrag kommen Sie hier nicht weiter. Im Gegenteil, das würde Sie sofort stoppen.«

Dagmar schaute zu dem Nachtdienstdragoner, hinaus auf die um die Zeit fast ausgestorbene Promenade und wieder zu Janet. »Sie sind doch nur auf eine gute Story aus!«

»Und Sie auf eine gute Klientin. Was ist daran so schlimm?«

Dagmar überlegte kurz, hob die Schultern und lächelte. »Na schön. *Kobra, übernehmen Sie.*«

Janet ging an den Schalter. »Guten Abend. Bei Ihnen liegt eine Patientin mit dem Namen Barbara Dyckhoff. Mein Name ist Johanna Dyckhoff. Ich bin ihre Tante. Und hier ist Dagmar, ihre Patentante. Wir wollen unsere kleine Babsi sehen. Wie geht es ihr? Wird sie durchkommen?«

»Aber ja, ganz sicher!« Der Nachtdragoner schmolz. »Wie schön, dass sich endlich jemand um sie kümmert, sie ist ja ganz allein. Linker Flügel, zweiter Stock. Zimmer zweitausendvier. Da drüben ist ein Lift.« Sie gab ihnen rosa Besucherkärtchen. Janet und Dagmar bedankten sich und gingen hastig zum Lift. Ein grauer Stahlkasten, groß genug für zwei Liegen oder drei Rollstühle. Sie waren allein. Erst als sie drin waren und die Türen sich schlossen, lachten sie laut auf.

Die Schwesternstation im zweiten Stock war nicht besetzt. Es war ruhig bis auf vereinzeltes Stöhnen. Grelles Neonlicht. Ein breiter Gang in hellgelb mit dunkelgrünen Handläufen an der Wand. Die Türen der meisten Zimmer standen offen. Innen Dämmerlicht. Zwischen den Betten lagerten ganze Familien, in einigen Zimmern flimmerte ein Fernseher hoch an der Wand.

Janet hatte für einen Moment Eric und seine Freunde vergessen. Ihr Jagdfieber war erwacht, sie ging voran, Dagmar folgte ihr. 2004. Das Zimmer war das letzte am Ende des Flurs. Die Tür war geschlossen. Davor saß ein uniformierter Polizist. Er stand auf, als sie näher kamen.

»Wer sind Sie? Wohin wollen Sie?«

»Ich bin Johanna Dyckhoff«, Janet blieb bei ihrer

Story. »Und das ist Dagmar, ihre Patentante. Unsere kleine Nichte Barbara liegt hier drin.«

»Sie können da nicht rein.« Der Polizist machte sich bereit und hielt die Hand in der Nähe seiner Pistole. Er war jung, noch keine zwanzig. Ein erstes Bärtchen kümmerte über letzten Aknepickeln. Schweißperlen auf der Oberlippe.

Janet nahm ihre Gutsherrenhaltung ein. »Ich glaube, ich kenne dich. Wie heißt du, mein Junge?«

»Miguel Ribas. Ich kenne Sie nicht.«

»Aber ich kenne deine Mutter. Maria! Richtig?!« Ribas war ein ländlicher Name und hier hießen unendlich viele Frauen Maria. Das war eine gesunde 60:40-Chance. »Natürlich! Maria Ribas!«

Der junge Polizist war plötzlich sehr verlegen. »Rita Maria Ribas-Soler.«

»Ja, genau. Wie geht es ihr. Ich habe sie so lange nicht mehr gesehen?«

»Sie ... Sie lebt nicht mehr. Sie ist ... Wir sind acht Kinder zu Hause. Und vor zwei Jahren ist sie ... Als sie meine kleine Schwester ... es ging was schief bei der Geburt ...«, er schluckte. Neben ihr zog Dagmar die Luft ein und machte eine Bewegung, als wollte sie den Jungen umarmen.

Janet schob sich schnell dazwischen. »Das tut mir sehr Leid. Es ist schrecklich, die Mutter zu verlieren. So wie unsere kleine Barbara. Sie hat niemanden mehr auf der Welt. Außer ihren beiden Tanten.«

Sie hatte ihn. Er nickte. Tränen in den Augen.

Und machte einen Schritt zur Seite, um sie durchzulassen.

»Das darf doch nicht wahr sein!« Janet fuhr herum. Hinter ihr stand Josep Bonet, hager und krumm, sie hatten ihn nicht gehört. »Sie schrecken ja vor nichts zurück, nur um eine Schlagzeile zu bekommen.«

»Ich habe doch nur …«

Bonet ließ sie nicht aussprechen. »Sie haben gelogen. Dreist und feist. Und dumm dazu. Sie konnten sich doch denken, dass wir die Klinik überwachen.« Er grinste plötzlich. »Ich hab Sie nach seiner Beschreibung sofort erkannt.«

»Ah ja, der Typ auf der anderen Straßenseite. Für mich sah er aus wie ein Wegelagerer und Vergewaltiger.«

»Ich werde es ihm ausrichten. Wird ihn freuen. Und jetzt verschwinden Sie bitte. Und nehmen Sie Ihre Kollegin mit!« Er ging an Miguel Ribas vorbei, ohne ihn anzusehen. »Wir sprechen uns noch!«

Der Junge reckte sich und starrte sie hasserfüllt an. Janet wandte sich ab und nahm an, Dagmar würde hinter ihr herkommen.

18

Dagmar folgte Bonet. Miguel Ribas wollte sie aufhalten. »Nein!« Sie ging weiter, und er packte sie verzweifelt am Arm. »Nein! Sie dürfen nicht da rein! Sie haben gehört, was er gesagt hat!«

»Fassen Sie mich nicht an!« Dagmar schlug seine Hand zurück und stand mit drei Schritten neben Bonet, der gerade die Klinke zum Krankenzimmer runterdrückte. »Mein Name ist Dagmar Warwitz. Ich komme von der Kanzlei Jaime Bartolo Fusté. Wir sind die Anwälte von Barbara Dyckhoff. Und Sie werden kein Wort mit ihr wechseln, ohne dass ich oder ein anderer Anwalt unserer Kanzlei anwesend ist. Ist das klar?«

Bonet verdrehte nur die Augen und ging ins Krankenzimmer. Sie blieb bei ihm und schob hinter sich die Tür wieder zu.

Es war ein Vierbettzimmer, aber nur das Bett am Fenster war belegt. Das Mädchen sah aus wie höchstens fünfzehn. Bleich und eingefallen. Die Haare über der Stirn und die Wimpern waren versengt. Zwei dick verbundene Hände. Schläuche in der Nase und im Arm, ein Gestell mit Infusionsbeutel neben ihrem Bett. Eine dunkelhäutige Schwester mit blondiertem Rastakopf kontrollierte die Werte. »Sie ist über den Berg. Ein starkes Mädchen. Vor acht Stunden sah das noch ganz anders aus. Aber es ist doch nicht so schlimm. Sie schafft es. Bleiben Sie nicht so lang. Sie braucht vor allem Ruhe.« Sie ging hinaus und ließ die Tür wieder offen.

Bonet blieb neben dem Bett stehen und berührte vorsichtig die dick verbundene Hand mit dem Infusionsschlauch. »Frau Dyckhoff. Verstehen Sie mich? Können Sie mich hören?«

Das Mädchen bewegte sich nicht.

»Mein Name ist Josep Bonet von der Kriminalpolizei. Mordkommission. Ich würde gern hören, was Sie über den Tod von Robert Reimann wissen.«

Keine Reaktion.

»Frau Dyckhoff. Sie kannten Reimann. Sie waren zur Tatzeit bei ihm, und Sie sind mit seinem Porsche geflohen. Das sieht nicht gut für Sie aus. Aber wenn Sie jetzt mit uns kooperieren, kann ich Ihnen helfen.«

»Sagen Sie nichts.« Dagmar hätte diesen widerlichen Bonet gern rausgeworfen. »Kein Wort. Ich bin Dagmar Warwitz von der Kanzlei Fusté. Ich bin Ihre Anwältin.«

Schweigen.

Plötzlich zitterten die Augenlider. Öffneten sich. Große, traurig-dunkle Augen hinter nackten Lidern. »Verfickt euch. Aber sofort. Und zwar alle beide!«

»Ganz ruhig«, Bonets Hand lag immer noch auf ihrem Verband. Dagmar zog sie weg.

»Sie haben doch gehört. Verficken Sie sich!« So ein Wort hatte Dagmar noch nie ausgesprochen, aber es hatte etwas Befreiendes. »Verficken, kapiert?!«

Bonet stand zögernd auf. »Sie kommen mit!«

»Nein, ich bin ihre Anwältin. Ich bin befugt, unter vier Augen mit ihr zu sprechen. Ich kümmere mich um ihre Rechte. Offenbar als Einzige.«

»Aber wir ...«

»Raus jetzt!« Sie ließ ihn nicht weiter sprechen, sie musste diesen seltenen Moment absoluten Selbstvertrauens nutzen. Sie schloss die Tür hinter ihm.

Barbara beobachtete sie. »Du kannst dich auch gleich mit verpissen. Ich hab kein Geld.«

Dagmar zog sich einen Stuhl heran. »Ich arbeite mit Jaime Bartolo Fusté zusammen. Er ist im Moment Barcelonas bester Strafverteidiger. Sie haben nicht nur gesundheitliche Probleme. Sie werden der Brandstiftung und des Doppelmordes verdächtigt.«

»Doppelmord?!«

»In der abgebrannten Garage befanden sich zwei Männer. Bisher ist die Identität des zweiten nicht bekannt.«

»Scheiße!!!«

»Barbara. Darf ich Sie so nennen? Ich bin Dagmar. Ich möchte Ihnen gerne helfen.«

»Verpiss dich. Lass mich allein.« Auf ihrer Stirn glänzte Schweiß, sie hechelte. Dagmar beugte sich über sie und wischte ihr die Stirn trocken. Barbara versuchte auszuweichen. Sie war zu schwach. »Für deinen Chef, und der wird dann durch mich berühmt und reich.«

»Zugegeben, das ist das Motiv, warum er dich kostenlos vertreten will. Aber erstens ist er nicht mein Chef, sondern nur mein Seniorpartner, und zweitens glaube ich nicht, dass du es getan hast. Das ist mein Motiv.« Dagmar sah Tränen aus Barbaras Augenwinkeln quellen, sie hätte fast mitgeweint, sie hielt sich zurück. »Ich bin nicht berühmt oder einflussreich. Aber eines kann ich dir versprechen. Ich bin auf deiner Seite.«

Barbara starrte an Dagmar vorbei. »Ich hab niemanden ermordet. Und ich hab auch das Feuer nicht gelegt. Er … er wollte mich töten!«

»Warte. Bevor du weiter sprichst, müssen wir klarstellen, dass du mich als Anwältin beauftragst. Dann unterliegt alles, was du mir sagst, der Schweigepflicht.«

»Ich soll vermutlich etwas unterschreiben?«

»Dein Wort genügt erst mal. Ich habe das Formular hier. Aber das hat Zeit. Das können wir irgendwann nachholen.«

»Irgendwann?« Jetzt liefen die Tränen unkontrolliert. »Ich kann nichts unterschreiben. Meine Hände sind kaputt. Ich kann nichts mehr machen. Nie wieder. Gar nichts. Alles ist aus!« Sie hielt ihre dick bandagierten Arme hoch und weinte hemmungslos unglücklich.

Dagmar konnte sich nicht mehr beherrschen. Sie nahm Barbara in die Arme. Hielt sie fest und wiegte sie. »Alles wird gut. Alles wird gut. Das verspreche ich dir!«

»Das genügt jetzt.« Die Rastaschwester kam wieder herein. »Die Patientin muss schlafen. Sind Sie mit ihr verwandt?«

»Nein«, tönte Miguel Ribas von der Tür her.

Die Schwester hob bedauernd die Schultern und tauschte den Infusionsbeutel aus. »Dann muss ich Sie jetzt wirklich bitten, zu gehen.«

Dagmar ließ Barbara zögernd los, strich ihr noch einmal über die stoppelig versengten Haare. Legte ihre Karte auf den Nachttisch. »Ich komme wieder. Ich bleib dran!« Sie wurde mit einem schwachen Lächeln belohnt. Als sie hinausging, schaute sie auf das Namensschild der Schwester. »Ich bin Dagmar, Barbaras Freundin und Anwältin. Bitte, passen Sie gut auf sie auf, Yolanda.«

Die Schwester nickte und schlug Barbaras Kissen auf. »Natürlich, was sonst.«

Dagmar nahm beim Hinausgehen Miguel Ribas mit hinaus und zog die Tür wieder zu. »Miguel, ich möchte mich bei Ihnen entschuldigen. Wir haben uns vorhin unmöglich benommen. Aber sehen Sie, die kleine Barbara ist ja kaum älter als Sie. Und sie ist ganz allein. Und noch ist ihre Schuld keineswegs bewiesen. Aber alle werden sie jagen, die Polizei und die Medien. Wenn sie aber unschuldig ist, dann ist ein anderer der Mörder, und sie war vielleicht Zeugin. Machen Sie Ihren Job weiter so gut. Lassen Sie keinen rein, der nicht autorisiert ist. Und legen Sie das auch Ihren Kollegen ans Herz. Würden Sie das bitte tun?«

»Ihre Kollegin«, Miguel schluckte, »kannte die meine Mutter wirklich?«

»Aber ja«, das kam ohne Zögern, »Janet hat ein fabelhaftes Gedächtnis für Gesichter und Namen. Und ich nehme an, Sie sehen Ihrer Mutter sehr ähnlich.«

»Ja, das sagen alle«, er lächelte. »Keine Sorge, Señora, an mir kommt keiner vorbei.«

Dagmar tätschelte ihn leicht an der Schulter und ging. Als sie unten in die leere Eingangshalle kam, sprang Janet aus einem der Plastikstühle hoch. Sie hatte eine Coladose in der Hand.

»Und?«

»Sie war es nicht. Aber mehr konnte sie mir jetzt nicht erzählen. Ich werde hier warten.«

»Ich bin dabei. Kann nicht mehr lange dauern, und die ganze Meute ist hier.«

»Offenbar gibt es hier irgendwo einen Getränkeautomaten oder so was?«

»Ja, da raus, außen rum und nach hinten zur Notaufnahme. Im Warteraum ist die Hölle los, aber es gibt sogar Tee, Kaffee und Sandwiches.«

»Ich denke mal, wir sollten uns auf längeres Warten einrichten. Wer von uns geht, wer hält die Stellung?«

Janet holte eine Münze heraus und wählte Zahl. Sie verlor. Dagmar setzte sich in die Ecke und tippte nicht ohne Genugtuung Fustés Nummer in ihr Handy, um ihn zu wecken. Es war fast Mitternacht. Aber leider meldete sich nur der Anrufbeantworter.

Dagmar hinterließ knapp, dass sie Barbara Dyckhoff als Klientin gewonnen hatte.

19

Er kam erst um halb zwölf. Er strahlte und hielt ihr mit einer Geste, die einer Orchidee gut angestanden hätte, einen verkümmerten Feigenkaktus im Blumentopf hin. Pia erkannte ihn sofort. »Luis, der ist vom Fensterbrett in deinem Büro.«

»Jetzt nicht mehr.«

»Luis, dieser hässliche Schrumpelkaktus ist der Augenstern deiner Sekretärin. Joana wird ausrasten!«

»Es wird ihm bei dir besser gehen, das bringe ich ihr schon bei.« Er drückte ihr eine Klarsichthülle mit Papieren in die Hand. »Pia, meine Schöne, hier ist die Erklärung, weshalb ich so spät komme!«

»Das Ergebnis?« Sie umarmte ihn. »Du bist mit der Autopsie fertig?«

»So gut wie. Hast du was zu trinken da?«

Pia wies ihm einen Hocker an der Küchenbar zu und schenkte ihm und sich perlenden Cava in die schon bereitstehenden Sektkelche. Er leerte seinen auf einen Schluck und hielt ihn ihr zum Nachfüllen hin. Schaute erwartungsvoll zum gedeckten

Tisch hinüber. »Hoffentlich ist noch nichts verbrutzelt.«

»Nein. Ich fang jetzt erst an. Und du berichtest mir.« Pia schälte die gebackenen Auberginen und richtete sie mit Knoblauch, Tomaten, gedünsteten Zwiebeln und Sardellen auf einer Platte an und würzte mit Olivenöl, wenig Balsamico, etwas Salz und Pfeffer aus der Mühle. Sie schnitt Baguette auf, und sie aßen die Vorspeise gleich an der Bartheke.

»Wunderbar«, seufzte Luis und drückte den weich gebackenen Knoblauch auf das Brot. »Das Problem ist, wir haben zwei Leichen. Und wir wissen eigentlich nicht, wer wer ist. Beide haben etwa das gleiche Alter, Mitte fünfzig bis sechzig. Ähnlich kräftige Statur. Nur war's bei dem einen Fett, beim anderen daneben auch antrainierte Muskeln. Nennen wir sie mal nach ihren Fundorten, den einen *Ferrari*, den anderen *Tür*. Dann wäre *Ferrari* so etwa drei bis fünf Stunden vor *Tür* gestorben. Kaum Mageninhalt, der Rückschlüsse zuließe, keine Rauchpartikel in der Lunge, kein Kohlenmonoxid im Blut. *Ferrari* war vermutlich Linkshänder, die linke Hand war kräftiger. Er hatte aber die Uhr am linken Handgelenk. Eine Rolex. Eingeschmolzen, aber doch noch erkennbar. An der gleichen Hand Reste eines Siegelringes. Der ist mit der Uhr und den anderen Sachen im Labor. Ich hatte nicht viel verwertbares Material zur Untersuchung, aber einer der Finger war fast erhalten. Wir konnten sogar einen Abdruck bekommen. Und den Fingernagel. Eingebrannte Schmutz-, aber auch Hautreste. Über die Todesursache bin ich mir noch nicht ganz im Klaren, die Untersuchungen sind noch lange nicht abgeschlossen. Er war jedenfalls schon tot, als man ihn in den Ferrari setzte. Keine äußeren Wunden mehr feststellbar. Möglicherweise Gift. Oder aber ein Stich mit einem sehr langen, dünnen, spitzen Gegenstand direkt ins Herz. Schlechter Gesundheitszustand, Raucherlunge, marode Leber. Keine Zähne, kein Gebiss. Was machst du mit den Zwiebeln, die sind ja göttlich! Nelken, stimmt's?«

»Und der andere?«

»*Tür*? Na ja, eindeutig eine andere Klasse. Saubere Nägel, gepflegte Zähne. Drei Implantate, Schweizer Handschrift. Sehr guter Gesamtzustand, kein Raucher, allerdings auch leicht angegriffene Leber. Rechtshänder. Trug die Uhr an der linken Hand. Platin Patek-Philippe. Wenn ich mich nicht gewaltig irre, eine von den limitierten. An derselben Hand ist am Knochen des Ringfingers eine Kerbe, so als hätte da viele Jahre lang ein Ring gesessen. Es war aber keiner dran. Die Brieftasche steckte in der rechten Gesäßtasche. Viel ist nicht übrig. Die sind im Labor dabei, die Reste zusammenzusetzen. Todesursache vermutlich Ersticken. Die Pistole wurde dreimal abgefeuert. Wer ist das denn?« In der Tür zum Wohnzimmer saß erwartungsvoll schnurrend der riesige rote Tigerkater.

»Er sieht aus wie Garfield, findest du nicht? Er gehört dieser Barbara Dyckhoff, ich habe ihn mitgenommen.« Das Wasser kochte, Pia tat die Spaghetti hinein, schnitt kleine Chilischötchen in eine Pfanne mit Olivenöl, wartete, bis sich Blasen bildeten und gab erst den klein gewürfelten Knoblauch und dann die *gambas* dazu. Im letzten Moment löschte sie mit *coñac* ab. Die Spaghetti waren genau im richtigen Moment fertig. Sie gab Luis eine Flasche roten Marqués de Càceres und einen Korkenzieher. Dann brachte sie das Essen zum Tisch. Der Kater kam herein und versuchte, auf den Tisch zu springen. Pia schob ihn weg und füllte einen Teller für Luis. Der Kater blieb neben Luis sitzen, eine Pfote auf seinem Schuh und schnurrte fordernd. Luis beachtete ihn nicht weiter, aß und seufzte leise vor sich hin. »Du kochst sogar besser als dein Vater Anselmo. Was kann ich noch für dich tun?«

»Ich habe mich, offensichtlich als Einzige, gefragt, welcher von den beiden Toten wirklich Robert Reimann war. Aber du bestätigst, es war der an der Tür. Wir befragen die Nachbarn und sichten seine Unterlagen und die Presseberichte über ihn. Er war Alleinerbe des Reimann-Konzerns.

Konrad Reimann, sein Urgroßvater, hat ursprünglich mal mit Gaslampen angefangen, er sorgte für Licht in Schulen, Krankenhäusern und Großstadtstraßen. Ferdinand, sein Sohn, stieg bei der Reichsbahn ein und gründete eine Lokomotivenfabrik. Er arbeitete mit den Nazis zusammen, baute irgendwelche wichtigen Teile für Panzer und übernahm eine ganze Reihe von jüdischen Fabriken.

Dessen Sohn Günther wiederum, Robert Reimanns Vater, baute die Firma zu einem internationalen Konzern aus, einem ziemlich undurchsichtigen Imperium. Er heiratete zweimal, beide Frauen starben an Krebs. Er selbst wurde steinalt und starb vor zehn Jahren an Herzversagen.

Es gibt noch einen Sohn aus zweiter Ehe, Paul Reimann. Er wurde hoch abgefunden, auch er ist schwerreich, aber der Konzern ging mit allen Entscheidungsmöglichkeiten an Robert. Der hat keine Kinder, soweit bekannt. Zwei Ehefrauen, eine Ex, eine akut. Und wer, verdammt, ist der zweite Mann?!«

»Gibt's auch noch Nachtisch?«

»Frischen Ziegenkäse mit Honig und Walnüssen, und einen 93-er Gran Reserva.« Pia hörte ein Geräusch hinter der Theke. Der Kater machte sich gerade über den Käse her. »Tut mir Leid, es gibt nur den Reserva.«

»Auch gut. Wir haben noch lange nicht alle Ergebnisse. Auch für mich sieht das genauso aus wie für dich. Der klassische Versicherungsbetrug. Der Millionär schnappt sich einen unbekannten Penner gleichen Alters und gleicher Statur, zahnlos, was eine Identifizierung postmortem bei einer Totalverbrennung fast unmöglich macht, legt ihn um, zieht ihm seine Klamotten, eine teure Uhr und seinen Siegelring an und versucht, die Leiche als seine auszugeben.«

»Aber irgendetwas ging schief. Er hat ja wohl kaum geplant, selber auch mit zu verbrennen. Und welche Rolle spielt diese Barbara Dyckhoff, auf die alle Indizien hinweisen?«

»Hatte er eine Lebensversicherung?«

»Wir haben eine Police gefunden. Zweihundertfünfzigtausend Euro. Sie war teilweise verbrannt, aber das Labor kann das rekonstruieren.«

»Ich könnte eine Menge mit einer Viertel Million anfangen, aber für einen Millionär sind das doch *cacahuetes*, Peanuts.«

»Kann sein, dass es noch mehr Policen gibt.«

»Pia, mein Engel, allein das Zeug, das da verbrannt ist, das Haus, die Autos, das sind Millionenwerte!«

»Und das Feuer als solches war ja wohl Absicht. Bei all dem Benzin. Also hat Reimann einen anderen Betrug vorgehabt. Beziehungsweise eingefädelt. Und was wollte er mit der Pistole? Wir müssen Interpol um Hilfe bitten. Die Firma sitzt in Deutschland, es gibt Töchter in Frankreich, Amerika, Skandinavien. Die Konten sind vermutlich in der Schweiz oder auf den Bahamas.«

»Jersey gilt als Insidertip. Oder die Caimans. Sag mir, wo der Reserva ist, dann hole ich ihn.«

»Ganz unten links im Weinregal. Wenn er so was von langer Hand geplant und vorbereitet hat, dann brauchte er a Hilfe von einer zweiten Person und/oder b eine neue Identität, irgendwo außerhalb Europas.«

»Ja, du bist ein ganz Schöner«, Luis schmuste mit Garfield und machte die Flasche auf. »Hast du noch Mandeln da oder Chips?«

»Im Eckschrank. Cracker und Oliven. Und zeig dem Kater doch auch gleich, wie man den Kühlschrank aufmacht.«

»Was hast du denn da noch drin?«

»Dieser unbekannte Tote, verdammt. Irgendwo und irgendwann müssen sie sich getroffen haben. Es gibt vielleicht Zeugen.«

»Und vergiss das Mädchen nicht.« Luis kam mit dem Wein, neuen Gläsern und einem Schüsselchen voll Oliven wieder zum Tisch zurück. Der Kater blieb ihm auf den Fersen. »Mörderin oder nicht. Sie war da. Sie weiß etwas.« Er schenkte ein und reichte Pia ein Glas. Sie wollte gerade danach greifen, als sich das Telefon meldete.

»Komm sofort her«, Josep Bonet. Er klang sehr nervös.

»Was ist los?«

»Mensch, Pia, du kannst doch bei so einem Fall nicht einfach zu Hause hocken und pennen! Ich brauch dich hier! Sofort!« Sie hörte Lärm im Hintergrund.

„Wo? Um was geht es?«

»Die Mörderin. Barbara Dyckhoff. Hospital del Mar. Hier ist die Hölle los!«

20

Sie wachte von den Schmerzen auf. Es war kaum auszuhalten. Und mit ihren kaputten, bandagierten Händen konnte sie nicht mal die Klingel für die Schwester drücken. Den ganzen verdammten Tag lang war es hier gleißend hell und die Tür stand offen. Jeder, der vorbeikam, konnte reinglotzen. An erster Stelle dieser dämliche Pickelpolizist.

Und jetzt, wo sie dringend Hilfe brauchte, war es dunkel, und die Tür war verschlossen. Sie wusste nicht einmal, wie spät es war. Sie versuchte zu schreien, brachte aber nicht viel mehr als ein heiseres Krächzen hervor.

Barbara sah die unförmigen Bandagenarme auf ihrer Brust. Ihre Kunst, ihr ganzes Leben basierte auf der Fertigkeit ihrer Hände. Kurz vor seinem Tod hatte Paco ihre Ausbildung beendet und es ihr bestätigt, sie war die Beste. Sie hatte die Verbrennungen gesehen, sie fühlte die Schmerzen. Sie hatte alles verloren. Sie dachte an diesen langen dünnen krummen Polizisten, der sie am Arm gepackt hatte. Sie hätte vor Schmerzen schreien können. Und diese dicke Dame, die sich bei ihr eingeschleimt hatte, die ihre Schwäche ausnützen wollte, die behauptete, ihr zu glauben und ihre Anwältin zu sein. Lügen. Sie logen alle. Die Wahrheit war wie immer in ihrem Leben: Du bist allein. Und wenn du dich nicht selber rettest, dann bleibst du in der Scheiße stecken.

Ich muss hier raus, dachte sie. Draußen kann ich irgendwie überleben. Oder auch nicht. Aber hier drin verrecke ich zu ihren Bedingungen.

Sie setzte sich auf, zog mit den Zähnen das Infusionskabel aus dem Arm, lockerte auf die gleiche Art den Verband und schüttelte ihn ab.

Kühle Luft. Die Schmerzen ließen für einen Sekundenbruchteil nach, um dann umso gemeiner zurückzukommen. Ihre Finger waren dick, rot und formlos und hatten fast keine Haut mehr. Aber sie waren noch da. Sie befreite auch die andere Hand. Die Schmerzen ließen etwas nach, wenn sie die Hände nicht bewegte.

Sie wartete, setzte sich dann langsam auf. Sie war nackt. Unter so einem hinten offenen Krankenhaushemd. Keine Schuhe.

Neben dem Waschbecken stand ein Schrank. Barbara schob sich vorsichtig hoch und schluffte hinüber. Die rechte Hand schien etwas weniger verbrannt, sie zog mit ihr die Tür auf. Schmerzen schossen wie flammende Raketen bis hinauf in ihre Schulter. Sie hechelte, bis sie wieder klar sehen konnte.

Auf einem Bügel hing das Longshirt, das sie angehabt hatte, als sie bei ihr eingebrochen waren. Keine Hose, keine Schuhe. Barbara schüttelte den Krankenhauskittel von den Schultern, schaffte es, sich das T-Shirt überzuziehen und setzte sich hin, bis sie wieder Luft bekam.

Barbara hatte kein Ziel und keinen Plan. Sie wusste nur eins, hier war sie gefangen. Sie musste raus. Zurück auf die Straße. Sie musterte die Möbel im Zimmer. Die Querstange am Infusionsgalgen schien nur lose eingehakt. Sie riss sie herunter und trat mit dem Fuß die Schläuche ab. Jetzt hatte sie eine ganz brauchbare Waffe. Das Metall lag schwer und kühl in ihrer Hand.

Sie ging zur Tür und zog sie langsam und vorsichtig auf. Der Pickelbart vor ihrem Zimmer war eingeschlafen. Sein Kopf hing schief herunter, aus einem Mundwinkel lief ihm der Sabber auf die dunkelblaue Uniformhose.

Barbara huschte an ihm vorbei und lief weiter, den Gang entlang. Die hell erleuchtete Schwesternstation. Zwei Leute, die dunkle Rastafrau und ein blonder Hüne. Kaffeeduft. Sie lachten. Barbara bückte sich unter dem Fenster hindurch.

Sie schaffte es ungesehen bis ins Treppenhaus. Die Hände kreischten vor Schmerz, aber die Beine und Füße waren soweit okay. Sie nahm die Treppe. Als sie im ersten Stock ankam, hörte sie schon den Lärm.

»Halt, stehen bleiben!« Pickelbart trampelte hinter ihr her, mit ihm der Hüne und die Rastafrau.

Barbara lief weiter nach unten.

»Stehen bleiben, oder ich schieße.«

Dann schieß doch, dachte sie und rannte schneller. Sie kam unten in der Halle an und erkannte sofort ihre Chance. Alle waren rechts in der Haupthalle. Fernsehen, Presse, Polizei, Scheinwerfer, Blitzlichter, Stimmen schrien durcheinander. Nach links zum Nebeneingang.

Sie hätte es fast geschafft.

Aber die Tür war verschlossen, und als sie sich umdrehte, stand Pickelbart schon mit gezogener und entsicherter Pistole direkt hinter ihr. Er zitterte, und einen Moment lang blieben sie so stehen, erstarrt in Angst. Dann waren die anderen da. Die Scheinwerfer und die Blitzlichter und die Mikros. Schrille Stimmen.

Die Lichter verschwammen ihr vor den Augen. Plötzlich waren Hüne und Rastafrau bei ihr und fingen sie auf. »Platz da, machen Sie bitte Platz!« Sie legten sie auf eine Trage, und Barbara war Rastafrau dankbar, dass sie ein Laken über sie breitete. »Bitte, lassen Sie uns durch!«

»Moment noch«, über ihr bauten sich zwei Männer auf. Der junge mit Seidenanzug und Gelfrisur war einer von denen, die sie festgenommen hatten, der andere war etwas älter und sah aus wie ein Priester. Ein Rundschädel mit Lockenkranz,

Drahtbrille, schwarzem Hemd, und schwarzen Jeans.

»Mein Name ist Mateo Calvet. Ich bin Untersuchungsrichter. Bisher wollten wir Sie nur als Zeugin befragen, aber durch diesen bewaffneten Fluchtversuch haben Sie sich ja selbst deutlich genug exponiert. Ich würde jetzt gern …«

»Das dürfen Sie aber nicht«, die dicke Dame schoss nach vorn und schob sich schützend zwischen die Trage und die beiden Männer. »Mein Name ist Dagmar Warwitz, ich bin die Anwältin von Barbara Dyckhoff. Die Frau ist schwer krank. Sie braucht absolute Ruhe.«

»Und zwar sofort«, bestätigte Rasta, sie und Hüne hoben die Trage auf und schaukelten sie schief davon.

Die dicke Dame, Gelfrisur und der Priester blieben neben ihr. Und hinter ihnen tauchten noch der dünne Krumme auf und die Knubbelige, die sich angeblich um Fritz kümmern wollte. Sie drängte Gelfrisur ab, beugte sich dicht über die Trage und sagte leise: »Es geht ihm gut. Er liebt *gambas* und Ziegenkäse. Ich nenne ihn Garfield, aber wie heißt er wirklich?«

»Fritz the cat«, krächzte sie. Dann waren sie im Fahrstuhl, und die Türen sperrten die anderen aus.

Surren. Die Schmerzen spielten keine Rolle mehr. Sie hatte es versucht. Sie hatte es nicht geschafft. Okay, es war vorbei. Fritz ging es gut. *Gambas* und

Ziegenkäse! Meine Güte, in was für ein Paradies war er geraten. Sie lächelte. Milchiges Licht, wohlige Wärme, sie schwebte. Spürte nicht, dass der Lieft anhielt und hörte die hysterischen Stimmen nicht mehr.

»Verdammt, sie bleibt weg! Ruf Doktor Mendoza! Schnell!! *Mierda!!!*«

21

Aber das beweist doch absolut nichts!« Pia stand zwischen Toni, Bonet und dem Untersuchungsrichter Calvet.

Toni wich leicht zurück und murmelte: »Du stinkst nach Knoblauch!«

»Und du nach toter Friseuse«, flüsterte sie zurück und sagte dann laut: »Barbara Dyckhoff ist verwirrt, sie ist schwer verletzt, sie ist vollgestopft mit Medikamenten! Sie weiß ja gar nicht, was sie tut!«

Toni und Calvet sahen sich kurz an.

»Sie hat es getan«, sagte Toni.

»Und sie hat es soeben durch ihren Fluchtversuch eingestanden«, setzte Calvet nach. Sie gingen zum Ausgang.

Bonet zögerte kurz. »Pia, ich schätze dich sehr, das weißt du. Bitte, verrenn dich jetzt nicht. Das hier ist wirklich eindeutig.«

»Josep. An diesem Fall ist nichts eindeutig. Wieso weigert ihr euch alle, nachzudenken. Du bist ein brillanter Ermittler. Und hier gibst du dich mit dem Offensichtlichen zufrieden. Du fragst nicht mal nach!«

»Du bist ein Sturkopf wie dein Vater.«

»Den du ja angeblich mochtest.«

»Pia, manchmal muss man Kompromisse eingehen. Du kannst nicht immer mit dem Kopf durch die Wand. Und ich kann dir auch nicht immer helfen.« Die letzten Worte brummelte er schon auf dem Weg zur Tür.

Pia blieb allein zurück. Bis auf ein paar unentwegte Reporter war die Halle leer. Die dünne Engländerin war noch da. Janet Howard. Zusammen mit dieser Dagmar Wieauchimmer, die angeblich die Anwältin war und die immerhin Calvet weggebissen hatte. Pia ging auf die beiden zu. »Sieht nicht gut aus.«

»Pia Cortes«, stellte Janet vor, »die Leiterin der Ermittlungen, und Dagmar Warwitz, die Anwältin.«

»Ich leite hier gar nichts.« Pia gab Dagmar die Hand. »Im Gegenteil, im Moment mache ich mich gerade sehr unbeliebt und lande vermutlich morgen im Archiv.« Dagmars Hand war weich und feucht.

»Ich bin auch nicht *die* Anwältin. Eine von vielen. Ich mache hier nur die niederen Vorarbeiten für den großen Don Jaime Bartolo Fusté.«

»Das Mädchen hat verdammt schlecht ausgesehen!« Janet steuerte auf die Dragonerschwester am Empfangstresen zu. Sie schaute kurz auf das Namensschild. »Dolores, ich muss mich bei Ihnen entschuldigen. Mein Name ist Janet Howard, und ich bin nicht die Tante von Barbara Dyckhoff. Das hier ist Ihre Anwältin. Wir glauben, dass sie sehr einsam und verzweifelt ist, und wir machen uns große Sorgen. Könnten Sie so lieb sein und oben anrufen, wie es ihr geht?«

»Tut mir Leid, solche Informationen gibt es nur für Familienangehörige.« Sie entdeckte den zusammengerollten rosa Besucherzettel unter Janets Uhrenarmband und forderte ihn mit einem Fingerschnipsen zurück.

»Sie hat aber keine Familie mehr. Und selbst, wenn sie ein Verbrechen begangen haben sollte, meinen Sie nicht, dass sie trotzdem ein Anrecht auf ein bisschen Mitgefühl hat?«

Dolores zögerte, schaute Janet an, dann Dagmar und Pia. Die letzten Reporter kamen näher. Wie Jagdhunde, die eine neue Witterung aufgenommen haben. Dolores griff nach dem Hörer, wählte und wandte sich beim Sprechen ab, sodass sie nichts verstehen konnten. Dann hörte sie zu, nickte und legte auf. Janet lehnte sich über die Theke, und Dolores beugte sich zu ihr vor. »Es ist ziemlich schlimm. Sie hatte einen Kreislaufzusammenbruch, einige der Wunden sind aufgerissen, sie hat Blut verloren. Es ist wohl gelungen, sie einigermaßen zu stabilisieren. Dr. Mendoza hat heute Dienst, da hat sie Glück. Sie hat eine kleine Chance, aber vor morgen Mittag kann man gar nichts sagen.« Dolores packte Janets

Hand mit einem Schraubstockgriff. »Das ist absolut inoffiziell. Ihr Engländer seid doch für euer fair play bekannt. Wenn Sie jetzt nicht fair spielen, kann mich das meinen Job kosten.«

»Mein Vater war General. Mein Wort gilt. Das ist eine Frage der Ehre!« Janet zog ihre Hand vorsichtig aus der Umklammerung. »Falls aber doch etwas durchsickern sollte, dann war ich es garantiert nicht.« Sie wandte sich um, und sofort scharten sich die Reporter um sie. »Keine Auskünfte, außer für Familienangehörige«, verkündete sie laut und deutlich. »Ich kann mir aber gut vorstellen, dass die Klinik morgen eine Pressekonferenz geben wird. Bleibt am Ball, Jungs.«

Pia war fasziniert. »War dein Vater wirklich General?«

»Ja, aber ich habe ihn nie bewusst kennen gelernt. Er überstand den ganzen Krieg ohne einen Kratzer und starb ein paar Jahre danach bei einem Jagdunfall. Da lag ich noch in den Windeln.«

»Wir können hier im Moment nichts mehr machen. Ich weiß nicht, wie es euch geht, aber mich ziehen Krankenhäuser immer runter.« Pia winkte die beiden anderen zum Ausgang hinüber.

Nach dem klimatisierten Krankenhaus schlug ihnen die Luft wie eine glühende Dampfwolke entgegen. Keine frische Brise vom Meer, kein Lüftchen aus den Bergen. Sie standen etwas verloren unter dem Vordach. »Ist jemand mit dem Auto da?«

»Mit dem Taxi«, meinte Dagmar, »und ich werde mir jetzt auch wieder eins nehmen.«

Janet steckte sich eine Zigarette an. »Zu Fuß. Ich wohne gleich da drüben.«

»Okay«, Pia warf einen Blick zurück durch die Glaswand, aber die Reporter waren immer noch dicht um Dolores gedrängt. »Es gibt zwei Möglichkeiten. Zu einer von uns oder in ein Café. Aber ich meine, wir sollten miteinander reden.«

»Versteht mich bitte nicht falsch«, Dagmar entdeckte ein Taxi. »Ich finde euch alle beide sehr sympathisch. Aber erstens ist es gleich halb drei, ich muss in fünf Stunden aufstehen. Und zweitens stehen wir doch sowieso auf absolut verschiedenen Seiten!«

»Ja und nein«, Pia winkte den langsamer werdenden Taxifahrer weiter. »Du bist Anwältin, du musst eventuell auch einen möglichen Mörder verteidigen. Janet will ihren Artikel, aber sie ist keine Sensationsreporterin. Sie sucht nach Zwischentönen. Ich bin Ermittlerin. Ich suche den Mörder. Aber diese Barbara Dyckhoff ... Es geht ihr so mies, und alle sind hinter ihr her, und Scheiße, ich hab ihren Kater Fritz Garfield! Ich will einfach nicht glauben, dass sie es war. Nicht, bevor wir alle anderen Möglichkeiten ausgeschlossen haben. Und da sind wir doch einer Meinung, oder nicht?«

Ein Taxi mit grünem Freilämpchen kam, und gleichzeitig hatten einige der Reporter entdeckt, dass sie immer noch vor der Klinik standen. Pia winkte das Taxi heran und schubste Janet und Dagmar fast hinein. »Fahr los!«, sagte sie, der Taxifahrer startete durch, und die Reporter blieben zurück. Der Taxifahrer fuhr nur ein kurzes Stück, bis zur Calle Gas am Park. Der scharfe Geruch nach Rauch und Feuer lag auch hier in der Luft und drang durch die offenen Fenster. »Und jetzt? Wohin?«

»Ins *barri gótic*«, sagte Pia zu den beiden anderen gewandt. »Ich hab eine luftige Dachterrasse, jede Menge Wein, Cava und Fritz. Einverstanden?« Janet und Dagmar nickten vom Rücksitz. Pia wandte sich wieder an den Fahrer.

»Pati Llimona. Da kommen Sie nicht hin, aber Sie können uns an der Plaça Regomir rauslassen.«

III.

Tapas, Tod & Vino Tinto

22

Glück. Sommersonne flutete durch die breiten Flügelfenster der Villa in Grünwald. Dagmar lag auf dem Sofa und hielt die kleine Sarah im Arm. Strich ihr über das seidenweiche Haar. Der Traum war wunderschön, sie wollte ihn festhalten. Sie lag schief, eine Armlehne drückte ihr in die Rippen, Sarah war erstaunlich leicht. Es war kein Traum, und es war nicht Sarah.

Fritz the cat sprang von ihrem Bauch, als er Geräusche in der Küche hörte. Dagmar setzte sich steif auf. Tiefviolette Bougainvilleablüten und darüber blassgelbe Wolkenstreifen an einem silbernen Himmel. Die Dächer lagen noch im Schatten, nur die obersten Spitzen der Kathedrale blinkten in der ersten Sonne. Früher Morgen über Barcelona.

Dagmar kratzte sich. Pia hatte ihr eine leichte Decke gegeben, aber an Hals und Armen hatten die Mücken sie reichlich erwischt. Sie stand auf und reckte sich. Steif, zerstochen und nach höchstens zwei Stunden Schlaf kaum erholt, fühlte sie sich seltsam frisch und ruhig.

»Guten Morgen«, Pia kam mit Kaffeeduft und einem Tablett aus der Küche und begann, den Terrassentisch zu decken. Ihre roten Haare waren noch dunkel vom Duschen, sie trug Jeans und T-Shirt, heute in rot und weiß. »Bisschen kurz, die Nacht«, sie lachte.

»Hast du noch aufgeräumt, gestern? Wo sind die ganzen Flaschen?« Dagmar erinnerte sich, dass sie zuerst Cava und dann Rotwein getrunken hatten.

»Mach mal bitte einer das Licht aus!« In der Tür erschien blinzelnd eine ziemlich zerknautschte Janet. Sie hatte im Wohnzimmer auf dem Sofa geschlafen, und man sah ihr Alter deutlich. Wenn sie relativ kurz nach dem Krieg schon in den Windeln gelegen hatte, musste sie jetzt mindestens Mitte fünfzig sein. Sie sah irgendwie typisch englisch aus. Dünn, zäh und tropengehärtet. Gestern hatte sie nach dem ersten Glas vom Cava zum Whisky gewechselt und lebte noch. Gestern, das war vor drei Stunden.

Pia sah aus, als wäre sie schon einmal um die Stadt gejoggt. Dagmar schätzte sie auf etwa gleichaltrig, Mitte dreißig. Aber an ihr war kein Gramm Fett zu viel. Ihr etwas untersetzter Körper war durchtrainiert, straff und fit. »Ihr könnt duschen oder auch baden. Ich habe euch Handtücher rausgelegt. Mit Klamotten dürfte es etwas schwieriger sein.«

»Ich hab selber eine Dusche«, Janet setzte sich vor die Kaffeekanne. »Darf ich?«

Dagmar ging hinein, wusch sich oberflächlich und putzte sich die Zähne mit dem Finger. Sie sah ihr verquollenes Spiegelbild. Sie konnte unmöglich duschen und danach das verschwitzte Zeug von gestern anziehen. Fusté kam nie vor zehn in die Kanzlei, da blieb ihr noch reichlich Zeit, heimzugehen, zu duschen, sich umzuziehen und die Unterlagen zu überarbeiten. Als sie auf die Terrasse zurückkam, hatten Pia und Janet schon angefangen. Kaffee, Orangensaft, geröstete Brotscheiben mit Tomate und rohem Schinken. Fritz lag lang ausgestreckt zu Pias Füßen.

Dagmar merkte, dass sie Hunger hatte und griff zu. »Schmeckt ja extrem fein. Salamanca? Pia, du bist eine großartige Gastgeberin.«

»Dafür sind wir Katalanen berühmt.«

»Da mag was dran sein«, Janet nahm sich den dritten Kaffee. »Und wie steht's mit eurer Paragraphengläubigkeit?«

»Ich bin nur hier aufgewachsen, meine Gene sind mehr gesamteuropäisch.« Pia nahm sich noch ein Brot. »Um was geht's?«

»Die beiden Marokkaner«, Dagmar erinnerte sich plötzlich wieder. Das war der Grund gewesen, weshalb Janet sie überhaupt angerufen hatte. Sie hatte es über der ganzen Krankenhausarie völlig vergessen, aber nach dem vierten Whisky auf Pias luftiger Dachterrasse war Janet darauf zurückgekommen.

»Genau«, Janet übersah die Brote und nahm sich nur Kaffee. »Saïd und Mustaf.«

»Sie haben den Porsche geklaut, den Barbara von Reimanns Haus mitgenommen hatte.« Pia erinnerte sich nicht so genau, den Fall hatte Toni bearbeitet. »Es sind Illegale.«

»Darum geht es nicht«, Dagmar versuchte, ihren schwammigen Kopf zur Arbeit zu zwingen. »Wir wissen nicht, wie Barbara zu Reimann stand. Vielleicht hat er ihr die Schlüssel mitsamt dem Porsche ja gegeben. Vielleicht war oder glaubte sie sich auch in höchster Lebensgefahr. Wir wissen noch nicht genug. Fest steht, sie war schwer verletzt und außer sich. Sie nahm Reimanns Porsche und fuhr ihn so nah wie möglich an ihre Wohnung heran. Ließ ihn mitten im Stau auf der Laietana stehen.«

»Okay«, Pia dachte nach, »und das sahen diese zwei Typen, Saïd und Mustaf. Krallten sich den Porsche, gaben Gas, fuhren den Australier über den Haufen, direkt vor unserer *prefectura*. Und wurden natürlich sofort selber geschnappt. Der Australier hatte Haschischplatten und ein halbes Pfund Koks im Rucksack, im Porsche waren deutliche Koksspuren unter dem Vordersitz.«

»Und war das Kokain identisch?«, warf Dagmar ein. »Und hätten die beiden nach dem Unfall überhaupt genug Zeit gehabt, das Kokain auszutauschen? Direkt vor euren Polizeiaugen?«

»Eric schwört, dass die zwei nichts mit Drogen

am Hut haben«, Janet klang selbst nicht sehr überzeugt.

»Sie haben eindeutig Kontakte zu Dealern«, stellte Pia fest. »Wir haben sie im Computer!«

»Na schön, Kontakte.« Dagmar wurde langsam munter. »Aber sie wären ja extrem blöd, wenn sie mit voller Tasche ein derart auffälliges Auto klauen, das gerade mitten im Stau steckt.«

»Ein nagelneuer nachtschwarzer Porsche 911?« Janet klang resigniert. »Junge Leute können manchmal schon absurd dämlich sein.«

»Ja, aber doch nicht gleich voll bescheuert.« Dagmar stand auf und nahm den letzten Schluck Kaffee aus ihrer Tasse. »Ich bin Anwältin, ich gehe davon aus, dass meine Klienten die Wahrheit sagen.«

»Das hieße«, Janet sprang auch auf, »das Zeug war schon vorher in dem Porsche.«

»Und wir haben plötzlich ein ganz anderes Bild von unserem Señor *millonario* Reimann.« Pia gab Fritz den restlichen Schinken und begann, den Tisch abzuräumen. »Drogen. Das eröffnet eine Menge neuer Perspektiven.«

»Barbara sagt, Reimann habe versucht, sie zu töten.« Dagmar nahm ein paar Teller. »Er hatte die Pistole in der Hand, er hat geschossen.« Janet steckte sich im Stehen eine neue Zigarette an.

»Vielleicht ist dieser ganze Robert Reimann ein *fake*. Ich werde mal das Internet durchkämmen. Pia, überprüf bitte noch mal alle Spuren in seinem

Haus. Mit dieser eingeschmolzenen Fernbedienung für das Garagentor lässt sich vermutlich nichts mehr nachweisen.«

»Kaum. Aber wir kennen das Fabrikat. Bei dem kann man den einmal eingegebenen Befehl nicht stoppen.«

»Das heißt, wer immer das Tor schließen wollte, konnte das nicht mehr rückgängig machen, bevor es ganz unten war. Sehr unerfreuliche Vorstellung.« Sie drückte ihre halb gerauchte Zigarette nachlässig aus. »Und Barbara! Sie war schließlich dort.«

»Ja, sicher«, Dagmar ging zur Tür. »Ruf mich an, wenn du etwas aus dem Krankenhaus hörst, Pia, wir sehen uns später. Danke für alles …« Sie rannte zur Tür hinaus und die Treppen hinunter.

Die Sonne stand jetzt so hoch, dass sie bis fast hinunter in den kleinen Patio reichte. Die haushohen Fensterscheiben des Kulturinstitutes spiegelten die gegenüberliegende Brandmauer aus jahrhundertealten Quadersteinen. Kein Mensch, kein Geräusch. Es war eine der ganz seltenen Stunden, in denen die Stadt Ruhe gab. Dagmar ging über die schmale und steile Groc hinüber zur Marquet bis hinunter an den Passeig de Colom. Sie wandte sich nach rechts, musste aber kaum fünf Minuten gehen, als sie schon ein Taxi fand, das sie für zwei Euro heimfuhr. Fast die gleiche Summe stand in München schon auf der Uhr, bevor man überhaupt einstieg. Wenn sie diesen Fall erfolgreich durchzog, dann hatte sie sich einen Namen gemacht. Dann musste Fusté ihr ein richtiges Büro geben, und sie konnte richtige Honorare verlangen. Und vielleicht die Wohnung etwas gemütlicher einrichten.

Dagmar duschte, putzte sich die Zähne und zog sich sorgfältig an. Das altrosa Seidenkostüm mit schwarzem Top. Die Jacke ging nicht mehr zu, und den Rock musste sie mit einer Sicherheitsnadel schließen, aber es sah teuer aus und stand ihr gut. Es stammte aus der frühen Warwitz-Zeit, als sie noch in der Theatiner- oder Maximilianstraße einkaufen konnte. Sie packte ein Kuvert mit allen Informationen über Warwitz und die Kinder, verschloss es und schrieb Manels Adresse darauf. Dann legte sie ihre Unterlagen über den Fall Reimann zusammen. Als sie ihre Handtasche einräumte, entdeckte sie auf dem Display des Handys, dass Fusté fünfmal bei ihr angerufen hatte.

Panik. Sie unterdrückte den Reflex, sofort zurückzurufen. Prüfte noch einmal die Wohnung, Gas, Licht, Heißwasser. Unterlagen, Schlüssel. Ging zögernd hinaus. Das gab Ärger. Sie konnte natürlich sagen, dass ihr Handy kaputt war, aber Fusté würde so was nur als dumme Ausrede abtun. Selbst, wenn es wahr wäre.

Sie sah auf die Uhr. Noch nicht halb neun. Sie würde jetzt nicht springen wie ein Hund auf den Pfiff seines Herrn. Nein! Sie machte einen kleinen Bogen und wählte den Weg durch den Boulevard

Rosa. Normalerweise vermied sie diese klimatisierte Luxuspassage aus funkelndem Glas, aber heute ging es ihr so gut wie schon lange nicht mehr. Sie hatte einen guten Job, sie hatte Freundinnen gefunden, und bald würde sie mehr über ihre Kinder erfahren. Sie blieb vor einem Schaufenster mit italienischen Designerschuhen stehen. Dagmar liebte Schuhe. Besser gesagt, sie hatte sie geliebt. Sie konnte sich nicht erinnern, wann sie sich zuletzt etwas anderes als weiße oder schwarze *alpargatas* in der Aragó gekauft hatte. Wäre sie reich, und hätte der Laden schon geöffnet, müsste sie sich zwischen einem Hauch von weißen Sandaletten und einem leichten Laufschuh im Budapester Stil im neuesten superschmalen Look entscheiden. In königsblau! Beide waren natürlich nichts, wenn man Schuhe *brauchte*, aber wunderbar für die Frau, die schon hundert Paar im Schrank hatte.

Dagmar lächelte in sich hinein und ging weiter. Sie lebte wieder. Sie machte noch einen kleinen Umweg, um den so lange nicht wahrgenommenen Luxus länger auszukosten. Zwei bewaffnete Wachmänner patrouillierten an ihr vorbei. Noch gestern wäre sie automatisch ausgewichen, jetzt hatte sie das Gefühl, wieder auf der richtigen Seite zu stehen.

Sie kam auf den Passeig de Gràcia hinaus, überquerte ihn in zwei Ampelphasen und wandte sich nicht nach links zur Kanzlei, sondern steuerte auf die kleine Teebar zu. Sie war keine Sklavin, verdammt. Sie war eine zugelassene Anwältin, Mitglied der Anwaltskammer. Und sie konnte ihre Arbeitszeit selbst bestimmen. Sie tauchte ein in die Eleganz hoher, holzgetäfelter Bögen und bestellte sich einen eisgekühlten Pfefferminztee.

Nachdenken. Eine Strategie zurechtlegen. Sie kam nicht weiter, so ganz konnte sie mit ihrem neu gewonnenen Selbstbewusstsein noch nicht umgehen. Fühlte sich aber etwas ruhiger. Sie zahlte und sah erst im Hinausgehen die Zeitung auf dem Nebentisch. ›*Flucht der Feuermörderin vereitelt!*‹, lautete die fette Schlagzeile. Und gleich darunter zwei erstaunlich scharfe Fotos. Die dünnbeinige Barbara in ihrem unförmigen Riesen-T-Shirt mit einer blinkenden Metallstange in der drohend erhobenen Hand. Und eine Nahaufnahme ihres Gesichts. Aufgerissene Augen unter wimperlosen Lidern und ein verzerrter Mund.

»Da sind Sie ja!« Sie fuhr herum, Manel Bach wich hastig zurück. »Entschuldigen Sie. Aber ich habe es schon bei Ihnen zu Hause versucht. Ich könnte Ihren Auftrag jetzt doch übernehmen.«

»Ich denke, Sie sollen sich für den Fall Reimann bereithalten.«

»Nicht mehr.« Manel schaute auf die Zeitung mit den Fotos. »Nach dieser Fluchtstory hat Fusté wohl das Interesse verloren. Ich bin jedenfalls frei.«

Dagmar verstand die Welt nicht mehr. Sie kramte das dicke Kuvert aus ihrer Tasche und reichte es Manel. »Hier steht alles drin. Wenn Sie Erfolg haben, versuchen Sie doch bitte, Fotos zu machen. Brauchen Sie einen Vorschuss? Ich habe jetzt aber nicht so viel … Ich könnte Ihnen einen Scheck geben …«

»Machen Sie sich keine Sorgen«, Manel nahm das Kuvert. »Wir kennen uns, wir arbeiten beide mit Fusté zusammen.« Er grinste und wieselte davon, erstaunlich flink für seine Körperfülle.

Dagmar stand wie betäubt auf der Straße. Die kunstvollen Muster im schiefergrauen Boden flirrten vor ihren Augen. Fusté hatte Manel abgezogen. Die nächste würde sie sein. Aber allein konnte sie das niemals durchziehen. Sie bewegte sich automatisch. Sie hätte Manel die Unterlagen nie geben dürfen. Wovon sollte sie ihn bezahlen. Sie musste ihn zurückholen. Plötzlich glaubte sie ihn unter den Bäumen auf dem Mittelstreifen noch zu erkennen und rannte hinüber. Autobremsen quietschten, sie blieb auf der Verkehrsinsel stehen. Kein Manel weit und breit. Die herrlich verrückten Fassaden auf der anderen Straßenseite. Das Gaudí-Haus wuchs wie ein Märchenbaum zwischen den beiden Nachbarhäusern. Sonne auf der Kuppel und dem geschwungenen Dach. Sie liebte diese Stadt, und sie würde sich nicht vertreiben lassen. Entschlossen wandte sie sich wieder um und steuerte das Haus mit Fustés Kanzlei an. Schneeweiß renoviert mit Säulen, Balkonen und Erkern bis unter das Dach.

Der Fahrstuhl war verspiegelt und verglast. Kunstvoll eingeätzte Blumengirlanden und Schwäne hinter einem minimalistischen Jugendstilgitter. Als sie das erste Mal hergekommen war, hatten die Eleganz und der Luxus sie verschreckt. Dann war sie voller Stolz hergekommen. Sie, die kleine Dagmar als Anwältin in so einem Haus. Sie hatte sich nie daran gewöhnt. Erst mit der Zeit hatte sie begriffen, dass sie trotz allem nicht hergehörte. Dass sie hier nur ein Besucher war. Kein Gast, eher so eine Art Lieferant. Ihr eben noch so positives Lebensgefühl schwand. Sie schwitzte. Das Top klebte ihr am Rücken.

Der Kanzlei gehörten über die gesamte Hausfläche hinweg die obersten drei Stockwerke. Der Lift hielt direkt in der Empfangshalle. Gut sechzig Quadratmeter. Palisandergetäfelte Wände bis unter die stuckverzierte Decke. Seidenschimmernde Teppiche aus dem alten Persien oder China. Ein langer handgeschnitzter Tisch aus dem 18. Jahrhundert. Dahinter ein kristallverglaster, mit ledergebundenen Folianten gefüllter Bücherschrank aus der gleichen Zeit. Und Mercedes, die fleischgewordene Perfektion. Sie musste weit über vierzig sein, aber sie sah keinen Tag älter aus als dreißig. Honigblondes Haar, grüne Augen, volle Lippen und ein streng graues Kostüm in Größe 36. Und wie immer ein freundliches Lächeln. »Er wartet schon auf Sie!«

Dagmar ging an Mercedes vorbei, den breiten Flur entlang bis zur letzten Tür.

Klopfte.

Keine Antwort. Sie klopfte erneut, etwas lauter diesmal.

»Ja!« Blaff.

Sie öffnete die Tür, Massivmahagoni, innen mit dunkelrotem Saffian abgepolstert. Das Büro von Fusté hatte mindestens achtzig Quadratmeter. Fast vier Meter hoch über drei Fenster hinweg. Auf dem polierten Parkett lag eine Sammlung kaukasischer Brücken, die bei jeder Auktion siebenstellige Gebote gebracht hätte. An der einzig freien Wand ein Miró, drei Picassos. Die anderen Wände wurden von deckenhohen Bücherregalen dominiert, juristische Fachbücher aus zwei Jahrhunderten. An einer Wand eine Bar, eine lederne Sitzecke. Unter dem Eckfenster stand schräg ein gewaltiger Refektoriumstisch aus dem 17. Jahrhundert. Die Oberfläche wurde täglich geölt. Keine Aktenstapel, keine Familienfotos störten den Glanz. Es gab nur eine silberne Schreibgarnitur, einen Notizblock mit silberner Spange, zwei abstrus hässliche silberne Trophäen, offenbar von ländlichen Golfturnieren und eine supermoderne Telefonanlage in silbermetallic.

Dahinter saß Fusté in einer Art geschnitztem Thronsessel. Er wirkte klein vor der gewaltigen Lehne und mit seinem glatt zurückgeklatschten Haar, dem kleinen Kugelbauch und diesem himmelblau gemusterten Freizeitanzug aus der Youngsterabteilung des Corte Inglés irgendwie verkleidet. Komisch. Unwirklich. Wie inszeniert. Aber Dagmar wusste es besser. Fusté liebte theatralische Auftritte, aber er war nicht umsonst die Nummer eins. Er kam aus einer alten Juristenfamilie, hatte die beste Ausbildung, einen rasiermesserscharfen Verstand und gut zwei Jahrzehnte Erfahrung. Und er hatte seit Kindesbeinen die besten Beziehungen nach ganz oben in dieser Welt. Er starrte sie an, als sie langsam die hundert Meter von der Tür zu seinem Tisch überquerte.

»Und?«

Sie blieb stehen.

»Was haben Sie zu Ihrer Entschuldigung vorzubringen?«

»Entschuldigung? Wofür?« Dagmar traute ihrer Stimme nicht, schaute demonstrativ auf die Uhr. »Meine Arbeitszeit geht Sie doch nichts an.«

»Ich habe versucht, Sie zu erreichen!«

»Tut mir Leid, ich musste mal schlafen. Soll aber nicht wieder vorkommen.«

»Kommen Sie mir hier bloß nicht mit blöden Sprüchen. Und setzen Sie sich hin, verdammt noch mal. Soll ich Genickstarre bekommen?«

Der Besucherstuhl vor Fustés Tisch war eines dieser alten spanischen Folterinstrumente. Ergonomisch viel zu hoch mit einer winzigen Sitzfläche aus durchhängendem Schnurgeflecht zwischen scharfen Kanthölzern und einer steilen, schmalen, hohen Lehne, an die man sich nicht anlehnen konnte. Dagmar versuchte vergeblich, sich so hinzusetzen, dass ihr Rock nicht gleich bis zum Kinn hochrutschte und die viel zu kleine Jacke bei dem erzwungenen Hohlkreuz nicht nach hinten wegplatzte. Erneuter Schweißausbruch. Sie hatte in der Hektik mal wieder vergessen, den BH anzuziehen. Sie zerrte an der Jacke, es war sinnlos.

»Sie hatten völlig Recht«, sprudelte sie los, bevor Fusté noch etwas sagen konnte. »Unsere Mandantin ist unschuldig. Sie hat Reimann nicht ermordet. Im Gegenteil, er hat versucht, sie zu töten. Ich konnte noch nicht länger mit ihr sprechen, aber ich hoffe, das bald zu tun. Außerdem hat sich ein neuer Aspekt ergeben, es könnten Drogen im Spiel sein. Die beiden Marokkaner, die …«

»Vergessen Sie doch endlich mal Ihre ewigen Marokkaner. Ich bezahle Sie nicht dafür, dass Sie hier die juristische Mutter Theresa spielen.«

»Sie bezahlen mich? Das ist mir ja bisher noch gar nicht aufgefallen, aber …«

»Hat sie unterschrieben?«, unterbrach er sie brüsk.

Dagmar schluckte. »Nein. Mit den kaputten Händen konnte sie ja gar nicht …«

Wieder unterbrach er sie. »Dann sind wir auch nicht ihre Rechtsvertretung. Basta.«

»Aber sie hat mir mündlich ihr Einverständnis gegeben, das ist doch auch bindend …«

»Haben Sie darüber gesprochen?«, fuhr er scharf dazwischen. »Mit den Medien?!«

»Nun ja, das war doch in Ihrem Sinne ...« Dagmar verstand nicht, worauf er hinauswollte.

Fusté griff neben sich, wo er auf einem kleinen Teewagen die Unterlagen stapelte, die seinen schönen Tisch nicht entstellen sollten, und holte die Zeitung mit den Fotos von Barbara hervor. »Haben Sie das schon gesehen?! Das ist ja grässlich! Ich dachte, sie wäre zumindest hübsch. Mein Gott, Reimann hatte doch schließlich einen weltweiten Ruf als Blondinenstecher.« Er lachte, bemerkte Dagmars Gesichtsausdruck und hob mit einer Grimasse beide Hände. »Ja, schon gut! Regen Sie sich nicht gleich auf.« Er lächelte charmant, stand auf und kam um den Tisch herum. Zog Dagmar zu sich hoch. Ihr Rock klebte an den Beinen, sie zerrte an der Jacke. Fusté hob ihre Tasche auf und reichte sie ihr. Lächelte immer noch. »Hören Sie zu. Sie haben ganz hervorragende Arbeit geleistet. Barbara ist in Deutschland geboren, sie kennt Sie, sie vertraut Ihnen. Dagmar, es ist Ihr Fall.«

Dagmar dachte zuerst, sie hätte sich verhört. »Aber sonst bleibt alles bei unserem Vertrag?«

»Kleine deutsche Dagmar«, Fusté legte ihr den Arm um die Schultern und manövrierte sie zur Tür, »ich habe nicht gesagt, dass ich ein Vermögen in diesen Fall investieren will. Für mich ist sie schuldig. Für Sie nicht. Sie sind ihr Anwalt. Dann müssten Sie Recherchen und Investigationen auch selber verantworten. Berechtigte Spesen übernehme ich, sofern sie sich im Rahmen halten.« Sie waren bei der Tür. Dagmar hatte noch tausend Fragen, aber er schob sie sanft, aber deutlich hinaus. »Es ist Ihr Fall, Ihre große Chance.« Sein Lächeln erstarb, noch bevor sich die Tür hinter ihr mit einem zufriedenen Schmatzen schloss.

Dagmar sah und hörte nichts. Sie winkte Mercedes überschwänglich zu, schwebte mit dem Glaslift hinunter und fand sich schön in dem vergilbten Spiegel.

Fusté war raus. Sie allein war Barbaras Anwältin. Sie war nicht mehr nur die Sklavin, die Fakten zusammensuchte, sie war die Verteidigerin. Und wenn nötig bis vor Gericht. Und Fusté übernahm die Kosten. Sie würde gewinnen. Die Welt stand ihr offen.

Dagmar hüpfte, tanzte. Noch einmal durch den Boulevard Rosa, diesmal in der anderen Richtung. Die Läden hatten noch immer nicht geöffnet. Es war erst zehn vor zehn. Dagmar lief auf die Rambla de Catalunya hinaus und wandte sich nach links. Sie hatte kein Ziel. Sie rannte nur vor Glück. Die Cafés unter den weißen Schirmen. Die Sonne am blauen Himmel, die Hitze. Die ersten Touristen. Kurz vor der Plaça de Catalunya das Börsencafé mit den Managern und Büroangestellten, die hier ihr erstes oder zweites Frühstück einnahmen.

Holzgetäfelte hohe Räume, eine lange Tapatheke, dunkel polierte Tische. Ein weiß-gelber, zwei Meter hoher Chrysanthemenstrauß in einer blau glasierten Terracottavase. Freundliche Kellner in langen weißen Schürzen. Sie kannten Dagmar. Sie kam oft her und las bei einem *Café solo* die Zeitung an der Bar. Heute setzte sie sich an einen Ecktisch und breitete ihre Unterlagen vor sich aus. Ihr Kellner war der hübsche Santi. Er stammte aus Kolumbien und hatte ihr verraten, dass er eigentlich Musiker war und auf seine große Chance wartete. Sie bestellte *Café con leche*, frisch gepressten Orangensaft und ein knuspriges Croissant mit Schokolade. Heute war der Tag der Orgie.

Am Nebentisch saßen zwei ältliche Mädchen mit Perlenketten über grauen Twinsets, vermutlich Sachbearbeiterinnen bei einer Bank oder Versicherung. Sie hatten bei Obstsalat und Müsli die Kollegen durchgehechelt, zahlten gerade und standen auf. »Er hat sie voll abgezockt«, sagte die eine, die andere lachte. »Ach komm, wie naiv kann man denn sein!«

Erst da wachte Dagmar auf.

Fusté hatte sie soeben nicht geadelt. Er hatte sie verarscht. Er selbst hielt den Fall für verloren. Und er stand nicht gern auf der Verliererseite. Es brachte kein Geld, und die Publicity war eher negativ, wenn die Mörderin arm, schuldig und unattraktiv war. Aber da die Medien seine Kanzlei in diesem Zusammenhang nun schon einmal nannten, schob er Dagmar als Kanonenfutter vor. Falls sie gewinnen sollte, wäre das natürlich sein Verdienst, wenn sie, was er als sicher annahm, verlor, hatte er nichts damit zu tun. Sie konnte ihn schon hören. Eine Frau, eine Ausländerin, eine Deutsche, aber er hatte ihr eine Chance gegeben. Tja, sie hatte seine Bedenken nur bestätigt.

Santi brachte ihr Frühstück, lächelte und wünschte ihr einen guten Appetit.

Dagmar war so schlecht, dass sie den Geruch des Croissants nicht ertragen konnte.

23

Der Schlagbohrer setzte kurz aus, nur um dann umso hartnäckiger weiter zu nerven. An diesem Morgen hatten die farbverkleckssten Plastikplanen schon die oberen Flure erreicht. Pia traf auf Roberto, der mit seinem Posttrolley ziemlich verloren durch die Gänge schlurfte.

»Guten Morgen, Roberto«, begrüßte sie ihn. Er blickte sie an, als hätte er sie noch nie gesehen.

»Der Ring«, sein breites Gesicht war leer. »Der ist falsch.«

»Wer hat dir das gesagt? Dass der Ring falsch ist?« Pia versuchte einen Blick auf die Post im Trolley zu werfen, um Robert helfen zu können, aber er wich ihr aus.

»Toni hat mir eine Cola gekauft. Der Ring ist falsch!«

»Hier ist doch im Moment alles falsch.« Pia blieb stehen. »Soll ich dir helfen, Roberto?«

»Der Ring!« Seine Stimme stieg etwas an, er wandte sich so heftig ab, dass er fast den Trolley umkippte. Roberto kannte das Gebäude, aber der

Umbau mit dem Lärm und diesen alles überdeckenden Planen überforderte ihn total. Es war abzusehen, dass sie bald auch aus dem provisorischen Großraumbüro vertrieben würden. Und da niemand für Organisation und Logistik verantwortlich zeichnete, konnte kein Mensch voraussagen, wie viele Akten und Unterlagen diesem Renovierungswahn zum Opfer fallen würden.

Sie setzte sich in ihre Sperrholznische. Noch hatten sie Strom, noch war kein Computer abgestürzt. Allerdings lagen kaum neue Unterlagen in ihrem Posteingangskorb. Nicht einmal der offizielle Autopsiebericht. Toni und Bonet waren nicht da, Sanchez hatte die Jalousien an seinem Glaskäfig runtergelassen, Silvi hämmerte hektisch in die Tasten und vermied es, Pia anzuschauen. Sie sprang auf, als Toni aus Sanchez' Zelle kam. Heute in einer kühnen Kombination aus weißen Hosen, einem grauen Hemd und einer gelb gestreiften Jacke. Er grinste überheblich und warf Silvi ganz ungeniert ein Küsschen zu. Sie lief zu seinem Tisch und brachte ihm eifrig einen Packen Akten.

Pia war bei ihnen, noch bevor er die erste Mappe hochheben konnte. »Pia!« Er versuchte, ihr die Mappen wieder wegzunehmen, aber die drehte ihm den Rücken zu, und richtig handgreiflich zu werden, wagte er nicht. »Du warst nicht da. Wir hätten dich schon noch informiert.«

»Jetzt bin ich ja da!« Pia sah die Klarsichthüllen

und Schnellhefter durch. Die Mappe mit dem Autopsiebericht von Luis Llobet, die Berichte der Spurensicherung und der Brandermittler, Kopien aus internationalen Veröffentlichungen der letzten fünf Jahre über Reimann, seine Firma, Familie, Finanzen, Protokolle der bisher erfolgten Verhöre und Befragungen, Fotos der Leichen und vom Tatort.

»Okay, Toni«, Pia musste gegen den Schlagbohrer anschreien, »du hast das alles ja offensichtlich schon gesehen.«

»Hat er eben nicht!«, warf Silvi ein.

Pia überhörte sie. »Ich nehm mir die Papiere mal kurz mit. Wenn du mich nicht auf dem Laufenden hältst, dann muss ich mir selbst helfen. Wir können die Unterlagen aber gern auch im Sinne von Teamwork zusammen durchgehen.« Toni und Silvi wechselten einen kurzen Blick, sagten aber nichts. Da war etwas im Busch, aber Pia konnte es nicht festmachen. »Oder hat unser großer Chef, dein persönlicher Mentor, inzwischen eine andere Order ausgegeben?«

»Du kannst den ganzen Papierkram gern haben«, erwachte Toni plötzlich aus seiner Erstarrung. »Du wirst nichts Neues finden. Der Brand wurde gelegt. Es wurde reichlich Brandbeschleuniger verwendet, Benzin in diesem Fall. Die Garage war praktisch getränkt damit. Deine Freundin hat ganze Arbeit geleistet.«

»Oder jemand anders. Soviel ich weiß, konnte

man Barbara Dyckhoff bisher keine Fingerabdrücke abnehmen, und für das Ergebnis einer Genanalyse ist es noch zu früh.« Pia blätterte abwesend in den Papieren. »Und was ist mit der zweiten Leiche? Irgendwelche Anhaltspunkte?«

»Ein Mann, Mitte fünfzig, korpulent, keine Zähne. Aber der Mörder kann er nicht gewesen sein, er war schon lange vorher tot. Todesursache noch unbekannt.«

»Und die Nachbarn?«

»Reimann war nicht sehr beliebt. Man empfand ihn als Fremdkörper. Allerdings hat eine gewisse Dolores Cardona gesehen, wie er in seinem Porsche heimkam, knapp eine Stunde vor dem Feuer. Und bei ihm saß eine Frau. Die Beschreibung passt haargenau auf Barbara Dyckhoff. Ich wette, sie wird sie bei einer Gegenüberstellung wiedererkennen.« Er war sich sehr sicher.

»Sag mal, Toni«, Pia wechselte plötzlich Thema und Tonart. Lächelte in sein gebräuntes Gesicht. »Du hast doch diese beiden Marokkaner vernommen. Die den Porsche geklaut und einen Australier angefahren haben …«

»Ja, klar«, Toni entspannte sich noch mehr, »zwei Dealer, Illegale. Aber die haben sonst nichts mit dem Fall zu tun. Die wären ja auch vielleicht gar nicht bei uns gelandet, wenn das nicht direkt hier vor der Haustür passiert wäre. Jetzt ist das nur ein Haufen überflüssiger Papierkrieg.«

»Soll ich dir die zwei abnehmen?« Aus Pias Lächeln troff der Honig.

Toni war verblüfft. »Das würdest du tun?«

»Warum nicht. Ich kenne eine Anwältin, die den Fall gern vertreten würde. Dann kann sie den Papierkram erledigen.« Pia sah die Erleichterung in seinem Gesicht.

»Abgemacht«, Toni grinste und hielt ihr die Hand zum Schlag hin.

»Toni, das würde ich nicht tun.« Silvi trug ein lilaledernes Miniröckchen und ein pink schimmerndes Schlangen-Top. Sie schüttelte ihr langes Blondhaar, aber der Augenblick war schlecht gewählt. Toni war auf der Gewinnerstraße, er hatte gerade Pia einen Berg lästiger Arbeit angehängt und musste sich nichts von einer kleinen Assistentin sagen lassen.

Pia tröstete sie. »Du bist alles andere als dumm, Silvi. Du sendest nur die falschen Signale aus.« Pia winkte Bonet zu, der zur Tür hereinkam, und bekam so Silvis hasserfüllten Blick nicht mit.

Pia ging zu ihrem Tisch und setzte sich. Sieg, Sieg. Sie breitete die Unterlagen vor sich aus und machte sich an das Studium. Als das Telefon läutete, nahm sie automatisch ab.

»Mein Kind!!!« Theatralisch schrill, Doña Pilar, ihre Mutter. Am liebsten hätte Pia den Hörer sofort wieder aufgelegt.

»Hallo, Mutter. Ich hatte dich doch gebeten, mich nicht im Büro anzurufen!«

»Kindchen, das ist ja schrecklich. Ich habe es im Fernsehen gesehen. Das ist doch kein Leben für eine Frau. Du musst aufhören damit. Warum kommst du nicht für ein paar Monate nach Hause und dann sehen wir weiter.«

Bonet blieb vor ihrem Tisch stehen, sie machte ihm Zeichen, zu warten. »Mutter, ich muss arbeiten. Ich rufe dich abends von zu Hause an. Ich habe nämlich ein Zuhause.«

»Pilar, mein kleiner Liebling, du weißt, wie ich dich vermisse«, ein leiser Schluchzer. »Ich mache mir solche Sorgen um dich, und meine Damen fragen immer wieder nach dir. Du erinnerst dich doch noch an ...«

»Hallo, hallo?« Pia schlug den Kugelschreiber gegen den Hörer und improvisierte eine Störung. »Hallo? Hallo!« Sie legte mitten im letzten Hallo auf.

Bonet gab ihr eine Liste. »Das sind alle Männer im Alter von vierzig bis fünfundsechzig, die im Zeitraum der letzten zwei Jahre in Barcelona und Umgebung als vermisst gemeldet worden sind.« Er legte ihr eine Liste von achtundzwanzig Namen auf den Tisch. Pia merkte, dass ihre Hand zitterte. Als das Telefon erneut läutete, hob sie nur den Hörer hoch und legte ihn sofort wieder zurück.

»Meine Mutter. Sie kann ziemlich hartnäckig sein.« Fünf der Namen waren mit einem Marker hervorgehoben. Drei gelb, einer blau, einer grün. »Du hast sie schon überprüft?«

»Die meisten kommen nicht in Frage. Zu alt, zu jung, zu dick, zu dünn, zu viele Zähne, inzwischen tot und so weiter. Der Blaue ist erst fünfundvierzig, Django Albiol, ein von seiner Familie verstoßener *gitano*, der sich mit einer alten Nutte aus dem Raval zusammengetan hatte. Sie hat ihn vor anderthalb Jahren als vermisst gemeldet. Die Vermutung liegt nahe, dass er sich einfach so vom Acker gemacht hat. Er wird hier bei keinem Zahnarzt geführt. Ich habe die Liste über den Computer an alle spanischen Polizeidienststellen weitergegeben.«

»Juan Bautista de las Torres«, las Pia laut den Namen des Grünen. »Das ist ja mal ein Name für einen Stadtstreicher.«

»Nein, nein, der ist ganz bürgerlich. Computerfachmann für Hardware. Servicemann. Arbeitet für Toshiba-Spain. Schöne Wohnung in Sant Antoni. Eine behinderte Tochter, elf. Die Ehefrau Catalina hat ausgesagt, er sei eines Abends vor sechs Tagen zum Zigaretten holen weggegangen und nicht wiedergekommen. Bei Toshiba hatte er sich für einen Monat beurlauben lassen, was die Frau nicht wusste. Die Story ist abgeschmackt, ich weiß. Ich hab ihn auch nur auf der Liste, weil die äußerlichen Merkmale so schön übereinstimmen. Ich tippe auf einen der drei gelben.« Bonet beugte sich über Pia und gab zu jedem der drei Namen seine Kommentare ab.

»Erstens: Rodriguez Polan, neunundfünfzig. Alkoholiker, gelernter Schweißer, Langzeit-Arbeitsloser, zuletzt vor drei Wochen mit einer Gruppe Jobsucher beim Hafen gesehen. Er wurde abgelehnt und hat wohl eine Prügelei angefangen. Seither keine Spur. Zweitens: Benito Perez, neunundsechzig. Seit achtzehn Tagen vermisst. Keine Angehörigen, lebte im Alten- und Pflegeheim Santa Maria. Temporäre Demenz, beginnender Alzheimer. Er hatte eine Hundemarke mit Namen und Adresse am Hals, weil er immer wieder wegrannte. Allerdings wurde er meist ziemlich schnell von der Polizei wieder aufgegriffen. Diesmal nicht. Drittens: Tomás Grau, zweiundfünfzig. Stadtstreicher, seit sechs Wochen vermisst. Grau hatte sich einer Gruppe junger Ausreißer im Raval angeschlossen. Die haben eine dieser Abrisswohnungen besetzt und fühlen sich wie die Könige. Berber ziehen natürlich schon mal weiter. Aber Grau ist hier geboren, er lebte schon seit Jahren als Penner, und er spielte so eine Art Leithammel in der Gruppe.«

»Keiner von denen hatte Zähne oder ein Gebiss?«

»Nein, keiner hatte auch nur einen Zahn im Mund. Aber sie hatten alle ein Gebiss. Grau ein klappriges Provisorium aus Plastik, Bautista laut Gattin eine ungarische Luxusausführung.«

»Wenn wir weder Zähne noch Gebiss zum Vergleich haben, kann uns auch kein Zahnarzt weiterhelfen.«

»Wenn so ein Teil nicht richtig sitzt, kann man's wohl schon mal im Suff verlieren.«

»Oder es wird entfernt. Nach dem Mord. Weil das eine Identifizierung extrem erschwert.«

»Ja, genau da musst du einhaken.« Bonet legte ihr kurz die Hand auf die Schulter und wollte gehen.

Pia hielt seine Hand fest. »Was heißt, ich? Bist du nicht mehr dabei?«

In dem Moment sprang Silvi an ihrem Tisch auf, sie hatte den Telefonhörer in der Hand. »Sofort! Ja, verstanden!«, sie warf den Hörer zurück und gab Toni ein Zeichen, der prompt zur Glaszelle von Sanchez rannte. Er klopfte kurz, verschwand drin und tauchte gleich darauf mit dem Chef zusammen wieder auf. Sanchez hatte sein Jackett an und ein Seidentuch im offenen Hemd. Er putzte sich gern heraus, aber das war bei der Hitze schon auffällig. Zusammen mit Toni eilte er nach hinten, Toni hob die Plane an, und sie verschwanden dahinter. Auf dem rückwärtigen Flur gab es nur noch die Putzkammer, eine Toilette und den improvisierten Konferenzraum.

»Was geht denn da vor?«, fragte Pia.

Bonet zog seine Hand vorsichtig zurück, blieb aber noch neben ihrem Tisch stehen. »Untersuchungsrichter Calvet und die Familie. Reimanns

Halbbruder Paul und die erste Ehefrau, Gudrun, soviel ich weiß. Die zweite soll auch kommen. Birgit.«

»Josep, bitte, klär mich auf. Ich verstehe das nicht. Die Angehörigen des Mordopfers sind hier, und Untersuchungsrichter Calvet und der *comandante*, El Jefe Sanchez-García nehmen sie sich persönlich vor? Nicht mit dir, dem *capitán* oder mir oder allen zusammen, nein, nur mit dem kleinen *inspectór* Toni Botía?« Pia sah zur Kaffeemaschine. Silvi fummelte dort hektisch herum und eilte dann mit Kaffee und Keksen aus der Artiach-Luxusdose nach hinten, Richtung Konferenzraum. »Bitte, sag mir, dass das alles eine Fata Morgana ist.«

»Was meinst du jetzt genau?« Bonet wich verlegen zurück.

»Ach bitte, Josep«, Pia rollte ihren Stuhl zurück und kippte ihn nach hinten. »Versuch nicht, mich für blöd zu verkaufen. Was läuft da ab? Der Big Boss hat eindeutig uns die Ermittlungen übertragen. Dir, Toni und mir. Als *equipo especial*. Ohne ihn. Und jetzt sitzt er da drin mit der Familie von Reimann, und ich werde nicht einmal *informiert*!«

»Pia, meine Liebe, ich will dir nichts vorenthalten, aber ...«, Bonet machte einen Schritt nach vorn, wich sofort wieder zurück. »Ach, *mierda*. Du hast Recht, da läuft was. Aber ich kann dir nicht helfen. Ehrlich gesagt, ich muss mich raushalten.

Ich versuche, meine eigene Haut zu retten. Und ich bin ein bisschen älter als du.«

»Hab ich das jetzt richtig zwischen den Zeilen gelesen? Du meinst, es gibt eine Order von ganz oben?«

»Ich kann dir auch nicht mehr sagen.« Bonet war verlegen, er wandte sich ab.

»International? Geld? Politik? Wovor haben sie Angst? Ich will doch nur meinen Job richtig machen, ich will ein Verbrechen aufklären!« Pia sah nur noch Bonets davonschluffenden Rücken, die Schultern mehr als sonst hochgezogen.

Sie hatte verstanden. Sie war außen vor. Selbst Bonet war auf der anderen Seite. Sie griff mechanisch nach dem Telefon, als es läutete. »Brigada Criminal, Pia Cortes?«

»Glaub nicht, dass du mich mit so einem blöden Trick abspeisen kannst, Pilar. Ich bin immer noch deine Mutter.«

»Ja, natürlich ...«

»Und ich lasse es nicht zu, dass du dich da als meine einzige Tochter bei Mord und Totschlag im Sumpf von Barcelona vergräbst.«

»Mutter, könntest du bitte warten, bis ich ...«

»Ich lasse es nicht zu, verstehst du. Ich mag alt und gebrechlich sein, aber ich habe immer noch genügend Geld und Einfluss.«

»Mein Gott, Mutter, du bist gerade mal vierundfünfzig, spiel hier nicht die Greisin!«

»Und dieses Geld und allen Einfluss werde ich einsetzen, um mein liebstes Kind aus dieser Hölle herauszuholen und in den Schoß der Familie zurückzuführen.«

»Mutter, ich sag's wirklich ungern, aber du kannst mich mal!« Pia knallte den Hörer auf und sprang hoch. Ihr Adrenalin kochte. Sie griff sofort wieder nach dem Hörer, um zu verhindern, dass ihre Mutter wieder anrief. Wählte.

Das Krankenhaus. Am Empfang diesmal eine Schwester Paulina. Pia wies sich aus und gab ihre Büronummer für einen Rückruf an. Aber Paulina hatte viel weniger Probleme mit der Schweigepflicht als Dolores. Nein, es gab nichts Neues von Barbara Dyckhoff. Es sah aber nicht gut aus.

Kaum hatte Pia aufgelegt, da läutete das Telefon schon wieder. Sie ließ es läuten. Stand auf und ging nach hinten, unter der Plane hindurch und durch die Tür.

Es war falsch. Pia wusste, dass sie in diesem Moment alles aufs Spiel setzte. Aber sie konnte nicht anders. Sie riss die Tür zum Konferenzraum auf, ohne auch nur eine Sekunde zu zögern.

Sie schreckten hoch.

Sie saßen rund um den ovalen Tisch und hatten Blöcke, Stifte, Wasser, Kaffee und Kekse vor sich. Wie das Brainstorming für die Werbekampagne einer neuen Zahnpasta. Außer Calvet und Sanchez noch ein Mann und zwei Frauen. Die zweite war also doch noch eingetroffen. Keine Dolmetscherin. Für ein kleines informelles Treffen genügte Englisch.

»Wir möchten jetzt nicht gestört werden«, Sanchez sprang auf.

Pia ging auf ihn zu. Lächelte in die Runde. »Tut mir Leid. Mein Name ist Pia Cortes. Ich leite die Ermittlungen im Fall Robert Reimann.« Die Frauen lächelten zurück, der Mann sah prüfend zu Sanchez. Pia konzentrierte ihr Lächeln auf ihn. Er war erst sechsundvierzig, aber er wirkte viel älter. Untersetzt, fast kahl und dem Klima zum Trotz im englischen Nadelstreifen-Dreiteiler. Hellblaue Augen, kristallscharf hinter einer drahtdünnen Titaniumbrille. »Sie sind Paul Reimann-Lettow. Der Bruder von Robert Reimann! Halbbruder, wenn ich meine Hausaufgaben richtig gemacht habe.« Sie lachte charmant auf und übertönte Sanchez' dritten Versuch, sie zu stoppen.

Sanchez setzte sich, lächelte krampfhaft in die Runde und überlegte eine neue Strategie. Pia wandte sich an die Frauen. Beide waren sehr schön, sehr blond, sehr schlank, sehr gepflegt und elegant, und sie bewegten sich selbstsicher wie eben Leute mit reichlich Geld in der Hinterhand. Pias Mutter hätte sie sofort akzeptiert. Pia fand sie widerlich. Alle beide.

Gudrun, die erste Gattin. Zweiundfünfzig, auf Kleidergröße achtunddreißig geschrumpelt, mehrmals geliftet und tiefgrün leuchtend vor Frust und Langeweile. Sie trug schwarz, allerdings ein hauchdünnes, ärmelloses Designerschwarz. Die zweite und akute Witwe, Birgit, noch keine dreißig, prall strotzend vor fordernder Sinnlichkeit und in einem feuerroten Minikleidchen aus Seidentrikot. Lange honigbraune Beine und ein herzförmiges Gesicht mit einem strahlenden Lächeln.

Pia gab ihr als Erster die Hand. »Birgit Reimann? Es tut mir sehr Leid, dass Sie Ihren Mann auf so grausame Weise verloren haben.« Das Strahlen fiel in sich zusammen, Pia wandte sich an das schwarze Kleid. »Gudrun Reimann? Ich nehme an, Sie kannten Robert Reimann am besten. Ich würde mich gern ausführlicher mit Ihnen unterhalten.«

»Ja, natürlich, jederzeit ...« Gudruns Antwort kam fast eifrig.

»Das kommt überhaupt nicht in Frage«, schoss Halbbruder Paul dazwischen. »Ich denke, der Fall ist aufgeklärt und abgeschlossen. Die Mörderin ist überführt und verhaftet.«

»Ja, natürlich«, Calvet sah fragend zu Sanchez, Sanchez sprang hastig wieder auf. Lächelte breit wie der Außenminister beim Nahostgipfel, bevor er versuchte, beiden Seiten gleichermaßen schönzutun.

»Danke, Pia. Sie haben großartige Arbeit geleistet. Sie und Ihre Kollegen. Nur dank Ihnen konnten wir den Fall so schnell aufklären.«

»Noch ist er aber nicht aufgeklärt. Barbara

Dyckhoff ist sediert, das heißt, nicht ansprechbar. Und ihre letzte Aussage war, dass sie unschuldig ist, dass im Gegenteil Reimann versucht hat, sie zu töten. Und irgendjemand muss schließlich auch für den Tod des Unbekannten im verbrannten Ferrari verantwortlich sein.«

»Es ist gut, Pia«, Sanchez' Lächeln verkümmerte. »Der Fall ist gelöst, die Akte geschlossen. Ich erwarte Ihren endgültigen Bericht, und dann wenden Sie sich wieder den anderen Fällen zu. Habe ich mich deutlich genug ausgedrückt?«

Calvet und Paul Reimann-Lettow sahen sich kurz an, Nicken. Toni grinste unverhüllt. Birgit atmete erleichtert auf, strahlte wieder, Gudrun verstand nicht ganz, war immer noch auf Pia fixiert. »Rufen Sie mich an. Ich bin noch die nächsten Tage im Claris.«

Pia lächelte und stand auf. »Danke. Entschuldigen Sie die Störung. Ich gehe, hier ist eine schnelle Lösung gefragt. Nicht die Wahrheit. Wir werden uns also vermutlich in diesem Rahmen nicht mehr begegnen. Schönen Tag noch!«

Im Hinausgehen hörte sie eine scharfe Bemerkung von Calvet zu Sanchez. »Und das lassen Sie sich bieten?!« Darauf folgte Sanchez' herzliches Lachen für feucht-fröhliche Männerabende.

Pia war wieder auf dem düsteren Flur, zog die Tür zum Büro auf und schob sich durch die Plastikplanen zu ihrer provisorischen Arbeitsecke zurück.

Das hier war ihr Leben. Seit sie denken konnte, wollte sie immer nur eins werden. Polizist. Wie ihr Vater. Helfen, aufklären, die Wahrheit finden. Der Traum von der Gerechtigkeit. Es war ein langer, mühsamer Weg bis hierher gewesen.

Und hier war Schluss.

Pia sah die kümmerlichen Notizen auf ihrem Tisch durch und schaltete ihren Computer an. Sie kannte den Laden hier, und sie kannte sich. Es blieben ihr nur genau zwei Möglichkeiten: Klein beizugeben, sich zu entschuldigen und nach einem Beförderungsstau von zwei Jahren wieder da anzukommen, wo sie jetzt war. Oder ihren Prinzipien treu zu bleiben und vom Mobbing über Anschiss bis zum Disziplinarverfahren alle Möglichkeiten des Apparates zur Unterdrückung ungeliebter Wahrheiten und Personen zu durchleiden, ohne jemals aufzusteigen.

Sie konnte nur verlieren.

Pia hätte gern geweint, geheult, geschrien, aber so viel Selbstbeherrschung hatte ihr Pilar, ihre Mutter, immerhin eingebläut. Keine Gefühle zeigen. Niemals.

Sie versuchte ins Internet zu kommen. Versuchte es erneut. Wieder nichts. Das konnte passieren, das System war überlastet. Sie tippte auf Wiederwahl. Und bekam den Kasten mit der Fehlermeldung. Keine Verbindung zum Server möglich. Kennwort geändert.

Pia hatte es erwartet und doch nicht damit gerechnet. Nicht so schnell. Nicht so offen. Sie schaltete den Computer aus und begann, ihre Sachen zusammenzupacken.

24

Ein Stoppelacker im hellen Mondlicht. Zeit spielte keine Rolle mehr. Sie hatten fast zwei Monate gebraucht, um heimlich den Graben unter der Mauer hindurchzuwühlen. Barbara knickte zweimal ein, aber Dany war bei ihr und riss sie wieder hoch. Als die Sirenen aufschrillten, hatten sie den Mais erreicht. Hohe Stauden voll raschelnder Blätter. Kilometerweit. Sie krochen auf Ellbogen durch die Furchen, ohne die Pflanzen zu berühren.

Zuerst hörten sie die scharfen Kommandos, und dann kamen die Hunde. Dany hatte die Idee mit den Zwiebeln gehabt. Sie hatten ihre Schuhsohlen mit Zwiebelsaft eingerieben, aber die Hunde fanden sie trotzdem. Sie packten Dany am Bein. Dany schrie, dann rissen ihn die Wachen hoch. Sie rannte jetzt aufrecht weiter. Danys Schreie. Knappe Befehle. Das Hecheln direkt hinter ihr. Sie schaute zurück und stürzte. Die spitzen Fangzähne in ihrem Arm.

Barbara wachte auf. Der Schmerz in ihrem Arm blieb. Sie war nicht allein. Ein schwacher Geruch von Schweiß, Rasierwasser, Zigarettenrauch und

Knoblauch. Rascheln. Leises Quietschen von Gummisohlen auf PVC-Boden.

Sie bewegte sich nicht. Versuchte, sich zu orientieren. Krankenhaus. Nacht. Die wievielte? Seit wann war sie hier? Tage? Wochen? Panik.

Die Gestalt über ihrem Bett trug Krankenhausgrün und verschmolz mit der Dunkelheit. Nur die Spritze in ihrem Arm blitzte im Licht von der Tür. Barbara drehte den Arm weg, die Infusionskanüle sprang heraus, Blut spritzte über das Laken.

Sie schrie.

Die grüne Gestalt duckte sich und huschte aus der Tür. Barbara schrie.

Pickelbulle und Rastaschwester stürmten gleichzeitig herein. Licht flammte auf.

»Was hast du denn angestellt?« Milder Vorwurf. Schwester Rasta trug Weiß.

»Ich, es tut mir Leid ... Ich war nur ganz kurz austreten ...« Der Polizist trug seine blaue Uniform.

»Schon gut«, Schwester Rasta begann, den Arm zu reinigen und die Infusion zu erneuern. »Es ist nichts weiter passiert, sie hat nur schlecht geträumt. Gehen Sie, gehen Sie jetzt!«

»Eh«, Barbaras Stimme war nicht viel mehr als ein Husten. Der Polizist blieb stehen. »Wie lange machen Sie jetzt schon Dienst? Sie müssen ja total übermüdet sein. Werden Sie nie abgelöst?« Tiefe Röte stieg von seinem Hals hoch, die Pickel leuchteten wie Himbeeren im Kuchenteig.

»In zwei Stunden. Aber keine Angst, ich pass schon gut auf sie auf.«

Barbara versuchte ein Lächeln und sah ihm nach. Er meinte es ernst. Er passte auf, aber der Grünkittel war trotzdem reingekommen. Ein Mann. Groß, breitschultrig. Und er hatte wie ein Mann gerochen. Die Schwester wischte ihr die Stirn feucht ab und gab ihr eine Tablette.

»Nimm die, dann kannst du wieder einschlafen.

Barbara drehte den Kopf weg. »Nein. Nicht nötig. Wie heißt du?«

»Yolanda. Bist du sicher, dass du keine Beruhigungspille willst?«

»Ganz sicher. Sag mal, hast du eben einen Arzt im grünen Kittel gesehen?«

»Nein, bei uns hier oben ist im Moment kein Arzt, die sind alle unten in der Notaufnahme. Oder im Bereitschaftszimmer wie Dr. Mendoza. Du musst dir keine Sorgen machen, sagt er. Du bist über den Berg. Du schaffst es. Du hast eine gute Heilhaut. Wenn wir es ohne Infektion schaffen, können wir auch bald mit einer moderaten Bewegungstherapie beginnen. Vielleicht wirst du ein paar Narben behalten, aber ...«, sie sah hastig zur offenen Tür und senkte die Stimme, »... aber du wirst mit deinen Händen wieder alles machen können!« Ein kleines Lächeln, und sie ging hinaus.

Dunkelheit.

Die Geräusche der Nacht. In einem anderen Zimmer stöhnte eine Frau, weit weg und durch dicke Thermopanefenster gedämpft wummerte Musik.

Barbara versuchte, wach zu bleiben.

Die Hände. So weich und geschmeidig wie vor dem Feuer würden sie nie wieder werden. Barbara wusste, was Brandnarben aus Haut, Muskeln und Sehnen machten.

Annamirl war auch in dem Heim, aus dem sie mit Dany geflohen war. Sie hatte eine schöne Stimme und konnte meisterhaft Gitarre spielen. Und sie wollte immer nur eins, spielen. Stattdessen wurde sie dauernd zum Küchendienst eingestellt. Die Köchin hieß Kathi und war ein schlichtes Gemüt aus Niederbayern. Annamirl sollte immer singen, während sie die täglichen dreißig oder vierzig Kilo Kartoffeln schälte. »Wenn du nicht schön singst, dann nehm ich dir die Gitarre weg.« Eines Tages wollte Annamirl nicht singen, und Kathi machte ernst. Es gab ein Gerangel, und der riesige Aluminiumtopf mit kochendem Wasser kippte auf Annamirls Hände. Sie konnte nie wieder Gitarre spielen. Aber sie sang auch nie wieder.

Barbara konnte die Augen nicht mehr offen halten. Müdigkeit schwappte über sie hinweg. Sie schlug ihren Arm gegen den Bettrahmen, der Schmerz weckte sie. Dany hatte sie damals verraten und ihr die ganze Schuld zugeschoben. Sie hatten natürlich ihm geglaubt. Die Spritze war nicht mehr da. Pickel oder Rasta hätten ihr auch nie geglaubt.

Keiner glaubte ihr. Sie war allein. Aber das war sie, seit sie denken konnte.

Jemand hatte eben versucht, sie zu töten. Aber sie wollte nicht mehr sterben. Jetzt nicht mehr. Sie wollte leben. Mit Händen oder ohne. Leben. Sie würde … es nicht zulassen … sie …

25

Glenn Gould spielte seine Goldberg Variationen in voller Lautstärke. Honigkerzen rund um die Wanne und ein Ballantines on the rocks. Üppige Schaumberge und der herbsüße Duft von Limonen und Pfirsichen.

Janet ließ heißes Wasser nachlaufen. Das Badezimmer war der einzige Raum in ihrer Wohnung, den sie bewusst mit Leidenschaft und viel Geld eingerichtet hatte. Übergroße Badewanne, Ruheliege, UV-Strahler, alte blau-rot-weiße Kacheln aus Andalusien. Stapel flauschiger Handtücher im Rattanregal und am Trockner. Und ein mannshoher Spiegel im goldenen Barockrahmen.

Sie klemmte sich den größten Schwamm in den Nacken und lehnte sich zurück. Dirigierte Bach. So heiß konnte es draußen gar nicht sein, dass Janet in ihrem Luxusbad nicht die absolute Entspannung fand. Das Telefon läutete zum dritten Mal, aber das interessierte sie im Moment nicht. Sie nahm einen Schluck von dem flüssigen Bernstein.

Der Brand und der Mord an Robert Reimann füllten immer noch Schlagzeilen und Fernsehnachrichten, aber der Wirbel ließ deutlich nach. Janet hatte noch nicht eine Zeile verkauft. Zuerst waren alle ganz scharf auf einen Bericht gewesen, aber als sie ihren Artikel anbot, hatte sie ihn von allen Seiten sofort zurück bekommen. Niemand wollte Hintergründe oder Zweifel. Sie wollten die Story vom reichen Playboy und seiner schönen Mörderin. Und Barbara Dyckhoff entsprach leider noch immer nicht dieser Rolle. Sie lag da in ihrem Krankenhausbett, vorverurteilt, verletzt und armselig, und völlig unergiebig für eine Sex & Crime-Story. Janet war ganz zufrieden mit der Entwicklung. Für sie bedeutete das eine Herausforderung. Wenn alle Hunde hinter dem Fuchs her sind, achtet keiner auf den Hasen.

Der Drink und die CD waren zu Ende. Sie stieg aus der Wanne, trocknete sich ab, ölte sich ein, bürstete ihr Haar und zog einen Morgenmantel aus silberblauem Seidenvelours an. Dann löschte sie die Kerzen, ließ das Wasser ab und ging barfuß in ihr Arbeitszimmer. Dieser Raum war nüchtern und schmucklos bis auf den Arbeitstisch mit Computer, Drucker, Copymaus und Scanner, dem Telefon mit Anrufbeantworter und Fax, einem Bücherregal mit der vor Jahrzehnten second hand erworbenen Encyclopædia Britannica von 1964, einer gewaltigen, von Eric ausgemusterten Stereoanlage, einem fadenscheinigen Kelim auf dem Boden und einem Marxposter an der Wand.

Janet knipste den Filter von einer Zigarette ab und steckte sie an. Schlimm genug, dass es die alten und wahren Celtas nicht mehr gab. Sie inhalierte, hustete und drückte die Wiedergabetaste des Anrufbeantworters. Im ersten Augenblick erkannte sie die Stimme nicht.

Eine Frau. Etwas heiser, hastig. »Hallo, Janet? Du hast doch einen Computer mit Internetanschluss? Kann ich mal vorbeikommen? Es ist wichtig. Bitte ruf mich privat an. Ich bin's, Pia.«

Der zweite Anrufer hingegen war eindeutig.

»Janet Howard? Hier spricht Dagmar Warwitz. Ich wollte fragen ... Ich meine, könnten wir uns mal treffen? Ich habe auch versucht, Pia zu erreichen. Äh ... danke.«

Dann ein Mann. »*Hola*, hier ist Josep. Du erinnerst dich doch hoffentlich. Unsere erste Begegnung. San Juan über den Dächern der Stadt, Feuerwerk und lauwarmer Weißwein. Ich würde dich gern wiedersehen, ein drittes Mal. Bei eiskaltem Cava und ein paar katalanischen Spezialitäten? *Gambas fritas*? *Chipirones al Jerez*? *Higadillo con* ...«, tröt, tröt, tröt. Seine appetitanregende Liste wurde abrupt unterbrochen. Ende der Durchsage. Bonet. Dieser hagere Schlurfi. Immerhin ganz witzig, wie er ihre zweite Begegnung am Tatort überging. Im Prinzip zu alt, aber vielleicht anderweitig brauchbar. Janet wäre nie auf die Idee gekommen, dass Bonets Anruf einen anderen Grund als die Bitte um ein Wiedersehen haben könnte.

Gut gelaunt ging sie in die Küche, füllte ihren Drink auf und setzte sich wieder ans Telefon.

An diese Nacht in der Dachwohnung mit Pia, dieser knubbelig durchtrainierten Polizistin, und Dagmar, der rundlich biederen Deutschen, hatte sie kaum noch Erinnerungen. Champagner, Wein und Whisky. Danach war sie drei Tage lang krank gewesen. Wie lange war das jetzt her? Ewigkeiten. Sie suchte Pias Nummer heraus und wählte. Pia war sofort dran.

»*Si?*«

»Pia? Ich bin's, Janet.«

»Gut, das ging schnell. Könnte ich mal bei dir am Computer ein paar Nachforschungen durchführen? Ich will das nicht in so einem öffentlichen Internet-Café tun.«

»Habt ihr so was nicht in eurer *Prefectura Superior*?«

»Doch, aber mich gibt's da nicht mehr. Also, was ist?«

»Falls du dich über Robert Reimann informieren willst, das habe ich schon getan. Ich habe alles hier.«

»Hast du schon etwas veröffentlicht?«

»Noch nicht.«

»Respekt!« Pia schwieg.

Janet hatte eine Idee. »Hast du Kontakt zu Dagmar? Du weißt schon, die deutsche Anwältin.«

»Ich hatte eine Nachricht von ihr auf Band und

habe zurückgerufen. Ist nicht da. Hast du ihre Handynummer?«

»Ja. Ich schlage vor, dass wir drei uns noch mal zusammensetzen. Ernsthaft.«

»Genau meine Meinung. Wann, wo?«

»Morgen«, Janet sah auf die Uhr. »Nein, heute. Es ist schon halb zwei. Zum Frühstück auf deiner Terrasse? Ich rufe Dagmar an und bringe alle Ausdrucke mit.«

»Wieso nicht bei dir. Du hast den Computer.

»Von mir aus auch bei mir. Aber ich habe das Internet wirklich bis in die hintersten Winkel durchforscht. Inklusive Bibliotheken und Pressearchive. Und du würdest meinen Kaffee nicht mögen ...« Janet lachte, Pia stimmte ein.

»Du bist nur zu faul, den Kaffee zu kochen. Also bei mir. Wann?«

»Zwölf, eins denke ich mal. Ich muss Dagmar ja erst erreichen, und ich weiß nicht, wann sie Mittagspause hat. Ich melde mich noch.«

»Ich bin da.«

»*Hasta luego*«, Janet legte auf.

Pia hatte sie angerufen. Sie war erstaunlich offen gewesen. Sie kam nicht mehr an ihren Polizei-Computer. Sie hatte nichts von einem Absturz oder Stromsperre gesagt. Und sie hockte zu Hause. Sie war in ihrem Job ausgeschaltet worden.

Janet wählte die Handynummer von Dagmar. Es meldete sich die Mailbox. »Dagmar? Hier ist Janet

Howard. Es ist Dienstagnacht, zwei Uhr. Ich habe eben mit Pia gesprochen. Es gibt neue Erkenntnisse. Wir drei müssen uns treffen. Dringend. Vorläufiger Termin heute, Mittwochmittag bei Pia. Ruf mich oder sie an.«

Janet füllte ihren Drink neu auf und ließ Ashkenazy das Klavierkonzert Nr. 3 von Rachmaninov spielen. Allegro ma non troppo. Sie ordnete die Computerausdrucke und kopierte sie. Als es läutete, war sie überzeugt, dass es nur Bonet sein konnte.

Es war Eric. Er stürmte an ihr vorbei, nahm sie erst im zweiten Rückblick wahr. Grinste. »Sorry, nur dein Sohn.«

»Ja, wirklich sorry. Du siehst verdammt noch mal viel besser aus als alles, was ich je um die Uhrzeit noch erwarten könnte.«

»Du aber auch. Und du riechst wie eine Pfirsichsangria.«

Eric wollte sie küssen, sie umarmte ihn kurz. Diese plötzlichen Zärtlichkeitsanfälle irritierten sie. »Danke, sehr schmeichelhaft. Einen Drink?«

»Ja, von mir aus, aber mir geht es um meine beiden Freunde. Du erinnerst dich?«

»Ja sicher, ich bin ja nicht senil. Saïd und Mustaf. Ich habe die Anwältin erreicht. Dagmar Warwitz, sie ist absolut top, sie arbeitet mit Jaime Bartolo Fusté zusammen. Sagt dir der Name etwas? Das ist einer der größten Strafverteidiger der Stadt. Und sie übernimmt den Fall.«

»Ehrlich?« Eric sah sie mit einem Blick so tiefer Liebe und Bewunderung an, wie sie ihn nicht mehr erlebt hatte, seit er acht war.

»Ja, ganz ehrlich!« Janet sah sein schönes Gesicht, sah das zaghafte Lächeln, sah die Erleichterung, die Dankbarkeit und die Liebe. Sie machte einen kleinen Schritt auf ihn zu, noch einen. Umarmte ihn etwas ungeschickt und drückte ihn an sich.

26

Das fein geschnittene Gesicht war so bleich wie die vergilbten Kissen. Braune Altersflecken auf der runzligen Haut. Die blau geäderten Lider zuckten, die eingefallenen Lippen mümmelten leer. Sie schlief. Endlich.

Dagmar streckte ihren krummen Rücken auf dem unbequemen Schaukelstuhl, aber das laute Knarzen ließ sie sofort wieder innehalten. Sie sah auf die Uhr. Fünf nach halb sieben. Selbst, wenn dieser Neffe, Emilio Negre, nicht sofort losgefahren war. Allmählich musste er da sein. Von Girona hierher konnte er doch um die Tageszeit nicht viel mehr als eine Stunde brauchen. Und sie hatte ihn kurz vor fünf angerufen.

Sie stand vorsichtig auf und reckte sich. Sie mochte die Señora. Und sie hatte ein schlechtes Gewissen. Sie hatte sich in der letzten Zeit kaum um sie gekümmert, und als sie heute am späten Abend heimgekommen war, hing da immer noch derselbe gelbe Zettel wie am Morgen. Wie schon seit Tagen. An genau derselben Stelle. Und sie war nicht mal sofort in die Nachbarwohnung gegangen. Zuerst hatte sie ihre Einkäufe in die Küche gebracht und den Anrufbeantworter nach einer Meldung von Manel abgehört. Erst dann war sie hinübergegangen.

Die alte Dame lag auf dem Boden neben ihrem Bett, das heruntergerissene Telefon an sich gekrampft. Sie hatte sich beschmutzt, aber sie war bei Bewusstsein und ansprechbar. Sie weinte, als Dagmar sich über sie beugte. »Bitte … nicht die Ambulanz … Portell … aber erst … sauber machen … bitte!«

Dagmar fand die Telefonnummer von Dr. Portell in einem kleinen roten Büchlein. Seine Stimme klang alt und zittrig, aber er war zu Hause und versprach, sofort zu kommen. Dagmar wusch die alte Dame, zog sie frisch an und wechselte die Bettwäsche. Dann hob sie sie hoch und legte sie ins Bett. Sie wog kaum mehr als ein zwölfjähriges Kind. Dünne Greisenarme hielten sich an Dagmars Nacken fest. »Danke!«

Der Arzt war kaum jünger als seine Patientin. Aber er kannte sie, und er nahm sich Zeit für die Untersuchung. Dagmar packte die schmutzige Wäsche in die vorsintflutliche Waschmaschine im Badezimmer und erschrak, als die sich mit Donnern, Grollen und Rumpeln an die Arbeit machte.

Dann ging sie in die Küche. Alles war sauber und abgewaschen. Sie setzte Wasser für Kaffee auf, holte zwei Tassen aus dem Schrank und schnitt den Rest des flachen San-Juan-Kuchens auf, den sie eine Woche zuvor für die Señora besorgt hatte. Er war staubtrocken und hart wie Zwieback.

»Oh, das ist ja wunderbar«, der alte Arzt ließ seine abgeschabte Tasche zuschnappen und setzte sich an den Küchentisch.

»Es ist ernst, oder?« Dagmar brühte den Kaffee auf und füllte die Tassen. Portell nahm viel Zucker. Er bemerkte ihren Blick und grinste. »Ja, sehr ungesund. Fehlt aber noch der *coñac* für einen richtigen *carajillo*.« Er nickte vielsagend zu einem der Küchenschränke, und Dagmar fand dort tatsächlich eine fast volle Flasche Magno. Sie gab einen guten Schuss in beide Tassen, der alte Arzt lachte. »Das sieht schon besser aus.« Er nahm einen langen Schluck und goss sich selbst nach. »Eine *TIA, Transient ischaemic attack*.«

»Ein Schlaganfall!« Dagmars schlimmste Befürchtungen bewahrheiteten sich. Sie hatte zu viel Zeit verloren.

»Noch nicht.« Portell nahm sich ein Stück Kuchen, hatte aber Probleme mit dem harten Hefeteig und tunkte das Stück in seinen Carajillo. »TIA ist eine Art Blockade einer inneren Kopfschlagader. Ist schon so eine Art schlaganfallähnlicher Attacke. Und auf alle Fälle ein Warnschuss.«

»Aber dann ...«

»Nein, nein, Sie haben sich völlig richtig verhalten. Die Señora jetzt und womöglich mit Tatütatü ins Krankenhaus zu bringen, würde sie derart aufregen, dass ein richtiger Schlaganfall vorprogrammiert wäre. Sie schläft jetzt erst mal, hier sind Tropfen, geben Sie ihr die alle vier Stunden. Und die hier alle zwei. In vierundzwanzig Stunden sollte sie wieder fit sein. Dann können wir mit ihr reden.« Er lutschte sein Kuchenstück auf. »Es bricht mir das Herz, aber sie kann hier nicht mehr allein weiterleben. Sie …«

»Ich bin nur die Nachbarin«, sagte Dagmar hastig und schämte sich sofort. »Ich meine, ich mag sie sehr, und ich helfe ihr auch gern, aber ich … Sie kennen sie doch schon viel länger … Hat sie denn keine Verwandten?«

»Sie war nie verheiratet. Und ihre Geschwister sind alle tot. Aber doch. Da gibt es einen Neffen. Emiliano, nein, Emilio. Der Sohn ihres jüngsten Bruders. Müsste aber jetzt auch schon Mitte oder Ende dreißig sein. Ich glaube nicht, dass sie sich sehr nahe standen, aber versuchen Sie doch, ihn zu erreichen.« Portell stand auf. »Und danke für den Kaffee.« Er schnappte seine Tasche und eilte erstaunlich gelenkig hinaus in den Flur und durch die Tür, bevor sie ihn noch mehr fragen konnte.

Dagmar las die Beipackzettel der beiden Medikamente, die Portell ihr zurückgelassen hatte. Das eine alle zwei Stunden, das andere alle vier. Das hier? Oder dieses? Oh Gott! Sie schaute auf die Uhr.

Sah nach der Señora. Sie stöhnte leise, aber sie schlief.

Dagmar machte sich daran, das rote Büchlein durchzublättern. Sie fand Emilio, aber die Adresse war so heftig ausgestrichen, dass an der Stelle das Papier eingerissen war. Dann begann sie den Sekretär zu durchsuchen. Es war ihr peinlich. Tut mir Leid. Aber ich muss Ihren Neffen finden. Emilio Negre. Sie sah wieder auf die Uhr und stellte sich den Eierwecker. Sie fand Bankauszüge, aus denen hervorging, dass jeden Monat zweihunderttausend Peseten oder zwölfhundertzwei Euro auf ein Konto bei der Caixa zu Gunsten eines Emilio Negre überwiesen wurden. Es gab keine Adresse und nur eine zwei Jahre alte Postkarte aus Venezuela.

Die Eieruhr läutete. Dagmar lief mit einem Löffel und dem ersten Medikament ins Schlafzimmer. Es war einfacher, als sie befürchtet hatte. Sie zählte die Tropfen in den Löffel, schob der Señora einen Arm unter die Schulter und hob sie leicht an. Der Mund öffnete sich und übernahm die Tropfen widerstandslos.

Dagmar suchte das Telefonbuch von Barcelona durch und fragte die Auskunft. Sie bekam neunzehn Emilio Negres in Barcelona und Umgebung. Um halb fünf hatte sie endlich den Richtigen.

Die Türklingel schrillte, und Dagmar rannte zur Tür, damit er nicht noch einmal läuten musste. »Señor Negre?«

Er nickte und kam zögernd herein. »Ist sie … ich meine …«, hilflos brach er ab. Er hatte nicht viel Ähnlichkeit mit seiner Tante. Groß und schwer, das helle Haar über einem unfertig runden Kindergesicht schon hoch gelichtet. Auch seine Kleidung, Klettsandalen, ausgebeulte Jeans und ein rotblaues Ringelhemd, hätte ein kleiner Junge ebenso tragen können. Er umklammerte eine nur schlapp gefüllte Sporttasche.

»Sie schläft jetzt«, Dagmar brachte ihn in die Küche, goss ihm Kaffee ein und zeigte ihm die Medikamente und die Eieruhr. »Dr. Portell kommt gegen elf noch mal vorbei. Dann können Sie mit ihm alles weitere besprechen.« Sie ging zur Tür. Er sprang auf und schnitt ihr den Weg ab.

»Bitte! Sie können jetzt nicht gehen!«

»Emilio«, sie schob sich mit einem beruhigenden Lächeln an ihm vorbei, »Sie sind Ihr Neffe. Ich bin nur die Nachbarin, und ich war die ganze Nacht hier. Ich brauche etwas Schlaf. Wenn wirklich etwas sein sollte, bin ich ja gleich nebenan.« Sie öffnete die Tür. »Und denken Sie an die Medikamente!«

Das hilflos runde Kindergesicht verfolgte sie noch bis in ihre eigene Wohnung, aber sobald sie den Anrufbeantworter blinken sah, war es vergessen. Zwei Anrufe, und gleich der erste war von Manel.

»Manel hier. Adresse gefunden. Sehr groß, sehr teuer, sehr exklusiv. Extrem gut gesichert. Hohe

Mauern um Haus und Grundstück. Wachpersonal. Noch keine Fotos möglich. Pförtner, Gärtner, Haushälterin und Nurse. Objekte besuchen internationale Schule. Bisher nie allein. Aber bei bester Gesundheit und Laune. Ich melde mich wieder.«

Dagmar war so glücklich, so erleichtert, so außer sich vor Freude, dass sie den zweiten Anruf gar nicht mitbekam. Sie lebten. Sarah und Achim lebten, sie waren gesund, und es ging ihnen gut. Sie waren in Spanien. Sie wurden umsorgt, sie besuchten die Schule, bald würde sie Fotos bekommen. Sie hätte vor Glück weinen können. Sie drückte noch mal auf Wiedergabe. »Bei bester Gesundheit und Laune …«

Der Anruf danach kam von Pia. »Pia hier. Du wolltest mich sprechen? Ruf mich bitte nicht im Büro an. Ich bin in meiner Wohnung.«

Dagmar wollte sie gerade zurückrufen, da meldete sich ihr Handy. Quäk-quäk-dideldü. Sie sah in ihrer Tasche nach, merkte, dass sie es wieder mal vergessen hatte und ging suchend dem Quäk-dideldü nach. Sie fand es im großen Zimmer an einer der wenigen freien Steckdosen beim Aufladen. Sie riss es an sich. Die Computerstimme von MoviStar gab ihren Kontostand durch. Sie musste dringend die Karte neu aufladen. Auf der Mailbox war eine Nachricht von Janet. Treffen heute, Mittwochmittag bei Pia. Dringend. Mittag. Das war schon in vier Stunden.

Dagmar duschte ausgiebig und wusch sich die Haare. Sie sang sogar dabei. Keine Müdigkeit mehr, Adrenalin pur. Über ein weißes Top zog sie einen weit geschnittenen Hosenanzug aus rotem Leinen an. Sie hatte ihn vor Monaten reduziert gekauft und nur einmal angehabt. Fustés Bemerkung – *haben wir jetzt auch schon rote Müllsäcke?* – hatte ihn ihr sofort verleidet.

Heute war ein neuer Tag. Der Anzug war schön, praktisch und saubequem. Dazu weiße *alpargatos* statt unbezahlbarer roter Sandalen.

Janet anrufen. Schlüssel. Handy mitnehmen. Gas ausschalten. Unterlagen. Tasche. Besuchserlaubnis ... Dagmar lief noch dreimal zurück in die Wohnung.

An der Tür der Señora hing immer noch der gelbe Zettel. Dagmars gute Stimmung sackte auf Null. Dableiben. Läuten. Den Neffen fragen, ob sie helfen könnte. Verhindern, was er vorhatte. Die alte Dame in ein Heim abzuschieben. Eingreifen.

Dagmar blieb nicht stehen.

Sie musste ein Taxi nehmen. Diesmal wurde es teuer. Als sie beim Gefängnis ankam, war es genau neun Uhr.

27

Ein gelbes Rechteck. Der Schrei einer Möwe. Langsam färbte sich das Gelb zu Blau. Die Möwe stieg hoch, und das Bild blieb auf ihrer Netzhaut haften. Das blaue Rechteck mit der nach oben fliegenden Möwe.

Barbaras Zimmer ging auf einen Hinterhof. Die Mauern des Seitenflügels begrenzten ihren Blick auf den Himmel. In der Ecke wand sich ein Abzugsrohr aus Metallgliedern hoch. Wenn die Sonne aufging, blinkte es wie matt poliertes Silber. Anscheinend gab es da unten Mülltonnen, für die sich die Möwen interessierten. Das Meer war gleich um die Ecke.

Seit Barbara auf die Beruhigungstabletten verzichtete, waren die Nächte unendlich lang. Aber die Schmerzen waren einem stetigen, gut erträglichen Spannungsgefühl gewichen, solange sie die Hände nicht berührte oder bewegte. Die neue Haut an den Fingern war noch rosig dünn, aber sie wuchs und begann, sich zu schließen. Es sah schlimmer aus als es war. Zuerst hatten sie vorgehabt, ihr Hautstreifen vom Oberschenkel und von der Hüfte auf die Arme zu pflanzen, und sie wollten für die Handrücken Zellkulturen von ihrer Haut anlegen. Keine Rede mehr davon. Nun sorgten sie dafür, dass die Nekrose, das verbrannte Gewebe abgestoßen wurde, sie erneuerten regelmäßig die Gazeverbände mit heilenden und entzündungshemmenden Salben. Sie war zufällig hier gelandet, und das war ihr Glück. Mendoza war ein international anerkannter Spezialist auf diesem Gebiet.

Yolanda brachte ihr Frühstück. »Du siehst müde aus.«

»Mir geht's gut.« Barbara nahm den Kaffee aus der Schnabeltasse. Er schmeckte. Sie hatte Hunger und biss genüsslich in das Croissant, das Yolanda ihr hinhielt.

»Du hast Besuch.« Yolanda sah sie nicht an.

Barbara drehte den Kopf weg. »Polizei.« Ihr Appetit war verflogen.

»Ich hab sie so lang wie möglich aufgehalten. Ich dachte, du solltest vorher wenigstens was im Magen haben.« Yolanda stellte das Tablett auf dem Nachttisch ab und ging zur Tür. Ihre Rastalocken bebten vor Empörung.

Priester und Schmalzlocke kamen herein. Calvet, der knochenharte Untersuchungsrichter und Toni Botía, dieser dümmliche Pomadenschönling.

Sie hatte gehofft, dass die Frau, die Fritz gerettet hatte, dabei war, Pia. Oder wenigstens dieses wandelnde Fragezeichen mit dem grauen Mop auf dem Kopf. Bonet. Keine Chance.

Schmalzlocke zerrte hastig zwei Stühle ans Bett. Er hatte schokobraune Hosen an, ein weißes Lacoste Polo und ein braun-weißes Kuhwestchen wie Little Joe von der Bonanza. Halbhohe Stiefeletten aus Eidechsenleder.

»Wo ist dein Lasso, Cowboy?« Barbara musste lachen, bis die Narben in ihrem Gesicht zu reißen drohten. Sie wusste, wie sie aussah. Das rasierte Haar, die Wimpern und Brauen in dunklen Stoppeln andeutungsweise nachgewachsen, die Narben feuerrot. Toni wich entsetzt zurück, Barbara lachte.

»Freut mich, dass es Ihnen wieder besser geht.« Calvet setzte sich auf den ersten Stuhl und öffnete eine prallvolle Aktenmappe. »Dann können wir ja Nägel mit Köpfen machen. Es geht nach wie vor um den Doppelmord mit Brandstiftung. Ich kann nur hoffen, dass Sie Ihre uneinsichtige Haltung endlich aufgeben. Sie könnten sich viel Ärger ersparen, wenn Sie mit uns zusammenarbeiteten. Denn leider sind die Beweise erdrückend.«

»Ich will meinen Anwalt sprechen.«

»Vielleicht auch Ihren Konsul?«

»Was für einen Konsul? Ich bin naturalisierte Spanierin! Ich will nur meinen Anwalt, verdammt. Das ist mein Recht!«

»Können Sie. Bitte«, Calvet hielt ihr sein Handy hin. »Rufen Sie ihn an.«

»In meinem Nachttisch hab ich die Visitenkarte. Da ist die Nummer drauf. Kanzlei Fusté. Dagmar Warwitz.« Barbara hielt ihre bandagierten Hände hoch. »Rufen Sie dort bitte für mich an.«

»Ich bin Untersuchungsrichter, nicht Hotelportier.« Calvet lächelte. »Gut, kommen wir zu den Fakten. Sie waren seit sechs Monaten die Geliebte von Robert Reimann. Er hielt Sie für eine niedliche kleine Taschendiebin, er wollte Sie von der Straße holen und Ihnen Auftritte in Fernsehshows verschaffen. Dann fand er heraus, dass Sie einen schwunghaften Handel mit Kokain betrieben. Zuerst deckte er Sie aus Liebe und Mitleid. Aber Sie konnten nicht treu sein. Die ganze Zeit über trafen Sie sich weiter mit Ihrem früheren Freund, einem jungen Mann mit den Initialen V. B. Wir werden seine Identität herausfinden. Reimann machte mit Ihnen Schluss. Sie wollten Ihren reichen Sugar Daddy nicht verlieren, aber Reimann hatte endgültig die Nase voll. Er drohte, Sie anzuzeigen, wenn Sie ihn nicht in Ruhe ließen. Sie konnten ihm nicht mehr trauen. Er war für Sie zur Gefahr geworden.«

Barbara starrte ihn an. Sah sein Gesicht, das sich wabernd vor und zurück bewegte, das anschwoll und stecknagelkopfklein zusammenschmolz, sie verstand nichts. »Sag mal, bist du noch ganz dicht, oder sind wir hier in der Märchenstunde? Du glaubst doch nicht im Ernst, dass du mit dieser Scheiße durchkommst!!!«

»Beherrschen Sie Ihre Ausdrucksweise, oder Sie lernen mich von der unfreundlichen Seite kennen.«

»Haha. Und was sollen das für erdrückende Beweise sein?!«

»Wir haben Fotos von Ihnen mit Reimann. Tagebuchaufzeichnungen, Briefe, Quittungen, Belege und wir haben ein Viertel Pfund Kokain bester Qualität.«

»Bin ich hier im falschen Film?!! Ich habe in meinem ganzen Leben noch nichts mit Drogen am Hut gehabt. Ein Glas Cava ist das Äußerste. In meinem Job ist ein klarer Kopf überlebenswichtig. Was sind das überhaupt für beschissene Methoden? Franco ist tot, dachte ich. Wenn ihr glaubt, dass ich mir von euch irgendetwas unterschieben lasse, dann habt ihr euch geschnitten. Ich habe einen Anwalt. Und jetzt raus!«

»Sie haben keinen Anwalt«, Calvet beugte sich vor, »Sie haben nichts weiter als diese dicke dumme Ersatztussi, der Fusté den Fall angehängt hat, als er merkte, dass mit Ihnen beim besten Anwalt keine Lorbeeren zu gewinnen sind.«

»Raus!«, Barbara schrie. »Raus hier. Sie widerliches Arschloch, alle beide, verschwindet von hier, Scheißbande!!«

»Die Sprache der Gosse passt gut zu Ihnen«, Calvet senkte die Stimme zu einem Flüstern, »du kleine dreckige, verfickte Nutte.« Er stand auf und hob die Stimme zum Amtston an. »Botía, Sie veranlassen umgehend die Verlegung dieser des Mordes verdächtigte Person ins Gefängniskrankenhaus.«

An Barbaras Bett gab es einen Alarmknopf, den sie aber mit ihren Bandagen nicht bedienen konnte. Sie schrie.

In der Tür erschien ein Polizist, den Barbara noch nie gesehen hatte, gleich hinter ihm Yolanda, die hereinstürmte und sich schützend vor ihr Bett stellte. Und dann, deutlich überarbeitet und über die Unterbrechung seiner Visite irritiert, der Stationsarzt, Dr. Rios. »Was ist hier los?«

»Calvet, Untersuchungsrichter. Die Patientin ist rechtsmäßig wegen Verdacht auf Brandstiftung und Doppelmord verhaftet und über ihre Rechte aufgeklärt. Ihr Gesundheitszustand ist stabil. Es besteht dringende Fluchtgefahr. Wir können sie hier nicht ausreichend sichern. Deshalb lasse ich sie ins Frauengefängnis WAD RAS verlegen. Die haben dort eine hervorragend ausgestattete Krankenabteilung. Ich hoffe, Sie unterschreiben das.«

»Nein, das ist unmöglich«, Yolanda ereiferte sich. »Die schweren Brandwunden sind noch lange nicht verheilt, sie können sich jederzeit infizieren und entzünden. Und außerdem muss die Patientin später ganz dringend täglich Bäder und Bewegungsübungen machen, wenn sie die Funktion der Hände wiederherstellen will.«

»Na, ich weiß nicht, ob wir bei einer Taschendiebin gerade darauf so gesteigerten Wert legen sollten«, Calvet lachte in sich hinein, Toni Botía grinste.

Rios studierte Barbaras Krankenblatt. »Von mir aus. Ich habe da keine Bedenken. Die Patientin ist absolut stabil.«

»Dr. Mendoza ist da anderer Meinung.« Yolanda hatte sichtlich Mühe, ihrem Chef so entgegenzutreten.

Er übersah und überhörte sie. »Das unterliegt ausschließlich meiner Kompetenz und allein schon im Interesse unserer anderen Patienten kann ich eine Verlegung nur begrüßen. Die Halle unten ist ständig von Neugierigen, Fotografen und Reportern blockiert.«

»Okay«, Barbara nickte Yolanda beruhigend zu. »Ich schaff das schon.« Sie dachte nur daran, dass sie im Knast um vieles sicherer war als im Krankenhaus, dass sie endlich ausschlafen konnte.

Sie war so müde.

28

Dagmar versuchte, nicht durch die Nase zu atmen, aber der Geruch nach Lysol, vergammeltem Fisch und Männerpisse drang durch alle Poren ein. Eine Stahltür nach der anderen quietschte vor ihr auf und krachte hinter ihr wieder zu. Der Wachmann, der sie begleitete, war so fett, dass die Knöpfe seiner Uniformjacke bei jeder Bewegung abzuspringen drohten und seine Schenkel aneinander rieben. Er schepperte wichtigtuerisch mit einem gigantischen Schlüsselbund. Sah sie nicht an, versuchte aber auch nicht, den kleinen, aber deutlichen Ständer unter seinem Wanst zu verbergen.

Die letzte Tür. Auch hier in Augenhöhe ein Fenster. Schlüsselklappern. Er blieb stehen, griff sich an den Sack, nicht provozierend, sondern eher im Reflex, und ließ Dagmar vorgehen. Ein niedriger Raum mit einem schmalen vergitterten Fenster knapp unter der Decke, einer Halogenlampe, einem Tisch mit einer von Zigaretten vernarbten Resopalplatte, vier verschiedenen Plastikstühlen. Über dem Tisch rumpelte matt ein Ventilator. Die stehende

Backofenhitze und der Gestank nach kaltem Rauch, Schweiß und Desinfektionsspray ließen sie zurückweichen. Der Wachmann zeigte ihr den Rufknopf und warf die Tür hinter ihr zu.

Die beiden Jungen am Tisch grinsten.

Dagmar fühlte, wie ihr der Schweiß aus allen Poren brach. Angst. Panik. Der Rufknopf war fast handtellergroß und signalrot unter einer verkrusteten Schmutzschicht. Ruhig. Ganz ruhig. Das ist nur ein Job. Nichts weiter. Nur ein Job. Cool bleiben. Aus den Akten wusste sie, dass die beiden achtzehn und neunzehn Jahre alt waren. Saïd El Guerrouj und Mustaf Biduane.

Saïd war schmal, fast zierlich. Wäre sein Haar nicht knastkurz rasiert gewesen, hätte man ihn als hübsch bezeichnen können. Ein langes bartloses Gesicht mit Adlernase und vollen Lippen.

Mustaf war kleiner und muskulöser. Er hatte dunkle Locken, große feuchte Kulleraugen und auf der Oberlippe und am Kinn die ersten Fusselhaare eines beginnenden Bartes.

Beide starrten vor Schmutz. Ihre T-Shirts und Jeans hatten seit Monaten weder Wasser noch Seife gesehen. Unter Saïds Auge verblasste ein Bluterguss zu Gelb und Grün, Mustaf hatte einen schmuddeligen Verband zwischen T-Shirt und Hose. Ihr Grinsen wurde breiter, als sie zum Tisch kam und sich setzte.

»Mein Name ist Dagmar Warwitz. Ich bin Ihre Anwältin.«

»Wir wollen den Chef. Nicht die Tippse.« Saïd lehnte sich zurück und kippelte mit dem Stuhl.

»Sie sind beide mehrerer Straftaten angeklagt. Illegaler Aufenthalt in Spanien, Autodiebstahl, vorsätzliche Gefährdung des Straßenverkehrs, fahrlässige schwere Körperverletzung, Drogenbesitz. Das nur zum Anfang.« Dagmar ließ ihre Aktenmappe aufschnappen.

Mustaf stand auf und beugte sich über den Tisch. »Du hast ja zwei gigantische Sahnemarshmallows, Baby!«

»An dem Autodiebstahl gibt es nichts zu rütteln. Für den Unfall ...«

»Dieser Rucksackaussi ist uns direkt vor die Schnauze getorkelt«, unterbrach sie Mustaf. »Der war total zu.«

»Der Australier, den ihr angefahren habt, heißt Adrian Walters, ist zweiundzwanzig Jahre alt und kommt aus Melbourne. Er studiert Literaturwissenschaften und wollte Lehrer werden. Er hat schwerste Kopfverletzungen und liegt noch im Koma. Vielleicht wird er nie wieder ein Buch lesen können.«

»Mir kommen die Tränen«, Mustaf inszenierte ein Schluchzen.

Dagmar beachtete ihn nicht. »Es gibt möglicherweise Zeugen, die gesehen haben, dass Ihnen Adrian Walters vor den Kühler gelaufen ist. Die Wachhabenden vor dem Polizeipräsidium. Fernando und Francisco Belén aus Asturien. Nette

Jungs. Cousins. Ich denke mal, ich könnte sie dazu überreden, ehrlich auszusagen. Bleibt das Kokain. Es war zwar im Rucksack des Australiers, als ihr damit geschnappt wurdet, aber in dem Porsche gibt es deutliche Spuren von dem Zeug.«

»Hör auf zu labern, Frau«, Saïd klappte seinen Stuhl krachend nach vorn. »Wir bleiben lieber hier im Knast, als uns von einer Möse verteidigen zu lassen. Kapiert?!«

Beide grinsten, Mustaf ließ seine Zunge zwischen den Lippen hin und her schlabbern.

»Sehr verführerisch, Mustaf. Ich bin überwältigt. Und jetzt hört mir mal gut zu: Ihr werdet sowieso hier im Knast bleiben. Ihr seid illegal in Spanien, ihr habt nicht nur irgendein Auto, ihr habt einen Millionärsporsche gestohlen, der in einen Mordfall verwickelt ist. Und ihr seid erwischt worden. Ganz schlechte Karten. Dazu kommt noch, dass ihr einen jungen Touristen aus Übersee über den Haufen gebrettert habt und dass jede Menge Drogen gefunden wurden. Sieht gar nicht gut aus. Geld habt ihr auch keins.«

»Gibt ja Pflichtverteidiger. Müssen die uns stellen!« Saïd begann wieder zu kippeln.

»Hat euch schon einer besucht? Mit euch gesprochen? Nein? Okay. Auf der anderen Seite gibt es mich. Eine Frau. Tja. Und ehrlich gesagt, freiwillig würde ich euch nicht mal mit der Feuerzange anfassen. Ihr stinkt wie ein Schweinekoben. Und Wasser ist in Barcelona wirklich kein Problem. Auch nicht im Knast.« Dagmar griff in ihre Tasche und holte zwei Päckchen Ducados und Streichhölzer heraus, warf sie auf den Tisch. »Aber, wenn ihr sowieso schon stinkt, könnt ihr ja auch weiter stinken.«

Saïd und Mustaf zögerten, aber die Gier siegte. Mustaf griff als Erster zu. »Und wieso tun Sie das? Aus Nächstenliebe?«

»Ihr habt gute Freunde. Gil Azar und Eric Howard. Erics Mutter hat mich gebeten, euch zu helfen.«

»Erics Mutter?« Saïd lachte schrill auf und verschluckte sich am Rauch seiner Zigarette. »Die ist doch genauso eine Hure wie du! Scheiße, wo bin ich hier hingeraten?!!!«

»In den Knast«, Dagmar stand auf und klappte ihre Mappe zu. »Und da wirst du auch bleiben. Jetzt seid ihr in Untersuchungshaft. Aber, wenn ihr erst verurteilt seid, dann kommen die wirklich harten Bandagen. Ihr seid jung, hübsch und nett. Sie werden euch zerfetzen wie Wölfe das Reh. Kein Verteidiger kann euch dann helfen. Und ich habe absolut keine Lust, mich weiter mit zwei stinkend blöden und pubertären Dumpfbacken herumzuärgern.« Sie war an der Tür und hatte die Hand schon am roten Knopf, als Mustaf endlich Laut gab.

»Nein. Bitte. Er hat's nicht so gemeint. Bitte!«

Dagmar blieb stehen, die Hand immer noch in Knopfhöhe. Mustaf gab Saïd einen Tritt. Der starrte wütend vor sich hin. Mustaf trat noch einmal zu. Saïd knirschte mit den Zähnen. »Ja, okay, tut mir Leid.«

Zögernd kam Dagmar an den Tisch zurück. »Na gut. Lassen wir's mal dabei. Aber eins sollte euch klar sein. Nur noch eine einzige winzige frauenverachtende Bemerkung, und ich bin raus. Klar?«

Sie nickten. Eifrig jetzt. Wären sie Hunde gewesen, sie hätten die Pfötchen gehoben und mit dem Schwanz gewedelt.

Dagmar entspannte sich und holte die Papiere aus der Tasche. »Also. Die Nacht von San Juan. Ihr sitzt im Café an der Plaça de L'Angel, und da seht ihr plötzlich den schwarzen Porsche.«

Saïd und Mustaf rauchen. Starren sich an. Schweigen. Dann gibt Mustaf sich einen Ruck.

»Das war nicht nur ein Porsche. Das war ein 911 GT2. Das ist der absolute Wahnsinn. Vier-hundert-zwei-und-sechzig PS!«

»Gib dir keine Mühe«, Saïds Stimme troff vor Verachtung. »Das kapiert die nie.«

»Fast zweihunderttausend Euro. Das kapier' ich schon.«

»Darum ging's doch gar nicht«, Saïd steckte sich eine neue Zigarette an. Mustaf nahm sich auch eine. Weitere Brandflecken im Resopal.

»Diese Tussi stieg aus und ließ den Porsche einfach stehen. Mitten auf der Laietana, direkt vor unserer Nase. Ehrlich, so war's.«

»Mitten im Stau?!« Dagmar gab Mustaf Feuer.

»Wir haben nicht an den Stau gedacht. Wir haben nur den 911 gesehen.«

»Und dass die Frau schwer verletzt war, das habt ihr auch nicht bemerkt.«

»Na ja, sie hat vielleicht ein bisschen freakig ausgesehen. Aber ehrlich gesagt«, Mustaf strahlte Charme aus, »Frauen interessieren uns nicht so sehr.«

»Im Gegensatz zu schwarzen Porsches und Kokain.«

»Damit haben wir nichts zu tun!« Mustaf hob beschwörend die Hände.

»Und so viel!«, grunzte Saïd. »Woher hätten wir denn das Geld dafür hernehmen sollen?!«

»Na schön«, Dagmar stand auf. »Ich finde euch beide extrem widerlich. Aber in gewisser Weise glaube ich euch.« Sie packte ihre Papiere zusammen. Ruhig. »Ich denke, ich kann da was tun.« Sie war an der Tür und drückte endlich den roten Knopf. »Und geht unter die Dusche, verdammt noch mal, bevor der Richter euch zu riechen bekommt.«

29

Der gelbe Ladekran bewegte sich wie computergesteuert, obwohl hoch oben in der sonnenglänzenden Kabine ein ameisenkleiner Mann saß. Keine romantischen Säcke und Holzkisten. Nur Container. Stapelbar wie Bierkästen. Und sehr viel größer. Blau, grün und braun. Pia kam sich vor wie in einem gigantischen Legoland. Das Schiff war lang und kompakt. Hoher Vorbau, kleines Heck, sonst flach, schwarz und alt. Hupen, Schreie und das rostige Kreischen der Winden. Die Morgensonne brannte ungehindert von einem blitzblauen Himmel. Funkelnde Reflexe auf dem Meer. Und ein Nebel von Chemikalien, Diesel und Staub.

Der Staumeister trug eine graue Uniform und hatte ein Klemmbrett in der Hand. Pia musste schreien. »Hallo? Kripo Barcelona. Ich brauche eine Auskunft!« Sie zeigte ihren Ausweis vor. Noch hatte sie ihn. »Der Hafenmeister hat mich zu Ihnen geschickt.«

»Na und?« Er wandte den Blick nicht von den Containern.

»Bei Ihnen hat vor etwa drei Wochen ein Mann namens Rodriguez Polan nach Arbeit gefragt. Um die sechzig. Er soll randaliert haben, weil er nichts bekam.«

»Oh Gott«, er wandte sich ihr kurz zu. »Sie glauben doch nicht, dass ich mich an all diese Typen erinnere. Die kommen und gehen. Säufer, Penner. Um die sechzig, sagen Sie? Die meisten sind jünger. Ah, da fällt mir was ein. Ja, könnte so drei Wochen her sein. Der kam aus Asturien. Schrie hier rum. Wollte auf mich losgehen, die anderen haben ihn festgehalten. Der soll sich hier bloß nicht mehr blicken lassen.« Er wandte sich wieder ab und war nicht mehr ansprechbar.

Pia ging über die neuen Piers zum Parkplatz. Die Zementplatten unter ihren Füßen glühten durch die Schuhsohlen hindurch. Das Wasser schwappte träge wie Öl. Sie schloss ihren alten Seat auf und setzte sich hinter das Steuer. Es hätte nicht viel gefehlt, und ihre Handflächen wären an dem Plastiklenkrad festgebrannt.

Der Verkehr floss langsam und stockend, eine endlose Reihe von Lastzügen. Heiße Auspuffgase waberten statt Luft durch die offenen Autofenster. Erst als sie auf die Ronda de Litoral kam, die große Uferstraße, wurde es besser. Pia nahm das nicht mehr wahr. Sie dachte nach.

Das Altenheim lag im Poble Nou, ein paar Blocks nördlich des olympischen Dorfs. Pia steuerte an einer Allee aus futuristischen Eisenplastiken vorbei und schaute auf die Hausnummern. Das Heim war ein gelber Backsteinbau, der sich über zwei Straßen hinzog. Vor dem Haupteingang gab es einen Vorplatz mit riesigen Yuccas und rosa blühenden Oleanderbüschen. In der Mitte stand eine vielfarbige Skulptur, die wohl einen auffliegenden Vogel darstellen sollte, aber eher wie ein etwas zerfledderter Schaschlikspieß aussah.

Pias Klappausweis mit Marke half ihr auch hier schnell weiter.

Sie wurde in eine sogenannte Empfangshalle gebeten. Gelb gekalkte Wände, ein Bildkalender von der Caixa, eine große Bahnhofsuhr über den rollstuhlbreiten Lifttüren, ein meterhohes Holzkreuz und Heiligenbilder, wo immer man hinsah. Zusammenhängende Sesselreihen und niedrige Tische. Es roch schal nach gekochten Bohnen und Cruz Verde.

Die stellvertretende Heimleiterin hieß Encarna Albarral. Etwa Ende vierzig. Wasserhelle Augen zu dunklem Haar, schlank, sehnig. Sie trug einen knistersteif gestärkten Kittel und hielt eine dünne Akte in der Hand.

Sie gab sich höflich und hilfsbereit. »Wir pflegen und versorgen unsere Bewohner, wir kontrollieren sie nicht. Benito Perez lebt bei uns. Das ist richtig. Aber er hat nie versucht, sich in die Gemeinschaft hier einzubringen.«

»Ich habe gehört, dass er an zeitweiser Demenz litt, vielleicht Alzheimer?« Pia versuchte, höflich und ruhig zu bleiben.

Die Heimleiterin ließ das nicht zu. »Was wollen Sie uns unterstellen?! Dass wir nicht genug auf ihn aufgepasst haben? Wie sollten wir das denn machen? Ihn anschnallen? Außerdem kommt er immer wieder zurück!«

»Diesmal nicht.«

»Aber sicher, nach drei Tagen war er wieder da. Und nichts fehlte ihm, das eine heiße Dusche und ein guter Eintopf nicht wieder gutmachen konnten.«

»Wie bitte? Und wieso haben Sie das nicht sofort gemeldet?«

»Wozu? Wenn ihn die Polizei zurückbringt, dann sollten Sie das doch als Erste wissen!«

»Sie meinen, Perez lebt und ist hier bei Ihnen?«

»Zimmer zwei-zwei-null-eins. Besuchen Sie ihn doch. Er würde sich sicher freuen, er hat sonst niemanden mehr.«

Pia bedankte sich und rannte fast zu ihrem Auto. Sie ließ den Motor an und fuhr die Almogávers bis zum Arc de Triomf. Sie fand einen Parkplatz direkt vor dem gewaltigen Justizpalast, der mit seinen üppig verzierten Türmen wie ein Märchenschloss hinter den dichten Platanen aufragte.

Sie lief über die palmengesäumte Grünanlage zum kleinen Bruder des *mercat* de Santa Caterina hinüber. Mit der *Boquería* war dieser Markt natürlich nicht zu vergleichen, aber alles, was sie für das Treffen nachher brauchte, bekam sie hier. Frisch und billig. Salat, Tomaten, Zwiebeln, Avocados, eine Honigmelone, prall glänzende Kirschen, drei *barras*, lange Weißbrote, hauchdünn geschnittenen Serranoschinken, ein Stück *cabrales*, den wunderbar weichen Ziegenblauschimmel in Weinblättern, *gambas* und feine Scheiben von frischem *bacalao*. Pia liebte Märkte, und wie immer löste die ornamentale Ordnung der Farben, Formen und Düfte eine Art Rausch bei ihr aus. An einem Stand voller runder Gewürzschalen in allen Gelb-, Orange-, Rot- und Braunschattierungen musste sie sich zwingen, nur vom Curry zu nehmen. Es waren nicht so sehr das Kochen und Essen, es war das Einkaufen. Ihr Vater hatte sie früher immer mitgenommen. Er war ein begeisterter Koch und Gastgeber, er kannte alle Verkäuferinnen, und sie kannten ihn. Die kleine Pia bekam an jedem Stand eine Leckerei zugesteckt. Diese sinnlichen, von Gerüchen, Farben und Geschäker erfüllten Stunden an der Hand ihres Vaters waren der Mittelpunkt ihrer Kindheitserinnerungen.

Als Pia mit drei schweren Tüten aus dem kühlen Markt zurück in die gleißende Sonne trat, wurde ihr bewusst, dass sie für zehn Minuten diesen ganzen widerlichen Fall und seine Ermittlungen vergessen hatte. Die Realität hatte sie wieder. An einem der

Stände vor dem Markt kaufte sie eine große Kühltasche, in der sie ihre Einkäufe verstaute.

Mit einer alten Decke und einem Trenchcoat, den sie seit Wochen in die Reinigung bringen wollte, deckte sie die Kühltasche zu. Der Motor sprang beim dritten Mal endlich an. Über den Carrer Comerç versuchte sie, ins *barrio chino*, das Raval, hinüberzukommen. Baustellen und Hunderte von Einbahnstraßen, die täglich die Richtung zu ändern schienen. Alle paar Meter eine Fußgängerampel oder ein Zebrastreifen. Lieferanten, die in aller Ruhe ihre Getränkekisten ausluden. Touristenpulks, die ganz Barcelona für eine einzige Fußgängerzone hielten. Mehr Stop als Go.

Mit der Zündung stimmte irgendetwas nicht, der Motor starb dauernd ab und wollte nicht wieder anspringen. Pia hielt den Fuß auch im Stau auf dem Gaspedal und verpestete die Umwelt. Im Kofferraum schmolz der Käse. Dieses Schrottauto machte sie nervös. Es machte sie nicht beweglich, im Gegenteil, es lähmte sie. Sie hasste es, in der Stadt Auto zu fahren. Neidisch sah sie einem Jungen nach, der auf seinem Mountainbike gegen die Fahrtrichtung durch die Einbahnstraße flitzte.

Die Straße, in der Django Albiol zuletzt gelebt hatte, hatte sich noch nicht verändert. Schmal und gewunden zwischen grauen Häusern und Balkonen voller Wäsche. Vor den Eingängen saßen die Frauen auf Stühlen, strickend, schwatzend. Aus trüben

Bars dudelte Radiomusik. Eine grüne Balkentür, die von den hundertfach aufgetragenen Farbschichten wulstig geworden war.

Ein Viertel, das jetzt schlief, das erst nachts zu vibrierendem Leben erwachte. Wie fast überall in Barcelona standen an den Klingelschildern keine Namen. Pia drückte 3b.

»Ja?«

»Pia hier. Ich will zu Django.«

Husten, Pause, dann endlich das Summen des Türöffners. Ein winziger Innenhof, ein dunkles Treppenhaus. Die Treppe war steil und eng. Ein verrosteter Kinderwagen, volle Mülltüten, ein Fahrrad ohne Lenker und Vorderrad. Eine Frau keifte, Fernseher röhrten. Pia stieg weiter. Die Wohnung 3b war nicht etwa im dritten Stock, sie war im vierten. Irgendwann waren die kleinen Wohnungen dieser Häuser in noch kleinere aufgeteilt worden. Licht aus einer Dachluke. In der linken Tür stand eine Riesin. Aus Pias Sicht maß die Frau knapp zwei Meter, wog locker zwei Zentner und war gute sechzig Jahre alt. Sie trug eine blondierte Löwenmähne, ihr herzförmiges Gesicht hatte kaum Falten, und ihr üppiger, tief gebräunter Körper war in nicht viel mehr als einen knappen Papageienpareo gehüllt.

Pia zögerte vor so viel geballter Weiblichkeit. »Ist Django da?«

»Was soll der Scheiß?« Die Stimme klang erstaunlich hoch und weich, ganz ähnlich wie die von

Marilyn Monroe. »Ich hab ihn vor siebzehn Monaten bei der Polizei als vermisst gemeldet. Und da kommst du an und fragst blöd nach ihm. Oder was. Du denkst doch nicht etwa, du könntest dich hier als eine seiner Liebschaften ausgeben.« Sie lachte laut auf. »Na, komm schon rein.«

Ein enger Flur, mit Schränken verstopft, eine düstere, veraltete Küche mit einem winzigen Balkon, der fast den Balkon des gegenüberliegenden Hauses berührte, ein kleines Wohnzimmer mit einer quietschgrünen Waldtapete an einer Wand, einem Regal voller Bücher an der anderen, einem Tisch mit zwei Stühlen, einem Ohrensessel mit einem Hebel für Rückenmassage, einem Fernseher und der offenen Verbindungstür zu einem plüschroten Schlafzimmer, das nur aus Spiegeln und einem herzförmigen Bett zu bestehen schien.

»Setz dich. Was darf's sein? Champagner? Whisky, ein kleiner Imbiss?« Ironisches Lächeln.

Pia setzte sich an den Tisch. »Wie heißen Sie?«

»Ich hatte also Recht«, sie lachte laut auf. »Die Polizei rieche ich auf tausend Meilen. Was ist? Habt ihr ihn gefunden?«

»Wollen Sie mir Ihren Namen nicht verraten?«

»Warum nicht, du kennst ihn doch sowieso. Carla Bernabeu. Bekannt als La Rubia. Ich war mal naturblond. Ist also heute nur ein bisschen geschummelt.« Kokettes Kleinmädchenlächeln. »Er ist tot?« Ihr Gesicht zerfiel und zeigte das wahre Alter.

Pia wandte den Blick ab. »Ich weiß nicht. Wir suchen ihn.«

»Hat er was angestellt?«

»Weiß ich auch nicht. Ich würde ihn nur gern sprechen.«

»Gut.« Sie richtete sich wieder auf. »Ich würde ihn auch gern sprechen. Aber er ist abgehauen. Er ist jung, ich bin alt. Ich habe ihn geliebt, aber für ihn war ich nur so eine Art Zwischenstation. Das war zu erwarten. Ich werd's überleben.«

»Wo könnte er sein?«

»Ich nehme an, er ist in den Schoß seiner Familie zurückgekehrt. Diese *gitanos* können ohne ihren Clan nicht lange überleben.«

»Haben Sie eine Ahnung, wo dieser Clan gerade sein könnte?«

»Sevilla würde ich sagen, um diese Jahreszeit. Oder auch schon in Frankreich. Klappern die Rummelplätze ab, sein Onkel hat eine Scooterbahn. Du willst wirklich nichts trinken?«

»Danke, nein«, Pia stand auf. Grinste. »Ich will Sie nicht zu lange für Ihre Kunden blockieren, Carla.«

»Die sind ziemlich dünn gesät in meinem Alter«, Carla lächelte, zögerte kurz und drückte Pia plötzlich an ihren Zwei-Melonen-Busen. »Du bist okay, komm wieder vorbei, wenn du noch eine Frage hast. Oder auch so.«

Pia stand auf der Straße und versuchte, sich zu

orientieren. Der süßliche Duft von Carlas Parfüm hing schwer in ihrem Haar und ihrem T-Shirt.

Das Haus, in dem Tomás Grau zuletzt gewohnt hatte, lag an einer dieser Schneisen, die gerade für neue Ramblas in das Viertel geschlagen wurden. Brutal und direkt durch. Ganze Reihen von Mietshäusern waren plötzlich nackt. Mit den Vorderhäusern waren auch die Brandmauern weggerissen worden. Die Hinterhöfe waren planiert, den Häusern fehlte die Außenfassade. Und die Zimmer lagen offen für jedermann. Esstische mit Stühlen, Sofas vor dem Fernseher, Klos, Badezimmer.

Pia kannte Kriegsbilder. Berlin oder auch Beirut. Aber diese Ruinen und Häuser waren leer gewesen, unbewohnt. Langsam ging sie über den schuttübersäten Hof zum Haus. Keine Klingelschilder. Die Tür stand offen. Es gab kein Wasser mehr und keinen Strom. Aber überall, hinter allen Türen lebten noch Menschen.

Pia traf zwei Frauen mit Acht-Liter-Containern, die sie an einem Strick zu einem Bündel zusammengezogen hatten, einen Jungen mit seiner kleinen Schwester, die eine nagelneue Kiste mit Mineralwasser hochschleppten und sie hastig zu verbergen suchten, als Pia vorbeikam, und einen jungen Mann mit Pferdeschwanz, der auf dem Treppenabsatz saß und gierig eine Pizza in sich hineinstopfte.

»*Hola*, guten Appetit. Weißt du, wo Tomás Grau gewohnt hat?«

»Im Vierten oben rechts«, nuschelte er kaum verständlich und stopfte weiter Pizza nach.

Die Tür im Vierten rechts war weit offen. Pia kam in einen bis unter die Decke mit Graffiti übersäten Flur, stieg über verrutschte Abfallberge und kaputte Möbelstücke und blieb fasziniert vor einer offenen Tür stehen. Ein kleiner quadratischer Raum. Die Wand zur Straße fehlte. Ein Teppich, ein Regal mit Nippes und alten Fastfoodschachteln und einem Fernseher, der an einer Truckbatterie hing. Ein ramponiertes, aber echtes Ledersofa, zwei Sessel, ein Tisch und Dutzende von Kerzen, die auf jeder freien waagrechten Stelle klebten. Auch hier Graffiti, wo immer noch Platz war. Eine gleichmäßig weiße Staubschicht überzog alles. Drei junge Leute hingen herum und glotzten CNN. Ein Mädchen und zwei Jungen. Sie waren tätowiert und gepierct, dass es nur so blinkte, sie tranken Bier, und es roch süß nach Marihuana. Die fehlende Wand mit Blick auf den Hinterhof, die Straße und die gegenüberliegenden Häuser gaben dem Ganzen einen Hauch von Bühnenbild und Hollywood.

»*Hola*«, Pia blieb in der Tür stehen.

»Setz dich«, sagte ein Junge, keiner sah auf.

»Ich bin Pia. Ich suche Tomás Grau. Der hat doch bei euch gewohnt. Oder?«

Der Junge, der als Erster gesprochen hatte, schaltete den Fernseher aus. »Wir müssen Energie sparen.« Er grinste schief, die anderen schienen kaum zu merken, dass der Fernseher nicht mehr lief. »Grau ist absolut cool.« Der Junge grinste immer noch, kratzte sich am Arm. Er konnte nicht viel älter als sechzehn sein. Er war lang, klapperdürr und hatte ein rundes, von Pickeln zerfurchtes Kindergesicht. »Der ist weg. Hat immer von der vierten Dimension geredet. Da ist der jetzt. Grau hat voll durchgeblickt.«

»Und wo soll das sein?«

»Poona natürlich.«

»Indien? Ist es nicht ziemlich teuer, da hinzufahren?«

»Wir haben gesammelt und zusammengelegt. Er ist wie unser Vater. Wir lieben ihn. Wir gehen auch bald.«

»Du redest zu viel.« In der Tür stand der Pferdeschwanz aus dem Treppenhaus.

»Tino! Endlich!« Das Mädchen sprang auf und umarmte ihn. »Hast du Brot? Reis? Was hast du mitgebracht?!«

»Gab nichts, sorry.« Er lächelte und machte sich frei. Pia ging zur Tür. Pferdeschwanz stellte sich ihr in den Weg. »Und was suchen *Sie* hier?«

»Es hat so lecker nach Pizza gerochen«, sie schob ihn zur Seite, und er ließ es geschehen.

Sie lief die Treppen hinunter und zu ihrem Seat. Der Wagen sprang nach langem Nudeln an, und Pia war froh, als sie ihn endlich durch die zuckerstangenrotweiß geringelte Garageneinfahrt am Regomir auf seinen Parkplatz gebracht hatte und wieder frei war.

Sie nahm die Kühltasche und lief die kleine Gasse hinauf zum Pati Llimona. Sie hatte eine Idee. Jetzt war es halb elf. Eine großartige Idee! Erst als sie ihre Wohnungstür aufschloss, fiel ihr ein, dass sie Fritz the Cat vergessen hatte. Keine Fischchen, kein Katzenfutter, keine neue Streu.

»Gniääh?«, er stand vor der Tür, den Schwanz erwartungsvoll aufgestellt, schaute zu ihr hoch und wiederholte leicht heiser sein »Gniääh!«

»Ja, tut mir Leid, Kleiner. Ist aber noch lange kein Grund, sich so anzustellen.« Pia setzte ihre Tasche ab und suchte eine Dose Ölsardinen heraus. Sie goss das meiste Öl ab, tunkte Brotwürfel in den Fisch, zerdrückte alles und stellte es dem Kater hin.

Fritz war durchaus kompromissbereit.

30

Janet loggte sich aus dem Internet aus, fuhr den Computer herunter und packte die Ausdrucke in ihre Tasche. Sie nahm den Telefonhörer und tippte die Nummer von Paul Reimanns Hotel. Das Rey Juan Carlos I meldete sich.

»Janet Howard hier. Könnte ich bitte mit Señor Paul Reimann-Lettow sprechen?«

Janet hatte mit allem gerechnet, nur nicht damit, sofort durchgestellt zu werden. Klick. »Ja?!«

»Mr. Reimann? Sie sprechen doch englisch? Mein Name ist Janet Howard. Bitte legen Sie jetzt nicht auf. Ich will ganz ehrlich sein. Ich bin Journalistin, ich arbeite frei für verschiedene englische und spanische Publikationen. Ich würde Ihnen gern die Gelegenheit geben, sich zu den schrecklichen Ereignissen und Verdächtigungen rund um Ihren Bruder Robert Reimann selbst direkt zu äußern.«

Schweigen.

Janet ärgerte sich. Sie hätte sich das besser überlegen müssen. Sie hätte ihm etwas anbieten müssen. Ihn einwickeln, ihm etwas vorspielen … Diese

Deutschen hatten eine seltsame Mentalität. Sie musste vorsichtig vorgehen. »Sind Sie noch da?«

»Ja. Janet wie? Howard? Sie sind Engländerin? Sind Sie verwandt mit den Howard-Stepletons?«

»John Stepleton ist mein Cousin.«

»Dann war ich mit seinem Sohn, Jason Stepleton, in Cambridge. Netter Bursche. Wie kann ich Ihnen helfen, meine Liebe?« Sein Akzent war fast zu echt.

Janet überlegte fieberhaft. »Ich würde mich gern mit Ihnen unterhalten.«

»Über meinen Bruder.«

»Kein Sensationsbericht. Ehrlicher Background. Sie können alles lesen, bevor ich es veröffentliche. Und Sie können den Verlauf des Gesprächs selbst bestimmen.«

»Einverstanden. Wann? Wo?«

»Ich könnte in zwanzig Minuten in der Diagonal bei Ihrem Hotel sein.«

»Ich würde einen neutralen Ort vorziehen. Wo sind Sie?«

»Barceloneta. Nehmen wir die Mitte zwischen uns. Kennen Sie die Plaça de L'Angel? Direkt an der Laietana. Dort ist ein Café. Ich werde Sie erkennen.« Janet legte auf. Das war zu glatt gegangen. Da stimmte etwas nicht. Sie hatte ein dummes Gefühl im Bauch. Aber das Café an der Plaça de L'Angel war ein guter Treffpunkt. Ein kleiner Platz an einer viel befahrenen Straße, an drei Seiten von Häusern eingerahmt, das Café einsehbar und immer gut besucht.

Janet zog sich mit Bedacht an. Jodhpurhosen, eine weiße Hemdbluse unter einem bestickten Westchen, dazu flache Schnabelschuhe, mit denen sie im Notfall rennen konnte, soweit ihre Raucherlunge das zuließ. Sie packte neben Notizbuch, Kamera und Minitonband auch das Pfefferspray ein. Auf dem Weg zur Tür nahm sie den Schlüsselbund auf, schloss ihn probehalber so in die Hand, dass die spitzen Schlüssel zwischen den Fingern hochstanden. Das konnte man schon als Waffe benutzen. Wie einen Schlagring. Janet boxte um sich und traf Luftgegner. Sie stammte nicht umsonst aus einer alten Offiziersfamilie und hatte sich lange harte Jahre durch verschiedene Internate und Schulen gekämpft.

Das Telefon meldete sich.

Sie wollte nicht mehr rangehen. Aber dann hörte sie die Stimme von Marc. »Hallo, Mutter. Bist du da? Hier ist Marc.«

Janet stolperte fast über ihre eigenen Füße auf dem Weg zum Telefon. »Marc? Marc, bist du das? Marc!«

»Mutter? Deine Stimme klingt so komisch.«

»Marc! Uff, wir haben uns seit Jahren nicht mehr gesprochen, kein Wunder, dass du meine Stimme nicht erkennst. Wie geht es dir? Bist du noch an der Bank of England? Und wie geht's deiner Frau? Ist es noch Jill? Den Kindern? Wie viele sind es inzwischen? Nein!! Das war nicht so gemeint. Ach, Marc ...«

»Mutter?«

»Ja?«

»Was ist dran an dieser Geschichte? Dieser Mord. Ich hoffe nur, du hast damit nichts zu tun!«

»Wie meinst du das jetzt? Dass ich jemanden umgebracht haben könnte?«

»Du weißt genau, was ich meine. Ob du dich da wieder so reinhängst und jede Menge Artikel unter meinem Namen veröffentlichst, bis ich mich hier weder in der Bank noch im Club sehen lassen kann.«

»Tut mir Leid, aber das ist mein Name.«

»Der Name meines Vaters.«

»Du warst noch ein Baby, als Liam bei Nacht und Nebel abgehauen ist und fünf, als er starb. Volltrunken bei Tempo zweihundertzehn. Mit offener Hose und einem halb nackten schwedischen Au-Pair-Mädchen neben sich.«

»Du könntest doch auch unter deinem Mädchennamen schreiben. Oder dir ein Pseudonym nehmen.«

»Ich hab den Namen länger als du. Ich hab mich dran gewöhnt.«

»Dann schreib doch bitte wenigstens ein einziges Mal in deinem Leben einen Artikel, auf den ich stolz sein kann.«

»Du meinst *law & order*?«

»Einmal im Leben nicht quer und gegen den Strom!! Die Fakten sind doch klar. Diese Barbara hat den Typen umgebracht.«

»Ich habe bisher noch keine einzige Zeile zu dem

Fall veröffentlicht! Was unterstellst du mir da eigentlich?«

»Ich kenne dich. Du stocherst immer im Dunklen rum. Du kannst Fakten einfach nie akzeptieren. Immer musst du alles in Frage stellen!«

»Das ist mein Job als Journalistin. Jetzt sag doch, wie geht's den Kindern?« Aber Marc hatte schon aufgelegt.

Janet war nah dran, ihn zurückzurufen, doch sie wusste, dass es sinnlos war. Marc war mit vierzehn von ihr, den Brüdern und Ibiza weg nach London zu seinen Großeltern gezogen. Und Liams Eltern hatten ihm endlich den bürgerlichen Halt und Hintergrund gegeben, den er bei ihr offensichtlich immer vermisst hatte. Es tat weh, aber das war jetzt nicht der Moment, Gefühlen nachzugeben.

Der alte Mini stand direkt vor der Haustür, im Halteverbot. Janet zog drei Strafzettel unter den Scheibenwischern heraus und warf sie weg. Der Motor sprang sofort an. Auf dem Weg zum Joan de Borbó kam sie an Robert Reimanns Grundstück vorbei. Die hohe Außenmauer war rußgeschwärzt, hatte aber gehalten, dahinter war fast nur noch das Haupthaus zu sehen. Reste des kalten Rauchgeruchs hingen immer noch in der Luft.

Janet kam problemlos auf die Laietana und begann schon weit vor der Plaça de L'Angel nach einem Parkplatz zu suchen. Völlig sinnlos. Sie fuhr weiter und schaute nach links in das Café.

Sie erkannte Reimanns Bruder nach den Fotos sofort wieder. Er saß gleich vorne, allein an einem Vierertisch. Die drei Tische hinter und neben ihm waren auch von einzelnen Männern belegt. Groß, kräftig, Sonnenbrillen, Anzüge trotz der Hitze und nur Saft oder Wasser vor sich.

Janet bog rechts ab, über die Gallifa, die Mercades Civader, und über die Vigatans wieder zurück auf die Laietana. Diesmal parkte sie direkt vor dem Café mitten im absoluten Halteverbot. Sie stieg aus und ging an einem Tisch mit sechs giggelnden Teenagern vorbei auf Reimann zu. Lächelte und setzte sich zu ihm. »Paul Reimann-Lettow? Ich bin Janet.«

»Freut mich«, er stand nicht auf, lupfte aber kurz den Hintern, bis sie saß.

Paul war aber im Gegensatz zu seinem älteren Bruder ziemlich unattraktiv. Untersetzt, fast kahl und angezogen wie ein britischer Broker aus den Fünfzigern. Ein wie zu einem bösen Witz verzogener schiefer Mund und wimperlose Schlitzaugen mit hängenden Lidern.

»Einen halben J&B mit Eis«, rief Janet der vorbeieilenden Kellnerin zu. Paul bestellte sich mit Handzeichen dasselbe. Er lächelte. Janet kramte ihre Zigaretten aus der Tasche und schaltete den Recorder ein. Die einzelnen Männer, die an den Nebentischen gesessen hatten, waren verschwunden. Janet bildete sich nicht ein, viel vom Leben zu verstehen. Im Gegenteil. Aber eins kannte sie. Männer.

Die Mädchen am Nebentisch waren zwischen siebzehn und neunzehn, hübsch, sommerlich leicht bekleidet, sexy, gut gelaunt und offen für jeden Spaß. Auf dem Tisch stand ein Eiskühler mit einer Flasche Cava, sie feierten irgendetwas.

Drei junge, kräftige und gesunde Heteromänner saßen an Einzeltischen direkt daneben und verschwanden, ohne die Mädchen auch nur wahrzunehmen. Und der Kahlkopf in der Mitte hatte mit Frauen und Sex auch nichts am Hut, es sei denn in einer abgefahrenen Spielart. Janet hätte zu gerne gewusst, ob er unter seinem Brokeranzug Strapse oder Latex trug.

»Nun, fragen Sie!« Reimann lächelte und nahm der Kellnerin die beiden Drinks ab. Hob sein Glas. Gott, die Deutschen mussten immer anstoßen. Janet machte mit. Klock. Whiskygläser waren nicht sehr musikalisch. »Was wollen Sie wissen?«

»Wo haben Sie Ihre drei Bodyguards jetzt postiert?«

»Gut beobachtet«, er lachte. »Im Hintergrund. Ich habe sie immer bei mir. In meinem Job ist man vielen Gefahren ausgesetzt. Siehe mein armer Bruder.«

»Tja, Ihr armer Bruder. Er war wirklich arm, oder? Im Gegensatz zu allen offiziellen Analysen und Berichten liegt der Konzern bös am Boden. Der ganze Strauß. Reimann AG, REGA Bau, Swiss RR, TRANSEUROP Zugmaschinen, KFRR Schaltungen etc. pp. Internationale Flaute, schlechtes Management, groteske Überschuldung. Die internen Hintergründe sprechen eine völlig andere Sprache als die Aktienkurse. Wie haben Sie das hinbekommen? Oder war das auch Ihr armer Bruder?«

Paul Reimann stellte vorsichtig sein Glas ab und musterte sie. Bewegungslos. Seine wimperlosen Augen zwinkerten nicht. Er hob das Glas wieder. Trank. Lächelte schief. »Sie haben Ihre Hausaufgaben wirklich gut gemacht. Donnerwetter, Kompliment. Darf ich fragen wie?«

»Internet. Ich komme in alle Bibliotheken und Archive dieser Welt. Manchmal kostet es eine Extragebühr. Was mussten Sie tun, um die Veröffentlichung dieser Fakten zu verhindern?«

»Na schön. Wenn Sie schon so viel wissen. Richtig, die Firma ist kurz vor dem K.O. Aber es gibt noch jede Menge Möglichkeiten. Davon hat mein Bruder leider nichts verstanden.«

»Sie meinen das Angebot aus Japan. Er hat es ausgeschlagen.«

»Ja, verdammt. Er war ein Trottel. Tut mir selber weh, dass ich das über meinen eigenen Bruder sagen muss.«

»Ihr Vater hat Ihnen damals nur ein kleines Stück vom Kuchen abgegeben. Daraus haben Sie aber in wenigen Jahren ein gewaltiges und stabiles Unternehmen mit Niederlassungen in der ganzen Welt gemacht. Ihr Bruder Robert bekam den ganzen Rest des Kuchens und hat ihn einfach so verputzt. Oder täuscht der Eindruck?«

»Wir waren immer schon sehr verschieden. Robert und ich.«

»Und Ihr Vater zog Robert vor?«

»Er hat den Tod seiner ersten Frau nie überwunden. Meine Mutter hat er nie …« Er stockte kurz. »Das tut doch alles nichts zur Sache. Robert und ich standen uns vielleicht nicht sehr nahe, aber er war mein Bruder. Verstehen Sie das?! Er war mein Bruder!«

»Er hat langfristig Gelder entzogen, hat über Jahre hohe Summen mit unübersichtlichen Spekulationen und Beteiligungen verpulvert, hat damit schlussendlich den Konzern in den Sand gesetzt, und dann wollte er sich abseilen. Richtig?«

»Ja. Nein. Natürlich nicht. Woher haben Sie diese ganzen Insiderinformationen. Die können Sie doch unmöglich im Internet gefunden haben!«

»Doch. Mit den richtigen Querverweisen geht das.« Janet steckte sich eine Zigarette an, Paul gab ihr kein Feuer. Sie lächelte ihn durch den Rauch an. »Und mit einem Quentchen Sachkenntnis natürlich. Unter den vielen Schulen, in die meine verzweifelten Eltern mich gesteckt haben, war auch ein als Kaderschmiede für Führungskräfte berüchtigtes Schweizer Witschaftscollege.«

»Scheiße, verdammt!!«

»Treffend formuliert. Bleiben zwei Fragen: Erstens, war Ihr Bruder wirklich so dumm und arm? Oder finden sich die Gelder noch irgendwo? Und zweitens, wie konnten Sie diese Informationen so lange unter dem Teppich halten? Eine kleine dpa-Meldung, und der Dax würde knallen.«

Paul Reimann schwieg. Sein Blick glitt kurz über den Platz. Seine Männer waren strategisch gut verteilt und versuchten, sich unsichtbar zu machen. Vergeblich. Zwischen den ganz normalen Bewohnern des Viertels und den Touristen aus aller Herren Länder wirkten sie so echt wie die Blues Brothers beim Casting für einen bayerischen Bergsteigerfilm.

Janet überlegte, wie weit sie sich vorwagen konnte, stellte fest, dass sie schon viel zu weit aus dem Fenster hing und daher auch gleich springen konnte. »Ihr Bruder hatte einen gewissen Ruf als Playboy und Lebemann. Unterstellen wir mal, rein hypothetisch natürlich, dass er weder arm noch dumm war und dass er seinen Abgang schon lange geplant und vorbereitet hat. Irgendwo auf dieser Erde könnte doch ein millionenschweres Guthaben samt nagelneuer Identität auf ihn warten. Was meinen Sie?«

»Er ist tot. Ermordet. Schon vergessen?«

»So sieht es zumindest aus.«

»Ist das nicht Ihr Auto?« Paul zog den Mund noch einen Eichstrich schiefer, Janet folgte seinem Blick. Ein Polizeikombi hielt kurz hinter ihrem

Mini, und zwei Männer brachten schwarz-gelbe Krallen an.

Janet hob die Schultern. »Was ist schon ein Auto. Das da hätte den nächsten TÜV sowieso nicht überlebt. In sechs Stunden wird es abgeschleppt. Erspart mir das Verschrotten.« Sie steckte sich eine neue Zigarette an der alten an. »Als gestohlen angeben und abmelden. Billiger als jede andere Methode, ein altes Auto loszuwerden.« Sie lächelte wehmütig. »Früher haben wir alte Autos vergraben oder im Meer versenkt, aber das geht ja heute nicht mehr. Wo waren wir stehen geblieben?«

»Bei Ihrer armselig kleinen alten Rostbeule. Aber ihr Engländer liebt ja das Understatement.«

»Bei der Frage, wie man eine Fülle derart wichtiger und brisanter Informationen so lange unterdrücken kann. Die Antwort ist relativ einfach. Geld, Macht und Einfluss in höchstem Maße.«

»Diese Unterstellung muss ich wohl als Kompliment sehen. Nun, Sie sind ja anscheinend reich, frei und unabhängig. Sie können jetzt alles ausplaudern und den Artikel Ihres Lebens schreiben.«

Paul lehnte sich zurück und bestellte zwei neue Whiskys. Seine anfängliche Nervosität war verschwunden. Er wirkte ruhig und souverän. Das hätte sie warnen müssen, aber Janet war blind, sie war auf dem Kriegspfad.

»Ich bin keine Wirtschaftsjournalistin. Das interessiert mich nur am Rande. Mein Gebiet ist die

Kriminologie. Und wenn wir mal unterstellen, dass ich auch nur annähernd Recht habe, dann hätten Sie doch ein wunderschönes Mordmotiv.«

»Schade, ich hatte Sie für intelligenter gehalten.« Paul Reimann stand auf, warf genug Geld auf den Tisch, um die Drinks und noch mal das zehnfache zu begleichen und ging. Schaute über die Schulter zurück. Wieder dieses schiefe Grinsen. »Und falls Sie es auf Erpressung abgesehen hatten, mehr Geld als das werden Sie von mir nicht bekommen. Sorry, Howard.«

Janet blieb sitzen und sah ihm nach. Kein Grund zur Eile. Sie kippte die beiden Whiskys zusammen und steckte sich eine neue Zigarette an. Mit Paul Reimann waren auch die drei Blues Brothers verschwunden. Ihr Mini saß fest für immer. Sie nahm einen tiefen Schluck aus dem Doppelglas.

Es gab nicht viel im Leben, vor dem Janet Angst hatte. Gefahren mussten erkannt und überwunden werden. Sonst paralysierten sie einen nur. Das sah sie ganz pragmatisch. Nur jetzt war plötzlich alles anders.

Sie hatte nur eine kleine Leuchtrakete losgelassen und offensichtlich etwas zu viel Licht ins Dunkel gebracht. Unwillkürlich schaute sie zu den Dächern der umliegenden Häuser hoch auf der Suche nach Scharfschützen. Janet litt sicher nicht an übersteigerter Phantasie, aber im Moment fühlte sie sich wie im Fadenkreuz.

Sie zahlte und steckte das überschüssige Geld ein, stand auf, hängte sich die Tasche über die Schulter und ging langsam und aufrecht hinüber zur Jaume I, über die Dagería in die Viladecols. Alles Einbahnstraßen in der falschen Richtung, gut, dass sie den Mini los war. Sie versuchte, schneller zu laufen. Schnappte nach Luft und überhörte das Pfeifen der Bronchien. Jede sanfte Steigung wurde zum Berg. Die Gassen mit den schwarzen Knubbelpollern, handbreiten Eisenbalkonen, von denen Jalousien oder Grünpflanzen herunterhingen, hohen Häusern, die die Sonne nur mittags kurz hereinließen, einer mittelalterlichen Steinbrücke mit verstaubten Butzenscheiben zwischen den Mauern. Ein Hauch von Venedig. Düstere Tore und halb geschlossene Fenster.

Die Plaça Regomir lag im hellen Sonnenlicht. Janet blieb schwer atmend stehen. Alles war wie immer. Vor der Apotheke ein Lieferwagen, gegenüber schlappten noch zwei Fahnen von San Juan, Katalonien und Europa. Vor dem Telefonhäuschen zwei Japaner, die mit den Münzen nicht zurecht kamen, eine Mutter im Disput mit ihrem wütenden Schulkind. Eine alte Frau mit Haarnetz und Einkaufstasche ging zu dem kleinen Lebensmittelladen. Colmado Paco. Janet folgte ihr. Ein paar Gemüsekisten, eine Theke mit Schinken und Käse, ein Regal mit Dosen und abgepacktem Gebäck, ein Glasschrank mit Butter, Milch und Joghurt, ein hohes Regal mit

Flaschen, ein Holzgestell mit Broten. Eine dicke Frau brachte gerade ein Blech mit duftend frischen *empanadas* nach vorne. Janet kaufte eine kleine Flasche J&B, ein Bauernbrot und sechs *empanadas*, drei mit Gemüse gefüllt, drei mit Tunfisch.

Die Alltäglichkeit dieser Aktion beruhigte sie. Sie packte den Whisky zwischen die Papiere in die Tasche und ging mit ihrer Brottüte hinaus und hinüber in den handtuchschmalen Durchgang, der zum Pati Llimona führte. Fühlte sich cool. Drückte sich flach an die Wand und wartete ein paar Sekunden.

Eine Autohupe, zwei Frauen stritten, ein Baby schrie. Es roch nach feuchtem Mauerwerk, Tomatensuppe und Lavendel.

Janet schob sich vorsichtig an die Mauer und schaute zurück auf den sonnenheißen Platz. Niemand beachtete sie, und niemand folgte ihr. Sie entspannte sich und ging weiter.

Plötzlich wurde sie brutal zurückgerissen. Ihre linke Schulter brannte wie ausgekugelt. Sie sah in das runde Gesicht eines jungen Mannes. Dunkle Haare, braune Haut, breite Schultern, ein rotes T-Shirt. Er wandte den Blick sofort ab, riss nur an ihrer Tasche. Riss mit beiden Händen und mit aller Kraft. Janet schrie. Sie hielt den Arm im Reflex angewinkelt, um die Tasche festzuhalten und schlug um sich. Versuchte, ihn in die Eier zu treten, aber die Tasche war dazwischen. In der anderen Hand hatte sie nur die Tüte. Sie holte aus und schwang sie hoch. Traf seine Schulter. Er gab nicht auf. Ins Gesicht. Noch mal und noch mal. Endlich ließ er los und rannte davon. Kurz vor der Ecke wurde er schlagartig langsam und fiel in einen unschuldigen Schlendergang.

Janet keuchte, zitterte. Ihr Kopf schien zu bersten. Sie hätte sich gern irgendwo hingesetzt, aber es gab nichts außer dem schmutzigen Boden.

Ein älteres Paar kam die Gasse herauf. »Haben Sie geschrien? Können wir Ihnen helfen?«

Janet untersuchte die Tüte, Blutspuren. Gut. Hoffentlich Ohr ab und Nase gebrochen. Das Brot war aufgeplatzt, die *empanadas* zermantscht. »Danke nein, es geht schon.«

IV.

Der Beginn einer wunderbaren Freundschaft

31

Pia legte die rosigen Bacalaoscheiben auf eine Platte, beträufelte sie mit dunklem Olivenöl und schnitt kleine Tomatenwürfel dazu. Sie hatte schon Melone mit Schinken vorbereitet und Avocados mit *gambas* gefüllt. Eine Käseplatte mit Fliegenschirm. Pia sah auf die Uhr, elf Uhr zehn, und öffnete die erste Cavaflasche.

Fritz saß auf einem der Barhocker und behielt sie im Auge. Und den Fisch, die *gambas*, den Schinken und den Käse. Er schnurrte. Als es läutete, überlegte Pia nicht lange, sie packte Fritz und nahm ihn mit zur Wohnungstür, drückte den Öffner zur Straße und ging in die Küche zurück. Zögerte. Hatte immer noch Fritz auf dem Arm, der sich auch in Anbetracht all der Köstlichkeiten wie ein willenloses Sofakissen tragen ließ.

Die Wohnungstür stand noch auf. Das war unentschuldbarer Leichtsinn in einer Stadt wie Barcelona. Kurz entschlossen setzte sie Fritz auf die Terrasse und sperrte ihn aus. Rannte zurück zur Tür.

Dagmar. Pia umarmte sie vor lauter Erleichterung. »Verdammt und alle Heiligen, in dieser Stadt kann man eine ganz schöne Paranoia entwickeln. Komm rein.«

»Es ist nicht die Stadt, es ist dieser widerliche Fall.« Dagmars Gesicht war rot, Schweiß perlte von ihrer Stirn, aber sie strahlte. Hielt Pia eine Aluform mit Leberpastete hin und einen Beutel mit zwei kalten, in Zeitungspapier gewickelten Cavaflaschen, Codorníu Brut. »Ist Janet schon hier? Ich habe heute Morgen mit den beiden Marokkanern gesprochen. Ich hab da eine Idee.«

»Ich auch, ich hab auch eine Idee. Warten wir auf Janet.« Pia füllte zwei Gläser, sie tranken. Pia packte die Pastete aus und richtete sie auf einem neuen Teller an. »Hmmm, die duftet ja lecker.«

»Hühner- und Lammleber. Aber deine *tapas* sehen auch sehr verführerisch aus. Kann ich dir was helfen?«

»Pass auf diesen blöden Kater auf. Der denkt immer nur an das eine«, Fritz war über das Terrassengeländer balanciert und kletterte gerade durch das offene Wohnzimmerfenster herein und sprang auf den Hocker neben Dagmar.

Dagmar schwitzte immer noch. Pia hatte überall Fächer in allen Farben herumliegen. Sie nahm sich einen gelben und gab Dagmar einen blauen. »Hier. Neben der Siesta eine der größten Erfindungen Spaniens. Die schwarz gemusterten Touristenfächer kann ich nicht ausstehen, ich kauf immer nur einfarbige. Ich hab damit angefangen, als ich mit dem Rauchen aufgehört habe. Da hast du wenigstens etwas in der Hand zum Fummeln. In Madrid oder auf den Balearen total okay, gilt aber hier in Barcelona als absolut uncool. Ist nur was für gebrechliche alte Damen. Mich kratzt das nicht. Ich finde es extrem praktisch bei der Hitze!«

Dagmar schaffte es nicht, den Fächer so locker auf- und zuschnalzen zu lassen wie Pia, sie lachten. Tranken. Fritz schnurrte und machte einen langen Hals.

Es läutete.

»Pass auf den Kater auf«, Pia ging zur Wohnungstür. Drückte den Knopf und wartete. Als Janet aus dem Lift kam, erschrak sie. »*Dios*! Was ist passiert?«

Janet winkte ab, ging direkt in die Küche. Fritz floh, und sie ließ sich mit einem tiefen Seufzer auf seinen Barhocker sinken. Schloss kurz die Augen. »Okay«, krächzte sie heiser. »Ich brauch zwei Aspirin und einen Whisky.« Sie holte eine Whiskyflasche aus ihrer Tasche. »Tut mir Leid, ich hatte noch Brot und *empanadas* gekauft, aber ich bin überfallen worden.«

Pia brachte ihr ein Glas Wasser und zwei Aspirin, »Wie?! Jemand hat dir die *empanadas* geraubt?«, während Dagmar den Whisky aufmachte und Eiswürfel aus dem Kühlschrank holte.

»Hat das was mit dem Fall Reimann zu tun?«

»Das habe ich mir zuerst eingebildet«, Janet schluckte die Aspirin mit etwas Wasser, steckte sich mit zittrigen Fingern eine Zigarette an und griff nach dem Whisky. »Aber es war nur ein scheißnormaler kleiner Taschendieb. Das heißt, klein war er nicht, größer als ich und breit wie ein Ringer. Ich hab ihm die Tüte mit dem Brot und den *empanadas* um die Ohren gehauen.« Sie lachte unter Husten kurz auf. »*Die* Alte wird er nicht so schnell vergessen! Einer von diesen Algeriern oder Tunesiern oder was weiß ich. Scheiß drauf!«

»Ich mag diesen Unterton nicht«, empörte sich Dagmar. »Das sind doch Menschen! Und für so einen Jungen bist du stinkereich!«

»Und wenn? Gibt ihm das das Recht, mich fertig zu machen?« Janet rieb ihren linken Unterarm, der schon begann, anzuschwellen und sich blau zu färben.

»Natürlich nicht. Aber du musst beide Seiten sehen …«

»Muss ich nicht!«

Janet und Dagmar saßen dicht nebeneinander und starrten sich an.

Pia ging schnell dazwischen. »Hört auf zu streiten. Lasst uns erst mal was essen und trinken. Kommt, helft mir tragen, wir gehen ins Wohnzimmer, dort ist es schön kühl.« Sie nahmen die Platten und brachten sie ins Wohnzimmer, in dem Pia schon den Tisch vorbereitet hatte. Fritz hatte es eilig, ihnen zu folgen, kam unter Janets Füße, sie trat ihn weg. Nicht fest, aber sie trat.

Pia setzte zwei Platten ab. »Hast du irgendwelche Probleme mit Katzen?« Sie hob Fritz hoch und setzte ihn wieder auf die Terrasse hinaus.

Janet winkte hastig ab. »Nein, sorry. Na ja, ich ... tut mir Leid, aber ich hab's nicht so mit Tieren ...«

»Außer mit Camel und den Black&White-Hündchen.« Dagmar setzte ihre Platte ab und leckte sich Dip vom Finger, sie sah Janet nicht an.

Janet hatte immer noch die Zigarette in einer, das Whiskyglas in der anderen Hand. »Ich rauche Ducados, und Black&White trinke ich nur, wenn ich in der Sahara und am Verdursten bin.« Sie suchte einen Aschenbecher, nahm sich ein Schälchen mit Knöpfen, die sie kurzerhand auskippte, und drückte die Zigarette aus. Hielt Dagmar die Hand hin. »Waffenstillstand.«

Dagmar zögerte, schlug ein, und beim Cava und den *tapas* entspannten sie sich alle. Pia versorgte sie, schenkte nach und wartete auf eine gute Gelegenheit, ihre neue Idee vorzutragen. Aber Dagmar gab nicht auf. »Es ist diese unwürdige Situation, in der viele Nordafrikaner hier leben müssen.« Bevor Janet etwas sagen konnte, fuhr sie hastig fort. »Halt bloß den Mund. Ich bin nicht so blauäugig, wie du vielleicht glaubst. Die beiden Typen, die Reimanns Porsche genommen haben, zum Beispiel. Saïd und Mustaf. Die Freunde *deines* Sohnes wohlgemerkt, die ich ohne *deine* Bitte gar nicht kennen würde! Ich habe vorhin mit ihnen gesprochen. Die beiden sind illegal hier, sie sind riesengroße stinkende, schmutzige Macho-Arschlöcher, sie haben sich den 911er gekrallt und damit diesen Australier umgenietet. Keine Frage. Und vielleicht haben sie auch schon mal mit Drogen gedealt. Gut vorstellbar. Aber sie haben mit diesem Koks im Rucksack und den Spuren in Reimanns Porsche nichts zu tun. Dafür würde ich meine Anwaltslizenz verwetten.«

»Du bist ihre Anwältin? Nicht Fusté?« Pia packte die Reste auf ihre Teller und ließ nur den Käse mit den Trauben stehen. Als sie Dagmar und Janet in der Klinik kennen gelernt hatte, schienen sie sich so gut zu verstehen, sie hatten die gleiche Art von Humor, die gleichen Ziele. Sie hielt sich besser zurück, bis sie wusste, wie die beiden mit dieser Spannung klarkamen.

»Ach du liebe Zeit, so einen Fall würde Fusté nicht mit Asbesthandschuhen anfassen! Bringt weder Geld noch Ruhm. Und außerdem würde er diese ›*moros*‹ alle am liebsten zurückschicken. Wenn's nach ihm ginge, mit Ruderbooten ohne Proviant und Wasser. Aber ich werde sie freibekommen.« Dagmar strich sich etwas Ziegenkäse auf einen Brotkanten. »Das mit dem Porsche ist das geringste Problem. Wer so ein Gigateil mit laufendem Motor und steckendem Zündschlüssel in der Laietana stehen lässt, ist selber schuld. Dummejungenstreich, sie wollten die Karre nur aus dem Stau holen. Wer will das Gegenteil beweisen? Dann dieser Adrian Walters. Er war ziemlich zugedröhnt, das haben sie im Krankenhaus festgestellt. Er ist im Hospital de Sant Pau. Und er liegt immer noch im Koma. Aber ich finde sicher Zeugen, die bestätigen können, dass er dem Porsche direkt vor den Kühler getorkelt ist.«

»*Claro*«, Pia registrierte zufrieden Dagmars Professionalität. »Um die Zeit hatten die beiden Asturianer Dienst an der Pforte. Die müssen das gesehen haben, direkt vor ihrer Nase.«

»Ja, genau. Hab ich schon rausgefunden. Bleibt das Kokain. Auf den ersten Blick sieht es natürlich so aus, als hätten sie es dem ohnmächtigen Australier hastig in den Rucksack gestopft, als sie erwischt wurden. Frage eins: Hatten sie wirklich die Zeit dazu? Mitten im Stau und genau vor dem Polizeipräsidium. Immerhin gibt es die Koksspuren im Porsche. Frage zwei: Ist das Kokain identisch? Das müsste sich doch feststellen lassen. Und, wenn nicht, dann, ja dann suche ich nach Hinweisen, dass das Kokain Robert Reimann gehörte. Da genügt ein Zweifel, dann wäre das zu schaffen. Und damit sie nicht sofort ausgewiesen werden, brauche ich zwei spanische Bürgen mit Geld und Reputation.« Dagmar bekam ihren Fächer allmählich in den Griff. Sie glühte vor Eifer. »Janet. Dein Sohn will die Jungs raushaben. Ich denke mal, er kennt auch Leute, die sich als Bürgen eignen und zur Verfügung stellen würden. Oder?«

»Respekt«, Janet schob das Käsebrett wie ein dargebotenes Opfer zu Dagmar hinüber, »ich muss mich entschuldigen. Ich habe dich falsch eingeschätzt. Ich glaube, du hast Recht. Der Koks war schon vorher im Porsche. Eine ziemliche Menge! Woher sollten zwei solche Würstchen das Geld nehmen?! Oder wer wäre so blöd, ihnen bei so einer Summe zu vertrauen?!«

»Ich mag diesen Kolonial-Gutsherren-Ton nicht.« Dagmar schob das Käsebrett zurück in die Tischmitte.

»Sorry, den Ton nehme ich zurück«, Janet schob das Brett wieder zu Dagmar.

»Wird das jetzt so eine Art *running gag* zwischen euch?« Pia stellte eine neue Flasche auf den Tisch und übernahm die Koordination. »Wir haben den Koks im Rucksack des Australiers und die deutlichen Spuren im Porsche. Ich werde das im Labor prüfen lassen.« Janet und Dagmar wollten etwas sagen, Pia ließ es nicht zu. »Trinkt, esst und hört zu. Wir drei sind total verschieden, und wir kennen uns weder gut noch lange. Trotzdem habe ich das Gefühl, dass wir ähnlich ticken und dass wir auf derselben Seite stehen. Allerdings bisher jeder für sich. Ich werde euch jetzt etwas sagen, das mich den Kopf kosten könnte. Und die Karriere, oder was immer davon übrig ist. Es gibt bei uns im Haus eine

Pressesperre. Oder sagen wir besser eine Art Filter. Einige wichtige Einzelheiten gehen im Moment nicht raus an die Öffentlichkeit. Ich würde euch gern um Stillschweigen bitten, aber wenn das nicht klappt, ist es auch egal. Ich hätte mich in meiner Menschenkenntnis getäuscht, und die ist mein größtes Kapital. Mein Entschluss steht sowieso fest. Ihr versteht gleich, um was es geht. Also:

Robert Reimann hat in seinem Safe ein Tagebuch hinterlassen, in dem er Barbara beschuldigt, mit Drogen zu dealen. Angeblich wollte er mit ihr Schluss machen, und sie drehte durch, aus Hass etc. Angeblich kennt er sie schon länger, hat sie geliebt, wollte ihr helfen. Sie aber hatte – angeblich – noch einen anderen Freund, einen Deutschen in ihrem Alter, wir kennen nur Anfangsbuchstaben. Wenn er überhaupt existiert. Es gibt Fotos und jede Menge anderer Indizien. Alle bei Reimann im Safe. In Barbaras Wohnung wurde jedoch kein Hinweis gefunden. Absolut *nada*. Trotzdem sieht das nicht gut aus. Davon durften wir noch nichts an die Medien geben. Bisher wurde immer noch nach einer anderen Möglichkeit, einem anderen potenziellen Mörder gesucht. Aber spätestens morgen früh ist Barbara Dyckhoffs Vorverurteilung in sämtlichen Schlagzeilen. Und dabei sind längst nicht alle Spuren untersucht. Diese unglaubliche Eile ist alles andere als normal. Ich vermute mal Druck von oben. Starken Druck. Von ganz oben. Inzwischen bin ich bei uns so ziemlich die Einzige, die Zweifel hat. Die Einzige, die nicht hundert pro von Barbaras Schuld überzeugt ist und die das auch noch laut sagt. Und ich werde mittlerweile systematisch von dem Fall weggemobbt.«

»Das hat sie mir gesagt«, Dagmar verschluckte sich fast an einer Weintraube, »Barbara. Dass Reimann versucht hat, *sie* umzubringen. Dass es genau umgekehrt war.«

»Das könnte gut sein!«, Janet hustete. »Reimann hat den ganz großen Abgang geplant. Er hat irgendwo auf dieser Welt ein Millionenvermögen geparkt.« Sie hievte die Computerausdrucke mit allen Informationen über die Brüder Reimann und den Konzern auf den Tisch. »Wenn, dann muss er das über Jahre hinweg vorbereitet haben, zusammen mit einer neuen Identität. Und dann hat er auch seinen sogenannten Mord sorgfältig geplant.«

»Das würde bedeuten«, Pia ließ ihren Fächer schnappen, »der zweite Tote in der Garage war als Reimanns Double vorgesehen.«

»Das passt zusammen«, Janet schubste unauffällig Fritz weg, der auf ihren Schoß springen wollte. »Reimann hat zuerst einmal diesen Dummie mit seinen Klamotten, seinem Ring und einer teuren Uhr ausgestattet, ihn getötet und in den Ferrari gesetzt. Alles war für das ganz große Feuer vorbereitet. Das Vermögen, das er da in Form alter Autos stehen hatte, musste er opfern, damit das Ganze noch glaubhafter wirkte.«

»Carrera hat mich angerufen«, Pia merkte, dass keiner außer ihr Carrera kannte. »Er ist Chef der *bomberos*, einer unserer besten Brandaufklärer, und er ist zufällig auch ein echter Oldtimerfan. Er meint, dass einige der alten Autos in Reimanns Garage möglicherweise Remakes sind. Sehr gute Rekonstruktionen. Er sagt, da sind solche Raritäten darunter, dass man das in der Insiderwelt wissen würde. Der grüne Ferrari nur als Beispiel.«

»Wie auch immer, da steckte ein Haufen Kohle in dem Haus und in der Garage. Das war der Plan. Es musste teuer sein. Oder zumindest so aussehen. Seine Mörderin sollte natürlich in den Flammen umkommen. Kurz vor der geschlossenen Garagentür. Alle Hinweise und Indizien gegen sie waren im Haupthaus sicher untergebracht. Seinen Porsche wollte er selbst für die Flucht benutzen.«

»Und der Koks?« Dagmar blätterte in ihren Notizen, ohne aufzublicken.

Janet dachte nach, nickte dann. »Tja, oder so. Reimann war selber User.«

»Oder«, Pia unterbrach kurz, »Reimann hat das Zeug nur wegen der Story um Barbara rangeschafft. Wir haben im Safe ein Viertel Pfund Koks gefunden. Beste Qualität. Das er angeblich Barbara abgenommen hat. Jede Wette, dass die Spuren im Porsche mit dem Zeug im Safe übereinstimmen und nicht mit dem Kram in der Keksschachtel des Australiers.«

»Klingt erst mal logisch.« Janet steckte sich eine Zigarette an und schenkte sich vorsichtig etwas Whisky nach. »Remakes hin oder her. Praktisch alle Richter dieser Stadt sind Männer, und keiner von denen kann sich vorstellen, dass auf dieser Welt jemand fähig sein könnte, so ein wunderbares Automuseum für einen angeblichen Versicherungsbetrug zu opfern. Niemals!«

»Richtig«, Pia nahm Janet die Knopfschale mit den Kippen weg und stellte ihr einen tiefen Kneipenaschenbecher hin. »Aber dann musste er einen Fluchtplan haben. Wohin wollte er? Mit diesem auffälligen Auto! Hatte er einen Verbündeten? Frau oder Mann? Oder hatte er ein zweites Auto vorbereitet? Wenn, dann haben wir das übersehen. Ich werde es überprüfen.«

»Reimann hat Barbara nicht einfach so auf der Straße angesprochen.« Dagmar machte sich immer noch Notizen in ein Ringbuch. »Wenn wir Recht haben, dann hat er da eine logistische und strategische Meisterleistung vollbracht. Er musste erstens: Das Geld aus dem Konzern unauffällig auf die Seite schaffen. Zweitens: Alle Spuren in der Buchhaltung beseitigen. Also Scheinfirmen gründen, Übernahmen vortäuschen etc. pp. Ein Riesenaufwand. Drittens: Eine neue Identität besorgen und unauffällig aufbauen. Viertens: Den genau passenden Ersatzmann ohne Zähne und ohne Anhang finden, ausforschen, töten und als sein Alter Ego in den Ferrari setzen. Und fünftens: Einen potenziellen Mörder suchen, ausforschen und manipulieren. Wenn er das alles geschafft hat, dann war er ein verdammt schlauer Hund.«

»Genauso muss es gewesen sein!« Janets Stimme klang immer noch heiser, dessen ungeachtet rauchte sie und trank ihren Whisky. »Und das ist auch die Erklärung dafür, dass sein Bruder Paul Reimann so hektisch darauf bedacht ist, Barbara als Mörderin überführt zu wissen. Wenn nämlich Robert Reimann ein Mörder war, und das kommt raus, dann sacken die Kurse seiner Firma schlagartig ab. Außerdem verliert Paul dann jede Chance, unauffällig an die Millionen im Ausland ranzukommen. Und Ladies, ich sag euch eins, der Typ hat Geld und politische Macht, und er ist nicht eben zimperlich.«

»Das würde bedeuten«, Dagmar legte das letzte Stück Käse wieder auf den Teller zurück, »dass jeder in Gefahr ist, der Paul Reimann im Wege steht. Oder?«

»Gut auf den Punkt gebracht«, Pia war zufrieden. Das lief. »Hört zu. Ich bin bei der Polizei, Kripo. Und das war immer mein Ziel. Aber was da jetzt abgeht, kann ich nicht mehr unterschreiben. Ich steige aus.«

Dagmar und Janet sahen sie an. Schwiegen.

Pia legte nach. »Dagmar, du lässt dir von Fusté einen Fall aufhängen, den er für verloren hält, und du bist ihm auch noch dankbar dafür. Dabei bist du selbst Mitglied der spanischen Anwaltskammer, du bist nicht bei Fusté angestellt, Dagmar! Du kannst tun und lassen, was du willst. Auch ohne ihn und seine Kanzlei.«

»Schön wär's. Fusté zahlt Miete, Sekretärin, Strom, Telefon, Fax, Computer und alles andere.«

»Das ist nur Geld. Aber er hat dich auch sonst unter der Knute. Als wäre er dein Chef und nicht nur der Senior. Dabei bist du vermutlich unentbehrlich für seine neue reiche deutsche Klientel.«

»Nun lass sie doch, was hackst du auf ihr rum?« Janet verteidigte Dagmar.

Pia grinste zufrieden. »Und du, Janet, hast du schon einen Artikel zum Fall Reimann verkauft?«

»Bisher nicht. Meine nächste Kolumne ist Gott sei Dank nicht so bald fällig.«

»Natürlich«, Pia hatte eine neue kalte Flasche Cava in der Hand und fummelte den Draht ab. »*Amigas*, da gibt es eine Gemeinsamkeit zwischen uns dreien, seht ihr die?« Der Korken knallte gegen die Decke, und Pia schenkte die Gläser voll. Auch Janets.

Janet schrie entsetzt auf. »Das war Whisky!«

»Glück gehabt«, Pia stellte die Flasche in den Kühler. »Wir alle drei glauben, dass Barbaras Schuld alles andere als eindeutig erwiesen ist. Aber keine von uns hat Rückhalt in ihrem Job. Wir stehen allein da mit unserer Meinung. Und ganz sicher nicht zum ersten Mal in unserem Leben. Ihr seid Freiberufler, ich bin fest angestellt. Und ich habe beschlossen, meinen Job zu canceln. Den einzigen Job, den ich liebe und den ich wirklich kann. Noch habe ich nicht gekündigt, aber ich höre auf bei der Polizei. Und ich fange ganz neu an. Als Privatdetektivin.« Sie hob ihr Glas, trank, knuddelte verlegen mit Fritz. »Ich wollte euch fragen, ob ihr mitmacht.«

Schweigen.

Dagmar und Janet sahen erst Pia an, dann einander.

Janet kippte ihren Cavamix in Dagmars Glas und schenkte sich J&B pur nach. Trank. Grinste. »Das ist mal eine neue Idee. Gefällt mir. Ey, das ist wirklich cool. Wo, wie, unter welchem Label?«

Dagmar trank den Mix, verzog das Gesicht und goss hastig Cava nach. »Ja, wie? Ich meine, wovon sollen wir denn leben? Könnte ich weiterhin in Fustés Kanzlei bleiben? Ich habe kein Geld …«

»Das ist ein gutes Stichwort.« Pia trank hastig ihr Glas leer. Nun kam der peinlichste Moment. »Zu dieser Wohnung hier gehört noch ein fast ebenso großer hinterer Teil. Den habe ich damals mitgekauft, als ich gerade das Geld aus der Lebensversicherung meines Vaters hatte, aber er ist immer noch im verrotteten Urzustand. Man müsste ihn herrichten. Das könnte das Wo sein. Das Wie: Jeder kann natürlich in seinem Job weitermachen. Ihr beide kommt aus EU-Ländern, aber ich bin die einzige gebürtige Spanierin. Ich könnte die Lizenzen beantragen und alles erst mal auf meinen Namen einrichten. Schon wegen der Steuer und den Behörden. Wir müssten das allerdings untereinander vertraglich regeln. Aber darüber können wir noch reden.«

»Diese Idee ist so großartig!« Dagmar war den Tränen nah. »Ich würde sofort mitmachen! Aber, Leute, ich habe kein Geld. Weniger als Null. Tut mir Leid.« Sie wollte aufspringen.

Janet packte sie am Arm und zog sie wieder auf ihren Stuhl. »Die Idee ist wirklich gut. Und Geld darf nie das Problem sein. Geld kann man immer beschaffen. Irgendwie. Jede von uns bringt etwas Wichtiges ein. Pia ist hier geboren und hat die Kontakte und das Ermittler-Know-how der obersten Kategorie. Du bist eine brillante Anwältin und hier zugelassen. Ich versteh von allem vieles und nichts. Aber ich könnte vielleicht etwas Geld lockermachen. Wie viel brauchen wir?«

»Wenn wir die Wohnung hier nehmen, dann müssten wir den bisher toten Teil herrichten und als Büro ausstatten. Computer, Telefon, Fax. Website im Internet und eventuell auch Werbung in anderen Medien. Ich habe Freunde, die uns helfen würden. Wir müssten natürlich auch selbst zupacken. Absolutes Minimum etwa fünfzehntausend Euro. Fünf könnte ich aufbringen.«

»Bleiben zehn«, Janet füllte sich Whisky nach, »die übernehme ich.«

»Das würdet ihr tun? Ihr seid verrückt!« Dagmar lachte begeistert, »ich habe auch schon einen Namen, *Llimona 5*, die fünf Zitronen, wie die Adresse.«

»Na, bravo«, Pia merkte, dass nicht alles so selbstverständlich war, wie sie dachte. »Erstens sind wir nur drei, und zweitens heißt der Pati Llimona nach Josep Llimona, dem Bildhauer. Aber fünf ist die Hausnummer, und Zitronen stimmt auch, und außerdem sind die schön, lecker und gut gegen jedes Ungemach, das passt zu uns.«

Sie lachten und hoben die Gläser.

Es läutete.

Sie sahen sich an. Setzten die Gläser vorsichtig ab. Pia stand auf. »Eigentlich erwarte ich keinen Besuch«, sie ging hinaus in den Flur zur Wohnungstür und sagte in die Gegensprechanlage: »Ja?«

»Josep Bonet. Lässt du mich rein?«

Pia drückte den Öffner und hielt Fritz mit einem Fuß von der Tür weg.

»Wer ist das?« Janet stand hinter ihr und hielt ein Messer in der Hand, gleich neben ihr tauchte Dagmar mit einer neuen Flasche Cava auf, die sie am Hals herumschwang.

»Entspannt euch, Bonet ist ein Freund. Und Dagmar, schüttel den Cava nicht so, wir sind hier nicht bei der Formel I.« Noch einmal schob sie Fritz auf die Seite, ließ Bonet ein und schloss hastig die Tür hinter ihm. »Schön, dich zu sehen.«

»Ja«, Bonet sah etwas irritiert auf Dagmar mit der Flasche und Janet mit dem Messer. »Du bist auch hier. Ich wollte dich fragen, ob du mal mit mir essen gehst, aber das Steak wollte ich dabei eigentlich nicht spielen.« Er hob kurz die Hängeschultern und schlurfte ihnen allen voran ins Wohnzimmer. »Pia, kann ich dich kurz unter vier Augen sprechen?« Er nahm ein Stück Brot und packte den Rest Käse drauf.

Pia zwang ihn, sie anzusehen. »Kommst du als Kollege oder als Freund?«

»Als Freund, soweit ich kann.« Bonet kaute mit vollen Backen und lächelte Janet an, die sich mit Dagmar gerade vorsichtig wieder hinsetzte.

»Sie haben mich auf's Abstellgleis geschoben, stimmt's?«

»Ja. Eindeutig. Pia ich hab dich sehr gern, aber ich kann nichts tun. Ich bin geschieden und muss für meine Frau und die drei Kinder sorgen und vor allem zahlen. Können wir kurz allein reden?«

»Josep, ich mag dich auch, und ich mag den Job. Aber nicht so. Und ich habe glücklicherweise keine Kinder. Ich hab es unserem *comandante* noch nicht gesagt, behalte es also bitte vorläufig für dich, aber ich höre auf. Ich arbeite privat weiter. Und die beiden hier sind meine Kolleginnen. Partner. Sie sind okay. Du kannst ganz offen sprechen.«

Bonet stand auf. »Nein, so nicht. Tut mir Leid. Ich muss leider wieder weiter …«

Pia sprang hoch und stellte sich ihm in den Weg. »Komm schon. Du hast was rausgefunden. Etwas, das meine Hypothese unterstützt. Erzähl schon. Bitte!«

Bonet wirkte seltsam hilflos und unentschlossen. Janet stand auf und kam auf ihn zu. In der einen Hand ein volles Cavaglas. Sie lächelte. Irgendwie war ihre keusche Hemdbluse aufgegangen, und eine ihrer kleinen, englischen, marmorweißen Brüste lugte, erstaunlich prall für ihr Alter, hervor.

Bonet errötete, nahm das Glas und setzte sich wieder hin. »Ist ja gut. Ich glaube euch.« Er hatte Mühe, den Blick von Janet abzuwenden, und sich auf Pia zu konzentrieren. »El Jefe hat an deinem Computer die Passworte fürs Internet und die anderen Vernetzungen ändern lassen.«

»Ich hab's gemerkt. Ich nehme an, Toni hat ihm dabei geholfen. Sanchez kann das doch gar nicht allein.«

»Toni ist jetzt so was wie seine rechte Hand. Und Silvi ist auch eins raufgerutscht, der *inspectór* ist nicht mehr unerreichbar, nicht mal für sie. Du hingegen hast auf deinem Tisch eine Verwarnung liegen. Unentschuldetes Fernbleiben vom Arbeitsplatz.«

»Als E-Mail kann er sie mir ja nicht mehr schicken.« Pia lachte bitter auf. »Jetzt sag schon, was hast du rausgefunden?«

»Carrera hat Brandstiftung bestätigt. Jemand hat Unmengen Benzin verschüttet, die ganze Garage war wie eine Bombe. Übrigens waren einige dieser seltenen Automobile eindeutig Fälschungen. Beziehungsweise Remakes. Auch nicht eben billig, aber kein Vergleich zum Originalpreis.«

»Woher bekommt man die? Es gibt doch sicher so was wie eine Oldtimerbörse. Dem sollte man nachgehen. Jede Wette, dass Reimann die Remakes erst im letzten Jahr gekauft hat.«

»Hm. Dann habe ich auf unsere Computeranfrage eine Rückmeldung aus Valencia bekommen. Eine Frau hat dort vor sechs Wochen ihren Mann als vermisst gemeldet. Gabriel García-Montserrat.«

»Noch so ein schöner Name. Lass mich raten. Servicemann bei Toshiba Spain. Viel unterwegs. Auch seine Frau wusste nichts vom eingereichten Jahresurlaub. In Alter und Aussehen gleicht er einem gewissen Juan Bautista de las Torres. Ebenfalls seit sechs Wochen abgängig. Oh!«

»Was ist los?«

»Ich hab sie dagehabt. Die Frau von diesem Mann mit dem schönen Namen. Aus Valencia. Die war an San Juan bei uns! Und ich hab's nicht kapiert. Ich hab sie wieder weggeschickt!

»Aber jetzt fällt es dir wieder ein! Pia, du darfst den Job nicht hinschmeißen. Wir brauchen dich. Leute wie dich. Du kannst das Feld doch nicht den Tonis und Silvis überlassen.«

»Es war nicht meine Entscheidung, Josep. Ich liebe diesen Beruf, das weißt du. Und ich habe meine Position verdammt hart erarbeitet. Härter als ihr alle. Nicht nur, weil ich eine Frau bin. Ich habe Probleme mit Bürokratie und Hierarchie, und die mit mir. Ich hab viel Staub schlucken müssen. Jetzt kann ich nicht noch einmal bei Null anfangen. Ich werde das machen, was ich immer wollte. Nur frei. Ohne Apparat hinter mir, aber auch ohne Chefs über mir. Wenn ich Glück habe, bleiben mir ein paar Freunde.«

Bonet sah sie lange an, dann stand er auf. »Ich bin nicht so mutig wie du. Aber wann immer ich kann, werde ich dir helfen. Gib deine Marke noch nicht zurück. Ich habe für heute Nachmittag um vier und um fünf die beiden Gattinnen Isabel Ribera Montserrat und Catalina Lorente de las Torres ins Präsidium bestellt. Ich führe die Gespräche. Toni hat zu dem Zeitpunkt einen Fernsehtermin. Kannst du da sein?«

»Logo, danke Josep!« Pia umarmte ihn, er drückte sie, winkte Dagmar und Janet kurz zu und war schon fast an der Tür, als Janet ihn zurückrief.

»*Adiós, amigo*«, sie lächelte. »Such schon mal ein schönes Restaurant aus. Meine Telefonnummer hast du ja.«

Er konnte nicht schnell genug aus der Tür kommen. Sie lachten, bis ihnen die Tränen kamen, und Pia brachte eine neue kalte Flasche aus der Küche.

Der Korken knallte gegen die Decke. Der Sekt schäumte über. Sie umarmten sich.

»Auf Llimona cinc!«

»Auf Llimona fünf!«

Zuerst hörte keiner das Handyquäken. Aber es wiederholte sich hartnäckig. Und drang langsam in ihre umnebelten Köpfe. Sie suchten etwas verwirrt nach ihren Handys, Janet fand ihres als Erste, Fehlanzeige. Die zweite war Dagmar. Treffer.

»Wo stecken Sie denn, verdammt noch mal?« Dagmars eben noch so übermütiges Lachen erstarb.

»Señor Fusté! Ich ... Es tut mir Leid ...«

»Man hat mich angerufen. Wegen Ihrer Klientin. Barbara Dyckhoff. Sie hat sich in ihrer Zelle aufgeknüpft.«

32

Der Himmel war weiß, und die Hitze hing wie ein feuchtes Laken über der Stadt. Das Taxi kroch ein paar Meter voran und blieb wieder stehen. Dieselwolken. Der Nacken des Fahrers war kurz, breit, dunkelbraun und kreuz und quer von tiefen Falten durchschnitten. Ein Bauernnacken, in Jahrzehnten gegrillt von gebückter Feldarbeit bei glühender Sonne. Das weiße Haar kurz geschnitten und hoch ausrasiert. Die zerfurchten Hände schienen zu breit für das zierliche Lenkrad des Renault. In den grau gemusterten Sitzen und Stoffverkleidungen hing alter Zigarettenqualm, obwohl der Fahrer selbst nicht rauchte.

Schweigen. Ein Vespafahrer quetschte sich vorbei, schob sich vor die Kühlerhaube und stützte sich dazu kurz auf dem Kotflügel ab.

»Ganz schön mutig ...«, meinte Dagmar.

Keine Antwort.

Es gab drei Arten von Taxifahrern in Barcelona. Die Muffeligen, die grundsätzlich nur das Allernötigste sagten, die Verklemmten, die warteten, bis man sie ansprach, und die Alleswisser, die sie zuquatschten, weil sie glaubten, eine dämliche Touristin vor, beziehungsweise hinter sich zu haben.

Dagmar hätte jetzt gern einen von der dritten Sorte gehabt. Einen, der redete und redete und vom Hundertsten ins Tausendste kam. Und wenn man nachfragte, auch noch seine Familiengeschichte samt Lebensphilosophie abspulte. Nur damit sie nicht nachdenken musste.

Die Panik machte sie kurzatmig. Sie hatte geduscht und sich dabei die Haare gewaschen. Pia hatte ihr einen halben Liter schwarzen Kaffee eingeflößt und ihr Petersilie gegen die Fahne zu kauen gegeben. Sie fühlte sich jetzt auch nicht mehr betrunken, nur unendlich müde.

Wie hatte sie nur lachen, trinken und feiern können, während Barbara ganz allein im Gefängnis saß. Sie hatte nicht einmal gewusst, dass man sie vom Krankenhaus dorthin verlegt hatte. Hatte sie etwa erwartet, dass die Gefängnisverwaltung anrufen würde? Oder wie sollte Barbara mit ihren verbundenen Händen telefonieren, selbst wenn man sie überhaupt ließ?

Dagmar versank in Schuldgefühlen. Sie hatte nur den Fall gesehen. Nicht den Menschen Barbara. Sie war wie Fusté und all die anderen. Sie hatte versagt. Menschlich und als Anwältin. Und noch ein kleiner fieser Gedanke versuchte sich in ihr Bewusstsein zu schieben. Dies war das Ende ihrer nie begonnenen

Karriere. Ihr erster Fall, und sie hatte ihn so schmählich in den Sand gesetzt. Aus und vorbei. Sie hörte schon Fustés höhnisches Lachen. Und sie dachte an ihre Schulden und die unbezahlten Rechnungen. Und an Sarah und Achim.

»Wir sind da«, der Fahrer legte seinen ledrigen Ellbogen auf die Lehne und sah sie an. »Frauengefängnis WAD RAS.« Pockennarben wie Krater. »Eintausendzweihundertvierzig.« Der Taxameter zeigte Euro an, aber der Fahrer rechnete wieder in Peseten zurück. Dagmar griff nach ihrer Tasche, zahlte und gab ein viel zu hohes Trinkgeld. Kein Dank, kein Lächeln. Er wendete und fuhr davon.

An jedem anderen Tag hätte Dagmar das als normale Muffigkeit abgebucht, heute aber nahm sie alles persönlich. Er hätte sie auch bis zum Tor fahren können, statt sie schon fünfzig Meter vorher bei der Einfahrt abzusetzen. Hasste er alle Frauen? Oder hielt er sie für eine Mörderin, die sich freiwillig zum Strafantritt meldete? Oder war er einfach nur ein Holzkopf? *Caps cuadrat* nannten die Katalanen die Deutschen. Quadratköpfe. Fusté sagte das gern und süffisant, wenn er ihr einen seiner deutschen Klienten zuschob, weil es Sprachprobleme gab. Das war auch vorbei. Dagmar schwitzte, die Haare klebten ihr schon wieder am Kopf, es war egal. So vieles war jetzt egal. Sie zeigte ihren Ausweis an der Pforte vor und wurde eingelassen. Rasseln, weitere Türen. Die Direktorin überwachte in diesem Fall persönlich die

Untersuchung und Leibesvisitation. Inés Alvarez. Mitte fünfzig, graues Kurzhaar, hager und durchtrainiert. Die Uniform saß an ihr wie maßgeschneidert. Dagmar hasste diese Entwürdigung, heute aber war ihr jede Strafe willkommen. »Bitte, wie ist es passiert? Können Sie mir etwas sagen?!« Schweigen und ein verächtlicher Blick. Mehr bekam sie nicht als Antwort.

Irgendwo im Gefängnis wurde gehämmert, das ganze Gebäude war in einem trostlosen Zustand. Abblätternder Putz und durchgetretener Steinboden. Vor einer Doppeltür musste Dagmar warten. Die letzte Tür war verglast. Dann ein neonheller Raum mit acht Betten.

Zwei waren belegt, im ersten lag Barbara.

Sie lebte!

Ihr Gesicht war durchscheinend bleich, sie hatte einen Verband um den Hals und einen Infusionsschlauch in der Armbeuge. Sie lebte! Dagmar wurde schlecht vor Erleichterung. Sie setzte sich auf die Bettkante.

»Barbara!«

Die Lider flatterten, die Augen öffneten sich zögernd. Ein zaghaftes Lächeln. »Heh, meine Anwältin!«

»Barbara. Ich bin ja so froh!«

»Na ja, war verdammt knapp diesmal.«

Dagmar beugte sich über Barbara und strich ihr das verschwitzte Haar aus dem Gesicht.

»Auseinander! Keine Berührungen!« Die Stimme der Schließerin klang scharf, aber routiniert und unpersönlich.

»Warum hast du das denn bloß gemacht?!« Dagmar wich ein Stück zurück. Barbara antwortete nicht sofort. Sie sah zu der reglosen Gestalt im Nebenbett und zu der Wache neben der Tür. Ihre Hände waren immer noch bandagiert. Die Gestalt im anderen Bett schrie plötzlich auf, stammelte verzweifelt, verstummte wieder.

»Was denn? Was habe ich denn gemacht?« Sie tappte nach Dagmars Hand. Blinzelte. Dagmar verstand. Es ging hier nicht um Selbstmord. Es war nicht ihre Schuld! Nicht ihr Versagen, nicht sie.

Dagmar beugte sich tief über Barbara. Laut: »Ich habe mir ja solche Sorgen gemacht!« Leise: »Wer? Name! Beschreibung!«

Barbaras Stimme schwankte. Laut: »Ich kann mich an nichts erinnern, ich war so verzweifelt …«, Leise: »Teresa Morales, Erpressung, Raub, Totschlag, Mord. Die ganze Palette.«

Laut: »Alles wird gut. Du lebst, das ist erst mal die Hauptsache.« Leise: »Ich kümmer mich drum. Es gibt Neuigkeiten. Du hast Freunde!«

Laut: »Schön, dass Sie mich besuchen kommen!« Leise: »Jemand versucht mich zu töten. Teresa ist nur das Werkzeug.«

Laut: »Natürlich, ich bin deine Anwältin. Du bist nicht angeklagt, geschweige denn verurteilt, du bist immer noch in Untersuchungshaft. Sag mir, wenn du etwas brauchst. Geld, Zigaretten, Lesestoff …« Leise: »Wo bist du sicherer, hier oder in der Zelle?«

Barbara antwortete nicht, legte sich zurück und starrte an die Decke.

Dagmar hatte Mühe, sie nicht zu packen und zu beuteln. Laut: »Ich verstehe dich ja, das ist sehr hart, vor allem, wenn man sich an nichts mehr erinnern kann. Aber du musst durchhalten!« Leise: »Nein, verdammt! Denk nicht mal dran! Wenn du von hier abhaust, ist alles aus. Alles! Vertrau mir! Bitte!«

Barbara drehte langsam den Kopf und sah Dagmar wieder an, Tränen in den Augen. »Das ist so schwer.«

»Schluss jetzt!«, die Wache an der Tür blieb unpersönlich. Barbara wich Dagmars Blick aus.

»Probier's einfach. Versprochen?« Dagmar hielt ihr die Hand hin, Barbara hielt dagegen. Der Verband nässte.

Dagmar schwankte. Sehstörungen und kalter Schweiß. Mit äußerster Konzentration folgte sie dem Geräusch der scharfen Stimmen und der klappernden Schlüssel. Endlich schloss sich das Haupttor mit einem metallischen Klacken hinter ihr. Sie übergab sich in den Kieshaufen gleich daneben.

»Kann ich Ihnen helfen?«, eine braune Hand mit einem Packen weißer Papiertaschentücher tauchte in ihrem Gesichtsfeld auf. Langsam richtete sie sich auf und nahm die Tücher. Trocknete sich das klatschnasse Gesicht und atmete tief durch.

»Wollen Sie sich hinsetzen? Da drüben die kleine Mauer.« Weiße Zähne und ein dunkles Gesicht mit Rastalocken. Rotes T-Shirt mit einem goldenen Tigerkopf.

»Danke, geht schon wieder.« Dagmar knüllte die feuchten Papiertücher zusammen und erkannte plötzlich ihr Gegenüber. Die kleine Rastaschwester aus dem Hospital del Mar. »Yolanda! Was tun Sie denn hier?«

»Barbara natürlich. Sie braucht ganz dringend eine Therapie für ihre Finger und Hände. Und zwar sofort. Ich bin noch in der Ausbildung. Aber ich habe mich für ein Praktikum beworben. Neben meiner normalen Arbeitszeit. Und zwar hier. Das will keiner machen, wurde also gleich bewilligt.« Strahlendes Lachen. »Und hier bin ich.«

Dagmar stützte sich auf Yolanda und ließ sich auf das Mäuerchen sinken. Atmete tief durch. Langsam beruhigte sich ihr Kreislauf. Wie hatte sie sich nur am helllichten Tag so mit Cava zuschütten können! Selber schuld. »Hören Sie, Yolanda …«

»Sagen Sie du zu mir, bitte.« Yolanda setzte sich neben sie.

Dagmar drückte ihren Arm. »Gern. Aber du auch. Ich bin …«

»Dagmar, ich weiß. Barbaras Verteidigerin. Sie

lässt kaum jemanden an sich ran, aber von Ihnen hält sie eine Menge. Sie hat nicht viele Freunde.«

»Du magst sie.«

»Ja, sehr. Ich glaube nicht, dass sie einen Menschen getötet hat, oder sogar zwei. Und wenn, dann würde sie es nicht abstreiten. Sie ist einer der ehrlichsten und geradlinigsten Menschen, die ich je getroffen habe. Sie verdient eine Chance!«

»Gut. Ich brauche deine Hilfe.«

»Jederzeit. Was kann ich tun?«

»Barbara hat angeblich versucht, sich in ihrer Zelle aufzuhängen ...«

»Wieso Zelle! Sie ist auf der Krankenstation!«

»Jetzt wieder, aber man hatte sie verlegt. Ich wusste es auch nicht.«

»Das ist eine unglaubliche Sauerei! Die Wunden müssen regelmäßig versorgt werden, und überhaupt ist sie noch viel zu schwach für die normale Zelle!«

»Ja, gut geht es ihr nicht gerade. Die Verbände werden auch nicht regelmäßig gewechselt. Aber sie lebt.«

»Ich glaub nie im Leben, dass Barbara sich umbringen wollte, niemals. Sie ist eine Kämpferin.«

»Jemand hat versucht, sie zu töten. Entweder weiß sie zu viel, oder man will verhindern, dass in diesem Fall zu tief weitergegraben wird. Diesen Anschlag hat eine Mitgefangene, eine Mörderin namens Teresa Morales, zu verantworten. Aber ich vermute, sie hatte einen Auftrag.«

»Hast du eine Ahnung, wer der Auftraggeber sein könnte? Geht es nur um Geld? Oder auch um Macht?«

»Beides, wenn ich Recht habe.«

»Dann müssen wir uns beeilen, denn jede Wette, dass diese Teresa demnächst verlegt oder sogar begnadigt wird.«

»Hör zu, Yolanda«, Dagmar senkte unwillkürlich die Stimme, »Barbara ist in höchster Gefahr. Und, um alles noch schlimmer zu machen, sie spielt mit Fluchtgedanken. Neben ihr im Bett liegt eine Frau, die ich für eine Simulantin halte. Die haben Angst, Barbara und ich könnten uns auf Deutsch heimlich verständigen. Finde raus, ob Barbara auf der Station sicherer ist oder vielleicht doch in einer Zelle. Versuche, dich irgendwie in den Knastalltag einzuschleichen. Aber sei um Gottes willen vorsichtig! Hier ist ein skrupelloser Mörder unterwegs.«

»Ist mir klar. Keine Sorge, Dagmar. Ich hab einiges in meinem Leben gesehen. Ich pass schon auf!« Yolanda war für einen Sekundenbruchteil ernst, dann grinste sie wieder.

Dagmar lächelte auch. »Dann noch ein kleiner Tipp: Die Direktorin, Inés Alvarez, ist so ein menschgewordener Ladestock. Jede Wette, dass die massive Bandscheibenprobleme hat.«

»Ich verstehe«, Yolanda massierte die Luft mit beiden Händen und lachte. »Das ist tatsächlich mein angestrebtes Spezialgebiet. Wirbelsäule, Rücken, Bewegungsapparat.«

»Umso besser«, Dagmar stand auf. »Ich werde von außen alles in Bewegung setzen. Barbara hat mehr Freunde als sie denkt. Und wir werden sie da rausholen!«

Sie sahen sich an und umarmten sich kurz. Dann ging Yolanda zum Tor, und Dagmar machte sich auf den staubigen Weg zur nächsten Bushaltestelle, ohne noch einmal zurückzuschauen. Sie konnte nicht ahnen, dass sie Yolanda zum letzten Mal lebend gesehen hatte.

33

Pia hatte eine kleine Siesta gehalten, danach geduscht und fühlte sich jetzt wieder fit. Sie lief durch die Straßen und Gassen hinüber zum Polizeipräsidium in der Laietana. Nachmittags halb vier. Die Hitze waberte sogar im Schatten. Eine für das *barrio gótico* fast perverse Stille. Außer einer japanischen Reisegruppe und ihr war kein Mensch unterwegs.

Das Polizeipräsidium stach hell aus der Einheitslinie der modernen Häuserfronten hervor. Ein Palast. Pia empfand immer noch so etwas wie Stolz. Am Haupteingang hatte der gutmütige Andalusier Wachdienst. Er war allein, der straffe Felipe war nicht zu sehen. Sie winkte und wollte weiter, aber er hielt sie auf. »Verzeihen Sie.«

Pia blieb stehen. »Ja. Was gibt's, Manolo?«

»Sie sind immer so freundlich zu mir gewesen. Meine Mutter lässt Sie herzlich grüßen. Ich erzähl ihr ja immer alles, und da hat sie mir aufgetragen, dass ich es Ihnen unbedingt sagen muss.« Er holte tief Luft, »ich bin ja nur eine kleine Nummer, aber es wird doch geredet. Da oben läuft etwas gegen Sie. Nicht nur Gerüchte, ich glaube es ist ernst.«

»Ja, danke. Ich weiß Bescheid. Aber es ist ein gutes Gefühl, einen Freund im Haus zu haben.«

»Immer«, Manolo strahlte, »wenn Sie Hilfe brauchen, ich bin immer für Sie da ...«, er verstummte. Sein neuer Kollege kam hastig herausgerannt, die Hand noch am Hosenschlitz, grinste dümmlich und stellte sich hastig auf seinen Platz. Er sah aus wie sechzehn und glühte noch vor Eifer. Felipe hatte also den Sprung nach oben schon geschafft.

Pias gute Laune zerschmolz. Das hier war immer ihr Ziel und jahrelang ihr Zuhause gewesen. Sie gehörte hierher, aber schon jetzt hatte sie das Gefühl, ein ungebetener Gast zu sein. Sie ging an den beiden vorbei und zu den Büros hinauf.

In den knapp zwei Tagen hatten sich die Plastikplanen schon wieder bewegt, das provisorische Büro war verschwunden, und das von Sanchez auch. Farbverkleckste Planen, Leitern, Schleifmaschinen, Farbeimer, der Geruch von Lösungsmitteln und eine dicke Staubschicht über allem. Fußballjubel. In einer Ecke saßen drei Arbeiter bei Fanta und Tomatenbocadillos und verfolgten auf einem winzigen Schwarzweiß-Fernseher ein Spiel zwischen dem F.C. Barcelona und Spartak Moskau.

Im kleinen Konferenzraum am Ende des Ganges fand sie schließlich Toni und Silvi. Statt einer Tür gab es auch hier nur noch eine Plastikplane. Kisten und Kartons stapelten sich bis unter die Decke, auf dem freibleibenden Platz quetschten sich drei Schreibtische mit drei Computern. Aktenberge auf allen Stühlen und auf dem Fußboden. Silvi sprang erschrocken auf, als Pia hereinkam. »Oh ... *Hola*, Pia!« Sie trug nicht mehr hauteng und Mini, sie machte jetzt auf Business, schwarze Seidenhosen und ein ärmelloses Top. »Wir ... Wir dachten, du wärst krank!«

»Das werde ich vermutlich gleich sein«, Pia erkannte den blank gewetzten Lederblouson über der Stuhllehne am dritten Schreibtisch. Bonets alte Fliegerjacke. »Ist auch für mich irgendwo ein Plätzchen vorgesehen? Oder soll ich in die Kiste mit meinen Unterlagen schlüpfen? Übrigens, in welchem Kellerverlies ist sie denn?«

»Das ist so, Pia«, Toni stand auf und versuchte die Geste der Höflichkeit hastig mit einer etwas wirren Blätterei in seinen Papieren zu bemänteln. »Wir sind selber überrascht worden. Das kommt ja nicht so oft vor, dass die Arbeiter schneller fertig werden als geplant.« Und zu seiner Ehre musste gesagt werden, dass er Pia bei dieser Lüge nicht ansehen konnte, dass er sogar rot wurde. Selbst sein Outfit war heute verhältnismäßig bescheiden, Dieseljeans und ein schwarzgrundiges Custo-Shirt. »Hier gibt es nur noch das *equipo especial* Roberto Reimann. Der ganze aktuelle Betrieb ist ins Rückgebäude verlegt worden.«

»Ich gehöre zum *equipo* Reimann. Vergessen?«

»Pia, es tut mir Leid ... Ich hab keine Ahnung, red doch bitte selber mit dem Chef, okay?« Seltsamerweise schien es ihm wirklich Leid zu tun. Keine Häme, kein Jubel in seiner Stimme. Nur Verlegenheit.

»Meine Unterlagen?«

»In einer der Kisten hier oder in der Kammer nebenan. Steht immer drauf, was drin ist. Meistens jedenfalls.« Kurzes Kichern.

»Und El Jefe? Don Ignacio, Señor Sanchez-García, unser aller *comandante*, wo geruht er zu residieren? Im Königsturm? In der Präsidentensuite?«

Toni und Silvi erstarrten, Pia drehte sich langsam um. Sanchez teilte den Plastikvorhang wie der Held und Hauptdarsteller einer Provinzposse zum Applaus. Von den Leinenhosen bis zum Lacoste-Hemd und dem frisch gefönten Grauhaar ganz der erfolgsgewohnte Latin Lover. »Welch ein seltener Besuch. Señorita Pilar Cortes. Ich wusste ja gar nicht, dass Sie noch zu uns gehören!« Er blickte beifallheischend zu Toni und Silvi, aber beide waren tief über ihre Computer gebeugt.

Pia gewann ein paar Sekunden. »Das weiß ich ja selber nicht. Keine E-Mails auf dem gesperrten Computer, keine Nachrichten auf dem verschwundenen Schreibtisch. Interessieren Sie sich eigentlich noch für die Ergebnisse meiner letzten Ermittlungen? Soll ich Ihnen einen Bericht schreiben? Kann mir jemand seinen Computer leihen?«

Sanchez starrte sie wortlos an.

Pia zwang sich zu einem coolen Lächeln. »Oder eine Schreibmaschine?« Schweigen. »Einen Kugelschreiber? Bleistift? Ein Stückchen Kohle?«

»Ihnen ist bekannt, dass Sie immer und ständig erreichbar sein müssen, vor allem bei einem Sondereinsatz. Dass Sie sich abmelden müssen, falls Sie nicht kommen können.«

»Ich habe mich abgemeldet. Telefonisch in der Zentrale. Meine Telefonnummer ist bekannt, mein Handy war eingeschaltet. Ich habe gearbeitet. Am Fall Reimann. Nicht im Büro. Und vielleicht auch nicht immer im Einklang mit der offiziellen Fernsehfassung des Falls Reimann. Und ich will jetzt auch nicht kleinlich meine Überstunden aufzählen. Gut vierhundert allein von Januar bis jetzt. Nein, will ich nicht.« Pia versuchte, flach zu atmen. Sie durfte jetzt nicht durchdrehen, sie durfte auf keinen Fall selbst das Handtuch werfen. Oder das Kriegsbeil. Sie musste ihren Ausweis so lange behalten wie irgend möglich.

»Pilar«, Sanchez setzte den so verhassten Namen bewusst ein und siezte sie. »Sie wissen, dass ich Ihren Vater sehr geschätzt habe, und dass ich auch Sie immer gefördert habe. Wo ich nur konnte! Ich erwarte keine Dankbarkeit, nur etwas kollegiales Verständnis! Sehen Sie, ich bin da ein wenig in der Zwickmühle, und Sie machen es mir nicht eben leicht… Pia«, er war wieder bei Pia, immerhin!,

»bitte denk zumindest darüber nach«, und beim Du. »Ich will dir ja helfen. Manchmal brauchen wir alle ein bisschen Abstand. Ein anderes Dezernat? Nein. Gut, ich biete dir einen Monat bezahlten Urlaub, von mir aus auch sechs Wochen ...«, er kam nicht weiter, und obwohl Toni und Silvi sich hinter ihren Computerschirmen versteckten, waren ihre großen leuchtend rosa Dumboohren nicht zu übersehen. Die Rettung kam wieder durch den Vorhang. Josep Bonet. Er sah Sanchez zu spät, fiel fast über ihn und musste sich an Pia festhalten.

»Da bist du ja, Pia. Ich suche dich überall. Bei dem Chaos hier ist ja keine normale Arbeit mehr möglich! Komm, die warten alle schon.« Er lächelte Sanchez kurz an, bei einem Hund hätte man es Zähnefletschen genannt, dann packte er Pia am Oberarm und zerrte sie hinaus.

»Lass mich los, du tust mir weh!«

»Hast du deinen Ausweis noch?«

»Ja, verdammt. Lass los! Ich war fromm wie ein Lamm, er hat mir sogar bezahlten Urlaub angeboten. Ich habe keinen Tisch mehr, keinen Computer und keine Unterlagen. Aber ich kann umsonst im Hinterhof parken, und ich darf in der Kantine das Tagesmenu für zwei fünfzig bestellen.«

»Halt endlich die Klappe und komm mit.«

Bonet hielt sie immer noch am Arm fest, schleppte sie mit durch den Gang bis zum Treppenhaus und dann hinunter in den zweiten Stock.

Es war eins der rückwärtigen Büros, auf den Fuhrpark hinaus, eng und düster, offensichtlich schon für den Umzug zusammengepackt. Nur noch zwei deckenhohe Rollschränke, ein Schreibtisch und vier Klappstühle.

Die Frau sah nicht auf, als sie eintraten. Sie war unauffällig gekleidet, dunkelbrauner Rock, eine kaffeebraune Bluse, bequeme Schuhe. Graue Locken und eine Hornbrille über großen leblosen Augen. Sie sah alt aus, war aber laut Akten erst achtundvierzig. Es gab Kaffee und einen Teller mit Keksen, aber sie schien nicht daran interessiert. Catalina Lorente-De las Torres.

»Señora Lorente-De las Torres«, Bonet verbeugte sich kurz und stellte Pia vor. »Meine Kollegin Pia Cortes.«

»De las Torres können Sie weglassen!« Die Frau sah immer noch nicht auf. »Der ist tot für mich!«

»Señora Lorente«, Pia setzte sich dicht neben sie, »Catalina. Sie haben viel durchgemacht. Ihre Tochter ist behindert?«

»Die Muskeln. Ich verstehe die Ärzte nicht. Ich glaube, die wissen selber nicht weiter. Sie sagen, dass es nicht besser, sondern nur schlimmer werden kann. Mari sitzt im Rollstuhl.« Sie sah kurz auf, die Augen waren eingefallen, tiefdunkle Ringe darunter. »Sie ist klug. Und so lieb. Aber ich kann nicht mehr. Ich schaff's einfach nicht mehr.« Sie schluchzte auf, und Pia ließ ihr Zeit. Sie dachte an

Roberto, den Büroboten. Pia hatte ihn seit Tagen nicht mehr gesehen. Diese veränderte Welt aus Lärm, Staub und Plastikplanen musste für ihn äußerst bedrohlich sein. Wo war er jetzt? Zu Hause? In einem Heim? Pia hatte nie nachgefragt, wo er wohnte, und würde es vermutlich auch nicht tun. Sie nahm Catalinas Hand. Das Schluchzen verebbte. »Meine Mutter ist tot, und seitdem wohnt mein Vater bei uns. Er hatte im letzten Jahr einen Schlaganfall. Er kann nicht sprechen, nicht selber essen, er kann nicht einmal mehr ohne Hilfe aufs Klo. Ich bin ganz allein.«

»Die Kleine heißt Mari? Sie ist jetzt elf Jahre alt.«

»Sie liest so viel. Ich kann gar nicht genug Bücher heranschaffen. Sie weiß alles. Bei den Quizsendungen im Fernsehen könnte sie viel gewinnen, aber da kommt unsereiner nicht dran. Ein Computer mit Internetanschluss. Das ist ihr größter Wunsch.«

»War Ihr Mann Ihnen denn je eine Hilfe?«

»Er war nie da. Anfangs ja, da hat er alles für mich getan!« Ihr ausgelaugtes Gesicht bekam plötzlich Farbe. »Vor zwölf Jahren war das, schon fast dreizehn! Wir haben uns bei einer *fiesta* auf dem Kirchplatz vor der Santa Maria del Mar kennen gelernt. Das machen wir jedes Jahr. Alle Nachbarn helfen zusammen, die alten und die jungen. Wir stellen Tische auf und Bänke, es gibt Paella und Salate, Sangría, Wein und Bier und jede Menge Musik. Die Kinder springen herum, die Frauen tanzen, und die Männer besaufen sich. Nur Juan war anders. Er konnte tanzen. Es war wundervoll, wir tanzten die ganze Nacht, und am nächsten Morgen hat er mich gefragt, ob ich ihn heiraten will.«

»Damals waren Sie sechsunddreißig Jahre alt?«

»Ich hatte schon längst alle Hoffnung aufgegeben. Und dann kam er. Es war wie ein Märchen. Ich konnte es selbst kaum glauben. Er war so stattlich, so aufmerksam, so charmant. Wir haben geheiratet und sind zusammengezogen. Als ich schwanger wurde, war er außer sich vor Glück.« Der Ton wurde bitter, die Stimme scharf. »Aber als Mari auf die Welt kam, ein Mädchen und noch dazu behindert, da klinkte er sich aus. Er suchte sich einen neuen Job, durch den musste er noch häufiger und länger als sonst verreisen. Wir sahen ihn nur noch selten, vielleicht zwei-, dreimal im Monat. Aber das Geld stimmte. Miete, Krankenkasse, alle Extras, er zahlte regelmäßig und großzügig.« Sie schniefte und sah Pia plötzlich direkt an. »Er hat sich wie ein Arschloch verhalten und sich beim ersten Problem aus dem Staub gemacht. Aber er hat wenigstens gezahlt. Jetzt tut er nicht einmal mehr das. *Nada.*«

»Haben Sie ein Foto von ihm?«

»Nur dies hier«, sie kramte in ihrer Tasche. Ein übergewichtiger Mann in Anzug und Krawatte vor einer Haustür. Schütteres Haar, das im Wind hochstand. »Bekomme ich es wieder? Nicht für mich, für Mari. Immerhin ist er ihr Vater.«

Sie fragten noch weiter, aber sie bekamen nichts Neues mehr heraus. Catalina hatte ihn in der letzten Zeit noch seltener gesehen, kaum noch mit ihm gesprochen. Er brachte Mari immer Geschenke mit, aber er ließ sich nie wirklich auf sie ein. Catalina war selbst nicht ganz gesund, sie war allein und verbittert. Mari war jetzt bei einer Nachbarin.

Catalina schaute auf die Uhr und sprang entsetzt auf. Mari war noch nie so lange ohne sie ausgekommen. Sie entschuldigte sich atemlos und stolperte zur Tür.

Isabel Ribera-Montserrat kam zwanzig Minuten zu früh. So begegneten sich die beiden Frauen in der Tür. Sie nahmen keine Notiz voneinander. Catalina huschte mit gesenktem Kopf hinaus, Isabel schritt erhobenen Hauptes herein. Sie sah aus wie Mitte zwanzig, war aber laut Akte sechsunddreißig. Sie hatte halblanges Blondhaar, ein herzförmiges Gesicht mit dunkelblauen Augen, langen Wimpern und einem vollen roten Mund. Pia konnte es förmlich knacken hören, als Bonet sich hoch reckte und seine Schultern durchdrückte. Dazu ein tief ausgeschnittenes Tigertop zu einem jeansengen Minirock. Meterlange Beine. Und ein strahlendes Lächeln voller Unschuld und Naivität. »Sie wollten mich sprechen?«

»Ja, bitte setzen Sie sich doch«, Pia deutete auf den freien Stuhl, und Bonet sprang auf, um eine frische Kaffeetasse zu holen. Sie strahlte ihn an, und er ließ fast die volle Tasse fallen. Schaffte es gerade noch, die Tasse abzusetzen und ließ sich mit einem verblödeten Lächeln auf seinen Stuhl fallen.

Von dem war keine Hilfe zu erwarten. Pia konnte mit dieser Art Frauen nichts anfangen. Diese hilflos-naiven kleinen Tischhuren, die die Männer heiß machten, nur um dann ihre Bedingungen zu stellen. Sie hätte in dieser Isabel niemals die Graumaus aus Valencia wiedererkannt, die bei ihr nach ihrem vermissten Mann nachgefragt hatte. Am Tag von San Juan. In einem anderen Leben. Hätte sie damals so ausgesehen, hätte Toni ihr den Fall nie zugeschustert. Pia musste lächeln. Im provisorischen Großraumbüro in der Laietana. Kein Make-up. Sie hatte die Haare nachlässig zu einem Pferdeschwanz gebunden und trug Turnschuhe, alte Jeans und ein graues Oversize-T-Shirt. Sie war eine kleine unscheinbare Provinzhausfrau. Pia hatte sie genervt zurück nach Valencia geschickt. Jetzt kippte sie ihren Stuhl zurück und zwang sich zu einem höflich-neutralen Gesichtsausdruck. »Es geht um Ihren Mann. Gabriel García-Montserrat. Sie haben ihn als vermisst gemeldet?«

»Ja, schon vor Wochen. Ich war deswegen doch bei Ihnen! Sechs Wochen! Da ist doch was passiert!«

»Er arbeitet bei Toshiba?«

»Er ist der beste Computertechniker, den sie haben. Er ist zuständig für ganz Katalonien. Ich sehe ihn nicht so oft, aber wir telefonieren immer und schicken uns SMS.«

»Haben Sie bei Toshiba nachgefragt?«

»Das darf ich nicht. Das ist den Angestellten verboten. Er hat ja das Handy. Aber er meldet sich nicht! Nicht mal auf der Mailbox!« Isabel bekam feuchte Augen und sah Bonet hilfesuchend an. Er lächelte aufmunternd und schenkte ihr mit zittrigen Fingern Kaffee nach. Pia war nicht sicher, ob er überhaupt zuhörte. Gabriel García-Montserrat alias Juan Bautista-De las Torres hatte für sein Doppelleben viel lügen müssen. Unter dem Namen Montserrat war er natürlich bei Toshiba nicht bekannt.

»Ihr Mann hat ein künstliches Gebiss?«

»Er hatte einen Autounfall, das war, bevor wir uns kennen gelernt haben. Und bei einem Schulungslehrgang seiner Firma in Budapest hat er sich dann die Zähne machen lassen. Das war viel besser und billiger als hier.«

»Sie sind doch viel jünger als Ihr Mann ...«

»Mich hat das nie gestört. Ich liebe ihn so, wie er ist! Charmant, großzügig, ein Gentleman ...« Die erste Träne verließ das Auge, lief außen über den Wangenknochen und tropfte auf den rechten Busen. Bonet reichte Isabel ein Päckchen Papiertaschentücher, riss es fürsorglich für sie auf und sah Pia vorwurfsvoll an.

Pia löste bei Männern nie Beschützerinstinkte aus. Sie fand Isabel und ihr ganzes Theater zum Kotzen. Schämte sich für diese extrem unprofessionelle Reaktion und legte seifiges Mitgefühl in ihre Stimme. »Ich verstehe. Haben Sie vielleicht ein Foto von Ihrem Mann?«

»Er mag es nicht, fotografiert zu werden«, Isabel kramte in ihrer winzigen Gürteltasche herum. »Dabei sieht er so toll aus, wie Michael Douglas, finde ich.« Sie hatte das Foto gefunden und reichte es über den Tisch.

Es war ein Neunmalzwölf-Farbfoto mit einem kleinen Riss am oberen Rand. Eine Gartenparty, Luftballons und ein etwas korpulenter Mann in T-Shirt und Schlabberbermudas am Grill. Er wendete gerade einen Hühnerschenkel und war nur im Halbprofil zu erkennen. Er sah wirklich nicht schlecht aus. Markante Nase und lichtes Grauhaar.

Es war derselbe Mann wie auf dem Foto von Catalina Lorente, verlassene De las Torres.

Und plötzlich war Pia ganz sicher, er war auch der unbekannte Tote im Ferrari.

V.

Llimona 5

34

Der Trompeter sah süß aus. Keiner in der Band war älter als dreißig, aber er wirkte wie höchstens siebzehn. Schmal und Riesenaugen. Ein bisschen wie Robbie Williams. Er schien nur sie anzusehen. Seine goldene Trompete glitzerte im Kerzenlicht.

Anna war erstaunt, dass sie ihn überhaupt wahrnahm. Neben ihr standen drei Jungen, und auch sie schauten schon zu ihr her. Sie nahm ihre Cola und ließ sich von der Bar nach hinten abdrängen.

Es war dunkel und rappelvoll, und immer mehr Leute drängten herein. Ein verräuchertes Gewölbe mit tropfenden Kerzen auf der Bar und den kleinen Tischen. Als sie den schwungvoll auf das rostige Rollo gesprühten Namen *Harlem* gesehen hatte, wäre sie nie im Leben auf die Idee gekommen, dass hier einer der angesagtesten Jazzklubs von ganz Barcelona swingte. Sie suchte nur einen Fluchtweg, ein Versteck, und das offene Tor bot sich an. Weiß gekalkte Treppen in den Keller, und jede Menge junge Leute, ebenso lässig angezogen wie sie selbst. Erst, als sie unten war, merkte sie, dass sie in der Falle saß.

Es war kurz nach zwei, keine Uhrzeit hier in Barcelona. Anna hatte seit drei Tagen nicht geschlafen, und von Zeit zu Zeit überkamen sie diese Anfälle von tödlicher Müdigkeit. Im Moment war sie ziemlich klar. Die Cola half, sie musste nur langsam trinken.

Sie stand jetzt ganz hinten an der grob gekalkten Mauer und war damit so gut wie unsichtbar. Sie trug Springerstiefel, halblange Trekkinghosen, und eine Camelweste über dem schwarzen T-Shirt. Annas Mutter war Deutsche gewesen, ihr Vater Amerikaner. Beide blond wie auch ihre Brüder. Nur sie selber hatte dunkles Haar und dunkle Augen. Sie war relativ groß, einssiebenundsiebzig, aber sie wog keine fünfzig Kilo. Sie war nicht geschminkt und das Haar war zu lang und musste dringend gewaschen werden. Sie hielt sich für unsichtbar.

»Die sind richtig gut, die Jungs«, der Typ neben ihr war groß, trug einen gewaltigen blauweißen Burnus und stützte sich auf einen Stock mit Silberknauf. In der anderen Hand hielt er ein Bier. Er war deutlich älter als die meisten Gäste hier, und er wirkte wie jemand, der für jedes Problem eine Lösung wusste. Der Typ schob sich wie ein Bollwerk zwischen sie und die Treppe, über die immer mehr Leute hereindrängten. Und es war ein gutes Gefühl, so in seinem breiten Schatten zu stehen.

»*I fall in love too easily*«, sagte sie leise. Jazz hatte Anna nie sonderlich interessiert. Sie erkannte den

Titel trotzdem sofort wieder. Gerda hatte Miles Davis rund um die Uhr gespielt.

Die alte Finca auf Ibiza. Da gab es schon den Swimmingpool, Strom, fließendes Wasser, Fußbodenheizung und auch sonst jeden erdenklichen Luxus. Nur Paul gab es nicht mehr. Paul war plötzlich Geschäftsmann und kaum noch zu Hause. Das war kurz nach ihrer Geburt passiert, und von Polly und Frankie, ihren Brüdern, hörte sie immer wieder von der Zeit damals. Als alles noch ganz primitiv war, als man das Wasser noch mit dem Eimer aus der Zisterne holen musste, als die Kerzen tropften, das Petroleum stank, und eine Aladinlampe schon Luxus bedeutete. Als es bei ihnen einen der seltenen Batterieplattenspieler gab und jede Menge Jazzplatten. Die Zeit der rauschenden Fullmoonparties. Als Gerda und Paul sich noch liebten. Als sie noch eine glückliche Familie waren.

Als es sie noch nicht gab.

In Annas ersten Erinnerungen gab es weder Mutter noch Vater, weder Gerda noch Paul. Ihre Brüder kümmerten sich um sie, schleppten sie überallhin mit, zeigten ihr alles und brachten ihr bei, was sie wussten. Paul jr. und Frank. Polly war bei ihrer Geburt fünfzehn, ein rundlicher, etwas ungeschickter Einzelgänger, der alle Bücher las, deren er habhaft werden konnte, Frankie war dreizehn, durchtrainiert und Juniormeister der Balearen im Surfen und der Schwarm aller Mädchen.

Sicher, Polly hatte mehr Zeit mit ihr verbracht, aber sie war Frankie nachgelaufen. Damals waren sie immer draußen, und auch sie war das ganze Jahr über braun gebrannt, das dunkle Haar von Salz und Sonne zu einem strohigen Blond ausgebleicht.

Gerda kümmerte sich um nichts. Sie blieb in der Finca, trank Whisky und hörte Jazz. Es gab keine Feste mehr und kaum noch Freunde. Wenn Paul zu Besuch kam, war er ein Fremder. Schön, elegant, beladen mit Geschenken. Und für kurze Zeit erwachte Gerda aus ihrer Lethargie. Sprühend, charmant, lebendig.

Polly ging regelmäßig zur Schule, er wollte Abitur machen und in Barcelona studieren. Frankie schwänzte schon die Wochen vor den langen Sommerferien, und er deckte Anna, falls jemand ihren Schulbesuch kontrollierte, was kaum vorkam. Zärtlichkeit oder Geborgenheit lernte sie nie kennen. Sie rauchte mit neun ihre erste Zigarette, trank mit zehn und zog mit zwölf am ersten Joint. Mit vierzehn probierte sie Koks und ein Jahr später war es Heroin. Sie war jung, schön und reich, und sie flippte über die heißeste Insel der Welt. Sie war der Star einer Meute falscher Freunde.

Eines Morgens kam sie nach Hause und sah den Krankenwagen und die Polizeiautos vor der Finca stehen. Sie war so zugedröhnt, dass es zwei Tage dauerte, bis sie verstand, dass Paul beim Tauchen verunglückt war. Dass er tot war. Ihr Vater.

Die Beerdigung fand gleich am nächsten Tag statt. Bei glühender Hitze auf dem staubig ausgedorrten Friedhof. Eine bunte Menschenmenge drängte sich um das Grab, nur die Deutschen waren in Schwarz. Polly versuchte, eine Rede zu halten, brach aber mittendrin in Tränen aus. Gerda war so betrunken, dass sie von Frankie und Anna gestützt werden musste. Eine sehr junge Frau im schwarzen Stretchmini mit langer blonder Mähne warf eine Rose ins Grab. Starrte zu Gerda herüber und wandte sich dann ab. »Puta«, quetschte Frankie hervor, Nutte. Anna hatte Mühe, die Zeremonie durchzustehen, obwohl sie kaum länger als zwanzig Minuten dauerte.

Danach veränderte sich alles.

Paul stammte aus einer schwerreichen Familie in Atlanta und hatte zwischen Universität und wirklichem Leben ein Jahr Europa zugestanden bekommen. Damals war Ibiza noch eine kleine, stille Fischerinsel. Aber Paul erkannte den Wert von Sand und Meer sofort und kaufte ganze Strandregionen auf. Und blieb. Die Familie in Atlanta sperrte die Dollars, aber Paul kam auch so durch. Mit Gerda, Paul junior und Frank. Irgendwie. Dann begann der Tourismus zu boomen und Paul machte ein Vermögen. Anna wurde geboren.

Gerda war Malerin. Anna hatte sie nie mit einem Pinsel in der Hand erlebt, aber überall im Haus hingen noch die fröhlichen farbenfrohen Bilder aus früheren Zeiten. Sie hatte für Paul nicht nur die Malerei aufgegeben. Es war schon lange zu spät. Gerda soff vor sich hin und hörte Miles Davis & Co.

Polly hatte nie studiert, er hatte nicht mal das Abitur gemacht. Er hatte keine Freunde, hing in den Bars herum und machte plump aggressiv die Touristinnen an. Er war jetzt einunddreißig, und hatte einen Auto- und Mopedverleih in Santa Eulalia. Frankie surfte nur noch zum Vergnügen, jobbte im Winter auf dem Bau und im Sommer als Kellner in einer Strandbar. Er und seine Kumpels zogen die Mädchen reihenweise ab. Fast jede Nacht gab es Schlägereien.

Und plötzlich waren sie reich.

Pauls Vater, der alte Walter Guzman war schon fast achtzig und zu krank, um zu Pauls Beerdigung zu kommen. Er starb kurz danach, und seine Frau Marian und sein zweiter Sohn Dennis gaben Paul und seiner Familie die Schuld daran.

Für Anna hatten der große Grandpa und die *family* in Atlanta bisher nie eine Rolle gespielt. Soviel sie wusste, hatten sie Paul in dem Moment fallen lassen, als er Gerda heiratete. Polly und Frank kannten die Geschichte genauso wie sie, aber plötzlich entwickelten sie einen extremen Familiensinn in Richtung Atlanta. Polly verkaufte seinen Autoverleih und teilte das wenige Geld, das die Bank ihm danach noch ließ, großzügig mit Frankie, der seinen Kellnerjob von heute auf morgen kündigte und sich erst einmal neu einkleidete. Sie schickten E-Mails und Faxe nach Amerika und planten ihren Umzug. Gerda schwieg zu allem. Sie trank und hörte die alten Jazzplatten.

Anna bekam all das nur am Rande mit. In dieser Zeit nahm sie mehr Zeug denn je. Ihre Freunde umkreisten sie und versorgten sie großzügig. Aber ein Rest von Hirn wehrte sich plötzlich. Es gab keinen direkten Auslöser, und auch viel später konnte Anna nie erklären, was sie zu dieser radikalen Reaktion gebracht hatte. Ekel. Ekel war das einzige Gefühl, an das sie sich aus dieser Zeit erinnern konnte.

Anna verschwand.

Eines Morgens nach dem Frühstück. Gerda schlief, Polly und Frankie waren noch unterwegs. Sie klaute alles Bargeld, das sie im Haus finden konnte. Sie kannte eine kleine Höhle in der Felsenküste, die kaum bekannt und nur schwer zugänglich war. Dorthin brachte sie reichlich Vorräte, ein paar Bücher, Decken, Vitaminpillen, kanisterweise Trinkwasser und Taschenlampenbatterien. Sie rechnete mit zwei bis drei Monaten.

Dort oben blieb sie, bis sie keine Tränen mehr hatte und keine Luft mehr zum Schreien. Niemand hörte sie, niemand fand sie. Irgendwann kam ein kleines schwarzweißes Hündchen zu ihr hereingeklettert. Sie nannte es Amigo und teilte ihre Vorräte mit ihm. Nachts drückte sie Amigo an sich und fühlte zum ersten Mal in ihrem Leben so etwas wie Nähe.

Eines Morgens stand sie am Rand ihrer Felsenhöhle und wusste, dass sie es geschafft hatte. Der Horizont färbte sich von silbern zu rosa, dann hob sich langsam die Sonne dick und golden aus dem Meer und spiegelte sich im unendlichen Wasser. Anne atmete tief ein. Sie lebte wieder.

Sie hatte keine Vorräte mehr, aber Geld war noch da. Zusammen mit Amigo kletterte sie zum Strand hinunter und wusch ihre Klamotten. Sie schwamm ins Meer hinaus und fühlte sich zum ersten Mal wirklich frei. Fast glücklich. Sie wartete nicht, bis die Kleider trocken waren, sie zog sie klamm an und lief am Ufer entlang zum Hafen. Kurz bevor sie Ibiza erreichte, zog sie die Bundschnur aus ihren Hosen und band sie Amigo als Halsband und Leine um.

Die Autofähre nach Denia sollte in wenigen Minuten ablegen, Annas Geld reichte gerade noch für das Ticket. Es gab Ärger wegen Amigo, er hatte keine Marke und kein richtiges Halsband, und überhaupt waren Hunde an Bord äußerst unerwünscht. Ein Junge half ihr und bot Amigo für die Zeit der Überfahrt einen Platz in seinem Auto an.

Er war in ihrem Alter und hatte rotes Kurzhaar und so breite Schultern, dass die Nähte seines T-Shirts kaum hielten. Auf seinen Armen kringelten sich winzige Löckchen wie aus Kupferdraht. Er hatte leuchtend blaue Augen und Sommersprossen auf einer für dieses Klima viel zu hellen Haut. Und ein schüchternes Lächeln. »Du siehst aus, als wäre dir kalt.« Er gab ihr einen Pappbecher mit heißem Milchkaffee. »Ich bin Paco.«

Paco kam aus Alicante und arbeitete dort in der Autowerkstatt seines Vaters. Sie standen zusammen an der rostigen Reling wie Kate Winslet und Leonardo diCaprio auf der Titanic. Aber er berührte sie nicht, und sie sprachen kaum. Erst, als das Schiff in Denia einlief, fragte er sie, ob sie mit ihm kommen wollte.

Die Werkstatt lag etwas außerhalb der Stadt, neben dem Wohnhaus in einem weinüberwucherten Hof. Pacos Eltern und Geschwister nahmen Anna auf, als würde sie zur Familie gehören. Herzlich und selbstverständlich. Keiner stellte Fragen, und sie akzeptierten sogar Amigo, obwohl sie wegen ihrer Hauskatze Mafalda eigentlich keine Hunde mochten. Anna schlief im Zimmer der beiden jüngeren Schwestern Lina und Pepita. Und arbeitete tagsüber mit in der Werkstatt. Paco zeigte ihr alles und half ihr, wo er nur konnte. Sein Vater beobachtete sie drei Tage lang, merkte, dass sie willig und begabt war und bezog sie wie selbstverständlich in den Werkstattalltag mit ein. Anfangs konnte sie nicht schwer heben und wurde schnell müde, aber Pacos Mutter passte auf, dass sie nicht zu viel arbeitete und fütterte sie richtig heraus.

Nach einem Jahr hätte keiner ihrer früheren Freunde sie wiedererkannt. Sie war ein ganzes Stück gewachsen, sie war immer noch dünn, aber zäh und kräftig. Und sie war ein richtig guter Automechaniker geworden.

Anna fühlte sich so wohl wie noch nie in ihrem Leben. Sie wurde geliebt und sie wusste, wohin sie gehörte. Die älteste Schwester Rita, die in Valencia arbeitete, und der große Bruder Javier, der bei der Marine diente, die kleinen Schwestern, die Eltern, sie alle hatten Anna ins Herz geschlossen wie eine Schwester, wie eine Tochter. Seit sieben Monaten schlief sie mit Paco, seit acht Wochen planten und bauten sie in ihrer Freizeit an einem eigenen Häuschen hinter dem Hof. Und Amigo war der Liebling aller, vor allem, seit auch Mafalda ihm ihre Mäuse brachte.

Anna war glücklich. Sie hatte ihr früheres Leben abgeschlossen und vermisste nichts. Bis eines Tages Polly und Frankie vor der Tür standen.

Die Brüder waren irgendwie erwachsen geworden, elegant und männlich. Polly nicht mehr ganz so dick, Frankie dafür etwas stärker. Anna freute sich, sie zu sehen und lief ihnen entgegen. Sie trug einen Blaumann und war ölverschmiert. Polly erkannte sie erst an ihrer Stimme. »Guten Tag, Anna«, er umarmte sie nicht, er gab ihr nur vorsichtig die Hand und wischte sie danach hastig ab.

Annas erster Impuls war, die Brüder hereinzubitten und sie ihrer neuen Familie vorzustellen. Aber dann bemerkte sie ihre Blicke, die tiefe Verachtung für die kleine Schmuddelklitsche, die Provinzfamilie und Annas Leben hier.

Paco und sein Vater kamen, um sie zu begrüßen. Sie stellten sich mit Paul und Frank vor und erklärten, keine Zeit zu haben. Amigo bellte und sprang um Frankie herum. Frankie trat nach ihm. »Können wir irgendwo reden?«

Anna nahm Amigo auf den Arm. »Ja. Hier und jetzt.«

Es ging um Geld. Polly und Frankie gab es nicht mehr. Sie waren jetzt Paul und Frank, amerikanisch ausgesprochen. Gerda war besoffen Auto gefahren und über die Klippen gestürzt. Sie war seitdem querschnittsgelähmt und nicht mehr ganz richtig im Kopf, sie konnte nicht sprechen und sich an nichts mehr erinnern. Bis jetzt wurde sie noch zu Hause gepflegt, aber das war keine Lösung, sie musste in ein Heim. Auf Mallorca gab's eins, das sie aufnehmen würde. Anna versuchte, etwas zu empfinden, aber Gerda war ihr fremd geblieben.

Dann kamen die Brüder zum eigentlichen Grund ihres Besuchs. Die Familie in Amerika machte Probleme. Offensichtlich hatte Paul Zweifel an seiner Vaterschaft gehabt. Vor allem in Bezug auf Anna. Der Dunkelhaarigen. Er hatte in seinem Testament verfügt, dass Gerda und ihre Kinder nur dann in den Genuss des Geldes kommen sollten, wenn ein Gentest aller drei Kinder seine Vaterschaft beweisen würde. Er selber hatte zu diesem Zweck Haare und

Speichelproben notariell beglaubigt in einem Labor in Barcelona hinterlassen.

Paul und Frank hatten den Gentest gemacht und bestanden. Logo. Jetzt ging es nur noch um Anna. Und sie hatten eine Scheißmühe gehabt, sie zu finden. Was ihr eigentlich eingefallen wäre, einfach abzuhauen und sich nie zu melden!

Anna verstand nicht wirklich, um was es ging. Sie dachte an Gerda und wartete auf ein Gefühl des Mitleids oder der Sorge. Aber sie sah nur Polly und Frankie und begriff, dass sie die beiden ebenfalls verloren hatte. »Das Geld interessiert mich nicht«, sagte sie, und: »Bitte, geht jetzt!«

Sie gingen nicht. Sie redeten, sie schrien, Paul packte sie sogar am Arm. Doch da stand plötzlich Paco neben ihr, einen schweren Schraubenschlüssel in der Hand.

Sie zögerten, gingen dann aber zu ihrem Leihwagen. »Wir kommen wieder, überleg's dir!«, und fuhren ab.

Anna setzte Amigo ab und nahm Paco den Schraubenschlüssel weg. »Ich liebe dich«, sie küsste ihn, und nicht mal sie wusste, dass dies der Abschied war.

In der Nacht konnte Anna nicht richtig schlafen. Immer wieder glaubte sie, draußen Geräusche zu hören. Sie stand sehr früh auf und schlich sich aus dem Haus.

Vor der Tür lag Amigo mit durchgeschnittener Kehle. Tot.

Anna weinte nicht. Sie begrub Amigo, packte ihre paar Sachen zusammen und schrieb eine kurze Notiz für Paco. ›*Wir werden uns nie wiedersehen. Bitte, such mich nicht. Ich liebe dich. Und deine Familie. Ich war glücklich bei euch. Danke.*‹

Sie hatte etwas Geld gespart, das eigentlich für den Hausbau gedacht war. Im mädchenhaften Sommerkleid nahm sie den Bus zum Flughafen. Dort zog sie sich um und buchte einen Platz für die nächste Maschine, das war Barcelona. Es entsetzte sie, dass die beiden nicht davor zurückgeschreckt waren, Amigo zu töten. Aber als sie weiter darüber nachdachte, überraschte es sie auch nicht sonderlich. Es waren ihre Brüder. Aber sie hatten immer von der Zeit vor ihrer Geburt geschwärmt. Und in den letzten Jahren hatten sie sich augenscheinlich verändert. Polly und Frankie hatten immer nur an sich gedacht. Jetzt waren sie skrupellos.

Anna kannte sich in Barcelona nicht aus. Sie war noch nie hier gewesen. Es war dunkel. Und heiß. Sie wagte es nicht, in ein Hotel zu gehen. Sie stromerte am Hafen herum, kam in die Altstadt, in den *barrio gótico* und in diese Jazzkneipe. Sie war müde und erschöpft und nicht geübt in der Kunst der ständigen Vorsicht. ›*You say you care*‹, intonierte die Band. John Coltrane. Als Paul und Frank die Treppe herunterkamen, erkannte sie sie wieder nicht sofort. Erst, als sie am Fuß der Treppe stehen blieben und sich umsahen, wusste sie, dass sie in

Gefahr war. »Gibt es hier irgendwo einen Hinterausgang?« Es sprach sehr für den Mann im Burnus, dass er ihr keine Fragen stellte. Er schirmte sie mit seinem Körper vor fremden Blicken ab und schob sie zu einer Eisentür im Hintergrund. Er nahm den Schlüssel von oben, vom Türrahmen und schloss auf. Sie stolperten durch einen langen, engen, dunklen Kellergang. Zweimal fiel sie, aber der Mann im Burnus riss sie immer wieder hoch, und plötzlich kamen sie zu einer steilen Treppe nach oben. Nach draußen.

Eine enge Gasse. Die Häuser hoch und schwarz.

»Dort drüben wohne ich. Mein Name ist Miguel. Ich bin Fotograf. Im *Schilling* hängen einige meiner Bilder. Kann ich dir weiterhelfen?« Er reichte Anna eine Karte.

»Danke«, Anna rannte weg. Irgendwohin. Keinen Kontakt mit Menschen. Sie musste allein klarkommen. Sie durfte niemanden da mit reinziehen.

Sie lief. Und lief.

35

Frauen können fast alles genauso gut wie Männer.
Aber es gibt Dinge, die können Frauen einfach
besser. Sie haben mehr Fingerspitzengefühl,
mehr Einfühlungsvermögen, mehr Instinkt.
Sie sind schneller, geschickter, schlauer.
Sie sind vorsichtiger, besonnener, klüger.
Und sie sehen besser aus.
Benötigen Sie diskrete Recherchen,
genaue Nachforschungen,
unauffällige Observierungen & Investigationen?
Modernste Kriminalistik?
Juristische Beratung und Vertretung?
Oder einen Bodyguard,
der nicht aussieht wie Godzilla?
Dann sind Sie bei uns genau richtig.

Privatdetektei
Llimona 5

Janet las den Text noch einmal durch, suchte eine auffällige und doch seriöse Schrift aus und zentrierte ihn. »Pia, Dagmar, seid ihr schon zurück?« Keine Reaktion. Janet stand auf und reckte sich. Sie hatte den ganzen Vormittag damit verbracht, die Website zu entwerfen. Sie brauchten noch ein grafisches Symbol. Etwas wie eine Pistole mit einer Rose im Lauf. Sie musste mit Kemíl Martín sprechen, er hatte ihnen seine Hilfe angeboten. Und die Sprachen. Spanisch, katalanisch, englisch, deutsch und vielleicht auch französisch und italienisch.

Sie ging in die Küche hinüber. Fritz the cat kam ihr entgegen und lief dann vor ihr her, direkt vor den Füßen. Janet trat nicht nach ihm. Sie stolperte fast, sie brach sich beinahe das Genick, und sie war unbeobachtet. Aber sie trat nicht zu. Ihm auch noch etwas zu fressen zu geben, wäre allerdings entschieden zu weit gegangen. Janet goss sich Orangensaft ein und gab einen kleinen Schuss Gin dazu.

Fritz jaulte empört, aber keiner hörte ihn. Die beiden anderen waren noch nicht da. Pia wollte unten das nagelneue Schild ans Haus schrauben und sich dann mit Luis Llobet, dem Pathologen, treffen, und Dagmar war dabei, ihre beiden Araber aus dem Knast zu holen.

So gesehen war alles sehr schnell gegangen, knapp zehn Tage. Ein Nichts für hiesige Verhältnisse. Janet hatte die Organisation übernommen. Pia und Dagmar hatten wie die Irren geschuftet,

Martín hatte ein paar seiner Schüler vorbei geschickt, und die hatten auch wirklich gearbeitet. Eric und Bertrán hatten Hilfe versprochen, waren aber nur einmal aufgetaucht und hatten ein paar groteske Ratschläge gegeben, dafür waren aber immer wieder für Stunden ein paar Jungs aus dem Polizeipräsidium und auch aus dem Viertel dazugekommen. Die Materialkosten allein hatten natürlich alle Vorausplanungen über den Haufen geworfen, und dann wollten alle, die mithalfen, auch gefüttert und getränkt werden, auch die, die nur kurz vorbeischauten. Janet hatte auch diese Versorgung übernommen. Das hatte zumindest die Essenskosten niedrig gehalten.

Und noch lange war nicht alles fertig. Aber man konnte sehen, worauf es hinauslief. Von Pias Wohnzimmer aus gab es jetzt einen Durchgang in den anderen Teil der Wohnung. Die Wände waren neu verputzt, die Leitungen unter Putz gelegt.

Es gab einen kleinen Eingangsbereich mit einer Bank, zwei Hockern und einem Tischchen voller Zeitungen und ein großes Büro mit drei nicht zueinander passenden Schreibtischen, einem kleinen ovalen Konferenztisch mit acht alten Korbstühlen, Telefon, Fax, Kopierer, Scanner, Computer, zwei Laptops, Karteischränken, einem eingemauerten Safe(!) und fünf gerahmten Postern alter Série-Noire-Filme an den weißen Wänden. Vor dem Safe hing Rififi.

Außerdem noch sechs verschieden kleine Zimmer, die zwar verputzt, geweißelt und mit Anschlüssen versehen waren, sonst aber immer noch als Abstellkammern dienten.

Und es gab einen eigenen Eingang zum Büroteil, diese zweite, sehr schmale Treppe ging vom gleichen Innenhof ab, war aber nicht an den Luxus des neuen Fahrstuhls angeschlossen.

Als es an Pias Privattür läutete, nahm Janet an, dass es sich um Pia oder Dagmar handeln musste. Sie öffnete so wie sie war, barfuß in alten Seidenhosen.

Zwei Männer. Große bullige Kerle, der eine mehr fett, der andere eher durchtrainiert. Teure Anzüge. Tropen-Armani. Porsche-Sonnenbrillen. Braun gebrannt. Blond.

»Ja bitte? Kann ich Ihnen helfen?«

»Ist das hier die Detektei Llimona 5?« Der Dicke. Sein Spanisch war absolut akzentfrei. Aber Spanier war er ganz sicher nicht.

»Ja. Richtig. Mein Name ist Janet Howard. Bitte kommen Sie doch herein.« Shit, die ersten Klienten, und sie war allein. Und wenn schon. Sie schloss die Tür hinter den beiden und widerstand der Versuchung, bei der Gelegenheit Fritz rauszulassen. »Bitte, folgen Sie mir. Wir sind gerade dabei umzubauen.« Sie lotste die Männer bis zum großen Büro und bat sie, Platz zu nehmen. »Kann ich Ihnen etwas anbieten? Tee? Kaffee? Wasser?«

»Nein, danke«, das war der Trainierte.

Glück gehabt. Janet nahm ihren Notizblock, schaltete unauffällig das Tonbandgerät ein und setzte sich den beiden gegenüber. »Wie können wir Ihnen helfen?«

»Sie müssen unsere Schwester finden.« Wieder der Trainierte.

Janet lächelte ihn an, wandte sich aber an den Dicken. »Wenn Sie mir vielleicht Ihre Namen nennen könnten. Das ist unverbindlich und absolut diskret.«

»Wir haben nichts zu verbergen«, der Dicke. »Mein Name ist Paul Guzman, das ist mein Bruder Frank Guzman. Wir suchen unsere kleine Schwester Anna. Wir kommen aus Ibiza. Anna ist erst siebzehn. Sie ist abgehauen. Wir sind ihr gefolgt, so gut es ging. Sie ist in Barcelona. Aber diese Stadt ist zu groß für uns allein. Wir waren schon bei der Polizei. Da konnte man uns nicht helfen. Immerhin hat uns einer Ihre Adresse gegeben. Das ist doch eine Empfehlung. Oder?«

»Ja, das denke ich auch. Ihre Schwester ist siebzehn? Warum suchen Sie nach ihr?«

Die beiden sahen sich kurz an, Paul, der Dicke antwortete. »Meine Güte, unsere kleine süße Anna. Sie nimmt Drogen. Leider. Koks, sogar Heroin. Wir haben versagt. Das ist wohl wahr. Aber jetzt geht es unserer Mutter sehr schlecht, und Anna sollte das wissen und nach Hause kommen.«

»Ah ja, ich verstehe«, Janet lehnte sich zurück. Sie mochte die beiden nicht. Sie vibrierten vor unterdrückter Aggression und sie logen wie gedruckt. »Natürlich können wir Ihre Schwester finden. Kein Problem. Aber das wird nicht ganz billig.«

»Wieviel?« Frank, der Trainierte.

»Vierhundert Euro pro Tag plus Spesen. Anzahlung zweitausend Euro. Ohne Garantie.« Janet legte einen der frisch ausgedruckten Verträge auf den Tisch.

»Das ist doch Bullshit!« Frank sprang auf.

Paul zog ihn wieder zurück. »Der Typ bei der Polizei hat die Detektei empfohlen. Sie sollen die Besten sein.«

»Welcher Typ?«, unterbrach ihn Janet, »Wie hieß er?« Sie konnte nicht anders.

Paul hob die Schultern. »Keine Ahnung, so ein langer, dünner, schlurfiger. Bornér oder so.«

»Capitán Josep Bonet?« Janet unterdrückte ein zufriedenes Grinsen.

Paul stimmte mit einer verschwommenen Handbewegung zu. »Allein kommen wir in der kurzen Zeit nicht weiter.« Er lächelte Janet unpersönlich an, legte ein paar unscharfe Fotos eines sehr mageren, sehr jungen Mädchens auf den Tisch und einen Fächer von zwanzig Hundert-Euroscheinen. »Das ist sie. Anna Guzman. Sie ist inzwischen größer und älter als auf den Fotos. Sie kann sich gut verkleiden. Sie muss etwas Geld haben. Vielleicht klaut sie. Zuletzt haben wir sie in Alicante in einer Autowerkstatt gesehen. Sie hatte ein Verhältnis mit dem Sohn des Inhabers. Sie hat den Bus zum Flughafen genommen und dann eine Maschine nach Barcelona. Sie spricht fließend spanisch, katalanisch, deutsch und englisch.« Er stand abrupt auf. »Wir wohnen ihm Hotel Colon.«

Sein Bruder zögerte, folgte ihm dann aber doch. Drehte sich noch einmal um. »Wenn Sie Anna innerhalb einer Woche finden, gibt's eine Erfolgsprämie. Fünftausend.«

Janet nickte, lächelte, brachte sie zum Büroeingang und ließ sie die steile Treppe hinuntersteigen. Sie sah ihnen nach, bis sie unten die Haustür hörte. Dass Fritz dieses Mal doch an ihren Beinen vorbei mit hinauswischte, bemerkte sie nicht.

Zweitausend Euro. Cash auf die Kralle. Das war die gute Nachricht.

Sie hatten sich den Vertrag nicht angesehen, geschweige denn unterschrieben. Sie hatten nicht einmal eine Quittung verlangt. Auch für diese angeblichen fünftausend Erfolgsprämie gab's nichts außer dem Wort des Trainierten, Frank. Sie wollten offensichtlich keine Spuren hinterlassen. Das war die schlechte Nachricht.

Janet ging ins Büro zurück, packte die Geldscheine und die Tonbandkassette in den Safe und tippte ein Gedächtnisprotokoll in den Computer. Plus eigene Beobachtungen und Vermutungen. Fast zwei Seiten, die sie ausdruckte und gut sichtbar auf den Konferenztisch legte. Sie zögerte.

Das Foto war in Farbe, dreizehn mal achtzehn. Der Hintergrund verschwommen. Felsen, das Meer rau. Winter. Das Mädchen war dünn wie ein Junge, trug einen schwarzgelben Neoprenanzug und auf dem Kopf eine Kappe über langen ausgebleichten Haaren. Sie sah direkt in die Kamera, ohne zu lächeln. Ein klares, intelligentes Gesicht mit gerader Nase und vollen Lippen. Und traurigen Augen. Leeren Augen.

Eric. Eric vor zehn, zwölf Jahren. Ein schlaksiger Junge zwischen Kind und Mann. Plötzlich blieb er nächtelang weg, ohne Bescheid zu sagen. Janet fand Schnaps, Gras, Koks und jede Menge pastellbunter Pillen in seinem Zimmer, ganz offen im Regal oder auf dem Boden vor dem Bett. Und sie musste ihn immer wieder bei der Polizei auslösen. Weil er sich geprügelt hatte, ein Moped geklaut oder sonst irgendwelchen Mist angestellt hatte. Er ging nicht mehr zur Schule, er las nicht mehr, er zeichnete nicht mehr, er verdumpfte vor ihren Augen. Janet mochte die Typen nicht, mit denen er zusammen war, aber, wenn sie etwas sagte, hörte er sie gar nicht. Sie kam nicht mehr zu ihm durch. Sein Gesichtsausdruck blieb gleichmäßig verdrossen, seine Augen leer ...

Janet duschte und zog sich um. Dagmar und sie hatten einige Klamotten in eines der Extrazimmer gelegt. Groß war die Auswahl nicht. Janet nahm ein Sommerkleid aus klein geblümter Baumwolle und ehemals weiße Sandalen. Dann schob sie das Foto in ihre Tasche und fuhr mit dem Lift hinunter.

Paul und Frank Guzman, die Brüder, die zweitausend Euro cash mit sich herumtrugen, waren gesund und wohlgenährt. Nicht sie brauchten Hilfe, sondern die kleine Anna.

Es war erst halb zehn. Paul Reimann war zwar Frühaufsteher, aber er verließ das Haus nie vor elf Uhr. Er war am Tag nach ihrem Treffen aus dem Hotel ausgezogen und hatte sich zwei Appartements am Yachthafen gemietet, eins für seine Bodyguards und eins für sich.

Seitdem observierten sie ihn. Locker. Abwechselnd im Turnus. Bisher hatten sie nichts von Bedeutung beobachten können. Außer dass er sich mit dem Bürgermeister, dem Polizeichef, dem Staatsanwalt und einigen anderen Honoratioren der Stadt zum Golf traf. Dass er verschiedene Kirchen besuchte, dass er reichlich spendete und einen neuen Kindergarten mit seiner Gegenwart beehrte. Dass er eine Kunstausstellung eröffnete und ein Interview im katalanischen Sender TV 3 gab.

Für einen Mann mit so vielen Verpflichtungen hatte er erstaunlich viel Zeit. Er hatte irgendetwas vor. Janet vermutete, dass er die Millionen suchte, die sein Bruder Robert abgezogen und versteckt hatte. Sicher nicht in Barcelona. Aber die Spuren gingen von hier aus. Die Zeugen waren hier. Und ein Mann mit so viel Geld und Einfluss war nie allein.

Sie mussten eine Möglichkeit finden, sein Telefon anzuzapfen und irgendwie in seinen Computer zu kommen. Pia wollte von solchen Methoden nichts wissen, sie konnte richtig durchdrehen, wenn Janet auch nur die Möglichkeit erwähnte. Und Dagmar war fast noch schlimmer. Eine Polizistin und eine Anwältin. Eine bürokratische Katalanin und eine Deutsche! Janet seufzte tief auf. Das musste sie allein durchziehen. Aber dafür hatte sie heute nicht genug Zeit. Gleich war sie mit der Überwachung dran.

Der nächste Copyshop war in der Ferran, laut Schaufensterreklame machten sie auch Digital- und Farbkopien. Janet legte das Foto von Anna auf den Tresen. »Können Sie mir dreißig Kopien machen?«

Ein junges Mädchen mit pickligem Gesicht, strähnigem Haar und einem Kaugummi im Mund nahm das Foto, ohne es anzusehen, und begann, es zu kopieren. Sie kaute und wippte zu einer Melodie, die nur in ihrem Kopf zu hören war. Der Preis für die dreißig Kopien war gigantisch, und Janet ärgerte sich, nicht vorher gefragt zu haben. Sie zahlte und ging wieder zurück, über die Plaça de Sant Jaume in den Carrer Jaume I.

Ein Eckhaus mit Apotheke und einem Kurzwarenladen. Man bot zwischen Garnen, Bordüren, Socken und Unterwäsche auch Barcelona-Fußballkappen, Aufkleber, Schals, T-Shirts und andere schrille Souvenirscheußlichkeiten an. Doch der Kampf ums Überleben war bereits so gut wie verloren.

Der kleine Stempelladen hatte sich vor fast hundert Jahren in die Mitte gequetscht. Eine Rundbogentür zwischen zwei schmalen hohen Fenstern. In dem einen ein riesiger, runder, altmodischer Amtsstempel, darunter eine Palette bunter Stempelkissen, im anderen ein verstaubtes Glasregal mit verstellbaren Datumsstempeln, eingetrockneten Signetstempeln und einer Tafel mit langweiligen Stempelandrucken.

Janet ging hinein. Ein Glöckchen plingte. Der Raum war klein, hoch und düster nach der grellen Sonne. Eine Regalwand über die gesamte Rückseite aus dunklem Holz mit hunderten von kleinen Schubladen für die jeweiligen Muster und Vorlagen, eine Theke aus blank poliertem Mahagoni mit gläsernen Schaukästen links und rechts. Eine schmale Treppe zu einem Vorhang in halber Höhe. Es roch nach Gummi, Farbe und Leim.

Sergio kam hinter dem Vorhang hervor und humpelte die Treppe herunter. Er war klein, schmal, gebeugt und sehr alt. Schlohweißes Haar über einem braun gegerbten Gesicht und ein blütenweißer Kittel mit zwei Stiften in der Brusttasche. Sergio hatte es als junger Soldat nach Algerien verschlagen und dort hatte er als Leibkoch eines englischen Schriftstellers noch ein paar Jahre drangehängt. Als der Schriftsteller starb, kehrte Sergio heim nach Barcelona und übernahm den Stempelladen seines Vaters. Auch das war schon viele Jahrzehnte her. »Mademoiselle Jeanette! Ma petite Chou-Chou! I am very pleased to see you. How do you do?« Er sprach immer noch leidlich gut französisch und englisch und begrüßte Janet strahlend.

»Merci, Sergio. Nice to meet you«, Janet lachte und legte ihre Abholzettel auf die Theke. Sergio brauchte natürlich keine Zettel. Janet war sein bester Kunde, sie hatte alle Stempel für die Detektei bei Sergio bestellt. Ungeachtet der Möglichkeiten des Computers. Sie hoffte, Sergio damit zu helfen. Sie wollte nicht, dass alle diese kleinen alten Läden in Barcelonas *barrio gótico* starben. Modernisiert wurden. Entkernt und von jungen Designern neu verglast. Natürlich wusste sie, dass es sinnlos war.

Janet setzte sich an eine Ecke der Theke und stempelte die Rückseite der dreißig Fotos ab. Ein runder Stempel, mit Doppelrand wie bei einem Amtssiegel.

Informationen?
Bitte melden Sie sich!
www.llimona5.com

Sergio servierte heißen Mokka und winzige Bittermandelplätzchen auf einem Silbertablett. Und erzählte eine seiner skurrilen Geschichten aus dem Algerien vergangener Zeiten. Kein Kunde störte sie.

36

Die Beschließerin, die ihr das Frühstück brachte, war neu. Auf den ersten Blick sah sie aus wie ein Mann. Nicht groß, aber breitschultrig, schmalhüftig, die Uniform von einem schweren Ledergürtel mit Silbernieten in der nicht übermäßig schlanken Taille zusammengehalten. Das gerötete Bauerngesicht wie nackt unter einem dunklen Stoppelkurzhaarschnitt. Erst, als Barbara ihr das zerkratzte Plastiktablett abnahm, bemerkte sie, dass die Augenbrauen sorgfältig in eine schmale Form gezupft und die Lippen durch ein Permanent Make-up vergrößert worden waren. Schlupflider und lange Wimpern verbargen die Augen. Knappes Lächeln. »*Hola*, ich bin Sol.« Sie wandte sich ab und schob ihren Trolley weiter.

Soledad, die Einsamkeit. Wie konnte man seine Tochter so nennen. Barbara hockte sich auf den Pritschenrand, stellte das Tablett zwischen ihren Füßen ab und vergaß Sol. Ihre Hände waren noch immer bandagiert, aber die Fingerspitzen sahen schon rosa hervor. Yolanda versorgte sie mit Salben und Cremes und zeigte ihr, was sie tun musste. Übungen, Bewegungen, Massagen. Allmählich wurden die Schmerzen erträglich und die Beweglichkeit nahm von Tag zu Tag zu. Es gab Milchkaffee, ein halbes *bocadillo* mit Tomaten und eine geschälte Orange. Der Kaffee war trinkbar, das Brot frisch.

Seit Yolanda sich den Rücken von Inés Alvarez regelmäßig vornahm, hatte sich viel verändert. Barbara hatte eine Einzelzelle, sie bekam Hilfe, genießbares Essen und vor allem durfte Yolanda sie regelmäßig behandeln. Yolanda konnte keine Wunder bewirken, Barbara würde ihr Leben lang Narben an den Händen behalten, vor allem an der linken, aber das störte sie nicht mehr sonderlich.

Sie trank den Kaffee mit Genuss. Hinter dem winzigen Gitterfenster schien die Sonne. Es war heiß, aber Hitze war gut für die Hände. Und heute war Freitag. Yolandatag. Yolanda kam dreimal die Woche ins WAD RAS, aber nur zweimal durfte sie sich um Barbara kümmern. Dienstag und Freitag. Das waren die wahren Glückstage.

Inés Alvarez litt seit Jahren unter extremen Rückenschmerzen, und kein Arzt konnte ihr helfen. Yolanda hatte sie nach vier Tagen schmerzfrei. Inés war so glücklich, dass sie so ziemlich alles für Yolanda getan hätte. Sie ließ sie einen Reha-Raum in der Klinik einrichten, angeblich für die Gefangenen, aber in Wirklichkeit erst mal für sich selbst. Es gab eine Massageliege, einen Ergometer, ein Laufband, und verschiedene andere Trainingsgeräte, und alle anderen notwendigen Hilfsmittel. Keine Woche, und alles war bewilligt, bezahlt und geliefert. Ein Wunder.

Yolanda hatte es geschafft, dass das zweite Bett in Barbaras Zelle leer blieb. Sie hatte dafür gesorgt, dass Barbara das Essen vorgeschnitten bekam, und vor allem behandelte sie Barbara zweimal die Woche jeweils zwei Stunden. Und sie hatte geschafft, was weder Dagmar, der freundlichen Anwältin, noch Pia, der netten Kommissarin, gelungen war: dass Teresa Morales verlegt wurde, in das neue supermoderne Frauengefängnis außerhalb der Stadt. Sie hatte nichts ausgesagt. Sie schwieg. Sie war abgebrüht. Und irgendjemand jagte ihr höllische Angst ein.

Barbara kontrollierte die Schatten der Gitter auf der vielfach übertünchten Mauer. Halb zehn etwa. Yolanda musste gleich da sein. Manchmal kam sie im Krankenhaus nicht rechtzeitig weg. Barbara legte sich noch einmal zurück. Sie war plötzlich so müde. Dann hörte sie Stimmen und das Klirren der Schlüssel. Sie richtete sich auf. Kleine schwarze Punkte vor den Augen, sie atmete tief durch.

Die schwere Eisentür öffnete sich, wieder Sol. Sie ließ Yolanda den Vortritt, fast sah es aus, als würde sie sie von hinten anschieben.

»Hallo, Yolanda, schön, dass du da bist«, Barbaras Stimme klang schwammig wie die einer Betrunkenen. Sie musste sich an der Mauer abstützen, um nicht zu taumeln.

Yolanda lächelte nicht. Ihre Augen waren weit offen, ihr Mund bewegte sich stumm, als wollte sie ihr etwas mitteilen. Sie kam herein. Sol, dicht hinter ihr, zog die Tür zu.

»Yolanda, was …« Barbara kam nicht weiter, sie wollte sich an die Mauer lehnen, glitt mit dem Rücken an den zigfach überschmierten Steinquadern zu Boden, »Yol … Bitte, hilf …«, aber Yolanda konnte ihr nicht helfen. Sie hielt die leeren Hände weit vom Körper abgespreizt, und Sol drückte ihr eine Pistole in den Rücken. Schob sie weiter in die Zelle.

Barbara reagierte viel zu spät. Sie erkannte die Gefahr und stürzte sich nach vorn, fiel aber auf den Fußboden. Versuchte, nach Sol zu treten, traf aber nur die Pritsche. Sie hörte ein Lachen. Weit oben. Sol hatte keine Pistole mehr in der Hand. Nur noch eine Glasscherbe mit zackigem Rand, milchig matt vom Schleifen. Nein! NEIN!! Yolanda verstand Barbaras Schrei und warf sich herum, aber Sol reagierte schneller. Sie riss Yolanda mit einem blitzschnellen Zug die Kehle auf und sprang zurück, um von dem hellen Blutstrahl nicht getroffen zu werden.

37

Sie pfiffen und riefen ihr Obszönitäten nach. Dagmar hatte sich extra nicht geschminkt, die Haare nass nach hinten gekämmt und den schlabbernden Hosenanzug aus dunkelblauer Viskose angezogen, aber die Männer führten sich auf, als wäre sie Jennifer Lopez im Stringtanga. Der fette Beschließer ließ den Schlüsselbund jedes Mal, bevor er wieder eine der Gittertüren aufschloss, laut klirren. Es war glutheiß und stank nach Schweiß und Pisse. Aber Dagmar war glücklich

Saïd und Mustaf mussten zwar ihre Strafe wegen Autodiebstahls absitzen, aber die Drogenstory war vom Tisch. Die Kokainspuren im Porsche stimmten eindeutig nicht mit dem Koks im Rucksack des Australiers überein. Adrian Walters hatte das Zeug in seinem Rucksack zum Weiterverkauf besorgt und offensichtlich auch selbst genommen. Total high war er auf die Fahrbahn und direkt vor den Porschekühler gerannt. Zwei glaubhafte Zeugen. Walters war wieder vernehmbar und würde auch durchkommen. Ihn erwartete eine ziemlich harte

Strafe wegen Drogenhandels. Seine Eltern waren inzwischen aus Melbourne angereist und hatten für viel Geld einen Strafverteidiger engagiert.

Der Mann an der Pforte grinste breit, als der dicke Beschließer sie ablieferte. »Sie werden schon erwartet, *rubia.*« Dagmar lächelte freundlich, als sie so würdevoll wie nur irgend möglich durch das rappelnde Schiebetor nach draußen trat. Dann erst begriff sie, was er gesagt hatte.

Vor dem Tor stand ein schwarzer BMW mit schwarzen Zierleisten, davor ein junger Mann, mit Sonnenbrille, schwarzen Seidenpluderhosen und einem hautengen, superkurzen schwarzen T-Shirt. Er verbeugte sich und überreichte ihr eine violette Rose. »Mein Name ist Gil Azar. Ich möchte mich bei Ihnen im Namen meiner Familie ganz herzlich bedanken. Darf ich Sie irgendwohin bringen?« Er hielt einladend die Autotür auf.

Dagmar zögerte nur kurz. »Sie sind ein Freund von Eric, dem Sohn von Janet Howard?«

»Ja. Wir sind Freunde. Sie haben Saïd und Mustaf vor großen Problemen bewahrt. Die beiden haben zwar kein Geld, aber die Familien werden zusammenlegen. Wir werden Bürgen finden. Wir werden auch für Ihr Honorar aufkommen.« Gil Azar sah sie nicht an. Es war angenehm kühl im Auto. Sie hielt die Rose in der Hand. Sie war vollkommen, wie aus Plastik. Saïd und Mustaf hatten sich zwar nicht mal ansatzweise bei ihr bedankt, aber Azar und seine gestelzte Rede konnte sie noch weniger unterbringen. Sie wollte gerade antworten, als ihr Handy piepte.

»Ja?« Es war Pia.

»Hör zu. Bleib ganz ruhig. Barbara ist angeblich durchgedreht und hat mit einer abgeschliffenen Glasscherbe ihre Physiotherapeutin abgestochen. Yolanda Modal. Wir treffen uns dort.«

Dagmar schaltete mechanisch ihr Handy aus. »Könnten Sie mich bitte zum Frauengefängnis WAD RAS bringen?« Azar nickte und bog ab. Dagmar steckte langsam ihr Handy weg. Yolanda. Die fröhliche, immer freundliche und hilfsbereite Rastaschwester. Die Spezialistin für Probleme mit dem Bewegungsapparat. Die Freundin von Barbara. Tot. Ermordet.

Es war ihre Schuld. Sie hatte Yolanda gebeten, auf Barbara aufzupassen, sie hatte ihr noch Hinweise gegeben, wie sie das am besten tun könnte. Ihr Inés Alvarez, die Chefin, genannt. Sie hatte gedacht, es sei genug, Teresa Morales in ein anderes Gefängnis versetzen zu lassen. Sie war erleichtert gewesen, weil alles so gut lief.

Hatte sie Barbara wirklich geglaubt? Oder hatte sie ihr nur glauben wollen. Sie mochte Barbara gern. Sie wollte alles für sie tun. Sie freibekommen vor allem. Sie war ihre Anwältin. Es spielte keine Rolle, ob sie ihr glaubte. Oder doch?

Zwei Polizeiautos und ein Krankenwagen. Dagmar musste an der Pforte die Tasche öffnen und ihre Legitimation vorzeigen, als hätte man sie noch nie gesehen, und sich der entwürdigenden Leibesvisitation unterziehen. Jetzt, plötzlich, wo alles zu spät war. Sie erinnerte sich nicht mehr, ob sie sich von Azar verabschiedet hatte, und was mit der Rose passiert war, es war ihr auch egal.

Hinter der Schleuse gab es einen kleinen Vorraum. Dort stand straff und hoch aufgerichtet Inés Alvarez. Schritte, leises Fluchen, Schlüsselklirren. Eine ältliche Beschließerin kam als Erste heraus und drückte sich eng an die Wand. Hinter ihr zwei Männer in weißen Insalud-Uniformen, die eine verdeckte Bahre trugen. Ihre weißen Schuhe, Hosen und T-Shirts waren blutbeschmiert. Es war eng. Dagmar quetschte sich in eine verkümmerte Topfyucca. Hinter der Bahre folgten Pia, Bonet, dieser Toni und zwei uniformierte Polizisten.

Die Beschließerin öffnete die Haupttür, und einen Augenblick lang sah es so aus, als wollte sich Inés Alvarez auf die Bahre stürzen. Aber nichts geschah, und die Insalud-Männer trugen ihre Last hinaus. Die Tür schnappte ins Schloss.

Ein Moment der Stille. Irgendwo läutete ein Telefon, und keiner hob ab. Pia war die Erste, die sprach. »Aber das ist doch grotesk. Wieso wird die Leiche so schnell abtransportiert, wieso werden keine Spuren genommen, wieso wurde nicht mal Luis Llobet dazu gerufen?!«

»Weil es nichts zu untersuchen gibt.« Toni sah aus, als würde er in einer Fernsehserie den coolen Kommissar spielen. »Weil alles bereits geklärt ist. Barbara Dyckhoff wurde neben der toten Yolanda Modal gefunden, in ihrem Blut! Sie und niemand anders hat ihr die Kehle durchgeschnitten. Schließlich hatte sie die Tatwaffe, eine abgeschliffene Glasscherbe, noch in der Hand.«

»Und das Motiv? Yolanda war so was wie ihre Freundin!«

»Knastkoller. Außerdem müssen wir Steuergelder sparen ...«

Bonet packte Toni hart am Oberarm und schob ihn in Richtung Ausgang. »Ist ja gut«, er wandte sich Pia zu. Leise: »Ich sag's nicht gern, aber er hat leider Recht.«

»Pia!« Dagmar löste sich von der Yucca und wollte zu ihr hinübergehen. Sie kam nicht weit. Inés Alvarez schoss auf sie zu und verstellte ihr den Weg.

»Sie sind das! Die Anwältin! Sie sind doch schuld daran! Yolanda war so ein wundervolles Mädchen! Sie hatte heilende Hände! Wissen Sie überhaupt, was das ist? Sie war eine Heilerin! Etwas ganz Besonderes! Und Ihre blöde ausgeflippte Klientin konnte das nicht ertragen! Dabei habe ich alles für sie getan! Die führte doch hier das Leben einer Königin ...«, ihre Stimme kippte, sie packte Dagmar an der Jacke und krallte sich fest. Ihre Augen füllten sich mit Tränen. Dagmar legte ihr die Arme um die

Schultern und drückte sie an sich. Hielt sie fest. Bis sie ruhiger wurde. Sich frei machte und kurz schniefte. »Tut mir Leid.«

»Kann ich Barbara jetzt bitte sprechen?«

Inés Alvarez sah sie nicht an, winkte nur, ihr zu folgen. Dagmar warf Pia einen kurzen Blick zu. Sie musste jetzt jede Entscheidung selbst treffen. Allein.

Barbara lag im Sicherheitstrakt, in einer kahlen Zelle auf einer Steinpritsche, an Füßen und Händen gefesselt, grell ausgeleuchtet. Sie war barfuß und blutverschmiert. Ein dunkles Hämatom an der rechten Schläfe. Tiefe Ringe unter den Augen, die Dagmars Blick suchten.

Inés Alvarez starrte sie hasserfüllt an. »Sie ist vollkommen irre! Eine Gefahr. Für uns alle. Ich musste sie regelrecht niederknüppeln. Hab sie vielleicht auch am Kopf erwischt. Aber ich hätte auch nicht gezögert, im Notfall von der Schusswaffe Gebrauch zu machen.«

Hinter Dagmar schloss sich die Zellentür mit einem endgültigen Klacken. »Hallo«, sie setzte sich vorsichtig auf den Pritschenrand. »Sieht nicht gut aus, oder?«

»Yolanda.«

»Ja. Yolanda. Sie ist tot. Barbara, was ist passiert? Sag es mir! Bitte!«

»Im Kaffee«, Barbara versuchte ihren Blick zu fokussieren. »Schlafmittel. Immer noch. Frühstück. Die Beschließerin war neu. Sol. Hatte Pistole.

Hat Yolanda bedroht. Wollte helfen. Zu sch… schwach … Schlafen. Im Kaffee!«

»Barbara. Du hast Yolanda nicht getötet?«

»Nie! Niemals! Yolanda Freundin …« Barbara wollte sich aufsetzen, aber die Fesseln hinderten sie.

»Ganz ruhig«, Dagmar half ihr, sich etwas bequemer zurückzulegen. »Wie sah sie aus, diese Sol? Kannst du sie beschreiben?«

»Groß. Breite Schultern … Wie Mann. Aber Frau. Mit Silber… Silber…nietengürtel über Uniform. Kurze Haare. Soledad. Wie kann man Tochter so nennen …«

»Und diese Sol hat Yolanda ermordet?«

»Kehle geschnitten. Blut. Viel Blut. Angst. Bitte!« Barbara schaute sie an, dann fielen ihr die Augen zu. Sie schnaufte tief durch wie ein Kind und schlief ein.

Dagmar stand auf. »Ja«, sagte sie leise, »ich glaube dir. Ich glaube dir wirklich.« Es war kühl hier unten, und es gab keine Decke. Dagmar zog ihre zerknautschte Jacke aus und hüllte Barbara darin ein. Stand auf und klopfte an die Tür. Niemand. Sie klopfte wieder. Fast eine Stunde ließ man sie warten. Dann erst kam die ältliche Beschließerin angeschlurft. Dagmar unterhielt sich mit ihr. Sie hieß Encarna, stammte aus Navarra und hatte vier Töchter und neun Enkelkinder.

»Könnte ich noch kurz zur Direktorin?«

Nein, *la jefa* war um die Zeit nicht zu sprechen.

Niemand war zu sprechen. Natürlich nicht. Dagmar beschrieb Sol Soledad, so gut sie konnte. Die Beschließerin lachte nur. Sie kannte alle Kolleginnen. Eine Soledad hatte es hier vor zwölf Jahren zuletzt gegeben. Fröhliches Lachen.

Dagmar hatte es nicht anders erwartet. »Bitte, könnte ich die Zelle noch mal sehen? Nur ganz kurz?«

Die Beschließerin zögerte. »Da muss ich die *jefa* fragen.«

»Ja, natürlich«, Dagmar nickte ernst. »Aber wollen wir sie jetzt wirklich stören? Wegen so einer Kleinigkeit?«

Die Beschließerin hob nur die Schultern und brachte sie schlüsselklappernd zu Barbaras Zelle. Kein Siegel an der Tür. Der Raum selbst erstaunlich sauber. Noch waren hier die Zeichen der Kripo zu sehen. Der Kreideumriss auf dem siffigen Boden, die Pappnummern an den Stellen, wo man Indizien gefunden hatte. Auch das Plastiktablett lag noch in der Ecke. Ein angebissenes Sandwich, ein Kaffeebecher. Leer. Dagmar hielt ihn gegen das trübe Licht. Absolut keine Reste, er war total sauber.

Dagmar spürte die Nervosität der Beschließerin hinter sich, viel Zeit blieb ihr nicht. Neben der Kreidezeichnung war ein riesiger Blutfleck. Der Ort, wo Barbara gelegen hatte, war nur durch die Pappnummer drei angezeigt. Direkt daneben gab es einen weiteren Fleck, der noch glänzte. Dagmar hockte sich hin und kratzte mit ihrer Nagelfeile ein paar Krümel davon auf ein Stück Papier, faltete es zusammen und nahm noch eine weitere Probe von ähnlichen Flecken neben dem Fundort von Barbara. Direkt neben dem riesigen Blutfleck von Yolanda. Und einen neben dem Waschbecken. Vertrocknet, aber doch noch etwas feucht. Oder doch nicht? Es war so sinnlos.

Die Beschließerin räusperte sich, und Dagmar stand auf. »Danke. Sie haben mir sehr geholfen.« Sie ging hinaus. »Hier gibt es nichts mehr zu sehen.«

38

Na endlich!« Vorwurf, Empörung. Luis Llobet hockte mit einem Taschenbuch von Patricia Cornwell auf den Stufen zur Eingangstür von Llimona 5. Er kniffte die letzte Seite ein, stand auf und klopfte sorgfältig seine Hose ab, deren Material einen so hohen Plastikanteil hatte, dass sowieso kein Schmutz hängen bleiben konnte.

»Luis! Am helllichten Nachmittag! Sag bloß, du hast Yolanda Modal schon untersucht!« Pia kramte nach ihrem Schlüssel.

»Ah, wie schön, du warst einkaufen!« Er nahm Pia die prallen Tragetüten ab und begann zu stöbern. »Katzenstreu, Katzenfutter, Katzenvitamine. Was soll das?! Kein Wein, kein Brot, keine *gambas*, kein gar nichts!«

»Du wirst schon nicht verhungern«, Pia hatte endlich den Schlüssel gefunden, schloss auf und ging vor Luis her über den Innenhof zum Fahrstuhl. Sie freute sich, dass Luis zu ihr kam. Ein kleines Trostpflaster auf den Frust im Präsidium. Bonet hatte sie zwar mit hinaus zum Frauengefängnis genommen, aber Toni hatte mit einer Beschwerde gedroht, wenn sie weiter mitmischen sollte. Sie war raus und das endgültig. Sanchez-García hatte sich bisher relativ fair verhalten, aber Bonet hatte ihr klargemacht, dass sie nicht ewig damit rechnen konnte. Und, verdammt noch mal, alle Indizien deuteten darauf hin, dass Barbara ihre Krankenpflegerin Yolanda getötet hatte.

»Ich war noch nie hier, seit eurem Umbau. Ich bin ja schon sehr gespannt. Ich wusste gar nicht, dass du so viel Platz hast! Josep hat mir das erzählt. Der geht hier scheint's ein und aus.« Leicht giftiger Unterton, »und dass deine Kolleginnen durchaus kompetent sein sollen. Vor allem die eine hat's ihm wohl angetan.« Hämisches Kichern. Wenigstens erwartete er keine Antwort.

Pia hätte gern erst mal eine halbe Stunde für sich gehabt, um ihre Gedanken zu ordnen. Sie hatten Yolanda gemocht, und sie hatten an Barbara geglaubt. Und jetzt schien alles plötzlich wieder so falsch. Sie hätte gern mit Dagmar gesprochen, aber sie geriet immer nur an die Mailbox. Sie schloss die Wohnungstür auf. »Janet?« Keine Antwort. Pia klapperte mit den Schlüsseln. »Fritz, mein Süßer!«

»Gibt es da jemanden, den du mir bisher verschwiegen hast?« Luis sah Pia kurz von der Seite an, schob sich an ihr vorbei, lud die Plastikbeutel in der Küche ab und machte sich daran, den Kühlschrank und das Weinregal zu durchsuchen.

Pia lief durch die Wohnung, über die Terrasse und in den neuen Büroteil. Sie rief nach Fritz, sie machte Schmatzgeräusche und schaute an allen seinen Lieblingsplätzen nach. Sie bückte sich unter Sessel und Sofas und lauschte nach seinem Mienzen. Nichts. Dann fand sie das Memo von Janet. Sie las es kaum durch. Janet, die Katzenhasserin. Natürlich. Pia riss die hintere Wohnungstür auf. Das Treppenhaus war leer. Der Lichthof darüber von matter Sonnenglut erfüllt. »Fritz! Fritzchen Garfield!« Nichts. »Fritz, mein Süßer, komm her, komm!« Die Antwort war so dünn und kläglich, dass Pia zuerst überzeugt war, sich getäuscht zu haben. »Ja? Süßer, wo bist du?« Das zweite Mienzen kam etwas kräftiger. Und dann entdeckte sie ihn.

Hoch oben über dem Lichtschacht war ein Rundfenster. Sehr viel früher einmal war der Schacht wohl offen gewesen, dann hatte man eine Art winziger Glaskuppel darauf gesetzt. Das Glas war verdreckt und hatte Sprünge, und auch die Seitendichtung ließ Wind und Regen durch. Aber für einen Kater bildete das Ganze ein undurchdringliches Hindernis.

Fritz hockte auf einem schmalen Sims, direkt unter dem Fenster. Es war nicht ganz ersichtlich, wie er da hinaufgekommen war, denn bis zwei Meter unter ihm war die Mauer glatt verputzt. Darunter traten die Mauerquader deutlicher hervor, und es gab auch eine Art Leiter aus rostigen Eisengriffen.

Pia rannte in die Wohnung zurück, zerrte die Klappleiter aus dem Schrank, packte ein Seil und fand die dünne Schnur mit dem Widerhaken, mit der man verlorene Eimer aus der Zisterne holen konnte, und einen Korb mit langen Henkeln. »Luis, komm schnell, ich brauch deine Hilfe!« Sie lief wieder hinaus ins Treppenhaus. »Ganz ruhig, mein Süßer, ganz ruhig.« Fritz starrte sie aus riesenrunden Augen an und schwieg.

Pia stieg die Treppe hinauf bis zum letzten Absatz, klappte die Leiter auf vier Meter auf, knotete die dünne Schnur ans Seil und suchte nach einem Ziel. Dann hängte sie sich den Korb um den Hals und machte sich vorsichtig an den Aufstieg. Die Leiter schwankte bedrohlich. Unter ihr in der Tür erschien Luis, in der einen Hand ein Glas Rotwein, in der anderen eine Zigarre. »Pia, das sieht aber gar nicht gut aus!«

»Halt die Leiter fest. Okay?«

Luis überlegte kurz, dann stellte er einen Fuß auf die unterste Sprosse. »Ich finde es, gelinde gesagt, grotesk, dass du hier dein Leben für eine Katze riskierst. Und, wenn du blöd fällst, auch meins. Aber das nur am Rande. Ich wollte dir nur mitteilen, dass sich meine ersten Untersuchungsergebnisse bestätigt haben.«

Pia stand jetzt auf der dritten Sprosse von oben. Die Eisengriffe kratzten bei jeder Bewegung an der Mauer entlang. Sie presste ihre Knie gegen die Seitenstreben. Am Rand des Rundfensters gab es eine Art Griff. Pia begann langsam, die Zisternenschnur zu schwingen. Zielte und warf. Der Haken prallte ans Fenster und fiel herunter. Fritz hatte sich nicht bewegt. Pia sah, dass tief unter ihr Luis leicht zur Seite wich, und rollte die Schnur erneut auf.

»Du erinnerst dich, die Obduktion der beiden Leichen *Tür* und *Ferrari*. *Tür* hatte Rauchpartikel in der Lunge und jede Menge Kohlenmonoxid im Blut. *Ferrari* weder noch. Er ist also vor dem Feuer gestorben. Keine Kugel, kein Gift, soweit ich bisher feststellen konnte. Mir werden ständig andere Fälle dazwischengeschoben.«

Pia warf ein zweites Mal, und diesmal blieb der Haken im Griff stecken. Sie zurrte ihn fest und kletterte weiter. Sie erreichte das Ende der Eisenleiter. »Fritz, mein Süßer, spring!« Fritz bewegte sich nicht.

»Meine Vermutung war aber richtig, ein Messerstich. Direkt ins Herz. Es gibt eine frische Läsion an der zweiten oberen Rippe links. Laienhaft ausgedrückt. Das ist alles, was ich habe. Aber es ist auffällig. Steht in meinem Bericht, aber den hat keiner angefordert.«

Pia hangelte sich noch ein Stück höher, Fritz wich noch weiter zurück, so weit wie möglich. Seine Augen quollen in Panik hervor. Pia zögerte nicht, packte Fritz am Hals, riss ihn herunter und stopfte ihn in den Korb. Fritz schrie, tobte und kratzte, aber

Pia drückte ungerührt den Korb zu und rutschte am Seil wieder runter, bis sie auf der Leiter Halt fand.

Luis stemmte den Fuß dagegen. »Ich habe einen Kollegen an der Uni, Enrique Hernández. Er rekonstruiert Gesichter, wenn er den Schädel hat. Selbst aus Fragmenten. Am Computer. Er ist ein wahrer Künstler. Aber das interessiert im Präsidium wohl keinen mehr.«

Pia fühlte sich schwach und zittrig, als sie endlich unten ankam, hastete mit dem Korb samt tobenden Fritz in die Wohnung und schlug Luis fast die Tür vor der Nase zu, der sich noch mit den Scharnieren der Leiter abquälte und sie endlich in voller Länge durch die Tür hereinfädelte. Seine Stimme klang immer mürrischer. »An dieser Yolanda arbeitet Veronica, meine Assistentin, sehr begabt. Aber viel ist da sowieso nicht zu untersuchen. Ein brutaler Schnitt durch die Kehle. Durch bis zum Rückgrat. Von hinten, von links nach rechts. Täter also ein Rechtshänder.« Kaum zu überhörende Schadenfreude. »Aber das hilft dir auch nicht viel weiter.«

In der Küche ließ sie Fritz frei. Der witschte unter einen Schrank, wartete dort, bis der Weg frei war, und flitzte dann hinüber zur offenen Terrassentür. Es sah aus, als würde er hinken. Pia füllte seine Schüssel mit Hühnerleber und stellte sie auf die Terrasse. Füllte den Wassertopf mit Milch. Zog sich zurück und wartete. Glücksgefühl, als Fritz vorsichtig hinter dem Oleander hervorkam und sich über die Hühnerleber hermachte.

Luis hatte die Leiter besiegt und wieder im Schrank verstaut. Er deutete mit der Zigarre auf die Kratzwunden an ihren Armen. »Die müssen versorgt werden. Soll ich das machen?«

»Danke nein, noch lebe ich.«

»Oberflächliche Wunden kann ich auch bei Lebenden versorgen.«

»Er hinkt.«

»Nicht mein Bier. Veterinär bin ich nun wirklich nicht.«

»Armer kleiner Kater. Ich hätte nicht gedacht, dass ich so an ihm hänge.«

»Armer kleiner Luis. Ich glaube, unter deinem T-Shirt sind auch noch Kratzer. Da besteht immer die Gefahr einer Sepsis.«

»Janet. Wenn ich die in die Finger bekomme, dann bring ich sie um.«

39

Die Cafés und Bars im *barrio gótico*, die um diese Zeit schon geöffnet waren, hatte sie mehr oder weniger abgeklappert. Überall hatte sie Annas Foto verteilt, kein Mensch kannte sie, keiner hatte sie gesehen. Janet glaubte nicht mehr an die Version der Guzmans, jemand bei der Polizei habe ihnen die Adresse von Llimona 5 gegeben. Selbst wenn, es gab unzählige Detekteien in Barcelona, viele unseriöse, aber auch viele, die von ehemaligen Polizisten betrieben wurden. Männern. Der einzige Grund, der in diesem Fall für Llimona 5 sprechen mochte, war die Lage ihrer Detektei. Die Guzmans hatten ihre Schwester selbst verfolgt und sie irgendwo hier verloren. Es bestand eine Chance, dass sie noch immer im *barrio* war.

Halb fünf. Der Himmel über den Dächern hatte sich zugezogen, grau. Keine zweihundert Meter weiter war das offene Meer, aber in den engen Gassen stand die Hitze wie unter einem Deckel. Janet stand an der Ecke Ferrán und Rauric, direkt vor dem *Schilling*.

Paul Reimann zu observieren hatte sie sowieso versäumt. Jetzt kam es auf eine halbe Stunde auch nicht mehr an. Janet ging in die Bar und sah sich um. Niemand, den sie kannte. Sie setzte sich ans Fenster und bestellte einen Gin Orange. Die Kellnerin lächelte sie an. Janet erkannte sie nicht wieder, schwarze Jeans, schwarzes T-Shirt und lange weiße Schürze wie die anderen beiden Kellner auch. Sie war sehr hübsch. Aber sie schien Janet zu kennen. Janet lächelte zurück und gab ihr das Foto. Es war ihr letztes. »Haben Sie das Mädchen schon mal hier gesehen?«

Die Kellnerin stellte den Drink ab und sah das Foto an. Lange und sorgfältig. »Nein. Tut mir Leid. Aber ich kann's ja mal rumzeigen.« Janet nickte, steckte sich eine Zigarette an, die erste seit zwei Stunden, und widmete sich nach einem tiefen Lungenzug ihrem eisbeschlagenen Gin Orange. Sie hatte die Hoffnung auf eine leichte Lösung aufgegeben.

»Darf ich?«, der Mann, der sich, ohne die Antwort abzuwarten, an ihren Tisch setzte, hatte einen Stock mit Silberknauf und ein Bier in der Hand. Jeans, Jeanshemd, rote Hosenträger. Etwa ihr Alter. »Ich bin Miguel.« Janet schwieg und spielte die Unsichtbare. »Sie sind Janet, richtig? Die Mutter von Eric. Ich habe Sie hier schon gesehen.« Janet musterte ihn mit neuem Interesse, er lachte. »Der *barrio* ist ein Dorf.« Er hatte Annas Foto in der Hand.

»Das Mädchen. Ich habe sie getroffen. Gestern Nacht, im *Harlem*. Das ist so eine Jazzkneipe hier.«

»Ich kenne das *Harlem*. Möchten Sie noch etwas trinken?«

»Gern, ein Bier. Nettes Mädchen übrigens. Sehr hübsch, obwohl sie das zu verbergen sucht.« Er brach ab, bestellte mit einem Wink zur Theke das neue Bier und schwieg dann.

»Sie wissen nicht, wie Sie mich einordnen sollen?«

»Ich kenne Ihren Sohn und seine Freunde. Nicht unbedingt die beste Empfehlung, ehrlich gesagt. Aber diesem Mädchen würde ich gern helfen. Sie ist in der Klemme. Sie ist auf der Flucht. Sie versteckt sich. Irgendjemand verfolgt sie.«

»Zwei Kerle, helles Haar, teure Anzüge, einer bullig, der andere eher durchtrainiert?«

Miguel schaute sie nachdenklich an, nickte langsam.

Hinter ihm ging die Tür auf, Eric und Bertrán kamen herein. Bertrán sah sie zuerst. Strahlte und steuerte gleich auf sie zu. »Janet. Tausend Dank!« Er drückte sie an sich. »Sie haben uns wirklich geholfen. Bitte sagen Sie das auch Ihrer Freundin Dagmar. Danke!« Erics knappe Umarmung danach wirkte wie aufgesetzte Höflichkeit. Sie stellte Miguel vor, und Bertrán setzte sich. »Cava für alle!« Janet winkte ab. Eric musste sich einen Stuhl vom Nebentisch dazuholen. Miguel legte Annas Foto auf den Tisch.

»Danke, ich bleib lieber beim Bier. Aber vielleicht könnt ihr uns mit dem Mädchen weiterhelfen. Ist die euch irgendwo aufgefallen?«

Einen Moment lang blieb das Foto auf dem Tisch liegen, und keiner berührte es. Dann beugte sich Bertrán leicht darüber, hob kurz die Augenbrauen und wippte wieder zurück. Eric sah zu Janet, dann zu Miguel und zu Bertrán. »Ja. Ich hab sie gesehen. Sie hängt hier herum. Sie ist neu. Sie hat Geld. Sie war mal auf H. Das merkt man ihr an, wenn man einen Blick dafür hat. Die Pusher und Dealer sind hinter ihr her. Sie wittern die Beute, sie wollen sie zurück. Das ist nicht schwer, auch wenn sie nicht will. Einfach LSD in die Fanta oder so.«

Janet holte die nagelneue Visitenkarte von Llimona 5 hervor und stand auf. »Leute, bitte helft mir. Hinter dem Mädchen sind nicht nur die Dealer her. Auch zwei Typen. Akzentfreies Spanisch, aber irgendwie sehen sie wie deutsche Wurstvertreter aus. Findet das Mädchen vor den beiden. Angeblich sind das ihre Brüder. Aber was immer sie von ihr wollen, es ist nichts Gutes. Das Mädchen heißt Anna Guzman. Ruft mich an. Danke.«

Sie ging hinaus und hatte ein gutes Gefühl. Wenn Anna noch im *barrio* war, würden Eric und seine Freunde sie finden. Sie stieg die kleine Gasse hinauf zur Plaça Regomir und weiter zu Llimona 5. Janet fühlte fast so etwas wie Stolz, als sie den kleinen Patio betrat. Hier gehörte sie her, sie war eine von

Llimona 5. So ein Gefühl der Dazugehörigkeit hatte sie lange nicht mehr empfunden.

Als sie den Schlüssel ins Schloss steckte, wurde die Tür von innen aufgerissen, und Pia schrie sie an: »Da bist du ja. Du Scheißkuh! Du Katzenhasserin! Du brutale Mörderin.« Sie schrie noch weiter, um ihre Füße Fritz, der versuchte an ihr vorbei hinauszuschlüpfen.

Janet schob ihn mit dem Schuh vorsichtig wieder hinein und schloss die Tür hinter sich. »Sorry, sorry, sorry. Ist er mir entwischt? Aber ich hasse Katzen doch gar nicht. Ich ... meine Jungen hatten früher dauernd Hunde und Katzen und Vögel und Eidechsen und sogar einmal eine Ziege! Und ich hab keinen davon umgebracht. Jedenfalls nicht absichtlich! Ehrlich. Ich muss mich nur erst wieder daran gewöhnen. Darf ich jetzt rein?«

»Ja, klar«, Pia nahm Fritz auf den Arm, der sich sofort schnurrend anschmiegte und Janet aus gelben Augen anstarrte. »Vielleicht hab ich ja überreagiert, aber ich häng an dem Vieh. Was hast du über Paul Reimann rausgefunden?«

»Ich habe ihn verloren«, Janet schob sich in die Wohnung, ohne Pia anzusehen. Und noch bevor diese antworten konnte, läutete es wieder.

Janet drehte sich um und öffnete die Tür. Josep Bonet, ausgerechnet. Und hinter ihm groß, breit, in schwarzen Hosen, einer schwarzen Weste über einem Leinenhemd im gleichen Silbergrau wie seine wildgelockten Haare und sein Bart, Kemíl Martín. Er grinste, drängte sich nach vorn und umarmte sie heftig. »*Cariña mia*, ich habe ein paar Entwürfe für eure Website. Und dieser dämliche Polizist hier hat ein höllenschlechtes Gewissen. Und darum hab ich ihn mitgebracht. Zu euch. Zum Beichten. Llimona 5 als Kirchenersatz.« Noch einen Kuss, dann eilte er weiter in die Küche, wo er auf Luis und den Rotwein traf. Fritz sprang von Pias Arm und lief hinterher.

Janet widerstand ihrem ersten Impuls, den beiden zu folgen. Sie merkte, dass Bonet und Pia allein sein wollten. Und blieb. »Also? Was ist los?« Die beiden sahen sich nur kurz an, dann sackte Bonet noch mehr in sich zusammen, wenn das überhaupt möglich war. Und schwieg.

Janet wandte sich an Pia. »Was ist denn? Was ist passiert?«

»Yolanda ist tot. Es sieht so aus, als hätte Barbara ihr mit einer abgeschliffenen Glasscherbe die Gurgel durchgeschnitten. Die beiden waren allein.«

»Nein!« Janet fiel nichts anderes ein. Das war unmöglich. Barbara konnte das nicht getan haben. Jemand anders hatte Yolanda ermordet. Paul Reimann. Der Mann mit Geld, Einfluss und einem Motiv. Und ausgerechnet heute hatte sie ihn und seine Männer nicht observiert. »Nein«, setzte sie noch einmal nach.

»Es gibt keinerlei Hinweise auf eine dritte Person.

Wir haben Barbara Dyckhoff blutüberströmt neben Yolandas Leiche gefunden. Neben ihr eine zurechtgeschliffene Glasscherbe. Die Knastdirektorin Alvarez hat ihr eins mit dem Knüppel über die Rübe gezogen. Verständlich, sie hing an Yolanda. Hatte angeblich Angst vor einem Angriff. Natürlich war die Dyckhoff etwas matsch. Keine Aussage. Wir haben sonst alles untersucht, keine Spuren, keine Zeugen. Nur Indizien. Und die sprechen gegen Barbara. Tut mir Leid, ich hätte das nicht zulassen dürfen. Yolanda hatte keinerlei Ausbildung für so einen Job im Knast. Und ich hätte nicht Teresa Morales verlegen lassen sollen, sondern Barbara. Ich hätte das verhindern müssen! Verdammte *mierda*!«

»Josep. Du hast getan, was du konntest!« Pia berührte ihn kurz an der Schulter. »Keiner von uns konnte damit rechnen, dass Barbara plötzlich durchdreht.«

Pia wollte sich abwenden, Janet packte sie. »Sag mal, tickst du noch richtig? Pia, bitte! Barbara hat es nicht getan. Sie ist unschuldig. Das ist unsere Basis. Und wenn alle Indizien der Welt gegen sie sprechen, dann müssen wir sie erst mal prüfen. Klar?« Janet hätte gern eine geraucht, aber sie durfte jetzt nicht unterbrechen. Bonet hatte sich schon in Richtung Küche verdrückt, Pia war auf dem Sprung. »Hast du mit Barbara gesprochen?« Pia schüttelte den Kopf, blieb aber immerhin stehen. »Und Dagmar? Was ist mit Dagmar?«

»Ja. Sie war da, sie wollte mit ihr sprechen. Aber ich erreiche sie nicht …« Pias Stimme wurde plötzlich leiser. »Sie macht sich schlimme Vorwürfe. Sie glaubt, sie habe Yolanda erst dazu gebracht, im WAD RAS zu arbeiten und sich auf Inés Alvarez und den Knastalltag einzulassen, nur um auf Barbara aufzupassen.«

»Shit!« Janet fummelte ihr Handy heraus und tippte Dagmars Nummer.

40

Das Duschen half nicht und das Haarewaschen auch nicht. Make-up war sowieso überflüssig. Dagmar zog helle Hosen an und eine dunkelblaue Leinenbluse. *Alpargatas.* Das Telefon läutete, das Handy fiepte. Immer wieder. Der Anrufbeantworter blinkte, und sicher war die Mailbox auch längst randvoll. Interessierte sie nicht. Erst als es an der Tür Sturm läutete, ging sie hin. Sie erwartete Emilio Negre, den Neffen ihrer Nachbarin, aber es war der Eilbote. Er gab ihr gegen Unterschrift ein weißes DIN-A6-Kuvert mit steifem Rücken. Auf der Rückseite der Stempel von Manel Bach.

Dagmar bekam kaum Luft. Sie setzte sich im Arbeitszimmer an ihren Tisch und riss das Kuvert auf. Ein gutes Dutzend Fotos rutschte heraus. Sarah und Achim. Im Garten, in der Schule, bei einem Ausflug, beim Schwimmen, beim Einkaufen, bei einer Theateraufführung. Sie waren so groß geworden, sie waren so fremd. Aber sie lachten, sie wirkten glücklich und entspannt. Ihre Kinder. Es ging ihnen gut.

Dagmar weinte. Hemmungslos. Um ihre Kinder, um Yolanda und um sich und ihre Ängste. Bei den Fotos war auch Bachs Rechnung. Dagmar schob sie zur Seite, ohne sie aufzufalten. Darunter lagen die drei Papiertütchen, die sie in der Zelle von Barbara mitgenommen hatte.

Yolanda konnte sie nicht mehr helfen, aber Barbara. Sie musste weitermachen. Sie musste die Proben untersuchen lassen. Aber wo. Wem konnte sie trauen? Es läutete wieder an der Tür. Fast kleinlaut, nur einmal. Dagmar war in Versuchung, überhaupt nicht zu öffnen, aber dann ging sie doch zur Tür.

Emilio Negre. Sein rundes Kindergesicht war tränenüberströmt. »Bitte, Señora Dagmar, bitte!« Er wirkte so verloren, und seine Tränen trafen auf ihre Tränen. Er stürzte sich auf sie, und sie konnte nicht ausweichen.

»Was ist denn, Emilio, was ist denn los?«

Er schluchzte auf und legte seinen Kopf an ihre Schulter. »Sie verstehen mich. Ich habe sie geliebt. Sie war so wunderbar. Eine echte Señora!«

Ein erneutes Aufschluchzen, es kostete Dagmar einige Mühe, sich taktvoll von ihm zu lösen. »Sie ist eingeschlafen? Wollen Sie mir das sagen? Ihre Tante ist tot?«

»Ja. Sie ist nicht mehr. Tante Emilia ist von uns gegangen. Bitte, lassen Sie mich jetzt nicht allein!« Er packte sie am Arm und zerrte sie mit hinüber in die Nachbarwohnung.

Sie sah friedlich aus. Die Augen waren schon geschlossen, und ihre Haut war wieder glatt und faltenlos. Die alte Dame lag entspannt in ihren vergilbten Seidenkissen und lächelte. Vielleicht schien es auch nur so, weil ihr Kinn mit einem bunt gepunkteten Schal hochgebunden war. Ihre Hände wurden von einem Rosenkranz über der Brust zusammengehalten. Wächsern glatt, und doch konnte man die Druckstellen an ihren Fingern erkennen, die ihre Ringe hinterlassen hatten. Dagmar hätte gern noch einmal ihre Hand genommen, aber sie spürte Emilios Atem in ihrem Nacken und wandte sich um. »Es tut mir so Leid. Ich hatte Ihre Tante sehr gern.« Emilio schluchzte auf und machte Anstalten, Dagmar zu umarmen. Sie wich etwas zurück. »Wer hat sie gewaschen und umgezogen?« Emilio wies mit dem Kopf zur Küche.

Dagmar traf den alten Dr. Portell am Tisch, einen *carajillo* in der Hand, die Kaffeekanne und die Coñacflasche neben sich. »Setz dich, Mädchen«, er sah nicht auf. »Sie hatte dich gern, sie hat von dir gesprochen. Heute Morgen. Da war sie noch einmal kurz bei Besinnung. Wir kannten uns schon sehr lange, weißt du.« Seine Stimme war leise, er goss sich *coñac* nach. »Seit siebzig Jahren. Da war sie fünfzehn, und ich dreizehn. Sie war meine Königin. Sie wird mir fehlen. Na ja, nicht lange, ich bin auch bald dran. Hier ist der Totenschein.« Er hob den Kopf, schaute sich aber nicht zu Emilio um, der hinter ihm stand. »Man müsste jetzt den Bestatter rufen.«

Dagmar hörte, dass an ihrer Wohnungstür nebenan geläutet wurde. Sie stand auf. Wiederholtes Läuten. Sie berührte den alten Arzt leicht an der Schulter, spitz und brüchig unter seiner Strickjacke. »Danke.«

»Nein!« Emilio stellte sich ihr in den Weg, »Sie dürfen nicht gehen. Sie dürfen mich nicht allein lassen.«

Es läutete Sturm nebenan.

»Sie schaffen das auch allein, Emilio.« Dagmar zwang sich zu einem Lächeln, aber sie dachte an die Druckstellen, die auf den Fingern zurückgeblieben waren, als er seiner Tante die Ringe abgezogen hatte. Und sie dachte daran, dass sie sich jetzt eine neue Wohnung suchen musste.

Vor ihrer Tür standen Pia und Janet. Sie wirkten völlig aufgelöst, selbst Janet hatte ihre britische *coolness* verloren. »Da bist du ja!«

»Wieso gehst du nicht ans Telefon?«

»Ich hatte keine Zeit. Meine Nachbarin ist gestorben. Kommt rein«, Dagmar ging voraus. »Was ist denn los?«

Pia sah kurz zu Janet. »Wir haben uns Sorgen gemacht.«

Dagmar suchte ihre Sachen zusammen, schob die kleinen Papiertütchen in eine Plastiktüte. »Wegen mir?« Die beiden anderen blieben dicht hinter ihr.

»Na ja«, Janet steckte sich eine Zigarette an und suchte nach einem Aschenbecher. »Wir dachten, du hast vielleicht Schuldgefühle, wegen Yolanda.«

»Natürlich habe ich die. Ich bin schuld an ihrem Tod. Ich habe sie in diese ganze Scheißsituation reingeredet.« Dagmar suchte ihre Schlüssel und griff nach ihrem Handy. »Und ich habe nicht wirklich an Barbara geglaubt.« Gas aus, Licht aus, Unterlagen, Notizen? »Aber ich kann es nicht rückgängig machen. Ich kann nur versuchen, jetzt Barbara zu helfen.«

»Wir. Das betrifft uns alle«, Pia hatte wie immer Jeans, T-Shirt und Weste an, und eine Beule unter der Weste.

»Ich dachte, du hast deine Waffe abgegeben!« Janet benutzte verstohlen einen Blumentopf als Aschenbecher.

Pia zog ihre Weste zurecht. »Ist die Pistole meines Vaters. Ich dachte, wir würden sie vielleicht brauchen. Keine Angst, ich habe einen Waffenschein!«

»Natürlich«, Janet entdeckte die Fotos auf dem Tisch. Dagmar schob sie bis auf eins in die Schublade. »Das sind meine Kinder. Sarah und Achim.« Sie steckte das Foto in ihre Tasche. »Ich würde euch gern etwas anbieten oder so, aber ich habe Angst, mein Nachbar sucht mich gleich wieder heim.« Sie hatte alles beisammen und drängte die anderen fast unhöflich zur Wohnungstür.

An der Tür der Señora Negre hing immer noch der gelbe Zettel. Dagmar kämpfte mit den Tränen und rannte die Treppen so schnell hinunter, dass sie beim letzten Absatz stolperte und gestürzt wäre, hätte Pia sie nicht im letzten Moment am Arm gepackt und zurückgerissen.

41

Paul Reimann hatte eine bekannte und zwei geheime Handynummern, und Janet kannte sie alle. Unter der dritten Nummer erwischte sie ihn. Sie sprach ihn auf Englisch an. »Hallo, Mr. Reimann. Janet Howard hier. Ich hoffe, ich störe Sie nicht.« Am anderen Ende konsterniertes Schweigen. Janet setzte nach. »Golf? Lunch? Siesta?«

»Woher haben Sie die Nummer?«

»Aber Paul, Sie wissen doch, dass diese kleinen elektronischen Geheimnisse für mich kein Problem darstellen. Ich würde Sie gerne sehen.«

»Ich Sie aber nicht. Sorry, falls das jetzt uncharmant geklungen hat.« Lachen.

»Kein Problem. Ich finde Sie auch zum Kotzen. Aber vielleicht möchten Sie mich doch treffen? Wenn ich Ihnen verspreche, ein paar Einzelheiten aus dem Doppelleben Ihres Bruders zu verraten.«

»Sie wissen absolut nichts!« Höhnisches Lachen, allerdings etwas dünn.

»Mehr als Sie. Seit der Erfindung von Computern und Internet ist die Welt klein und durchsichtig geworden. Auch die Finanzwelt. Aber natürlich muss man mit den neuen Medien umgehen können. Sie können das nicht, Paul. Sie sind zu alt.« Janet konnte sich einen kleinen Kicherer nicht verkneifen. »Sie haben für diese Dinge Ihre Domestiken. Nur dumm, dass Sie in diesem Fall keinem trauen können. Es geht um sehr viel Geld. Zu viel Geld. Und Ihr hoch geschätzter Bruder hat sich leider außer zu all den Finanzschiebereien auch noch zu einem Mord und zu einem Mordversuch hinreißen lassen. Das könnte die rechtliche Verfügbarkeit des immerhin gewaltigen Restvermögens doch fragwürdig erscheinen lassen. Meinen Sie nicht, Paul?«

Schweigen. Langes Schweigen. Dann kaum verständlich: »Wo? Wann?«

»Jetzt gleich? Ich habe Zeit.«

»Gut«, kurzes Murmeln im Hintergrund, dann Paul Reimanns Stimme, wieder fest und selbstbewusst. »Sie lieben doch Treffpunkte mit einem hohen Touristenaufkommen, richtig? Ich nehme an, Sie fühlen sich da sicherer. Wie wär's also mit der Sagrada Familia?«

»Aber Paul, ich kenne mindestens drei Filme, in denen die Kirche als Schauplatz für einen Mord herhalten muss. Hatten Sie das im Sinn?«

»Ich habe es doch gewusst, Ihnen ist nichts heilig!« Herzliches, fast übermütiges Lachen.

Janet hatte sich vorgenommen, seinem ersten Vorschlag zuzustimmen, sie kam ja nicht allein, und

Pia hatte sogar eine Waffe. Aber die Sagrada Familia lag im Eixample, dem Viertel der gleichgroßen Jugendstilwohnblocks, also relativ weit weg. Außerdem war die gewaltige Kirche nicht nur extrem unübersichtlich, sie war auch wie immer hinter riesigen Baugerüsten versteckt. Sie sah aus dem Fenster. »Und es wird gleich regnen. Das nagelt alle Touristen, sogar die Japaner in ihren Bussen fest. Ich schlage die Plaza Real vor. Gute Fluchtmöglichkeiten nach allen Seiten und rundum überdachte Cafés.«

»Bitte, Mylady, Ihr Wunsch ist mir Befehl. Und welches Café darf's nun sein?«

»Eins, bei dem draußen noch ein Tisch frei ist. Wir werden uns schon finden. Soll ich eine zusammengefaltete *Times* unter dem Arm tragen?«

»Ich wollte eine rote Nelke vorschlagen.«

Sie schaltete ihr Handy aus. Pia und Dagmar starrten sie an. Janet schüttelte sich wie ein Hund im Regen. »Ich verstehe diesen Paul Reimann nicht. Ich halte ihn für absolut skrupellos und des Mordes für fähig, aber für einen Deutschen hat er erstaunlich viel Humor. Man könnte es sogar als Charme bezeichnen. Sehr seltsam.« Sie fixierte Dagmar. »Euer Hitler soll ja auch ziemlich charismatisch gewesen sein.«

»Das ist der Unterschied«, Dagmar ging zur Tür, »ich habe null Humor. Gehen wir zu Fuß oder nehmen wir ein Taxi?«

Im Treppenhaus mussten sie warten. Zwei Männer trugen einen Sarg in die Nachbarwohnung. Dunkles Holz, poliert, mit einem goldenen Kreuz auf dem Glasdeckel und üppigen Seitenornamenten. Janet wünschte sich, sie hätte die letzte Bemerkung nicht gemacht, aber nun war es sowieso zu spät. Sie quetschte sich am Sarg vorbei und rannte hinunter. Die beiden anderen kamen kurz danach, Pia hatte den Arm um Dagmar gelegt, Dagmar weinte. Shit. Janet winkte einem Taxi, aber es war schon besetzt.

Es fing an zu regnen, und natürlich waren alle Taxis besetzt. Sie standen eng an die Hauswand gepresst. Es regnete stärker. Ein intensiver Geruch von nassem Asphalt und frischem Grün. Als sie endlich ein freies Taxi erwischten, setzte sich Pia nach vorn neben den Fahrer und Janet und Dagmar nach hinten. Janet berührte Dagmar unbeholfen an der Schulter. Dagmar lächelte sie an. Der Regen hatte sich mit den Tränen vermischt.

Das Taxi bog an der Plaça del Teatre von den Ramblas ab und schob sich über die Escudellers in die Vidre, dann ging gar nichts mehr. Pia zahlte, und sie stiegen aus.

Der Regen wurde heftiger. Sie rannten mit eingezogenen Köpfen zur Plaza Real hinüber und blieben aufatmend unter dem Arkadendach stehen.

Der Regen knallte jetzt mit tropischer Stärke herunter und drückte die Yuccas und Zierpalmen zu

Boden. Gewaltige Pfützen breiteten sich zu Seen aus und bedeckten nach wenigen Minuten den Terrakottaboden des gesamten Platzes.

Kellner klappten die letzten Sonnenschirme zusammen, die Rentner waren längst von ihren festgemauerten Stühlen geflohen, und zwei junge Musiker packten ihre Utensilien so gelassen zusammen, als beträfen die krachenden und gurgelnden Wassermassen sie nicht. Bierdosen, zerknautschte Werbezettel und leere Zigarettenschachteln segelten wie Regattaboote über den Platz und hakten sich an den gusseisernen Füßen der alten Gaudílampen fest.

Über den Cafés füllten sich die Markisen mit Wasser und hingen als übervolle Ballons über den Tischen. Kellner stocherten von unten mit Besenstielen gegen die Hängebäuche und leerten sie schwappend über die Füße der aufkreischenden Touristen in den vorderen Reihen.

Janet liebte dieses Wetter. Es kam selten genug, es passte nicht hierher, und keiner konnte damit umgehen. Aber sie liebte es. Warmer Regen, der nie länger als maximal ein paar Stunden anhielt.

Sie entdeckte Paul Reimann im Café schräg gegenüber. Er saß an einem Vierertisch an der hinteren Ecke und hatte seine Bodyguards strategisch optimal hinter sich und links und rechts in den Nachbarcafés platziert. Er hatte einen Whisky on the rocks vor sich stehen und grinste zu ihr herüber.

Janet sah sich nicht zu Pia und Dagmar um. »Ich gehe allein«, sagte sie, ohne den Mund zu bewegen. »Behaltet die drei Blues Brothers im Auge. Sie sind bewaffnet. Gebt mir dreißig Sekunden und versucht dann, euch unauffällig seitlich nach hinten zu arbeiten.« Dann ging sie hinüber zu Pauls Café, hocherhobenen Hauptes, nicht unter den Arkaden entlang, sondern schräg hinüber durch den Regen, mitten durch den schäumenden See. Sie wusste, wie sie aussah. Sie war extrem schlank, sie hatte immer noch einen schönen Busen, auch ohne BH, Make-up benutzte sie nie, ihre langen Wimpern waren noch dunkel, und ihr Haar wurde zwar grau, aber es war voll und ungebärdig. Ihre Augen leuchteten türkis. Wasser klebte das dünne Baumwollkleid an ihren Körper. *Wetshirt-Party.* Alle glotzten.

Sie strich sich das Haar zurück und setzte sich auf den Plastikstuhl Paul Reimann gegenüber. Damit hatte sie das Licht im Rücken und die Blues Brothers im Blick. Sie lächelte, als der Kellner einen J&B on the rocks vor sie hinstellte. »*Salud.*« Sie hob ihr Glas in Paul Reimanns Richtung und nahm einen langen Schluck.

»*Y pesetas!*« Er trank ihr zu, lächelte. Übergewichtig und kahlköpfig, Paul Reimann hatte was. Nicht gerade Sex, aber doch Ausstrahlung, Gelassenheit, und sogar Humor. Er trug wie immer einen Dreiteiler, diesmal aber aus hellem Tropenmaterial mit einem blau gestreiften Seidenhemd.

»Sie haben *amor* vergessen. Die Liebe. Und mit Euro passt der Spruch ja leider sowieso nicht mehr.«

»Bleibt immer noch die *fuerza a las castañetas.*« Er musterte sie, blinzelte. Blinzelte? Ja, das linke Auge unter seiner Titanbrille hatte geblinzelt.

Janet lachte. »Die Kraft der Eier? Aber Sir Paul! Sie belieben ja heute richtig ausschweifend zu agieren!«

»Und wie«, er beugte sich plötzlich leicht vor und senkte die Stimme. »Ausschweifend! Normalerweise stehe ich auf die kleinen Dinger aus Fernost. Die keine Sprache richtig können und nur aus Augen zu bestehen scheinen. Und einem jungen androgynen Körper. Du bist also absolut nicht mein Typ, und trotzdem siehst du im Moment verdammt sexy aus. Die coole und in jeder Situation überlegene Engländerin. Regen ist nun mal das perfekte Wetter für euch.« Er lehnte sich wieder zurück und bestellte zwei neue Drinks, ohne den Blick von ihr abzuwenden. Janet sah aus dem Augenwinkel, dass Pia und Dagmar auf beiden Seiten hinter ihr standen. Bereit, einzugreifen.

»Sehr offen, Paul. Sehr anschaulich.«

»Wie du mir, so ich dir. Ihr offenherziges und regennasses Outfit zeigt mir, dass Sie keine Unterwäsche tragen, geschweige denn ein Tonbandgerät.«

»Ja, genau. Wir sind hier ganz unter uns.« Janet kippelte plötzlich weit über den Tisch und zischte:

»Sie können zugeben, dass Sie mehrmals versucht haben, Barbara Dyckhoff töten zu lassen.«

Paul Reimann wich nicht zurück. »Sie haben mir wichtige Informationen versprochen.«

»Stimmt.« Janet kippelte zurück und repetierte aus dem Gedächtnis. »Ihr Bruder Robert Reimann hat seit Jahren Gelder der verschiedenen Firmen auf die Seite geschafft. Da er den Konzern vorher in fast zwei Jahrzehnten so weitläufig und gewissermaßen unübersichtlich verschachtelt hatte, fiel ihm das nicht besonders schwer. Niemand kontrollierte ihn wirklich. Zwei der Chefbuchhalter hatte er offensichtlich gekauft. Einer ist tot, Autounfall mit Fahrerflucht ...«

»Hannes Eschweiler.«

»Richtig. Er war schon über siebzig, hatte Krebs, und er war hoch versichert. Der andere ist erst Ende dreißig, angeblich genial. Allein stehend.«

»Ecki Laronge. Der *ist* genial. Er ist schwul, und er ist ...«

»Wie auch immer, er ist verschwunden. Von einer USA-Reise nicht zurückgekehrt. Man sollte wohl glauben, er habe sich dort abwerben lassen. Vielleicht stimmt das sogar. Er lebt jedenfalls nicht mehr unter seinem richtigen Namen. Ihr Bruder Robert hat seine zweite Identität schon vor mindestens acht Jahren angenommen und nach allen Seiten abgesichert. Er hat nicht nur einen zweiten Namen. Er hat eine neue Firma gegründet, ganz andere Branche, nicht groß, aber mit rundum schwarzen Zahlen. Das Gesamtvermögen ist auf mindestens vier Länder verteilt. Ich schätze es auf zwanzig bis dreißig Millionen Dollar. Dazu ein riesiges Haus am Meer, eine wunderschöne Frau, ein Kind – ja, auch ein Kind! –, und er hat sich ein soziales Umfeld aufgebaut. Nachbarn, Freunde, Kollegen. Man liebt ihn. Man wartet auf ihn.«

»Wo?«

»Ihr Bruder Robert war ziemlich skrupellos. Er hat nicht nur das Geld auf die Seite gebracht, er wollte auch seinen Tod vortäuschen. Dazu bediente er sich eines Mannes seiner Statur und seines Alters. Einen zahnlosen Mann, den so schnell keiner vermissen würde. Irgendwie hat er sich sein Vertrauen erworben, vermutlich mit Hilfe von Geld. Viel Geld. Er tötete ihn durch einen Messerstich ins Herz, zog ihm die eigenen Klamotten, seine Rolex und den Siegelring an und setzte ihn in den Ferrari in seiner Garage. Dann lockte er Barbara Dyckhoff, die kleine Taschendiebin ohne Freunde und Familie, die er vorher genau ausgeforscht hatte, zu sich, und bot ihr für viel Geld den Job als seine Mörderin an. Er hat geschickt Spuren gelegt: Fotos, Tagebücher, Reste von Kokain. Kokain übrigens mit einem Hydrochloridgehalt von über achtzig Prozent, extrem rein also. Normalerweise in Barcelona kaum zu finden. Interessant. Wo er das wohl her hatte. Sein Plan war, Barbara als Ex-Geliebte, kleine Dealerin und als seine

Mörderin hinzustellen. In der Garage mit den wertvollen Oldtimern war alles zum Abfackeln vorbereitet. Barbara sollte mit den teuren Autos und seinem Ersatz-Opfer verbrennen. Er selbst wollte unerkannt fliehen. Nicht im Porsche, den wollte er in jedem Fall zurücklassen, der sollte zu Barbara führen. In ihm fanden sich die Kokainspuren.«

»Mit dem Boot.« Paul Reimann hatte sie die ganze Zeit nicht unterbrochen, er wirkte konzentriert, angespannt und gleichzeitig sehr verletzlich. »Robert war ein hervorragender Skipper. Er hatte alle Scheine, und er kannte das Mittelmeer zu jeder Jahreszeit. Ich habe das überprüft. Er hatte eine Swan hier im Hafen liegen, wissen Sie, was das ist? Der Rolls Royce unter den Motorseglern. In Finnland gebaut, 102 Fuß, Carbonfaserrumpf, die Höchstgeschwindigkeit ist Geheimsache, am versenkbaren Decktisch können bis zu zehn Personen sitzen. Luxus pur für gut eine Million Dollar. Die *Barracuda*. Passender Name. Die hätte er natürlich nicht genommen. Er brauchte ein Boot, dass er allein fahren konnte. Ich habe vier verschiedene Boote gefunden, bei denen der Eigner nicht so einfach nachzuweisen war. Zwei kommen in Frage. Eine Achtzehn-Meter-Sunseeker und eine Performance 1407. Die Liegegebühren sind für das ganze Jahr bezahlt. Und ich habe einen Skipper aufgetan, der Robert nach einem Foto erkannt hat.« Er sah sie direkt an.

Janet hatte nicht mehr das Gefühl, einem Gegner

ins Gesicht zu blicken. »Sie waren natürlich an Bord.«

»Die Performance ist extrem gesichert. Könnte auch gut ein Schmugglerboot sein. Auf der Sunseeker reichlich Treibstoff und Vorräte für zwei Monate. Sportliche Kleidung für einen Mann von Roberts Größe. Keine persönlichen Karten und Unterlagen.«

»Und niemand hat sich bei dem Schiff blicken lassen?«

»Nein. Ich habe das überwachen lassen. Niemand.«

»Und seine Frau Birgit? Könnte sie ihm geholfen haben?«

»Lachhaft.«

»Aber Sie bestätigen meine Version. Barbara ist unschuldig. Ihr Bruder ist ein Mörder.«

»Sie ist die Mörderin. Sie ist meines Bruders Mörderin!«

Es hatte aufgehört zu regnen, die Sonne kam hervor und ließ die Pfützen und die Tropfen auf den Palmen funkeln, bevor sie wegtrockneten. Die Rentner nahmen ihre Stühle wieder ein, die ersten Touristen mit Stadtplan erschienen, zwei junge Musiker packten vorsichtig ihre Instrumente aus. Die kurze Abkühlung war vergessen, die Hitze waberte feucht und schwer.

Paul Reimann nahm einen Schluck Whisky. »Ich könnte bei Ihnen einbrechen und Ihren Computer überprüfen lassen.«

»Sie würden nichts finden.«

»Darf ich Sie fragen, wo Ihre Interessen liegen?

»Ich will die Unschuld von Barbara Dyckhoff beweisen. Damit muss ich zwangsläufig Ihren Bruder des Mordes überführen.«

Paul Reimann blieb erstaunlich ruhig. »Das ist Ihre Hypothese.«

»Nein«, Janet machte eine kleine Pause, »und das wissen Sie selbst am besten.«

Er schwieg, dann sah er sie plötzlich direkt an. »Wie Sie so richtig bemerkten, es geht um sehr viel Geld.«

»Und Einfluss. Sie haben es immerhin geschafft, die Ermittlungen zu beeinflussen, um nicht zu sagen, zu unterdrücken.«

»Sie schätzen das versteckte Vermögen auf zwanzig bis dreißig Millionen. In Wirklichkeit sind es sechzig bis siebzig.«

Der Kellner brachte ein Tellerchen mit gerösteten Erdnüssen zu ihren Drinks. Janet zupfte sich das Kleid vom Körper. Sie spürte, wie sich die Ledersandalen beim Trocknen über ihren Füßen zusammenzogen. Sie lächelte. »Inwieweit spielt dabei der Ruf Ihres Bruders eine Rolle?«

»Er ist mir natürlich sehr wichtig.«

»Wichtig genug, um weitere Morde zu begehen?«

»Nein.« Paul Reimann nahm einen Schluck von seinem Whisky und kaute eine paar Erdnüsse. »Ich sage es Ihnen hier und nie wieder, ich habe damals den Auftrag gegeben, diese Barbara im Krankenhaus zu, sagen wir, eleminieren. Das war übereilt und völlig unnötig. Es hat auch nicht geklappt. Da gibt es wirklich andere Methoden. Okay. Sie werden von mir nie wieder etwas darüber hören. Und alles, was danach passiert ist, hat nichts mit mir zu tun. Absolut *nada*. Verstehen Sie?! *Absolutely nothing*!«

»Ja, das verstehe ich. Und wie sieht unser Deal aus?«

Paul Reimann hob sein Glas. »*Salud, amor y dolares*. Sie geben mir alle Informationen über die neue Identität meines Bruders und die Konten mit dem Geld. Dazu zwei Tage Zeit. Dafür erhalten Sie von mir Einblick in meine Ermittlungen, das heißt, ich akzeptiere, dass mein Halbbruder Robert möglicherweise ein Mörder war. Und Ihre Barbara ist aus dem Schneider und aus dem Knast.«

»Gut«, Janet stand auf, ohne ihr Glas ausgetrunken zu haben. »Ich rufe Sie an«, sie ging nach hinten und verschwand im Schatten der Arkaden. Sie wusste auch jetzt, wie sie aussah. Wie eine zu schnell getrocknete Feige im Kräutermantel.

Sie lachte, als sie Dagmar und Pia sah. Die beiden standen gekrümmt wie Spione aus einem alten Film hinter zwei Reklameständern. *Unser Menu heute* und *Besuchen Sie den Zoo*.

42

»Nun macht doch endlich!« Dagmar ging es nicht schnell genug, aber die beiden anderen beachteten sie nicht. Janet wiederholte so genau wie möglich ihr Gespräch mit Paul Reimann, und Pia stellte immer wieder Fragen, bohrte nach, zwang Janet, ganze Passagen wörtlich wiederzugeben. Sie ließen sich Zeit, blieben ab und zu stehen, wenn sie einer Frage, einer Reaktion, einer Bemerkung nachgingen, und einmal verschwand Pia sogar in einem Geschäft, um Käse zu kaufen.

Als sie oben in den neuen Räumen von Llimona 5 ankamen, wurde es noch schlimmer. In der ganzen Wohnung roch es nach Tomaten, Zwiebeln und Knoblauch. Josep Bonet, Kemíl Martín und Luis Llobet waren immer noch da. Martín hatte sich ein Geschirrtuch um den Bauch gebunden und kochte auf drei Flammen gleichzeitig. Bonet saß an der Bar über eine Schüssel gekrümmt und schnippelte Salat, und Luis machte gerade eine neue Flasche Rotwein auf und füllte die Gläser nach. »Da seid ihr ja, meine Schönen. Ich glaube, das Essen ist gleich fertig. Rotwein, Weißwein oder Cava?«

»Gar nichts«, Dagmar kramte die drei Tütchen aus dem *WAD RAS* hervor. »Könnten Sie das untersuchen lassen, Doktor Llobet? Möglichst sofort!«

»Bitte sag du und nenn mich Luis, sonst komme ich mir ja uralt vor«, Luis grinste Janet an, die sich auf einen Barhocker schob und eine Zigarette herausnahm. Er gab ihr Feuer und goss ihr, ohne zu fragen, einen Whisky ein.

Martín holte eine volle Eiswürfelschale aus dem Kühlschrank, stellte sie auf die Theke und gab Janet ein Küsschen. »Ich habe eure Website fertig. Ich finde, sie ist richtig gut gelungen.«

Das Eiswasser suppte über die Papiertütchen, und Dagmar konnte sie gerade noch hochreißen. »Passt doch auf, verdammt noch mal! Da sind Spuren von dem Kaffee drin, den diese angebliche Beschließerin Barbara serviert hat. Der Becher ist gesäubert worden, aber auf dem Boden gab es noch Spuren. Ich vermute ein schnell wirkendes Schlafmittel.«

»Ist doch nur Wasser, da passiert nichts.« Luis nahm ihr die Tütchen ab und schob sie nachlässig in seine Jackentasche.

»Damit könnten wir beweisen, dass Barbara betäubt wurde. Und nicht erst durch den Knüppel dieser Alvarez. Dass sie Yolanda also gar nicht getötet haben kann.« Dagmar sah sich hilfesuchend nach

Pia um, aber die kraulte Fritz, der vollgefressen auf einem Korbstuhl lag. »Pia! Wir haben keine Zeit, hier noch lang rumzutun! Yolanda ist tot, und Barbara ist immer noch in höchster Gefahr.«

»Nein«, Pia stand auf. »Barbara ist jetzt so sicher wie die ganze Zeit über nicht. Paul Reimann hat zwar im Krankenhaus versucht, sie töten zu lassen. Aber im Gefängnis, das war er nicht. Janet glaubt ihm, und ich auch. Und nach Yolandas Tod ist sie endgültig als Mörderin abgestempelt, keiner glaubt ihr mehr. Paul Reimann brauchte Barbara als Mörderin, um seinen Bruder zu entlasten. Aber er hatte doch ganz andere Mittel zur Verfügung. Macht, Geld, Einfluss. Er konnte die Untersuchungen direkt steuern, lähmen, stoppen.«

»Aber irgendjemand hat noch mal versucht, Barbara zu töten.«

»Ja, Teresa Morales bekam den Auftrag. Das war eine plumpe Aktion. Und diesmal sind sie viel schlauer vorgegangen. Und wer immer es war, weiß nichts von Paul Reimanns Aktivitäten. Und Barbara steht wieder als die Schuldige da, als die Mörderin. Erst mal haben sie ihr Ziel erreicht. Wir haben also Zeit.« Pia schien nie die Stimme zu erheben, und doch hatten ihr alle zugehört.

Bonet und Luis begannen, den Küchentisch zu decken. Es gab Tomatensuppe, Salat, Lammkoteletts und kleine runde Kartoffeln in scharfer roter Soße. Und jetzt verstand Dagmar auch klar, weshalb Pia noch unbedingt den Käse hatte kaufen müssen. Sie kannte die drei, und sie wusste, was passierte, wenn sie sie in der Wohnung zurückließ. Alle aßen, lachten, redeten durcheinander und tranken Wein. Selbst Janet.

Dagmar entspannte sich nur langsam. »Janet, ich verstehe es nicht! Wie konntest du alle diese Informationen über Robert Reimanns zweite Identität und das ganze Geld aus dem Internet holen, wenn es keiner vorher geschafft hat. Weder die Polizei noch Paul Reimann mit all seinem Geld und seinen Möglichkeiten.«

»Sie ist ein Genie!« Martín grinste und hob sein Glas.

Janet lachte zurück. »Ich habe nichts herausgefunden. Nichts von Bedeutung jedenfalls. Alles, was Robert Reimann in den letzten Jahren offiziell mit seinem Konzern angestellt hat, natürlich. Und dazu ein bisschen Kombination und ein paar Querverbindungen. Reimann konnte das nicht allein geschafft haben. Ich habe weiter herumgestöbert und kam auf die beiden Chefbuchhalter. Ihre Namen, ihr Ende. Das hat Paul Reimann so verblüfft, dass er mir von da an alles abgekauft hat. Aber der Rest war einfach nur Bluff.«

»Die neue Firma, die Villa, die Frau, das Kind.« Pia tunkte die Soße mit Brot auf. Janet nahm einen Schluck Wein.

»Alles. Das mit dem Kind war ein Risiko. Falls

Robert Reimann zeugungsunfähig war, und sein Bruder hätte das gewusst, wäre ich aufgeflogen. So aber kam Sir Paulchen ins Grübeln, denn es gibt Staaten, die einen Mann nicht ausliefern, wenn er dort Vater eines Kindes ist. Siehe Brasilien und unser alter Posträuber. Die fehlenden Millionen konnte ich nur schätzen. Ich lag weit unter der Realität, aber Paulchen glühte vor Eifer, mich zu berichtigen.«

»Das heißt, du hast nichts in der Hand, was du ihm geben kannst, wenn er seinen Teil des Deals einhält!« Dagmar hasste die obercoole Art, mit der Janet sich hier brüstete.

»Er muss nur *glauben*, dass er etwas bekommt. Keine Sorge, er wird. Und zwar lange genug. Danach habe ich natürlich einen Freund weniger auf dieser Welt. Ich habe bisher nichts zu dem Fall veröffentlicht, aber zwei große Zeitungen, die meinen Bericht mit Kusshand drucken werden. Das ist meine Rückversicherung.«

»Okay«, Pia schob ihren Teller weg, stand auf und holte ihre Mappe mit den Unterlagen. »Wir können also nachweisen, dass Robert Reimann das Ganze geplant hat, seinen angeblichen Tod, und Barbara als seine angebliche Mörderin. Wir werden vermutlich nie beweisen können, dass sein Bruder Paul den Mordversuch im Krankenhaus zu verantworten hatte. An Barbara, seines Bruders Mörderin. Ha! Aber wir können Robert selbst entlarven.«

Sie legte die Fotos von Juan Bautista-De las Torres alias Gabriel García-Montserrat auf den Tisch. Der übergewichtige Mann in den Fünfzigern auf dem Balkon eines Mietshauses, und der lachende Mann in Bermudas beim Grillen. »Robert Reimann hat diesen Mann getötet. Heimtückisch ermordet, um ihn dann an seiner Stelle in der Garage verbrennen zu lassen.«

Martín beugte sich über den Tisch, um an die Weinflasche zu kommen, sah die Fotos, stutzte und nahm sie hoch. »Den kenne ich … Ich glaube, ich habe den Mann schon mal gesehen!«

»Robert Reimann hatte in ihm das geeignete Opfer gefunden«, fuhr Pia fort. »Er hatte sein Alter und seine Statur. Und Reimann hielt ihn für alleinstehend. Er ahnte nicht, dass er einen äußerst geschickten Bigamisten vor sich hatte.«

»Ja, genau!« Martín knallte die Fotos auf den Tisch, Weinflecken färbten sie dunkel. »Dieser Robert Reimann hat mir zwei Bilder abgekauft. Den hab ich abgezockt. Total!« Er lachte. »Der stank vor Geld, und hatte keine Ahnung von Kunst. Und jetzt ist alles verkokelt, oder?«

»Na ja, ziemlich«, Pia rettete die Fotos. »Und du hast dabei diesen anderen Mann gesehen?«

»Na ja, ich kam wohl etwas ungelegen. Ich sollte ihm die Dinger liefern. Und da stand er mit diesem anderen Kerl. Diesem Bermudatyp, eindeutig. Und beide hatten weiße Hosen an, Segelschuhe und schwarze Seidenhemden. Die Tür war auf, und ich bin einfach reingeplatzt. Die lachten. Und es ging um Geld. So viel habe ich verstanden. Um viel Geld. Dann hatte Reimann mich mit meinen Bildern entdeckt und wurde erst mal richtig sauer. Aggressiv könnte man sagen. Ich wollte sofort wieder weg, aber er parkte den anderen Kerl im Nebenzimmer und schaltete auf ölig. Der Scheck war ausgestellt und unterschrieben. Keine Frage, wohin er die Bilder hängen sollte, kein Drink. Ich nahm mein Geld und trollte mich wie ein Bittsteller. Scheißsituation. Ich hätte ihm gern den Scheck vor die Füße geschmissen, aber dann wäre mir Elena an die Gurgel gegangen.« Er schenkte sich nach.

Pia legte eine Hand auf seinen Arm und hinderte ihn am Trinken. »Wie viel Geld? Erinnere dich! Bitte!«

Martín küsste ihre Hand und wischte sie dann weg, trank, schenkte sich nach, trank noch einmal. »Ich bin ein Augenmensch. Ich sehe Reimann und den Kerl. Sie lachen. Reimann gibt ihm eine Uhr. Gold glänzt. Der Kerl zieht sie über und lacht. Dann steckt er sich einen Ring an den Finger. Er hält die Hand auf. Reimann legt ihm ein großes braunes Kuvert prallvoll mit Geldscheinen hinein. Es ist offen. Grün. Dollars. Dann entdeckt er mich. Aus. Ende.«

»Wann war das?«

»Am Tag vor San Juan.«

Sie sahen sich an, schwiegen.

Dagmar sprang auf. »Ja! Ich denke, wir haben genug in der Hand, um Barbara aus dem Gefängnis zu holen.«

Janet zog sie wieder herunter. »Uns fehlt noch eine Kleinigkeit.« Sie schaute zu Bonet, aber der stocherte gedankenverloren in den Oliven.

Pia kramte in ihren Unterlagen und klappte die Mappe dann mit einem deutlichen Plopp zu. »Josep Bonet. Du weißt, wovon sie spricht. Wer hatte ein Motiv, Barbara zu töten oder sonstwie auszuschalten? Wenn Paul Reimann ausfällt, bleiben nur noch zwei übrig. Die Witwen von Juan Bautista de las Torres beziehungsweise Gabriel García-Montserrat. Catalina Lorente, die müde alte Mutter seiner Tochter Marí im Rollstuhl? Oder Isabel Ribera, das junge, blonde Sexsymbol mit den überlangen Beinen?«

»Es geht um das Geld«, Bonet richtete sich langsam auf. »Um viel Geld, wenn wir Kemíl Martín richtig verstanden haben. Vermutlich hat Juan alias Gabriel das Geld unter Reimanns Aufsicht auf sein Konto eingezahlt. Bei der Banca March. Auf den Namen Montserrat. Es waren«, er räusperte sich, »zweihunderttausend Euro.«

»Schön, dass du das überprüft hast, ohne mir etwas zu sagen.« Pia stand auf. »Okay, gehen wir.«

»Wohin?«, es ärgerte Dagmar, dass sie anscheinend wieder mal nur die Hälfte begriff. »Wir haben hier zwei Frauen, aber nur die eine ist wirklich die Witwe. Die von Juan Bautista-De las Torres. Mit Isabel Ribera war Gabriel García-Montserrat rechtlich nie verheiratet.«

»Eben drum.« Pia ging zur Tür. »Sie ist diejenige welche. Sie hat erst durch uns«, kleiner Räusperer, »durch die Polizei erfahren, dass ihr Mann erstens nicht nur *ihr* Mann war. Sie hat das Foto von Catalina bei uns gesehen. Und zweitens, dass er vermutlich ein kleines Vermögen für seine Rolle in Reimanns Spiel bekommen hatte. Vielleicht hat er auch zu Hause angegeben und mit dem neuen Vermögen geprotzt. Sie musste jedenfalls nur bei der Bank nachfragen. Sie galt ja als seine Witwe. Und unser Bankgeheimnis hier ist nicht wirklich eins. Vielleicht hielt sie ihren süßen Gabriel sogar für den Mörder? Für sie gab es nur die eine Möglichkeit, sicher an das Geld ihres Leider-Nicht-Ehemannes heranzukommen. Er musste in dem Mordfall unverdächtig bleiben. Wenn Barbara wegen des Mordes verurteilt wurde, fiel Gabriel als Mörder aus. Solange Reimann Opfer blieb und nicht näher im Leben des zweiten Toten herumgestochert wurde.«

»Isabel Ribera ist nicht mehr in Valencia«, Bonet schaute noch immer nicht auf, »sie wohnt im Moment bei Freunden im Raval.« Er sprang auf und war mit erstaunlich schnellen Schritten bei Pia. »*Barrio chino*. Da hat sie nämlich früher auch gearbeitet. Sie hat die Kontakte zur Szene nie aufgegeben. Ihr Freund war jahrelang Nacho Nadal, ein brutaler, gewalttätiger Zuhälter, den wir schon lange auf der Liste haben.«

Pia stand langsam auf, sie musste hochschauen. »Das hast du die ganze Zeit über gewusst?! Und hast geschwiegen? Du bist ein totaler Arsch. Weißt du das?!«

»Aber ja doch, ich bin ja nicht ganz blöd.« Breites Grinsen. »Ich sah mich nur leider gezwungen, mich zurückzuhalten. Der Fall war ja offiziell abgeschlossen. Aber wir haben sie weiter unter Beobachtung.« Er nahm sein Handy heraus und wählte. »Bonet hier. Raval. Zugriff Isabel Ribera und Nacho Nadal. Verstanden? Gut. Ich bin unterwegs.«

Janet sprang vom Barhocker, packte ihre Tasche und lief auch zur Tür. Dagmar wollte noch etwas sagen. Fragen. Luis trank ruhig sein Glas aus, Martín packte halbherzig ein paar Teller, stellte sie auf der Theke ab und winkte ihr zu. Sie drehte sich um und eilte hinter Janet, Pia und Bonet her. Pia. Der Lift schloss sich vor ihrer Nase, und sie musste die schmale Treppe nehmen. Pia wusste, was sie tat. Pia hatte den Überblick. Dagmar lief schneller.

43

War es das, was sie immer gewollt hatte? Berge von schmutzigem Geschirr, Essensreste und Fett, inzwischen angetrocknet? Es war weit nach Mitternacht, und die schiefen Stapel machten sich in der ganzen Küche breit. Vier Gänge für sechs Personen. Kochende Männer hinterließen immer ein Chaos. Pia holte sich ein Mineralwasser aus dem Kühlschrank, drehte den Radiosender, der Manu Chao spielte, lauter und begann mit den Gläsern. Ja. So und nichts anders.

Fast wären sie zu spät gekommen. Vier Polizeiautos und zwei Mannschaftswagen hatten die winzige Verbindungsstraße bei der Sant Bartomeu abgeriegelt. Die Polizisten waren schwer bewaffnet und trugen schusssichere Westen unter den dunklen Einsatzuniformen. Sie waren die Einzigen auf der Straße. Es wurde dunkel, und die ersten Bars machten auf. Die Anwohner, Frauen und Stammgäste waren verschwunden, nur ein paar Touristen hingen verloren herum und wurden abgedrängt.

Das Haus hatte zwei Eingänge. Der eine zur

Straße hin, direkt neben einer Disko, der andere zum winzigen, abfallübersäten Hinterhof. Ein enges Treppenhaus mit durchgetretenen Stufen. Janet und Dagmar mussten im Einsatzwagen warten. Pia hielt sich dicht hinter Bonet. Sie hatte ihm die Pistole ihres Vaters gezeigt, und er hatte genickt. Kein Toni, kein Fernsehen. Sie bewegten sich geräuschlos. Die Wohnung lag ganz oben im fünften Stock direkt unter dem Dach. Nur eine Tür. Zerkratztes Holz, kein Namensschild. Es war heiß und stank nach saurem Abfall und billigem Parfum. Eine Frau schrie, aber es konnte auch ein Fernseher sein. Der Einsatzleiter stand kurz vor der Pensionsgrenze, hieß Jorge Irgendwas, und Pia kannte ihn nur vom Hörensagen. Er hatte mit seinen Leuten auf sie gewartet. Pia nahm er nicht wahr, er wandte sich nur an Bonet. Sie verständigten sich mit Fingerzeichen.

Bist du sicher?

Ja.

Dann los!

Bonet sah Pia an. Sie standen seitlich, keiner von ihnen konnte durch mögliche Schüsse von innen getroffen werden. Pia klopfte an die Tür. Nichts. Sie klopfte erneut. »Isabel?«

Nichts. Kein Geräusch, keine Reaktion.

Pia klopfte erneut. Heftig. »Isabel? Ich bin's, Pia. Kann ich dich kurz sprechen?«

Schleichende Schritte? Flüstern? Pia spürte, dass die Männer hinter ihrem Rücken unruhig wurden.

Sie stoppte sie mit einer Handbewegung. Klopfte noch einmal, sanft diesmal. »Isabel, bitte mach auf.«

Die Tür öffnete sich einen Spalt, ein Auge wurde sichtbar, ein großes, sorgfältig geschminktes Auge. Pia lächelte und wollte die Tür etwas weiter aufdrücken, aber Jorge und Bonet kamen ihr zuvor. Sie warfen sich an ihr vorbei, traten die Tür auf, sprangen mit gezückten Waffen hinein. Brüllten unverständliche Befehle. Die anderen drängten wie eine gut gedrillte Armee hinterher. Als Pia dazukam, war alles schon vorbei.

Eine gemütlich, fast spießig eingerichtete Wohnung mit Dutzenden brennender Duftkerzen, ein Bett mit silberner Satinwäsche. Keine Männer, kein Zuhälter, kein Nacho Nadal. Keine Waffen. Nur zwei Frauen. Isabel Ribera, schmal, schön und nackt mit gespreizten Armen und Beinen von einer MP an die Wand gepresst. Und neben ihr auf dem Boden die andere. Muskulös, durchtrainiert, kurzhaarig, nur mit einem schwarzen Slip bekleidet. Sie lag auf dem Bauch, im Genick den Stiefel eines der Polizisten.

Die Männer grinsten.

»Stell das ab«, Pias Stimme war kaum mehr als ein Flüstern. »Sofort!«

Bonet brüllte. Die Männer reagierten im Zeitlupentempo. Pia warf eine Decke über Isabel und gab der anderen ein Tischtuch. Sie hatte sie nach Dagmars Bericht sofort erkannt. Soledad, die falsche Beschließerin. Sie blutete aus der Nase und war außer sich vor Wut, weil die Männer nicht zuließen, dass sie sich um Isabel kümmerte.

»Sie war es nicht! Sie hat nichts damit zu tun!« Soledad schlug um sich. Einer der Männer drehte ihr im Polizeigriff den Arm auf den Rücken, bis sie aufschrie. Sie fanden eine Pistole im Nachttisch und jede Menge seltsamer Medikamente im Badezimmer. Pia sorgte dafür, dass beide sich wenigstens richtig anziehen konnten, bevor Bonet sie abführen ließ.

Sie lief zu Fuß nach Hause.

Sie überquerte die Ramblas und tauchte wieder in ihr Viertel, den *barrio gótico* ein. Der *Ferran*. Das *Schilling*. Sie ging hinein und setzte sich dort an die Bar. Bestellte ein Bier, obwohl sie sich nichts aus Bier machte. Sie hatte kein Mitleid, das war es nicht. Weder mit Isabel noch mit Soledad. Beide waren Mörderinnen und hatten nur ihr eigenes kleines Glück im Sinn. Aber die Art, wie sie da eingebrochen waren, wie sie eine ganze Straße allein durch martialische Gewaltpräsenz in die Knie gezwungen hatten. Und sie war ein Teil davon gewesen. Und doch nur benutzt worden. Ohne wirkliche Entscheidungsmöglichkeiten.

Ein schöner Junge in schwarzem Outfit schob sich neben sie. »Ich bin Gil Azar. Sie sind doch die Obermaus von Llimona 5?«

»Zisch ab!« Sie legte etwas Geld für das Bier hin und rutschte vom Hocker.

»Eric sucht Sie. Der Sohn Ihrer Freundin Janet. Er hat gefunden, was Sie suchen.«

Pia ging hinaus, ohne zu antworten, aber dann rannte sie. Hinauf, über die Plaça Regomir und in den Pati Llimona.

Sie fand Eric und seinen Freund Bertrán vor der Haustür. Sie hockten auf den steinernen Blumenkübeln und teilten sich einen Joint. Erst als Pia näher kam, sah sie das Mädchen. Es lag halb auf den Kübeln, regungslos.

»Sie ist nicht tot«, Eric sprang auf.

Bertrán blieb sitzen. »Aber so richtig gut geht's ihr auch nicht.«

Pia beugte sich über das Mädchen. Puls und Atmung waren dünn, aber stabil. »Helft mir!« Eric und Bertrán nahmen das Mädchen hoch und trugen es zum Innenhof und zum Lift.

»Wo habt ihr sie gefunden?«

»Jemand hat sie beraubt. Sie hat nichts mehr bei sich. *Nada*.«

»Ich glaube, die hat seit Tagen nichts mehr gegessen.« Sie wollten nicht mehr sagen, auch egal. Pia öffnete die Wohnungstür und dirigierte die beiden Männer mit dem Mädchen direkt in ihr Schlafzimmer. »Legt sie hin. Danke.« Pia brachte sie zur Tür. »Habt ihr eine Ahnung, was sie genommen hat?«

Bertrán war schon im Fahrstuhl, Eric zögerte.

»Ich glaube, gar nichts. Sie hatte wohl Streit mit ein paar … äh Dealern. Und sie ist halb verhungert.«

Pia ging zurück. Sie zog ihr die Stiefel aus und lockerte den Gürtel. Dann gab sie ihr etwas Tee. Das Mädchen trank, blieb aber müde und passiv. Pia ließ sie schlafen. Erst viel später hörte sie, dass im Büro drüben ziemlich laut Bach lief, und dass Janet da war.

Janet tippte wie wild in den Computer. »Hallo, Pia, ich schreibe gerade meinen Artikel. Ich habe Paul Reimann angerufen, und er hat zugesagt, sein Versprechen zu halten. Ich muss mit meinem Artikel morgen früh bei Geoff sein, sonst gute Nacht, Marie!« Sie schaute nicht hoch, sondern tippte weiter.

Pia ging zurück in die Küche. Sie mochte Janet. Sie war so pragmatisch. Direkt und genau. Verlässlich.

Sie war bei den Käsetellern, als sie den Schlüssel in der Tür hörte. Dagmar. Verschwitzt und müde. Pia schaltete das Radio aus. »Na, und?«

Dagmar nahm ein Küchentuch und trocknete die Teller ab. Schwieg.

»Jetzt sag doch schon. Hast du Barbara freibekommen?«

»Natürlich«, Dagmar schien fast überrascht, schaute auf, lächelte. »Dieser Paul Reimann hat sich voll reingehängt. Sonst wäre das um diese Nachtzeit niemals möglich gewesen. Ja, Barbara ist frei.«

Pia war enttäuscht. Nur eine Mitteilung. Sie hätte Barbara gern hier gehabt. Aber das war natürlich lächerlich. Sie wäre in so einer Situation auch als Erstes heimgelaufen. Sie sah zu Fritz hinüber, der heftig gähnte, sich streckte und weiterschlief. »Sag mal, wer bekommt denn nun das Geld von Reimanns Opfer?«

»Seine Tochter natürlich«, Dagmar packte das Geschirr in die Schränke. »Nach katalanischem Erbgesetz, soviel ich weiß. Und sie muss lebenslang für die Mutter sorgen. Ganz egal, unter welchem Namen, nur die richtige Tochter ist erbberechtigt.«

»Gut so. Die kann das Geld wirklich brauchen. Übrigens hat Janets Sohn Eric diese Anna Guzman gefunden. Sie liegt nebenan.«

Das Telefon läutete. Pia meldete sich.

Bonet. »Alles klar, *guapa*. Hier will dich jemand sprechen.«

Dann Sanchez-García, El Jefe persönlich. »Pilar Cortes? Hören Sie. Gute Arbeit. Wir haben Sie unterschätzt.« Im Hintergrund Flüstern. »Äh, ja. Wir haben vielleicht Fehler gemacht. Es sah alles so eindeutig aus. So offensichtlich. Wir haben nur versucht, Unschuldige zu schützen. Na ja. Irren ist menschlich, oder? Und … wir mussten Interessen schützen.« Schweres Räuspern. Pause. »Wenn Sie zurückkommen wollen, würden wir uns freuen.« Deutliches Durchschnaufen. »Mensch, Pia, du gehört doch zu uns!«

»Danke, Chef. Ich weiß das zu schätzen. Vor allem um die Tageszeit!« Sie lachte. »Wir sehen uns.« Sie legte auf, bevor er noch etwas sagen konnte. Das Telefon läutete sofort wieder. Pia hatte Mühe, freundlich zu sein. »Ja, Chef?«

»Jetzt bin ich schon dein Chef!« Luis lachte. »Das gefällt mir!«

Pia seufzte nur auf. »Wenn es dich glücklich macht!«

»Nur kurz, bevor ich hier Schluss mache. Die Proben zeigen eindeutig Kaffee, Milch und ein extrem hohes Konzentrat an Chloraldurat, ein starkes Hypnotikum. So eine Art K.o.-Tropfen.«

»Danke, Luis. Schick den Bericht doch bitte gleich zu Bonet rüber. Ich glaube, seine Jungs haben in der Wohnung von Soledad auch was gefunden.« Pia legte auf. Luis Llobet würde jetzt in seinen *barrio chino* rübergehen, wo ihn die Leute kannten und mochten. Obwohl er für die Polizei arbeitete. Pia ging ins Schlafzimmer. Dagmar saß am Bett, redete leise auf das Mädchen ein, wusch sie, fütterte sie mit Suppe und Brot, gab ihr zu trinken. Es war ein rührendes Bild. Dagmar, so mütterlich mit der kleinen dünnen Anna im Arm. Pia fühlte sich überflüssig und ging wieder in die Küche zurück. Sie holte ein Stück Serranoschinken aus dem Fliegenschrank, aber Fritz war verschwunden.

Sie stellte die letzten Teller weg, wischte die Theke ab und schenkte sich ein Glas Cava ein. Es war fast halb zwei. Pia nahm aus der Truhe im Flur ein Kissen und zwei frische Laken, um hinten im Büroteil für diese Nacht ihr Bett in einem der neuen Zimmer aufzuschlagen.

Janet saß immer noch über den Computer gebeugt, aus dem CD-Player jetzt Jacques Loussier mit Play Bach. »Das ist ja schon fast Jazz«, Pia legte die Bettwäsche hin, sie war noch nicht müde, sie wollte mit jemandem reden.

Janet tippte weiter. »Ich bin gleich fertig.«

»Janet, das ist doch sicher, oder? Auch wenn wir Paul Reimann den Mordversuch nicht nachweisen können, das Geld bekommt er nicht. Richtig?«

»Keinen Cent!« Janet tippte, ohne aufzusehen.

Es läutete.

Nicht an der vorderen Tür, sondern hier hinten im Büro. Janet und Pia sahen sich an. Erneutes Läuten. Sturm diesmal. Janet stand langsam auf. »Freunde sind das nicht? Deine Kollegen?«

»Die läuten normalerweise vorn.« Pia ging zur Tür und zog sie auf.

»Wo ist sie?!« Zwei riesige Männer in verschwitzten Anzügen drängten herein.

»Wer ist wo? Und wer sind Sie überhaupt?«

»Ihr habt sie. Verdammt, verkauf mich bloß nicht für blöd!« Der dickere blieb bei der Tür stehen, der andere wollte an Pia vorbeistürmen. Sie bewegte sich nicht, und er zögerte kurz.

»Das sind Paul und Frank Guzman«, Janet griff

hinter sich und hielt auf einmal eine lange Papierschere in der Hand.

»Anna!« Der Durchtrainierte brüllte, packte Pias Arm und wollte sie zur Seite drängen. Sie machte eine halbe Kehrtwendung, trat ihm die Beine weg und drehte ihm den Arm auf den Rücken. Kniete sich auf seine verdrehte Schulter und wippte, bis er aufstöhnte. »Polly, Scheiße, hilf mir doch!« Polly stand starr neben der Tür.

»Der traut sich nicht. Und Sie sind Frankie, nehm ich mal an. Wenn Sie uns das nächste Mal besuchen wollen, dann kommen Sie bitte zu unseren normalen Bürozeiten. Oder melden sich vorher an.« Sie ließ Frank etwas lockerer. »Janet, hol bitte das Geld aus dem Safe.« Frank Guzman versuchte, sie abzuwerfen, und sie verstärkte den Druck sofort wieder. Janet rührte sich nicht. »Janet. Bitte!«

»Pia, das meinst du doch nicht im Ernst!«

»Doch. Mein voller Ernst.«

»Aber wir …«, Janet sah zu Pia, zu den beiden Männern, dann wieder zu ihr. Pia versuchte, sie zu hypnotisieren.

Paul machte plötzlich einen Schritt nach vorn, Pia blaffte ihn an: »Noch einen Schritt, und ich kugel Ihrem Bruder die Schulter aus. Wollen Sie das? Ich könnte ihm auch den Arm brechen. Oder wir rufen gleich die Polizei.« Er blieb stehen. Pia sah wieder zu Janet. »Bitte!«

Janet nickte, ging rückwärts und hängte das Rififiposter ab. Die zweitausend Euro lagen noch immer unberührt im sonst jungfräulich leeren Safe. Janet nahm die Scheine und drehte sich um. Sie stopfte sie Polly Guzman zusammengeknüllt in die Brusttasche seines Anzugs. »Sorry, aber wir lehnen Ihren Auftrag ab.«

»Ja, leider haben wir im Moment überhaupt keine Zeit!« Pia versuchte Frank hochzuzwingen, aber er war gut einen Kopf größer als sie.

»Heh«, Frank wütete unter Pias Griff, sie machte etwas mehr Druck und dirigierte ihn zur Tür. Er ging gekrümmt und ächzte. »Polly, du Arsch, tu was, wir lassen uns doch von so zwei Tussen nichts sagen!«

»Danke für den Besuch«, Janet hielt die Tür auf, »bitte beehren Sie uns nie wieder.«

Pia versetzte ihm einen heftigen Stoß, der ihn bis zur Treppe taumeln ließ, wo er nur mit Mühe sein Gleichgewicht wiederfand. Paul folgte ihm freiwillig.

Janet schlug die Tür zu und verriegelte sie. »Das tut weh. Zweitausend Euro, unser allererstes Geld!«

»Scheißgeld! Anna ist hier. Dein Eric hat sie gefunden. Und es geht ihr gar nicht gut.« Pia rannte zur Wohnung hinüber. In der Schlafzimmertür stand Dagmar. Hinter ihr die zitternde Anna in einem überlangen T-Shirt.

»Alles okay. Sie sind weg. Und so schnell kommen die auch nicht wieder. Anna, du bist hier sicher.« Anna schaute zu Dagmar, die sie in den Arm nahm und ins Bett brachte.

»Na schön«, Janet ging wieder zurück zum Büro. »Ich muss noch schnell meinen Artikel losmailen. Sonst war das eben nicht unser letzter unerfreulicher Besuch.«

Es hatte wieder angefangen zu regnen. Trommelnde Tropfen auf dem Sonnendach und der Terrasse. Pia saß in ihrer Küche am blank geölten Holztisch, ein paar Oliven und Käsewürfel vor sich, ein Glas und eine Flasche Cava im Kühler neben sich. Im Radio sang Ana Belén schmelzend schön *Yo vengo a ofrecer mi corazón*, und Pia hätte gern geheult. Sie war seit Jahren allein, sie war Einzelkämpfer gewesen, seit sie denken konnte, seit ihr Vater tot war. Und jetzt hatte sie plötzlich ein völlig neues Leben und war so allein wie noch nie zuvor. Sentimentalitäten. Ihre Mutter, Pilar, die Señora hatte sich seit dem Eklat an San Juan nicht mehr gemeldet. Vielleicht war sie tot. Pia schenkte sich hastig nach.

Es läutete.

Zaghaft. An der Vordertür. Pia schüttelte blitzartig Gefühle und Trunkenheit ab. Die Pistole. Sie musste sich mehr Sorgfalt angewöhnen. Die Waffe lag da, wo sie sie hingeworfen hatte, auf einem Küchenstuhl.

Es läutete kein zweites Mal. Die Brüder hatten

dazugelernt. Pia schlich sich in den Flur, entsicherte die Waffe und riss die Tür auf.

Zwei weiß verbundene Hände mit rosigen Fingerkuppen flogen hoch. Barbara. Neben ihren Füßen ein tropfnasser Fritz. Empörtes Mienzen.

Pia versuchte, gleichzeitig die Waffe in den Gürtel zu stecken, Barbara zu umarmen und Fritz zu streicheln. Nichts davon gelang, aber es spielte keine Rolle mehr.

Sie verriegelte die Tür, und sie folgten beide Fritz in die Küche. Barbara erzählte, wie sie Fritz gesucht und nicht gefunden hatte, wie er ihr auf dem Weg hierher entgegenkam. Pia schob Barbara den Serranoschinken hin, damit sie ihn an Fritz weitergeben konnte. Er sprang auf Barbaras Schoß. Und schnurrte wie eine Nähmaschine. Janet kam dazu, dann Dagmar. Sie redeten, lachten. Pia machte eine weitere Flasche Cava auf, holte neue Oliven, Käse, Kräcker und Mandeln.

»Ich hab Hunger«, Anna stand in der Tür, lang und dünn in ihrem Oversize-T-Shirt. Aber sie lächelte.

»Dann setz dich her«, Pia schob sie auf den Stuhl neben Dagmar, schnitt Brot auf und stellte noch Wasser und eine Karaffe Orangensaft auf den Tisch.

So war es gut. Die Bude war voll. Und die Nacht noch jung.

Nachwort

Zunächst einmal versichere ich hiermit, dass dieses Buch ein Roman ist, reine Phantasie. Jede Ähnlichkeit mit wirklichen Ereignissen und lebenden Personen könnte nur auf einem Zufall beruhen.

Andererseits spielt die Geschichte in Barcelona, und Barcelona gibt es natürlich.

Es ist eine unglaublich faszinierende, lebendige und spannende Stadt. Ohne Zweifel eine der schönsten. Extreme Tradition, extreme Moderne. Charmanter Machismo, pragmatische Frauenpower, Avantgarde, mediterrane Lebensfreude und und und.

In Barcelona hat sich in den letzten zwanzig Jahren mehr verändert, als in jeder anderen Stadt Europas. Die Sprache der Stadt ist Katalanisch, aber es ist eine internationale Handels- und Hafenstadt, natürlich wird auch Spanisch gesprochen, das sogenannte Castellano.

Ich kenne und liebe Barcelona seit vielen Jahren. Und doch bleibe ich ein Gast. Ähnlich wie die Heldinnen meines Romans, denn selbst Pia stammt eigentlich aus Madrid.

Ich habe versucht, Barcelona so realistisch und lebendig wie möglich zu zeigen. Natürlich gibt es Unstimmigkeiten. Fraglos habe ich ab und zu Fehler gemacht, einige Dinge haben sich schon während des Schreibens wieder verändert, andere sind aus dramaturgischen Gründen glaubhaft erfunden.

Und ohne die Hilfe vieler Freunde hätte ich den ganzen Roman nie schreiben können.

Das waren Anwälte, Architekten, Ärzte, Autoschlosser, Bildhauer, Gauner, Journalisten, Kellner, Knackies, Kripobeamte, Lehrer, Marktfrauen, Maler, Musiker, Pfarrer, Polizisten, Seeleute, Taxifahrer und viele mehr.

Ihnen möchte ich ganz herzlich danken.

Stellvertretend für sie alle an dieser Stelle Michael Forster.